SIMULACRO DA ESCURIDÃO

SIMULACRO DA ESCURIDÃO

a ascensão dos neandertais

MATEUS DAVI LUCIO

PandorgA
NACIONAL
2016

DIREÇÃO EDITORIAL
Silvia Vasconcelos

PRODUÇÃO EDITORIAL
Equipe Editorial Pandorga

PREPARAÇÃO DE TEXTO
Andréia Barboza

PROJETO GRÁFICO E DIAGRAMAÇÃO
Fabio Brust – ELO EDITORIAL

REVISÃO DE TEXTO
Livia First
Tássia Carvalho

CAPA
Jorge Luiz

Texto de acordo com as normas do Novo Acordo Ortográfico
da Língua Portuguesa (Decreto Legislativo nº 54, de 1995)

DADOS INTERNACIONAIS DE CATALOGAÇÃO NA PUBLICAÇÃO (CIP)
FICHA ELABORADA POR TEREZA CRISTINA BARROS – CRB-8/7410

Lucio, Mateus Davi
Simulacro da escuridão : a ascensão dos neandertais / Mateus Davi Lucio. -- 1 ed. -- São Paulo : Pandorga, 2016.
422 p. ; 16 x 23 cm.

ISBN 978-85-8442-165-7

1. Ficção brasileira I. Titulo.

17.08/029-2016 CDD- 869.93

2016
IMPRESSO NO BRASIL
PRINTED IN BRAZIL
DIREITOS CEDIDOS PARA ESTA EDIÇÃO À
EDITORA PANDORGA
RODOVIA RAPOSO TAVARES, KM 22
CEP 06709-015 – GRANJA VIANA – COTIA – SP
TEL (11) 4612 – 6404
WWW.EDITORAPANDORGA.COM.BR

"Na guerra, a verdade é a primeira vítima."
ÉSQUILO

SIMULACRO DA ESCURIDÃO: A ASCENSÃO DOS NEANDERTAIS

um ensaio sobre os conflitos e dilemas do choque de culturas, da disputa pelo poder e da ascensão de outra espécie ante a humanidade

INTRODUÇÃO

UNIVERSOS PARALELOS EXISTEM E, AO CONTRÁRIO DO QUE SE IMAGINAVA, agora podem se comunicar. Poderiam usar a linha para trocar informações, conhecimento, tecnologia e até mesmo comércio, mas o que evitaria que a cobiça humana, ambicionando outros vastos planetas, entrasse em guerra contra eles?

Uma nova era se anuncia onde nosso universo não tem mais fronteiras, onde interagimos com seres de outras espécies, mas também inteligentes e, sob um olhar atento, fenomenais.

O ser humano, ao ser tirado do posto de único ser vivo inteligente e consciente de si, é colocado à prova, deliberadamente confrontado com seus maiores medos, dilemas e controvérsias. Vai ver, não somos tão bons assim.

Bons tempos aqueles em que só lidávamos com animais simples e domesticáveis. Agora, em um caminho sem volta, será que nossa espécie aceitará sem truculência um programa de adestramento?

Parte I

Os mundos paralelos

CAPÍTULO UM

ENQUANTO VOCÊ DORMIA

NA CIDADE DAS ESTRELAS, A NORDESTE DE MOSCOU, NA RÚSSIA, DURANTE A madrugada e, ao que tudo indicava, pela primeira vez, Dr. Fiodorovitch se levantou da cama sem, no entanto, despertar. Ele nunca teve qualquer problema relacionado ao sonambulismo, mas eis que o cientista russo estava de pé sem realmente acordar.

Sem hesitar ou tropeçar, caminhou tranquilamente em direção ao seu computador. Sentou-se e ligou o equipamento, mantendo ainda assim um olhar entre o fugidio e o atônito.

Após alguns segundos, começou a acessar remotamente os servidores da Roscosmos, a Agência Espacial Federal Russa e, com o uso de suas credenciais, conseguiu transferir um grande volume de informações absolutamente confidenciais para um protocolo de internet, os chamados IPs.

Após alguns "*Enter*" e digitação de senhas, o processo de transferência se iniciou muito lentamente. Contudo, ainda dormindo acordado, ele se levantou, abriu a porta de casa, caminhou alguns passos, olhou para o céu estrelado e simplesmente desmaiou sobre o calçamento.

Eventos estranhamente semelhantes ocorreram em diferentes partes do mundo, incluindo lugares da Europa e dos Estados Unidos. Mas em momentos diferentes, nas madrugadas de cada país, conforme o fuso horário.

Muito antes de o vazamento ser detectado, outro cientista, de Camberra, na Austrália, também em sono transtornado, parcimoniosamente acessou o protocolo de internet e baixou uma quantidade imensa de arquivos dos programas espaciais do mundo inteiro em um HD externo.

O homem, de posse do dispositivo de armazenamento de informações, dirigiu-se até a sala de controle do programa espacial da CSIRO[1], a Organização

1 • Do inglês, *Commonwealth Scientific and Industrial Research Organisation* (N. do A.)

de Pesquisa da Comunidade Científica e Industrial, acessou os satélites e os direcionou a um ponto específico do espaço, onde, entretanto, aparentemente não havia nada de especial. Algumas poucas pessoas o viram, espantadas com o horário de um visitante tão prestigioso, mas ninguém questionou suas ações; ele manda ali.

Após reprogramar os satélites com uma velocidade espantosa, comutou-os como recebedores de sinais para que agora enviassem dados, aqueles que ele tinha há pouco tempo transferido para o equipamento eletrônico por meio de ondas de rádio. É uma tecnologia rudimentar, mas ainda muito eficiente, pois trafega na velocidade da luz, como todas as ondas eletromagnéticas, lançando tudo o que o ser humano acumulou de conhecimento sobre o universo de volta no universo.

Tal quais os demais cientistas mundo afora, o australiano desabou sobre o chão da sala de controle dos satélites após enviar as informações para o espaço.

Pouco tempo depois, o vazamento foi percebido e detectado por todas as agências espaciais. Porém, se já causava grande estranheza pessoas de diferentes partes do mundo com poucas horas de diferença realizarem um procedimento abominável tão parecido, em estado de sono, na madrugada dos respectivos países, era mais estranho ainda que todo esse esforço hercúleo fosse para simplesmente lançarem aquelas informações pelo espaço, em uma direção absolutamente insignificante.

O caso gerou grande reboliço pelas ações dos envolvidos, e não por suas consequências, afinal, mesmo à velocidade da luz, aquelas informações demorariam mais de oito mil anos para chegar à estrela mais próxima do feixe das ondas de rádio, a Cephei, ou seja, aqueles dados, por mais importantes que fossem, quando chegassem a algum lugar habitado por vida inteligente, o que era improvável, já estariam completamente obsoletos.

Em resumo, as motivações não eram condenáveis, pois nenhum deles se recordava de absolutamente nada do que tinha acontecido ao acordarem. Inclusive, nos casos em que foi possível rever as filmagens das câmeras de segurança, o estado de espírito dos cientistas era incontestável, algo também comprovado pelas poucas testemunhas: eles estavam lá de corpo presente e realmente realizaram as violações, mas, sem dúvida, não estavam em sã consciência.

Muitas foram as investigações e acareações, incluindo um tímido envolvimento de algumas grandes agências de segurança do mundo, como a CIA. Mas o tempo foi passando, o evento não se repetiu e suas consequências pareceram irrelevantes.

No fim das contas, optaram por deixar o caso para trás, substituir os parâmetros de segurança e seguir em frente.

CAPÍTULO DOIS

PRIMEIRO CONTATO

JÁ TINHAM SE PASSADO DOIS MESES DOS CASOS DE SONAMBULISMO QUASE simultâneos entre diversos cientistas ligados à área espacial do mundo inteiro e, pela falta de novidades, o assunto perdeu fôlego, limitado a frívolas discussões em blogs pelo mundo afora, povoados de aficionados por teorias da conspiração e ufologia.

Mas em Washington, nos Estados Unidos, uma visita curiosa acabou conseguindo chamar a atenção. Era uma criança muito pequena e com um sotaque inegavelmente esquisito, difícil inclusive de se arriscar a possível origem do garoto, que mais tarde se mostraria até comicamente petulante.

— Bom dia, senhor segurança, gostaria de falar com o senhor presidente.

— Na verdade, garoto, não sou segurança, sou um agente federal — o homem respondeu sorrindo.

— Isso não é relevante, gostaria de falar com o senhor presidente.

— Que insolência é essa, garoto?! "Não é relevante"! Onde está sua mãe, hein?

— Não quis ofendê-lo, senhor agente federal do senhor presidente. Desculpe-me. Peço que não se ofenda novamente, mas onde está a senhora minha mãe também não é relevante; contudo, já adianto que está bem longe.

— Olhe, garoto, se você não falasse desse jeito tão engraçado, como uma miniatura de adulto, eu já teria dado um jeito de expulsá-lo daqui.

— Lamento o incômodo, senhor agente federal do senhor presidente.

— Bobagem. — E, após alguns segundos. — Vai ficar me olhando?

— Estou aguardando que o senhor chame o senhor presidente.

— Acho que isso não vai acontecer.

— Talvez isso convença o senhor.

O garoto, então, entregou um papel relativamente pequeno, escrito no topo: "sequência para detonação nuclear" e, logo abaixo, uma infinidade de números.

— Ah, essa foi demais, o Google tem cada coisa.

— Aqui são os Estados Unidos da América?

— Mas é claro!

— E o presidente não é mais o senhor Oliver Choss? Agora é o senhor Google?

— Olhe, você está conseguindo realmente chamar minha atenção. De que país você veio, hein?

— Isso não é relevante, senhor agente federal, mas, respondendo à sua pergunta, venho do Paraíso, no planeta Lar.

— Lar?

— Sim, onde moro se chama Lar.

— Ai, ai, ai...

O walkie-talkie do agente o chama:

— *É da central de vigilância. Está tudo bem, aí?*

— Sim, sim, só estou me divertindo com um garoto.

— *Está demorando muito, o que ele quer?*

— Falar com o presidente, mas você não vai acreditar, ele tem um papel com o código de uma sequência de detonação nuclear, é mole? — o homem respondeu achando graça.

— *Bom, agente, você conhece o protocolo.*

— Que é isso?! Você está dizendo que devo verificar um código escrito em uma folha de caderno entregue por um garoto?

— *Bom, é o certo, "nunca ignorar ameaças, ainda que aparentemente inocentes". Quantos números há nesse código?*

— Nossa, dezenas! — Enquanto o garoto sinaliza com as duas mãos a resposta correta que o agente deveria dar. — Ah, quarenta e um números.

— *Quantos, agente?*

— Quarenta e um.

— *Tire essa porcaria do viva voz!*

— Pronto, senhor.

— *Leve imediatamente o garoto para a sala marrom, com o papel!*

— Ah, você está realmente falando sério?

— *Não estou brincando, é uma ordem, agente. Câmbio, desligo.*

— Olhe, garoto, você conseguiu enervar o pessoal.

— Vou poder falar com o senhor Google, presidente do país?

— O presidente é realmente o Oliver Choss, mas, por enquanto, apenas me acompanhe, por gentileza, e veja se não apronta nada, está bem?

— Claro, senhor agente federal.

— Olhe, veja se para de falar desse jeito esquisito, pelo amor de Deus.

— Irei me esforçar, senhor agente federal.

Enquanto eles entram no elevador, após o agente passar um cartão e digitar uma senha, os dois se dirigem até o quinto subsolo da Casa Branca.

No andar subterrâneo, há apenas um corredor muito largo, com poucas portas de cada lado, ao longo. Enquanto o agente conduz o garoto, ele observa com indiferença o ambiente frio e um pouco escuro.

— Qual o seu nome, menino?
— Prometeu.
— Prometeu, da mitologia grega? Até seu nome é de outro mundo!
O garoto por fim esboça uma expressão, abrindo um sorriso lateral e, quando finalmente chegam à porta da tal sala marrom, enquanto o agente novamente usa o seu cartão de acesso e senha para abri-la, Prometeu nota que há uma porta bem ao lado, com uma placa, e lê em voz alta os dizeres:
— "Esta porta deve permanecer sempre fechada". Curioso.
— O que há de curioso nisso?
— Se esta porta deve permanecer sempre fechada, por que os senhores humanos não tiram a porta e fazem uma parede?
— Sério? "Senhores humanos"?! Olhe, fique sentado quietinho naquela cadeira atrás da mesa. Boa sorte, garoto. Seja normal, se for possível.
Prometeu sequer respondeu, sinalizando meramente com a cabeça que acataria as instruções e, com efeito, sentou-se e ficou aguardando, enquanto contemplava seu reflexo em um espelho quadrado bem grande, preso em uma das paredes laterais. No teto, uma câmera ligada. A sala marrom não era nada mais que uma sala de interrogatório.

CAPÍTULO TRÊS

CÓDIGOS NUCLEARES

A ESPERA DO JOVEM PROMETEU NÃO DUROU MUITO, POIS, EM APENAS QUATRO minutos, quatro sedans pretos e com vidros filmados chegaram à Casa Branca. Dentro dos veículos, além de alguns membros da CIA, a Agência Central de Inteligência, o próprio secretário de segurança nacional e sua assistente.

Ao chegarem à sala marrom, apenas dois membros da inteligência foram falar diretamente com o estranho garoto, enquanto o secretário, sua assistente e os demais agentes ficaram na sala ao lado, de onde assistiram a tudo pelo espelho falso.

— Bom dia, sou o agente Doyle e este é o agente Mac, tudo bem?

— Bom dia, senhor agente Doyle e senhor agente Mac. Sou Prometeu.

— Bem — disse o agente Doyle, sentando-se em frente ao garoto, enquanto o colega permaneceu de pé, a alguma distância —, não quero que comecemos com o pé esquerdo. Se você confiar em mim, posso ajudá-lo a sair rápido dessa encrenca. Então, se você for sincero comigo, serei sincero com você, entende?

— Não entendo por que disse isso, senhor agente Doyle.

— Me chame apenas de Doyle, tudo bem?

— Certo, senhor Doyle.

— Enfim, sabemos que seu nome não é Prometeu, como você diz, mas Richard Tompson e que tem catorze anos. Aliás, seus pais, em Iowa, estão muito preocupados com você. Faz uma semana que você sumiu da fazenda.

— Este simulacro se chama Richard, de catorze anos, mas eu, chamado Prometeu, tenho cento e setenta e nove, em anos terrestres, obviamente.

— Já vi que você não quer falar mesmo. Então, vou direto ao ponto: como conseguiu aqueles códigos nucleares?

— Isso não é relevante, senhor Doyle.

— Olhe aqui, Richard, estou conversando com você civilizadamente. Respeito você. Mas o meu amigo aqui... Ele nem sempre é tão gentil. Então, vamos economizar o tempo um do outro, além de evitar alguns atos abomináveis, e comece a nos dizer alguma coisa.

— Prefiro falar diretamente com o senhor presidente.

— Isso não vai acontecer, não mesmo.

— Compreendo. Bom, o motivo da minha presença aqui ocorre porque seu mundo está em uma iminente ameaça, e os humanos não parecem dispostos a tomar uma atitude urgente.

— Ah, sei... E você veio nos ajudar?

— Exatamente. Mas, antes, preciso de um caderno e uma caneta.

— Olhe aqui, Richard, ou Prometeu, que seja, não vai adiantar ficar nos enrolando.

— Posso provar, só preciso de um caderno e uma caneta.

O agente Doyle, já bastante aborrecido, fez sinal para que Mac buscasse o que o garoto estava pedindo. Para ele, só importava saber como aquele adolescente petulante tinha obtido aqueles códigos. E, por Deus, estavam corretos! Quem os entregou para ele? Seria o garoto apenas um adolescente aliciado por terroristas? Veio até Washington entregar uma mensagem, por isso o caderno? De todo modo, era apenas uma criança esquisita, e estabelecer a confiança seria um passo importante, pois, se o garoto se fechasse completamente ao diálogo, talvez eles nunca descobrissem como os códigos nucleares simplesmente vazaram. Como isso aconteceu era um ponto-chave, e não os códigos em si, que já estavam sendo alterados. Mas de que adiantaria, considerando que do mesmo modo que o antigo vazou o novo poderia vazar também? Eis o problema.

CAPÍTULO QUATRO

SEXTO SENTIDO

NA SALA AO LADO, O SECRETÁRIO DE DEFESA NACIONAL EXTERNOU, SEM TI-midez alguma, sua angústia e estupefação.

— Isso nunca aconteceu na história do nosso país e, justamente quando sou o secretário, acontece. Que palhaçada! E qual é a desse garoto? Se bobear, ainda faz xixi na cama e fala conosco como se nós fôssemos as crianças aqui. Se ele não abrir a boca hoje até o final do dia, podemos usar o protocolo nove cinco oito dois, aí eu mesmo quero ouvi-lo pedir caderninho e canetinha quando nossos açougueiros estiverem arrancando os olhos dele.

Surpreendentemente, Prometeu, que olhava para baixo com uma paciência irritante enquanto aguardava a chegada de suas demandas, olhou em direção ao espelho falso, precisamente nos olhos do secretário de defesa, mas sem expressar uma palavra sequer. Nesse momento, todos naquela sala se olharam sem entender nada, afinal, aquele espelho era falso, não poderiam ser vistos, e, somado a isso, o ambiente era à prova de som. Já tinham feito outros interrogatórios ali, e nunca algo do tipo aconteceu! Era absurdo ou uma estranha coincidência.

— Eu, hein?! Na dúvida, melhor nos comunicarmos fora daqui, caso seja necessário.

Finalmente Mac voltou, munido de caderno e caneta, e os entregou.

— Muito bem. Agora, preciso me concentrar, senhores agentes.

— Ora, garoto, para que tudo isso?

— Por favor, senhor agente Doyle.

— Que seja. Vamos, Mac... E, Richard, não tente nenhuma gracinha. — Ele apontou para a câmera de vigilância.

O garoto sequer respondeu. Apenas abriu o caderno, destampou a caneta e começou a escrever alguma coisa, sem parar, com uma velocidade surpreendente.

Quando os agentes deixaram a sala, os demais membros da CIA e o secretário, com sua assistente, estavam do lado de fora, no corredor, e disseram no ouvido de Doyle que havia alguma coisa errada na sala de observação da sala marrom e que era melhor ficarem na sala de vigilância, onde poderiam assistir a tudo da câmera.

CAPÍTULO CINCO

APOCALIPSE

JÁ TINHA SE PASSADO MEIA HORA QUE PROMETEU ESTAVA ESCREVENDO E, DA sala de vigilância, todos se sentiam cansados pela demora.

— Agente, você consegue aproximar esta câmera para vermos o que ele está escrevendo?

— Talvez, secretário, o ângulo deve atrapalhar um pouco, mas vamos ver o que conseguimos aqui.

— Hum, parece que a nitidez está boa, mas que monte de rabiscos são esses?

— Não sei, mas parecem ser... Bom, talvez, equações matemáticas.

— É só o que me faltava, estamos há meia hora assistindo a esse moleque resolver a fórmula de Bhaskara.

Alguns segundos depois, o garoto parou de escrever, tampou a caneta e se recostou sobre a dura cadeira.

— Olá, novamente, Prometeu.

— Olá, senhor agente Doyle. Olá, senhor agente Mac.

— Bom, o que temos aqui?

— O senhor não irá compreender. Digo, com todo respeito, senhor Doyle.

— Sei — disse enquanto folheava as páginas, verdadeiramente, sem compreender absolutamente nada —, você não pode nos dizer ao menos do que se trata?

— Da extinção da humanidade.

— Ora, o que alguns números têm a ver com o apocalipse?

— Na verdade, vocês chamam de Apophis.

— Apophis?

— Sim, o asteroide. — Encarou decididamente o agente Doyle. — Você realmente não tem a menor ideia do que estou falando, não é mesmo?

— Chega dessa palhaçada, Richard! — disse o secretário de defesa, entrando abruptamente bufando. — O que tem essa merda de asteroide a ver com a forma como você conseguiu os códigos nucleares?

— Na realidade, senhor Não-sei-quem-é-bem-vestido, não tem nada a ver, mas precisava ser ouvido. É urgente. Só estou querendo ajudar — disse Prometeu, externando uma calma irritante.

— Sou o secretário de defesa nacional dos Estados Unidos da América e já perdi completamente a paciência com a sua lengalenga.

— Já dei tudo de que vocês precisam, senhor secretário de defesa nacional dos Estados Unidos da América, basta entregar estas equações para alguém capaz de lê-las.

— Para mim basta! — ele disse e saiu levando o caderno e batendo o pé de tão transtornado.

Os agentes Doyle e Mac também saíram, acompanhando silenciosamente o secretário, que se dirigiu novamente à sala de vigilância.

— Alguém consegue decifrar este lixo? — perguntou aos agentes presentes, jogando o caderno sobre a mesa.

Um a um eles começaram a repaginar os escritos, e eram verdadeiramente muito complexos, com fórmulas longuíssimas, algumas de duas ou três linhas, usando um sistema que envolvia conceitos matemáticos atípicos. Ao todo, havia cinquenta e duas páginas de fórmulas. Obviamente, aquele não era um trabalho para agentes de campo.

CAPÍTULO SEIS

RICHARD

Duas semanas atrás...

— *Alô?*

— Alô, Frank, é o Teddy, pai do Richard, tudo bem?

— *Opa, tudo bem, sim, o que manda?*

— Cara, o Richard não apareceu em casa até agora, não consigo falar com ele no celular. Por acaso ele está com o seu filho?

— *Não, meu filho está aqui sozinho, jogando videogame. Só um segundinho... Filho, filho, por acaso você viu o Richard hoje? Não? Tem certeza? Sabe onde ele está? Lamento, Teddy, não sabemos, mas sabe como são os garotos hoje em dia, não é?*

— Beleza, Frank, obrigado. — Desligou o telefone. — Querida, você conseguiu alguma coisa?

— Não. Ah, estou tão preocupada... Sinto que aconteceu realmente alguma coisa. Ah, será que ele se meteu com drogas? Meu Deus, não sei mais o que faço.

— Calma, amor, não precisa chorar, está tudo bem, não aconteceu nada, não. Você falou com seu primo, aquele que é policial?

— Foi o primeiro com quem falei. Nate disse que iria rodar por aí.

O telefone toca.

— *Richard!? É você, meu bem!?*

— Prima, é o Nate.

— *Me dê uma boa notícia, pelo amor de Deus!*

— Calma, seu filho está bem e está vivo. Só tem um problema, ele pegou uma carona com um caminhoneiro, John. Ele é conhecido, é gente boa.

— *Como assim, Nate? Do que você está falando?*

— O John não sabia, ele estava na estrada. Em um determinado momento, olhou pelo retrovisor e viu um boné ser levado pelo vento, saindo do caminhão dele. Ao encostar para verificar, Richard estava no meio da pilha de soja. Ele deve ter subido no caminhão quando estava parado no posto onde os caminhoneiros ficam, aí perto da sua fazenda.

— *Mas por que este tal de John não chamou a polícia, droga?*

— Ele me disse que o menino contou uma história de que o pai estava abusando dele e tal, e que queria ajuda do caminhoneiro para fugir para a casa dos avós. Sei que Teddy nunca faria um absurdo desses, mas não tinha como John saber, não é?

— *E onde está meu filho, Nate?*

— Bom, John disse que parou perto do Distrito de Colúmbia, para dar algo de comer para Richard, mas ele saiu correndo de repente. Ele o procurou por um tempo, mas não podia abandonar o caminhão, aí acabou desistindo.

— *Ah, meu Deus, e agora?*

— Não se preocupe, já falei com alguns amigos e conhecidos de Washington. Vamos encontrá-lo cedo ou tarde.

— *Entendi. Tudo bem, já é um alívio saber disso tudo. Só não entendo por que ele fez isso e por que acusaria o pai de uma abominação dessas.*

— É lamentável, prima, mas, quando o encontrarmos, saberemos de toda a verdade.

— *Mas este tal John notou se Richard estava transtornado, se tinha usado algum tipo de droga ou sei lá?*

— Olhe, a única coisa que ele disse é que o Richard tinha um sotaque que ele nunca tinha escutado, o que me pareceu bem estranho, mas ele confirmou em várias fotos que tinha cem por cento de certeza de que era o Richard.

— *Bom, seja o que Deus quiser...*

CAPÍTULO SETE

SIMULACRO

NA CASA BRANCA, AS COISAS CONTINUAVAM SEM QUALQUER EVOLUÇÃO significativa. Ninguém era capaz de compreender as anotações que Prometeu entregara.

— Secretário, acredito que devemos mandar essas anotações para a nossa central.

— Não sei, vai demorar muito. A burocracia lá é muito grande. Se bobear, demoraremos anos para receber um parecer sobre de que se tratam essas fórmulas. Quero respostas, mas quero respostas agora. No máximo até amanhã ou depois de amanhã.

— Bom, tenho um amigo lá de Harvard, o professor Douglas Keating, ele é doutor em física, talvez possa nos ajudar.

— É, talvez. Bom, faça isso, digitalize e mande diretamente para ele. Agora, é fundamental deixar claro que tudo isso é altamente confidencial. Não sabemos se nessas fórmulas estão caminhos para quebrar nossos sistemas de segurança.

— Seguramente, senhor.

Após uma breve conversa, o professor Keating aceitou analisar os documentos, embora estivesse com a agenda um pouco apertada, até porque a matemática desenvolvida por um garoto não seria em hipótese alguma um grande desafio.

Depois de três horas de angústia na sala de vigilância, finalmente, o professor retornou a ligação. Enquanto isso, os muitos olhos que ali estavam testemunharam o garoto permanecer em um quase completo estado de catatonia, como se estivesse verdadeiramente em modo off-line ou em função pausa, o que era bastante esquisito. Mas a estupefação de todos foi perturbada pela ligação do professor, que eles esperavam que trouxesse qualquer boa notícia.

— Alô, senhor secretário, é o professor Keating.

— Olá, nos dê alguma informação útil, vamos.

— Bom, secretário, isso parece mais uma tese de doutorado, arrisco até dizer que é obra de um prêmio Nobel.

— Mas que bobagem, ele é apenas um menino caipira de catorze anos.

— Bom, pode ser um gênio, não sei.

— Que seja, mas o que dizem essas fórmulas?

— Enfim, eis aqui alguns cálculos com base na trajetória do asteroide Apophis. Segundo o documento, em quinze de outubro de 2069, ao contrário daquilo em que a Nasa acredita, o asteroide não passaria tangente à Terra, mas perpendicular em relação ao eixo, o que seria absolutamente catastrófico.

— Ora, professor, obviamente as continhas desse menino estão erradas.

— Bom, não posso afirmar isso, secretário. Confesso que eu mesmo levaria meses para analisar profundamente esses cálculos.

— Talvez eu devesse procurar alguém mais especializado.

— Na verdade, o problema não é esse, mas, sim, que ele não se baseia na nossa matemática, isto é, na euclidiana. As deduções aqui presentes se baseiam em outros postulados, em outros axiomas. Sinceramente, nunca vi nada parecido e, tenho que admitir, incrivelmente sofisticado e elegante.

— Você está me dizendo que, com base em uma matemática maluca, o garoto conseguiu realizar uma previsão da trajetória de um asteroide, que acontecerá daqui a décadas, com mais precisão do que a Nasa?

— Olhe, não sei como explicar isso direito, mas em termos de matemática aplicada e física, só para me limitar nesses dois exemplos, suprimimos variáveis nas quais nossa matemática não é poderosa o bastante para calcular. Por exemplo, quando jogamos uma bola para o alto, assumimos que o mesmo tempo que ela demorou a atingir o apogeu demorará a atingir nossa mão novamente. Isso seria verdadeiro se, e somente se, não houvesse o efeito gravitacional, por exemplo, da Lua ou do Sol, que, quanto mais perto fica da Lua, porque a jogamos para cima, mais aumenta sua influência. E como a Lua está em movimento constante, a influência nunca é exatamente igual. Nesse exemplo, você poderia dizer: "Ah, de que importa? É besteira". Mas é por causa disso que, quando falamos do risco da Apophis atingir a Terra, sempre dizemos, a exemplo do possível impacto em 2036, que a probabilidade é de uma em 45 mil. Na verdade, apenas chutamos os impactos das variáveis não calculáveis e estimamos uma estatística. Agora, se essa matemática que você me entregou for verdadeira, não há probabilidade, simplesmente acontecerá.

— Bem, professor, terei que enviar esses arquivos para a Nasa, eles que se virem quanto a isso. Sinceramente, isso me parece bobagem. De qualquer maneira, você está contratado como nosso consultor.

— Olhe, secretário, lamento, mas tenho muito trabalho aqui em Boston.

— Isso é caso de segurança nacional. Harvard que se vire. Amanhã você vem para Washington, querendo ou não. Até logo, professor.

O secretário desligou o telefone, pediu à assistente que enviasse os arquivos para a Nasa e foi falar com o garoto.

— Boa tarde, senhor secretário de Defesa Nacional dos Estados Unidos da América, como vai?

— Não tão bem quanto a sua petulância. Quer dizer que o asteroide atingirá a Terra em 2069?

— Sim, no dia 15 de outubro, e vocês, humanos, entrarão em extinção.

— Sei, sei, e você é o Espírito Santo, que desceu à Terra para nos salvar, não é mesmo?

— Na verdade, senhor Secretário, vim de outro universo, de um outro mundo.

— Gozado, não vi sua nave pousando.

— Venho de uma realidade paralela, por meio de um processo que chamamos de sobreposição consciencial, assumi o simulacro deste garoto chamado Richard.

— Isso é ridículo. Só não entendo como você conseguiu os códigos nucleares.

— E você fará qualquer coisa para saber como, não é mesmo? Nem que tenha que arrancar meus olhos...

Neste momento, Prometeu simplesmente enfiou dois dedos no próprio olho esquerdo e, sem sentir nenhuma dor, enquanto gargalhava, arrancou seu próprio globo ocular. O sangue jorrava, banhando e tingindo de vermelho as roupas do garoto, seu rosto e até a mesa da sala. O secretário levantou-se surpreso e, na verdade, em pânico. Sentiu um misto de repúdio, aflição e nojo. Saindo da sala, ele gritou para que chamassem uma ambulância com extrema urgência. Tudo era tão absurdo! Ele mal podia acreditar no que estava vendo.

CAPÍTULO OITO

PÓ DE ANJO

O RAPAZ FOI LEVADO AO PRONTO-SOCORRO DE UM HOSPITAL MUITO PRÓXIMO, O George Washington University Hospital, a apenas seis quadras da Casa Branca.

Apesar da gravidade da lesão, o rápido atendimento assegurou a sobrevivência de Richard, ou Prometeu, e entre o secretário e os membros da CIA se discutia se, afinal, o garoto não estava sob efeito de PCP.

O PCP, ou fenilciclidina, que recebeu em inglês uma série de apelidos como *Angel Dust, Supergrass, Boat, Tic Tac, Zoom, Shermans, Deeper*, é uma droga que fez muito sucesso nos Estados Unidos nos anos 1970 e 1980, mas que, devido ao seu baixo preço e facilidade de transporte, ainda era utilizada em algumas regiões. Em cidades como Anacortes, ao sul de Washington, onde drogas comuns chegam com baixa qualidade e alto preço devido à grande dificuldade de entrada e ao alto policiamento, o "pó de anjo" ainda era largamente utilizado.

Podendo ser inalado ou injetado, fazia mais sucesso quando um cigarro era embebido nele e tragado. Sendo o PCP um anestésico dissociativo, o seu uso recreativo passou a ser um risco social, quando o usuário, ao ingerir altas doses, passa a ter sintomas de nítidas alucinações, calor e praticamente nenhuma dor. Não era difícil encontrar na internet vídeos de usuários que, sob os efeitos dessa droga, saíam pelas ruas completamente nus, destruindo propriedades, gritando frases sem sentido e atacando veículos ou transeuntes.

Além disso, não eram raros os casos de suicídio involuntário, pois, imersos nas alucinações provocadas pela droga e sem sentir absolutamente dor alguma, viciados pulavam de viadutos, automutilavam-se ou se jogavam na frente de carros em movimento.

Um caso, inclusive, ganhou as telas: Hannibal, baseado em um caso real que ocorreu em fevereiro de 2009, em Denver, Colorado. Um sujeito chamado Michael, sob efeito de PCP, quebrou o espelho de sua residência com o próprio rosto e, com um dos cacos, arrancou a própria pele da face, do nariz, das orelhas e um dos olhos e serviu aos seus três cachorros. Enquanto era estabilizado no hospital, disse que fez isso a si mesmo em oferenda ao "grande pássaro".

Outro caso notável foi o do rapper Antron Singleton (Big Lurch). Em 10 de abril de 2002, em Los Angeles, ele atacou a própria namorada, quebrou suas costelas e a canibalizou. Os médicos encontraram inclusive restos de pulmão da sua namorada no estômago dele. Uma testemunha reportou que, quando Big Lurch foi encontrado pela polícia, ele estava pelado, coberto de sangue, parado no meio da rua, enquanto contemplava as estrelas no céu. Foi condenado à prisão perpétua, muito embora tenha alegado insanidade sob efeito de PCP.

Agora, se Richard tinha usado PCP, criando assim uma história insana, que ia da invenção de um ser de um universo paralelo chamado Prometeu, tendo escrito uma matemática que previa uma colisão de extinção em massa da Terra com o asteroide Apophis e, mais ainda, estar em posse dos códigos nucleares americanos e arrancar seu olho com a própria mão pareciam aspectos difíceis de conciliar. A matemática era genial demais para alguém sob efeito de alucinógenos. Por outro lado, uma automutilação desse nível era absolutamente improvável para alguém sem efeito algum de drogas analgésicas e dissociativas. De um modo ou de outro, os exames trariam todas as respostas.

CAPÍTULO NOVE

OUTRAS MATEMÁTICAS

RICHARD AINDA ESTAVA INTERNADO, SOB OS OLHOS TEMÍVEIS DOS MEMBROS da inteligência americana. Os exames saíram e, exceto por um princípio de anemia, não havia nada de especial com a saúde do garoto, inclusive psíquica. A alegação de que ele teria se automutilado sob o efeito de drogas simplesmente não se confirmava, mas também parecia impossível explicar como conseguiu fazê-lo em meio a gargalhadas e sem esboçar dor alguma. Contudo, ainda havia uma expectativa, a Síndrome de Riley-Day, isto é, uma desordem do sistema nervoso que, entre outras coisas, gera insensibilidade à dor. Contudo, rapidamente essa possibilidade também foi descartada quando houve resposta positiva à injeção de histamina.

— Senhor doutor, por que vocês não utilizam simplesmente a Navalha de Occam? Ou seja, "se em tudo o mais forem idênticas as várias explicações de um fenômeno, a mais simples é a melhor."

— Richard, convenhamos, acreditar que você é um visitante de um universo paralelo e que, na verdade, se chama Prometeu, que invadiu o corpo desse garoto com quem estou falando agora, não é exatamente a explicação mais simples.

— "Quando você elimina o impossível, o que restar, ainda que improvável, só pode ser a verdade".

— Nossa, citando Arthur Conan. — O médico riu. — Quer dizer que, além de ser um extraterrestre, um matemático brilhante, ainda é um erudito precoce?

— Bom, senhor doutor, se você soubesse o quão ainda é rudimentar a tecnologia do seu povo...

— Opa, lamento interromper nossa boa conversa, Richard, ou Prometeu, mas tem uma visita para você — disse após um sinal de uma das enfermeiras através da janela da sala.

— Com licença. Obrigado, doutor. Bom dia, Prometeu. É assim que você prefere ser chamado, certo? Sou o professor Keating, doutor em física, analisei suas equações e, devo admitir, são bem impressionantes.

— Bobagem, resolvemos esses tipos de problemas durante a infância em meu mundo, que, em vez de chamarmos de Terra, como vocês, chamamos de Lar.

— Lá deve ser esplêndido mesmo. Mas o que mais me deixou curioso é que vocês, do seu mundo, não utilizam a matemática euclidiana.

— Bom, a sua matemática é muito boa para questões simples, em que tudo pode ser desprezado, mas, quanto mais complexa é a natureza da questão, mais incertezas se acumulam em seus cálculos, abusando inclusive da imprecisão, ao utilizar as funções limite.

— Bem, é o que temos, mas seria um prazer compreender melhor os fundamentos que vocês utilizam.

— O prazer será meu, senhor professor. Por exemplo, qual é o quinto postulado de Euclides?

— Bem, que, "se duas linhas intersectam uma terceira linha de tal forma que a soma dos ângulos internos em um lado é menor que dois ângulos retos, então as duas linhas devem se intersectar neste lado se forem estendidas indefinidamente".

— Ou seja, senhor professor, com base nisso, eu poderia afirmar que duas linhas absolutamente paralelas nunca se tocarão, ainda que estendidas indefinidamente?

— Precisamente, por isso esse é chamado de Postulado das Paralelas.

— Pegue duas canetas, e coloque-as em paralelo sobre esta mesa.

— Um minuto, acho que tenho aqui... Pronto.

— Olhando assim de cima, concordo com o senhor que elas, se fossem linhas, e se estendidas indefinidamente, com certeza nunca se encontrariam.

— Sim...

— Agora, que tal se você se abaixasse e olhasse as canetas do nível da mesa.

— Bom, neste caso, só vejo uma das canetas, mas bem sei que a outra está atrás.

— Ora, e você não poderia dizer que, sob determinado ângulo, elas não estariam sobrepostas?

— É... Bem...

— Na verdade, deste ângulo, as linhas não só se encontram, como, somado a isso, elas se sobrepõem indefinidamente. Ou poderia dizer, duas linhas perfeitamente paralelas, sob determinado ângulo, se convergem ilimitada e indefinidamente.

— Bom, concordo, é absolutamente genial, mas, se isso for verdade, toda matemática e, em especial, nossa geometria, se baseia em um falso fundamento?

— É curioso, senhor professor, mas ela é válida para qualquer outro ângulo, menos exatamente esse. E, por causa dessa limitação matemática, vocês nunca descobriram o universo paralelo, apesar de grandes esforços, devo admitir.

— Então, vamos admitir que, por um segundo, eu concorde com tudo o que você disse. Significa, então, que a raça humana está verdadeiramente em risco, em um curto prazo?

— Bom, vim ao seu mundo apresentar o problema, mas também tenho a solução. Ainda temos alguns anos de prazo para tomarmos uma atitude. De qualquer maneira, senhor professor, preciso partir agora, mas entrarei em contato.

— Mas de que maneira, Prometeu?

— Não se preocupe, você saberá que sou eu.

E, subitamente, o garoto simplesmente fechou os olhos e sucumbiu. Apesar dos grandes esforços médicos, não havia realmente nada que pudesse ser feito. Não era como se ele tivesse falecido, o que normalmente aconteceria. Era como se o sopro da vida tivesse sido levado embora, por falta de uma maneira mais precisa de se descrever aquele evento.

O professor Keating ficou profundamente abalado e impressionado. Naquele momento, decidiu que dedicaria toda a sua vida a compreender o legado deixado por Prometeu por meio das fórmulas e que advogaria em prol da atenção devida a elas. Além disso, convidaria o pessoal da Nasa, que também já iniciava a análise das equações, para participar. Ele estava obstinado por aquele caso.

CAPÍTULO DEZ

NASA

POUCAS SEMANAS APÓS O FALECIMENTO DE RICHARD OU, NA VISÃO DE PROmeteu, do simulacro humano chamado Richard, o ímpeto da investigação ruiu completamente.

O professor Keating foi liberado para voltar a Boston, a contragosto, mas ele não desistiria assim tão facilmente. Fez o possível para participar com a Nasa das análises das fórmulas deixadas pelo visitante do universo paralelo, recorrendo a seus contatos e insistindo muito.

No entanto, não demorou para que um grande golpe desmoronasse o progresso e sucumbissem os alertas feitos por Prometeu, quando, em seu relatório final, a Nasa resumiu que "as fórmulas se baseiam em uma matemática ousada, porém, absolutamente inaceitável, que desconsidera os fundamentos mais básicos da mecânica e vai contra tudo o que aprendemos durante décadas sobre o espaço. Na melhor das hipóteses, é apenas uma teoria, mas não há a menor possibilidade de a considerarmos válida nem, sobretudo, realizarmos qualquer ação em função dela".

O professor ficou estupefato e aborrecido com as conclusões da agência. Segundo a opinião dele, não deram a devida atenção e nem concederam o benefício da dúvida. Ao analisarem os dados, não procuravam verdades, mas erros. Para Keating, era simplesmente incrível notar "com quão pouca sabedoria o nosso mundo ainda é governado", como diria Paul Krugman. Quanto ao suposto fato de que Prometeu viera de um universo paralelo, os demais cientistas riram e debocharam do professor. Aliás, por muito pouco, esses eventos não levaram a sua bancarrota e expulsão de Harvard.

Contudo, com algumas distorções, o caso ganhou repercussão na internet e, novamente, alimentou a inventividade de ufólogos, aspirantes a cientistas, curiosos e exotéricos. Alguns avaliavam se Richard não tinha esquizofrenia, outros se seus atos não foram resultado de alguma possessão espiritual. Muitos concordavam com a possibilidade dos universos paralelos, mas achavam as evidências insuficientes. Quanto aos ufólogos, esses não tinham dúvidas; para eles, Prometeu nada mais era do que um alienígena que, após abduzir o garoto Richard, entrou em seu cérebro e o fizera de ventríloquo. A própria morte do garoto, sem explicação aparente, alimentava ainda mais a criatividade humana. As pessoas se perguntavam se os eventos daquele passado recente, quando vários cientistas de várias partes do mundo, ao vazarem informações confidenciais de diversas agências espaciais e as lançarem ao universo, não teriam alguma relação com o Caso Prometeu, como foi apelidado. Enfim, as hipóteses eram muitas e as informações sobre os casos eram sempre de fontes pouco confiáveis, com tom de boato, o que acabou minando a repercussão potencialmente avassaladora das histórias.

CAPÍTULO ONZE

OUTRO SIMULACRO

UM ANO SE PASSOU, E O CASO TEVE UMA GRANDE REVIRAVOLTA, PARA A MAIS absoluta alegria do professor Keating que, enquanto fazia um lanchinho na sala dos professores, recebeu um recado da secretária dizendo que um tal de Prometeu estava à sua espera na recepção. O professor foi ao encontro dele com grande afobamento e quase tropeçando em suas próprias pernas.

Ao se aproximar da recepção, levou um banho de água fria ao vislumbrar que, muito diferente do que se poderia imaginar, quem estava à sua espera era um sujeito jovem, estilo hippie, barbudo e que de longe já cheirava à maconha. "Por incrível que pareça", pensava o professor, "há outros loucos no universo que se chamam Prometeu... Deve ser apenas um aluno do qual não me recordo".

— Olá, como posso ajudá-lo?

— Ora, senhor professor Keating, pensei que vocês, *Homo sapiens*, costumassem realizar recepções mais calorosas.

— É realmente você, Prometeu?!

— Em "carne e osso", mas, se preferir, pode me chamar de Richard mesmo. — E sorriu.

— Vejo que já aprendeu com os terráqueos até como fazer ironia! Venha cá, me dê um abraço!

— Desculpe-me, senhor professor, não esperava também que fosse tão caloroso assim.

— Ah, deixe de bobeira. Estou há um ano esperando-o, amigo!

— Lamento a demora, a sobreposição consciencial é uma operação muito delicada, e até mesmo perigosa. E me perdoe se este simulacro não é muito agradável aos seus olhos.

— Não é dos melhores, mas isso não importa agora, vamos imediatamente para Houston, no Texas.

— Quer que eu tente convencer os seus colegas da Nasa, não é mesmo?

— Agora, finalmente, eles vão ter que nos ouvir!

CAPÍTULO DOZE

PALESTRA NEANDERTAL

COM AJUDA DOS POUCOS AMIGOS QUE CONSEGUIU MANTER NA AGÊNCIA, marcou uma apresentação de última hora para depois do expediente, em um dos auditórios da Nasa.

O texto improvisado do convite aos cientistas era bastante espalhafatoso, polêmico e provocativo, e dizia, dentre outras coisas, "que aquele que ainda duvidava da existência de universos paralelos terá no dia de hoje uma prova irrefutável".

Um ano inteiro de angústia e desacreditado tornaram o professor Keating ainda mais obcecado pelo tema. Naquela altura, ele era totalmente levado pela emoção de poder, finalmente, rir da cara dos cientistas da Nasa. Todas as suas esperanças de restaurar sua autoestima estavam depositadas naquele sujeito, no tal de Prometeu que, em contrapartida, externava bastante frieza, tangenciando a indiferença completa. Mas o professor estava tão cheio de si que sequer pôde notar isso.

Finalmente a apresentação começaria. O auditório não estava lotado, porém, ainda assim, cheio, mais de curiosos do que de crentes em uma revolução científica. De todo modo, o professor confiava que Prometeu faria algo espetacular, muito embora nunca tenha feito essa promessa. Combinaram que Keating seria seu assistente na apresentação. Prometeu não se preocupou uma única vez sequer em talvez trocar suas roupas ou fazer a barba. "É irrelevante", dizia. Quanto a isso, o professor mentiu para si mesmo dizendo que "é justamente a sua excentricidade que fará a apresentação ser mais fabulosa ainda". A sorte estava lançada.

— Boa noite, cientistas e convidados. Hoje teremos aqui a apresentação de um visitante longínquo, vindo de um universo paralelo, de uma outra realidade. Peço que mantenham suas mentes abertas até o fim e, então, tirem cada qual suas próprias conclusões. Uma nova era já começou, em que, em vez de determos todos os nossos esforços a desbravar o universo conhecido, podemos nos relacionar com o universo também desconhecido, que está além de nossos satélites e observatórios. Sim, exatamente isso! Apresento-lhes Prometeu! Uma salva de palmas, por gentileza!

— Obrigado, senhor professor Keating. Boa noite, senhores cientistas. Imaginem mil mundos. Parecidos, mas não idênticos. Similares, mas não iguais. Com sutis diferenças na maior parte dos casos. Imaginem um mundo onde os nazistas venceram a guerra. Ele existe. Imaginem um mundo onde as bombas nucleares nunca foram lançadas, ele existe. Imaginem um mundo onde sequer a Primeira Grande Guerra existiu, ele existe também. Mas vamos mais longe. Imaginem um mundo onde o povo não escolheu libertar Barrabás, mas Jesus Cristo. Imaginem um mundo onde nunca passou Aristóteles, Platão ou Sócrates, existe também. Sim. Imaginem um mundo onde os *Homo sapiens* não suportaram a Era Glacial. Imaginem um mundo onde os neandertais prosperaram. Imaginem um mundo onde nenhum hominídeo sobreviveu. Imaginem um mundo que um meteoro nunca atingiu e no qual dinossauros do tamanho de dois arranha-céus se acotovelam até hoje. Tudo isso existe.

As pessoas assistiam a tudo com sorrisos maldosos e risadinhas maliciosas. Prometeu notou e alfinetou.

— Os que não estiverem prontos para ouvir a realidade não são bem-vindos. Os que vieram só para atrapalhar também não são bem-vindos. O problema por acaso são minhas roupas, essa barba e, talvez, algum mau cheiro? Bom, este é só um simulacro humano que tive de usar para conseguir interagir com vocês. Preferiam que eu me apresentasse como um de vocês? Assim seja.

De repente, Prometeu simplesmente apagou e a surpresa de ver o apresentador agora desmaiado sobre o palco finalmente chamou a atenção da maior parte das pessoas. Poucos segundos depois, um dos cientistas se levantou:

— Não se preocupem com ele, senhores cientistas. A sobreposição consciencial só causa danos caso se estenda por mais de vinte horas terrestres, mesmo sem a tecnologia, que nós possuímos, de animação suspensa — disse, ao que tudo indicava, o próprio Prometeu, agora no corpo de um dos cientistas, enquanto caminhava para tomar o palco.

Simultaneamente, o jovem hippie, que teve seu corpo tomado de empréstimo, acordou abobado e confuso. Keating interviu, retirando-o do palco e, em seguida, deu-lhe algum dinheiro para que voltasse para casa. Mas Prometeu ainda não estava satisfeito.

— Talvez vocês não prefiram um de vocês, mas uma figura mais autoritária.

De repente, uma vez mais, Prometeu desmaiou no corpo do cientista recém-tomado e, ao passo que o homem recobrava os sentidos, tomou o corpo de um segurança e, uma vez mais, caminhou em direção ao palco.

— O que vocês acham agora, senhores cientistas? Estou bem apresentável? Pareço autoritário o suficiente? Arrumado o suficiente? Limpo o suficiente? Ou nada é o bastante para o cinismo deste mundo?

As pessoas estavam espantadas e boquiabertas. Literalmente amedrontadas. Como ele conseguia fazer isso? Seria apenas parte do show? Um teatro? Ou será mesmo que ele era de outro mundo e de algum modo capaz de tomar a consciência das pessoas daqui? Do cantinho do palco, Keating sorria maquiavelicamente, já imaginando a grande horda de amigos e rivais se retratando com ele.

— Talvez muitos de vocês estejam se perguntando de que mundo eu vim, afinal. Bom, do mundo em que vim, que não chamamos de Terra, mas de Lar, somos de uma linha bem-sucedida dos neandertais. A história de nossos planetas é muito parecida até aproximadamente 26 mil anos atrás. Os *Homo sapiens* estavam nas estepes russas e com ossos de mamutes fazendo abrigos e fogueiras, enquanto os neandertais que dominavam toda a Europa mediterrânea, incluindo a hoje Alemanha, eram massacrados pela Era Glacial. A cada Evento de Heinrich, que ocorre a cada mil anos, reduzindo mais drasticamente ainda a temperatura, os neandertais eram dizimados de hipotermia e fome, até que só restou uma única comunidade, em Gibraltar, próximo ao sul da Espanha. E é aí que as histórias da Terra e do Lar começam a se diferenciar. Mas, antes, vale lembrar que o que fez os *Homo sapiens* sobreviverem à Era Glacial foi o cérebro social e a inventividade, comunidades diferentes que se comunicavam sobre uma ampla região, trocando mercadorias e conhecimento. Já os neandertais viviam cada qual em sua comunidade, isoladamente e, apesar de nossos corpos serem mais equipados para enfrentar o frio, com grandes narinas e membros curtos, a ausência de um cérebro social finalmente nos fez falta, após 300 mil anos de prosperidade. Mas em mundos diferentes as histórias tiveram finais diferentes. Na Terra, os neandertais foram finalmente dizimados e, quando a Era Glacial chegou ao fim, os *Homo sapiens* dominaram completamente a Europa, a Escandinávia e até a Inglaterra. No Lar, quando fomos reduzidos a meramente cinco mil pessoas amontoadas nas cavernas de Gibraltar, decidimos fazer a Grande Viagem, pois sabíamos que cedo ou tarde o frio estonteante voltaria uma vez mais, no próximo Evento de Heinrich. Chegando à Rússia, conhecemos os *Homo sapiens*, seres criativos e comunicativos, mas frágeis. Naqueles tempos, o mundo era pequeno demais para os dois, e, por sermos mais fortes, varremos os *Homo sapiens* do nosso mundo, mas ficamos com suas técnicas de sobrevivência em um ambiente tão hostil.

De repente, o clima no auditório mudou completamente. Talvez pela eloquência de Prometeu ou, quem sabe, pelo conhecimento de arqueologia. Ficou claro que, no mínimo, aquele estranho ser tinha algo realmente para compartilhar, além de uma matemática incompreensível.

— Os anos foram passando e fomos naturalmente nos desenvolvendo, paralelamente a vocês, *Homo sapiens*, apesar de termos características tão marcantemente distintas. Estávamos interessados em desbravar o universo, até que por fim descobrimos uma anomalia, a qual aqui na Terra vocês chamam de Anomalia das Pioneers, que ocorreu quando as sondas enviadas ao espaço, próximas a Júpiter, ao se afastarem mais do Sol, tiveram o efeito contrário do que se esperava, isto é, aceleração da gravidade em direção a ele, apesar de estar cada vez mais longe. Essa anomalia chamamos de "olho mágico do universo", pois, por meio dela, conseguimos influir em qualquer universo paralelo, pois todos os universos têm a mesma anomalia. Agora, o mais incrível foi quando enviamos uma missão tripulada para a anomalia, pois, assim que retornaram, disseram ter visto dinossauros passeando em nosso mundo. Não demorou muito tempo para que conseguíssemos usar a anomalia para viagens no tempo e acessar universos paralelos. A Terra sempre foi nosso brinquedo favorito, vínhamos aqui e fazíamos uma bagunça com o seu mundo, e éramos chamados de deuses. Vocês nos chamavam de Zeus, de Apolo, de Atenas, de Afrodite, e muitos outros e, inclusive eu, que vocês chamavam de Prometeu, nome de que gostei tanto que decidi substituir o meu verdadeiro. Até que, finalmente, um de nossos cientistas, Zeus, se apaixonou por uma *Homo sapiens* e desse relacionamento nasceu um filho, a quem vocês chamaram de Hércules. Éramos absolutamente proibidos de ter vínculos emocionais com os terráqueos e o caso foi considerado tão grave que qualquer travessia para a Terra só poderia ser feita de forma extracorpórea, não mais utilizando, exceto em casos absolutamente extremos, a sobreposição consciencial, isto é, invadir um corpo de um terráqueo e realizar qualquer ação que nos apetecesse, como estou fazendo agora, mas sem contato físico real. Não demorou muito para que percebêssemos que poderíamos usar a inventividade dos *Homo sapiens* para nossa própria ciência. Então, voltamos no tempo, fizemos a sobreposição consciencial e ensinamos seus ancestrais a fazerem pirâmides fabulosas, a Stonehenge, calendários e astronomia. Queríamos que os *Homo sapiens* se desenvolvessem ao limite para que, por meio da Anomalia das Pioneers, pudéssemos apenas copiar o conhecimento desenvolvido espontaneamente por vocês. Mas, apesar de tudo que fizemos, qual não foi nossa surpresa ao espelhar as informações das principais agências espaciais da Terra, há pouco mais de um ano, e notar um conhecimento ainda tão rudimentar sobre o universo, limitado a uma matemática tão provinciana.

As pessoas se remexiam na cadeira. Era tão impossível acreditar naquilo tudo quanto negar tudo aquilo. Era absurdo! Inaceitável! Inacreditável! Significava, então, que deveriam acreditar que o asteroide Apophis iria verdadeiramente colidir de modo catastrófico com a Terra e, sem a ajuda desse maluco foragido do mundo dos neandertais, estariam perdidos? Então Prometeu concluiu:

— Sei que essas questões são terríveis. E saber de tudo isso de uma hora para a outra nunca é fácil. Mas, pensem bem, vocês nunca conseguiram explicar a semelhança entre as mitologias gregas, nórdicas, chinesas, incas, astecas e maias. Agora tudo faz sentido, não é mesmo? Vocês nunca conseguiram explicar como os egípcios moveram blocos de dezenas de toneladas para fazerem as pirâmides, os celtas para fazerem a Stonehenge, os rapa nuis e seus gigantes na Ilha de Páscoa, as cabeças colossais dos olmecas no México, os monumentos maravilhosos do Camboja e dezenas de outros exemplos. Agora tudo faz sentido, não é mesmo? Não foram vocês, *Homo sapiens*, mas nós, neandertais. Tentamos inclusive corrigir as deficiências de suas sociedades. Enviamos Sidarta Gautama, Sócrates, Platão, Diógenes, Zaratustra, mas vocês parecem ser incorrigíveis, não é mesmo? O que vocês realmente aprenderam com esses e muitos outros grandes homens que enviamos para ensiná-los? Enfim, sei que vocês têm muitas perguntas e haverá a oportunidade de só um de vocês conhecer o nosso mundo, mas só há uma vaga, e será precisamente dada ao professor Keating. Preparem tudo o que vocês desejam saber e, daqui a um ano, conversaremos novamente. Ah, e antes que me esqueça, preparei uma surpresa para vocês, humanos, daqui a quarenta e cinco dias.

Depois disso, sob vaias e aplausos aflitos e desvairados, Prometeu, mais uma vez, desmaiou sobre o palco, após elevar suas duas mãos e, muito constrangidamente, o segurança do local se ergueu, retornando à consciência, caminhando de cabeça baixa ao seu posto, absolutamente abalado e confuso.

CAPÍTULO TREZE

A OUTRA TERRA

A ÚLTIMA APARIÇÃO DE PROMETEU DEIXOU AS PESSOAS COMPLETAMENTE transtornadas. Era inegável, ao menos, que tinha alguma coisa de verdadeiramente extraordinária acontecendo. Quanto ao professor Keating, este estava cheio de orgulho e, sem dúvida, passou a ser visto com outros olhos pelos demais, até porque ele, e somente ele, tinha sido considerado elegível entre todos os humanos da Terra para visitar o mundo dos neandertais.

O fato foi tão indiscreto que simplesmente se tornou impossível desviar a atenção de um público maior, principalmente pela internet, dos eventos ocorridos dentro da própria Nasa. Embalados pela desinformação e confusão, uns falavam em uma invasão da Terra por seres de universos paralelos, outros que tudo não passava de um fenômeno que provava a existência não só de outros mundos, mas efetivamente do mundo espiritual, e que a aparição de Prometeu seria apenas uma maneira exótica de ele se apresentar.

O secretário da defesa americana, completamente aturdido, pediu um relatório completo e detalhado aos cientistas da Nasa a respeito do ocorrido. Os homens, além dos eventos citados, fizeram algumas considerações:

> Os fenômenos inegavelmente ocorridos e testemunhados por muitos mostram que a entidade que quer ser chamada de Prometeu, supostamente vinda de um universo paralelo, habitante de um planeta parecido com o nosso, onde os neandertais prosperaram em detrimento dos *Homo sapiens*, parece ter domínio de uma tecnologia efetivamente muito mais avançada do que a nossa, não só conseguindo tomar controle absoluto do corpo das pessoas, como, ainda, em segundos, liberar um cidadão e se apossar de outro.

Ele permitiu que o professor Keating, conforme convite feito pela própria entidade, vá conhecer esse tal mundo paralelo, o que, em nossa opinião, parece ser um risco, em nome da ciência, ressalvando a necessidade de um completo monitoramento dos eventos e como eles se darão. Considerando o fato de que não sabemos o que o professor pode trazer de lá, além de conhecimento, é possível que seja contaminado com alguma doença exótica.

Em relação ao novo alerta de que os humanos seriam varridos da Terra quando da aproximação do asteroide Apophis, a matemática envolvida por trás dessa afirmação é não só incrivelmente complexa quanto totalmente desconcertante, sendo, para nós, impossível dar-lhe crédito, bem como desacreditá-la completamente. Temos convicção, contudo, de que, se nos detivermos sobre essa hipótese com uma menor limitação de recursos, chegaremos a conclusões realmente muito precisas.

Por fim, já decretamos a criação de um projeto, chamado A Outra Terra, em que faremos estudos específicos sobre a Anomalia das Pioneers, que fica próximo a Júpiter, onde, por meio dos nossos mais poderosos satélites e sondas, realizaremos estudos de grande profundidade, com o objetivo de encontrar o chamado pela entidade de "olho mágico do universo". Faz parte desse projeto, inclusive, reanalisar as aparições de Prometeu, bem como o caso dos cientistas de várias partes do mundo que, em estado de sonambulismo, enviaram informações ao espaço sobre tudo o que sabemos a respeito do universo.

Reiteramos que desejamos copiosamente a liberação de mais recursos para que esses estudos possam atingir um patamar satisfatório, pois, vale lembrar, não sabemos as reais intenções de Prometeu, se ele quer nos ajudar ou nos atrapalhar, se quer compartilhar tecnologia ou negociar recursos naturais.

Enfim, sabemos entre pouco e nada sobre a entidade e, sem dúvida, é uma questão de segurança nacional dominarmos também essa tecnologia que ele chama de sobreposição consciencial, o que não só nos colocaria em pé de igualdade nos relacionamentos futuros com a entidade e os supostos povos e comunidades que vivem no mundo dela, como abriria de uma vez por todas as portas para que a humanidade irrompesse todos os limites do conhecimento que conquistamos até agora.

CAPÍTULO CATORZE

OLIVER CHOSS

OS DETALHES COMPLETOS DO CASO, BEM COMO AS DEMANDAS DA NASA, finalmente chegaram ao presidente dos Estados Unidos, Oliver Choss, por meio do secretário da defesa.

— Secretário, tenho problemas mais urgentes para resolver. Será que tenho de lidar até mesmo com um caso de paranormalidade?

— Senhor presidente, não parece se tratar de um fenômeno paranormal qualquer.

— Olhe para você, senhor secretário, abalado com o fato de alguém ter tido uma seção espiritual. Vá para Cuba e conheça o que eles chamam de santeria, e você verá coisas muito mais impressionantes.

— Presidente, ele conseguiu roubar as informações de todas as agências espaciais do mundo!

— Ah, não há provas cabais de que os casos estejam relacionados, ora essa!

— Mas, então, os cientistas da Nasa e eu estamos errados?

— O pessoal da Nasa só arranjou uma desculpa para que eu mande mais alguns bilhões dos contribuintes para eles, e você foi na onda.

— Senhor, peço que reflita melhor sobre o assunto. Em todos esses anos, já lhe dei algum motivo para questionar meu julgamento?

— Lamento, secretário, mas preciso resolver os problemas de imigração e terrorismo. Quanto às questões extraterrestres, fique à vontade, mas não enviarei mais nenhum centavo para isso.

CAPÍTULO QUINZE

ECCE HOMO

PARA A CIÊNCIA EM GERAL, A RECUSA DO PRESIDENTE AMERICANO OLIVER Choss foi uma dura notícia. Isso significava para eles que estariam à mercê da idiossincrasia de Prometeu e do seu povo, embora muitos tenham se convencido de que, talvez, tenha realmente sido apenas um evento paranormal, e não uma invasão alienígena de um mundo paralelo.

Alguns "especialistas" no assunto foram ouvidos e, embora seja absolutamente inédito um espírito incorporar e desincorporar daquela maneira, com aquela velocidade, em uma pessoa e depois em outra, disseram que, muito provavelmente, isso já tenha ocorrido. Explicavam, somado a isso, que muitas vezes os espíritos desencarnados ficavam confusos dependendo da morte que tiveram e, possivelmente em virtude disso, tenham criado essa estranha história de mundos paralelos, apesar de que para o espiritismo exista uma infinidade de mundos, cada um habitado por seres em estágios diferentes de evolução, mas não do modo como a entidade, Prometeu, explicou, que seria de uma outra linha histórica parecida com a Terra onde os neandertais prosperaram.

Para os ufólogos, não havia nada de espetacular, e tampouco espiritual, naqueles eventos. Na realidade, segundo eles, a aparição de Prometeu concedeu à humanidade uma prova irrefutável não só da existência dos mundos paralelos, mas propriamente de alienígenas e, ainda por cima, explicando com uma simplicidade incrível os grandes feitos da humanidade durante a Antiguidade, como a construção das grandes pirâmides, tema de debates ferozes entre os arqueólogos.

Os céticos já se mantinham em uma posição mais alinhada com a neutralidade em relação ao assunto. Não parecia, para eles, tão pitoresca assim a possibilidade de tudo aquilo não ser nada além de um acesso de esquizofrenia exótica, ou, vai saber, uma doença completamente diferente das que até então já se tinha ouvido falar.

O fato é que cada um tinha uma explicação mais ou menos convincente de tudo o que havia acontecido e os escandalosos, ao agregarem informações pouco verdadeiras, boatos e exageros às histórias, terminaram por comprometê-las e inundar a internet com especulações e contradições, que acabaram dando mais força ainda para o pensamento cético de que, a princípio, se atribuíam a alguma doença os fenômenos e, mais tarde, passaram a desacreditar completamente de todos os eventos.

Em suma, os religiosos enxergavam uma explicação espiritual para todos os eventos. Os céticos, uma explicação médica. Os ufólogos, uma explicação extraterrestre. Os políticos, uma oportunidade de desviar a população dos reais problemas da sociedade. Os blogueiros, uma chance de catapultarem as visitas às suas respectivas páginas de internet. Os jornalistas, de fazerem história. E, enfim, toda a sociedade se acotovelava no fato de um ter mais razão do que o outro, sempre a partir de sua própria versão, em completa harmonia com suas preconcepções de vida e mundo. E a verdade, que é o que deveria ser de maior interesse, ficou encoberta pelas manias e orgulho das pessoas. Mas finalmente tinham se passado os quarenta e cinco dias, e havia, ainda, alguma expectativa sobre qual seria a suposta surpresa que Prometeu dissera para os cientistas da Nasa.

CAPÍTULO DEZESSEIS

MAYDAY

ERA SÓ MAIS UM VOO REGULAR DA ATHENS AIRLINES, DA GRÉCIA PARA Portugal, mais precisamente, de Atenas para Lisboa. O voo A215 contava com piloto e copiloto extremamente experientes, com mais de cinco anos apenas em Boeings 767. A manutenção estava plenamente em dia, o tempo, calmo, com ventos regulares e ótima visibilidade.

— Torre, requisito permissão para aterrissagem. Athens A215.

— *Positivo. Permissão concedida, Athens A215. Pista três.*

— Certo. Pista três. Obrigado, torre. Athens A215.

— Emitir sinal de cinto — diz o piloto ao copiloto.

— Sinal de cinto de segurança ativo.

— Reduzindo velocidade para duzentos e trinta e sete quilômetros por hora.

— Velocidade em duzentos e trinta e sete quilômetros por hora, comandante.

— Farei a aterrissagem manualmente, a pista é um pouco curta.

— Desligando o automático, comandante. — Após alguns segundos. — Já estamos a 15 mil pés.

— Descer trem de pouso.

— Trem de pouso em posição, comandante.

— Soltar os flaps.

— Flaps em posição. — E após mais alguns segundos. — Tocamos na pista, soltar os *slats*, comandante?

— Positivo, soltar os *slats*. Acionando reversor de turbinas.

— Comandante, não está reduzindo a velocidade.

— Que estranho, vou aumentar a potência!

— Os reversores não estão funcionando, estamos ganhando mais velocidade, em vez de reduzir!

— Vou acionar os *speedbreakers*! — ele disse, referindo-se aos freios de pé das aeronaves, diretamente ligados ao trem de pouso.

— Não está indo, comandante! Arremeter! Arremeter!

De fato, o Boeing tentou arremeter, mas era tarde demais e se chocou com um hangar depois da pista. O alarme soava, as equipes de emergência trabalharam muito rápido, com o objetivo de salvar os passageiros, a tripulação e as pessoas que estavam trabalhando dentro do hangar. Infelizmente, não houve tempo o bastante para ninguém.

Agora, o que tornou o fato ainda mais intrigante, bem como mais sombrio, foi que neste mesmo dia, em outros oito países, aconteceram acidentes parecidos: no Egito, Equador, México, Omã, Rússia, Turquia, Uruguai, Hong Kong e Suécia.

Todos os acidentes envolviam falhas nos reversores dos aviões, todos no mesmo dia, todos com Boeings, só mudando os países. Os jornais não conseguiam falar de outra coisa. Foi a primeira vez na história que ocorreram tantos acidentes com aviões, em uma mesma data. Era absurdo. As pessoas queriam informações urgentes. Familiares de dezenas de países choravam as mortes e desaparecimentos de seus entes.

Na internet, a coincidência de datas não deixou que os mais vidrados em ufologia achassem coincidência demais um acidente tão incrível e inédito ocorrer justamente na data em que Prometeu disse que faria uma surpresa aos terráqueos.

Obviamente, podia, sim, ser apenas uma coincidência, só que qual não foi a surpresa quando uma pessoa comum, pela internet, fez uma observação perspicaz, que, pegando a primeira letra de cada país, e as organizando, o que não estaria escrito senão justamente "Prometeu" em inglês, ou seja, "Prometheus"?

Claro, mais uma vez, podia ser apenas coincidência, mas a singularidade dos eventos tornou a evidência plenamente válida. Dessa vez, ao que parece, o presidente dos Estados Unidos, Oliver Choss, sairia de sua zona de conforto.

CAPÍTULO DEZESSETE

CONTRA-ATAQUE

TRÊS MESES MAIS TARDE, E COM UMA PRESSÃO PÚBLICA AVASSALADORA, COmeçaram a sair informações oficiais, com conclusões preliminares em relação aos oito casos de acidentes aéreos simultâneos.

A empresa aérea Boeing, bem como o próprio governo dos Estados Unidos, enviou investigadores a todos os locais dos acidentes, com o objetivo de preservar os destroços e ajudar na investigação. Não obstante, a NTSB, *National Transportation Safety Board*, e o BEA, *Le Bureau d'Enquêtes et d'Analyses pour la Sécurité de l'Aviation civile*, em Washington e Paris, respectivamente, estavam abarrotados de trabalho, analisando os gravadores de dados e voz dos aviões.

Enfim, ficou confirmado que as quedas se deram em virtude de falha no acionamento dos reversores de turbina, responsável principal pela frenagem do avião durante a aterrissagem. Em todos os casos, não houve falha na manutenção. E foi desacreditada a hipótese de falha de projeto ao comparar com outros aviões, do mesmo modelo e ano, os envolvidos nos acidentes. Os pilotos e copilotos eram de diferentes escolas e nacionalidades, e foram completamente absolvidos pela falha, ou dos meios possíveis de contornar a falha. Simplesmente era inegável que tinha alguma similaridade notável em todos os casos, mas praticamente nada palpável, exceto aquela, para lá de absurda, ao menos para os investigadores, que seria tudo obra do tal de Prometeu.

Por outro lado, o presidente dos Estados Unidos, Oliver Choss, ficou dessa vez convencido de que as evidências eram grandes demais para insistir na negação, ao menos de uma pequena possibilidade, de que Prometeu estivesse por trás dos casos, o que também significaria, afinal, que ele existia, embora o presidente tenha sido tão negativo quanto a essa possibilidade tempos atrás.

Por fim, convocou o conselho de segurança, incluindo o secretário, para discutir melhor o caso e, quem sabe, ouvir outras opiniões.

— Boa noite, Secretário de Segurança e os demais membros do conselho. Bom, venho tratar aqui desses casos supostamente envolvendo este tal de Prometeu.

— Senhor presidente, como já disse em outra oportunidade, estou completamente convencido não só da existência de Prometeu, como dos universos paralelos. É impossível negar tantos fatos e evidências: os fenômenos envolvendo os cientistas que mandaram nossos conhecimentos sobre o universo para o espaço, a obtenção dos códigos nucleares, a capacidade de arrancar o próprio olho sem estar sob efeito de nenhuma droga ou ter alguma doença, tomar a consciência das pessoas, migrar de pessoa em pessoa completamente à revelia, ter domínio sobre uma matemática absolutamente incrível e complexa e coordenar um acidente com oito aviões em diferentes partes do planeta, cuja inicial de cada país resulta inegavelmente em seu nome e, sem esquecer, no dia em que ele prometeu que de fato faria uma surpresa aos humanos.

— Veja, secretário, falando nessa tal "matemática incrivelmente complexa", ele fala que o asteroide Apophis dizimará os humanos da Terra, correto? — perguntou um dos membros do conselho.

— Exatamente.

— E esse tal Prometeu veio até aqui nos dizer isso, não é mesmo?

— Sim, exatamente.

— Então, se você pensar bem, ele está buscando nos ajudar, verdade?

— Sim, sim.

— Mas, se ele veio nos ajudar, por que raios iria, na verdade, ceifar a vida de centenas de pessoas ao redor do planeta, por meio do acidente que, segundo você, secretário, ele causou?

— Concordo que não faz o menor sentido, para nós, humanos, mas vai saber para ele, neandertal, de outro mundo. Quem sabe a lógica dele seja diferente também.

— É uma hipótese, mas e se a lógica dele for igual à nossa e, por não se importar, matou os nossos? E se esse papo do asteroide, que de fato existe, mas que a NASA nega que será tão absurdamente catastrófico, não for só uma estratégia para, de algum modo, talvez nos distrair, mas buscando dizimar de vez a humanidade?

— Francamente, se ele quisesse nos dizimar, parece que essa seria a menor dificuldade.

— É, talvez, ao menos é isso que aparenta, ou ao menos é isso que o tal Prometeu busca aparentar, não é mesmo?

— Basta dessa discussão! — interrompeu o presidente Oliver Choss. — Independente dos motivos, sejam bons ou ruins, na nossa lógica ou na lógica de outro mundo, o caso é que ele vem matando as pessoas, então é caso de segurança nacional. Até que se prove o contrário, Prometeu é nosso inimigo.

— E você espera fazer o que, senhor presidente, encarcerar a consciência dele?

— Isso é problema de vocês, estou liberando todos os recursos necessários. Convoquem cientistas, consultores, o pessoal da NASA, não me interessa. Quero esse tal de Prometeu, e quero para ontem!

CAPÍTULO DEZOITO

LISTRADO: PRETO E BRANCO

— BOA NOITE, PROFESSOR KEATING.

— Onde estou? Estou sonhando? Quem é você? Prometeu?

— Vejo que ainda não aprendi a falar com o sotaque correto — respondeu, sorrindo.

— Que lugar é este?

— Meu quarto. Moderno, não? Ao menos para os padrões terráqueos.

— Incrível!

No quarto de Prometeu, praticamente tudo era absolutamente diferente do que se costumava ver na Terra em um quarto comum. Em vez de paredes de concreto ou madeira, assemelhavam-se a divisórias que forneciam luz e mudavam de cor, ao que parecia, pelo mero pensamento de Prometeu. Os objetos simplesmente flutuavam no ar e, basicamente, nenhum deles lembrava os que víamos na Terra e nem mesmo poderíamos arriscar a utilidade de cada um deles. Keating estava em uma cama flutuante; Prometeu, em uma cadeira que, na verdade, era apenas o assento, também flutuante. Um objeto chamava a atenção, um aquário em formato esférico, uma bola de vidro, com alguns peixes pairando no ar, uma imagem verdadeiramente bela. Era tudo muito estranho e extraordinário aos olhos do professor.

— Prometeu, estamos em seu mundo?

— De certa forma, mas é apenas um sonho.

— Estou dormindo?

— Não é óbvio? Afinal, como você veio parar aqui?

— Mas é tão real.

— Não se preocupe, logo, logo, você verá tudo isso e muito mais.

— Você prometeu isso, é maravilhoso saber que verdadeiramente ocorrerá.

— Claro que ocorrerá. Aqui, em nosso mundo, nós não mentimos, professor.

— Sério?

— Sim, mentir é crime.

— Tem um filósofo em nosso mundo que pensou algo do tipo, o Kant, mas havia sérias contradições.

— Sim, sei quase tudo sobre a Terra. A contradição é a tal do assassino que bate à sua porta, perguntando a você de seu amigo, que está refugiado em sua casa e é por ele perseguido, correto?

— Pois é, Prometeu.

— Nesses casos, a pessoa que negasse ao assassino que o amigo está refugiado na casa comete um crime, como Kant pensou, só que nesse caso está agindo em legítima defesa de um terceiro.

— Bom, filosofia não é minha área, mas é uma resposta interessante.

— Mas a gente ainda vai voltar a discutir isso. No momento, não é relevante.

— Que barulho é este?

— É o seu despertador, preciso falar rápido e me despedir de você. Semana que vem iremos à Nasa novamente, na próxima quarta-feira do calendário terrestre, como eu havia prometido.

— Bom, tudo bem, mas, se isso é um sonho, como posso saber se é verdade, que estou realmente falando com você, Prometeu?

— Interessante questão, vocês da Terra estão acostumados a pensar que sonhos são sempre besteiras, quando na verdade são incursões que fazem a mundos paralelos, por isso às vezes parecem tão reais e tão absurdos. Em outros mundos, absurdos podem ser normais.

— Nossa, sério? Prometeu, seu rosto está se desfazendo!

— Na verdade, é você que está acordando. Ligue para Matt, seu aluno em Boston, e pergunte para ele qual a cor da cueca que ele está usando. Se ele responder que é listrada de preto e branco, você saberá que realmente falou comigo. Até logo, professor!

— Até...

O professor acordou espantado e surpreso. O sonho foi simplesmente mágico e incrivelmente vívido. Queria dizer que Prometeu não só era capaz de sobrepor a consciência de qualquer pessoa como, ainda, interferir nos sonhos desta? Tudo era tão esplêndido que se tornava realmente difícil, mesmo para o professor, acreditar.

Bom, mas havia como provar. Rapidamente procurou em seu celular o telefone do tal Matt, um aluno que mal recordava quem era, mas, por incrível que pareça, o número do rapaz estava anotado na agenda.

— *Alô...* — disse Matt com voz muito sonolenta.

— Matt, é o professor Keating!

— *Ah, desculpe-me, professor! Não esperava sua ligação. E... Bem, como posso ajudar?*

— Não estranhe o que vou dizer agora. Só responda sim ou não: você está vestindo uma cueca listrada nas cores preto e branco?

— *O quê?! Nem eu mesmo sei, professor.*

— Por favor, não parece, mas é importante.

— *Não sei como você sabia, mas realmente é listrada, e realmente preto e branco.*

— Não precisa dizer o que eu quero ouvir, seja honesto. Sua cueca é listrada nas cores preto e branco?

— *Sim, professor, é mesmo! Nem eu sabia...*

— Nossa...

— *Professor?*

— E... Obrigado, Matt, tirou dez... Até a próxima aula.

CAPÍTULO DEZENOVE

BEM-VINDO DE VOLTA, MALDITO PROMETEU

A NOTÍCIA DE QUE OCORRERIA A TERCEIRA VISITA DE PROMETEU À TERRA se espalhou em uma velocidade estonteante. Na internet, simplesmente ninguém conseguia falar de outra coisa, e quem tentava era ignorado. Sem dúvida, foram os dias mais insuportáveis do Facebook. Não que o assunto não fosse interessante, isso sem dúvida, mas não demorou a virar mesmice.

Na Nasa, reservaram um auditório imenso que, neste caso, nem era nas instalações da agência, mas em um anfiteatro em Houston. Um volume imenso de sensores e equipamentos foi instalado até nos locais mais inusitados. Eram sensores para calor, radiação, ventos, presenciais, fotoelétricos, fotocelulares, fotodiodos, fototransistores, encoders ópticos, bimetais, piroelétricos, ultrassônicos, sensíveis a pressão ou gases, e mais dezenas de outros, muito bem distribuídos. Além, obviamente, de câmeras de diversos tipos de qualidade, inclusive com capacidade noturna, caso, sabe-se lá, Prometeu não inventasse algum tipo de blackout.

Além dos cientistas da Nasa, aproveitando algum espaço vago, chamaram alguns experts em arqueologia, antropologia, direito e filosofia. Entre os convidados, também estavam cinco membros da CIA e cinco do FBI. Remotamente, o presidente dos Estados Unidos, bem como todo o conselho de segurança, assistiria a tudo.

Do lado de fora, a presença da polícia local foi reforçada a níveis inéditos, haveria também alguns militares e agentes secretos. Existia uma esperança, ainda que fugidia, de, caso conseguissem impedir que Prometeu desfizesse a sobreposição consciencial, detê-lo e fazê-lo de algum modo responder pelo crime que, ao que se acreditava, tinha cometido, ao organizar a falha nos reversores dos aviões, muito embora esse não fosse o objetivo principal, mas, sim, extorquir dele toda sorte de informações sobre de onde veio, como veio e para que veio.

A chegada de Prometeu prometia ser verdadeiramente espetacular. Pouco a pouco, multidões acampavam em frente ao anfiteatro, apesar da pressão policial, carregando faixas com mensagem de carinho ou de ódio, e até mesmo de ambos ao mesmo tempo.

CAPÍTULO VINTE

PODEM PERGUNTAR

NO DIA ANTERIOR AO COMBINADO, PROMETEU FEZ UMA VISITA A KEATING, em sua casa. Apresentou-se e, dessa vez, estava muito bem-vestido. Prometeu incorporou um sujeito muito bonito, alto e de cabelos bem ralos, quase careca. Vestia um terno muito sofisticado e, diferente das outras oportunidades, andava agora com mais cadência e elegância, até seu sotaque estava mais leve.

Eles passaram o dia todo e a noite inteira conversando sobre os mundos paralelos, a ciência de ponta do mundo dos neandertais, a audiência do dia seguinte e a possível rispidez de alguns cientistas sobre o caso dos aviões que o neandertal derrubou. Enfim, estavam preparados e embarcaram no avião de madrugada, chegando a Houston pela manhã.

Ainda no aeroporto texano, agentes do governo escoltaram e conduziram o professor e Prometeu até o anfiteatro. Obviamente, era sempre difícil saber quem era efetivamente o ser de outros mundos; por sorte, a companhia constante de Keating acabava ajudando a denunciá-lo.

De dentro do carro blindado que se aproximava do anfiteatro, observaram as pessoas que gritavam, pulando e erguendo suas faixas. Algumas eram muito simpáticas: "nos ensine novamente o calor do amor", em alusão ao titã da mitologia grega que ensinou os seres humanos a fazerem fogo, por causa do carinho que tinha pelos humanos, lembrando que, segundo Prometeu, aquelas histórias eram verdadeiras, e ele era efetivamente o personagem Prometeu, mas não era um titã, e, sim, um enviado de um mundo paralelo. Uma senhorinha dizia em outra faixa "me leve para o seu mundo"; outra anunciava que "os deuses gregos voltaram"; as de esperança clamavam ao visitante dizendo: "nos livre do asteroide mortal". Algumas eram cheias de ressentimento como uma que perguntava: "Por acaso existe um inferno paralelo?", "quem derruba dez aviões não está preocupado com a humanidade", "não precisamos de você neste mundo", "deixe nosso mundo em paz". Enfim, havia faixas com mensagem para todo tipo de sentimento, que Prometeu lia com um misto de curiosidade e indiferença.

Bem diferente do que os cientistas imaginavam, todos aqueles sensores foram simplesmente inúteis, nenhum emitiu um único sinal sequer, tampouco os ultrassônicos, os de radiação ou os térmicos. Nossa tecnologia estava longe de ser suficiente para detectar Prometeu e, sem dúvida, para ser capaz de detê-lo ou prendê-lo.

Acompanhado do professor Keating, Prometeu sentou-se a uma mesa equipada com microfones e, sob uma saraivada de flashes de algumas empresas de mídia especialmente autorizadas e, sem a menor delicadeza, sem cumprimentar, sem esboçar qualquer tipo de respeito pelas figuras ilustres que se mobilizaram para vê-lo, começou a apresentação com um monossilábico e até grosseiro "podem começar a perguntar".

CAPÍTULO VINTE E UM

ADEUS, TERRA

— BOM DIA, PROMETEU, ACHO QUE PELO MENOS ISSO A GENTE MERECE, NÃO é mesmo? Bom, meu nome é doutor Sanders, cientista, como a maioria aqui. Estamos com algumas perguntas selecionadas, sendo que a primeira é: como vocês descobriram os mundos paralelos?

— Isso começou há pouco mais de quatrocentos anos, no calendário terrestre. Um fazendeiro nosso, após um grave acidente, ficou em coma por dez anos. Quando ele finalmente retornou, balbuciava sons estranhos e depois começou a descrever com minúcia de detalhes impressionantes um mundo completamente diverso do nosso, habitado exclusivamente por dinossauros. O mais interessante é que ele detalhou informações que poucas pessoas no nosso mundo inteiro sabiam, com base em uma arqueologia extremamente complexa, sendo que parte das informações que ele tinha, como habitat e alimentação dos dinossauros, só foi descoberta por nós quando o fazendeiro já estava em coma, então simplesmente era impossível que ele soubesse pelas vias normais. Claro, essa não tinha sido a primeira vez que alguém em coma testemunhava uma experiência extracorpórea, mas jamais havia acontecido com esse grau de qualidade. Esse fenômeno intrigou muitos estudiosos da época, sendo que um deles, tomado por uma ousadia incrível, pediu que o induzissem a um coma pelo prazo de cinco anos. Quando finalmente retornou, contou a respeito de pessoas extremamente rudimentares, utilizando uma linguagem muito diferente, que pareciam descendentes dos *Homo sapiens*. Essas pessoas eram vocês antes de nossas intervenções. Depois disso, a existência de outros mundos parecia muito provável, e um grande grupo de cientistas pioneiros fez dezenas de experiências parecidas, dessa vez durando poucos meses ou anos, e quando retornavam corriam para catalogar tudo o que vivenciavam. Ainda não sabíamos como controlar a qual mundo paralelo, por meio do coma induzido, a pessoa acabaria sendo enviada. Mas as inúmeras tentativas nos levaram a outro patamar, quando um dos nossos acabou sendo enviado para um mundo incrível, moderno, mas extremamente decadente. Nesse mundo, o ar e o rio estavam poluídos, os cientistas daquele mundo não sabiam como resolver isso, e as pessoas daquele mundo estavam completamente desiludidas. Finalmente, conseguimos realizar nossa primeira interação vívida com seres de outro mundo. Eles nos chamavam de espíritos, conversavam conosco, emprestavam os próprios corpos para que pudéssemos nos comunicar. Aquelas pessoas incríveis causaram uma revolução em nosso mundo. Ensinaram-nos matemática, física, química, biologia e tudo o que é conhecimento, em um nível absolutamente inédito para nós. Por fim, ensinaram-nos filosofia e, antes que aquele mundo fosse completamente consumido pela poluição, deixaram-nos um recado: "se querem prosperar para sempre, não cometam os mesmos erros que cometemos". Em posse da ciência deles, rapidamente nos desenvolvemos a passos extremamente largos. Em pouco tempo, já dominávamos o envio de nossa alma para mundos específicos e como viajar pelo tempo, utilizando o recurso adicional das anomalias presentes no universo, embora com algumas limitações. Toda uma escola foi desenvolvida nesse sentido, e decidimos adotar um mundo, precisamente o mundo de vocês, isto é, a Terra, para nossas experiências mais ousadas. Diariamente centenas de nossas pessoas vêm ao seu mundo, e vocês os chamam também de espíritos, mas nosso objetivo sempre foi desenvolver os terráqueos e coletar informações. O maior interesse das nossas intervenções era, ao menos a princípio, voltar milhares de anos no tempo e, ao unir a inventividade dos humanos com a nossa ciência, dar as condições para que vocês criassem uma ciência concorrente à nossa, seja diferente ou mais moderna, e depois retornaríamos para copiar a ciência criada por vocês, a qual porventura não fomos capazes de desenvolver. Isso tudo durou muitos anos, e passamos a ser chamados de deuses, titãs e muitos outros nomes, quando me foi dado a alcunha de "Prometeu". Havia outras frentes de cientistas, com outros objetivos, que atuavam em diferentes regiões. Alguns foram apelidados de Thor, outros de Osíris, Tecuciztecatl, Amaterasu... Percebemos que vocês verdadeiramente nos consideravam deuses, e inundamos a Terra de conhecimento, quando vocês se tornaram, com nossa ajuda, capazes de criar as Linhas de Nazca, de construir pirâmides, de compreender astronomia, de mumificar e muitas outras coisas. Até que, finalmente, um dos nossos, o Zeus, se apaixonou por uma terráquea, e tiveram um filho chamado Hércules, com potencialidades estranhas e alto grau de periculosidade. Depois desse evento, cancelamos as intervenções ostensivas, e passamos a lidar com os humanos apenas na forma de espíritos, sem mais fazer sobreposições conscienciais, exceto em casos muito restritos e controlados. Desde então, estamos colaborando e inspirando uma grande sorte de sábios e filósofos de sua história, como Sócrates, Platão, Diógenes, Confúcio, Sêneca, e até mesmo figuras mais atuais, como Newton, Gauss, Einstein, Maxwell, Dostoievski e Gandhi.

Às vezes, agimos por meio de sonhos, ou os colocamos em estado de sonambulismo e até mesmo cantamos em seus ouvidos, e, com muito controle, pela sobreposição consciencial. Fomos por séculos muito ativos nesse sentido, e foi excelente para nós ver nossas cobaias humanas desenvolverem diferentes matemáticas, físicas, a mecânica celestial e até mesmo a eletricidade. Não demorou muito ao notarmos que a obstinação e inventividade humanas eram muito úteis para resolver nossos problemas científicos. Assim sendo, por exemplo, quando tivemos problemas em lidar com a eletricidade, entupimos Faraday de ideias fixas, e ele, sozinho, resolveu dezenas de problemas de eletricidade para nós. Estava tudo indo muito bem, nós entregávamos nossos problemas físicos e matemáticos para os humanos, vocês resolviam para nós, nos desenvolviam e se desenvolviam também, até que por fim inventaram a bomba nuclear e colocaram o próprio mundo em risco, ao atingir o Japão. Percebemos, com isso, um aspecto inusitado, a letalidade humana, em um nível muito acima dos até então testemunhados em guerras ou genocídios. Sabíamos que vocês eram ruins, mas não tão ruins assim. Após décadas de debate, resolvemos interagir com os seres humanos em nossa forma mais ostensiva novamente, por meio da sobreposição consciencial, como estou fazendo agora, para, quem sabe, evitarmos que destruam uns aos outros. Mas isso tudo é um passo mais à frente. Primeiramente, precisamos orquestrar com urgência uma equipe aqui na Terra para desenvolver uma tecnologia que possa interferir decisivamente na rota do asteroide Apophis, senão tudo será em vão.

— Interessante, senhor Prometeu. Agora, você disse que as viagens no tempo que fazem têm limitações, de que tipo?

— Bom, não conseguimos viajar no tempo em nosso próprio mundo. A pessoa simplesmente sumiu em todas as nossas experiências. Por outro lado, consigo voltar à Terra ou a qualquer outro mundo, exceto o nosso, em qualquer data do calendário. Nem sempre a sobreposição consciencial é possível, precisa haver naquele mundo um simulacro com certo grau de compatibilidade. De todo modo, ao menos por meio daquela forma que vocês chamam de espírito, conseguimos visualizar e até certo ponto sentir outros mundos.

— Compreendo. Então vocês chegaram provavelmente às mesmas conclusões que nós, o paradoxo do vovô?

— Não sabemos ao certo o que de fato ocorre. Pode ou não ter a ver com o paradoxo, isto é, se fôssemos capazes de viajar no tempo em nosso próprio mundo e um dos nossos matasse o próprio avô, o pai desta pessoa nunca nasceria e, portanto, o próprio viajante também não, então nunca teria entrado em uma máquina do tempo para, finalmente, matar seu avô. Vale notar, inclusive, que não somos também capazes de viajar no tempo futuro, mas apenas para o passado, tanto em nosso mundo como em qualquer universo paralelo.

— Compreendo, mas como vocês viajam no tempo?

— Atualmente, o meio mais utilizado é o que vocês chamam de Anomalia das Pioneers, que ocorre próximo a Júpiter. Ao contrário do que vocês pensam, não é a influência gravitacional do Sol que inesperadamente aumenta, mas o "olho mágico do universo", que os convida para entrar. Incrivelmente, vocês nunca descobriram isso.

— Correto. Agora, falando no asteroide Apophis, como podemos acreditar em seus cálculos, se simplesmente ninguém no planeta Terra é capaz de compreendê-los?

— Nós, os neandertais, não mentimos, inclusive, por lá, isso é crime.

— Hum. Você está realmente por trás dos acontecimentos com dez aviões ao redor do mundo?

— Sim, liderados por mim, fizemos a sobreposição consciencial em vários grupos de manutenção de aeronaves de diferentes países, de tal modo que entregasse a vocês nossa mensagem.

— Bem, qual mensagem?

— Oras, não é nítido? De que somos mais capazes, e por isso podem confiar em nossa matemática.

— Veja, Prometeu, fica difícil confiar em alguém que diz desejar salvar os humanos matando humanos.

— Sei... Interessante sistema lógico esse, dos *Homo sapiens*, então é uma mera questão de matemática? Pensávamos que demonstrar nossa superioridade científica fosse o suficiente.

— Não é uma questão de matemática, Prometeu, mas de coerência. Como pode alguém que mata os humanos propor um meio de salvar a humanidade?

— Sejamos francos, doutor, vocês não me parecem se valer dessa coerência toda em seus cotidianos. Aparentemente, aqui na Terra, parece tudo ser uma questão de matemática mesmo. Veja, quantas vidas não valeram esse seu celular, seu terno, seus sapatos?

— Ora, não matei ninguém para comprar estas coisas!

— Doutor, não sei se chamo sua idiossincrasia de ignorância ou cinismo. Vai ver é aquilo que vocês chamam aqui na Terra de ironia, palavra interessante. Se não fosse a desigualdade em seu mundo, nenhuma empresa acumularia riqueza suficiente, e consequentemente tecnologia suficiente, para desenvolver o celular, o que só faz sentido, por outro lado, se houver compradores, ou seja, você, de certa forma, contribui para a manutenção de um sistema injusto e impossível. Se você, em última instância, contribui para a desigualdade, isso significa que, quando você compra um celular, um computador e até mesmo um terno, é, na realidade, à custa da miséria de milhões de pessoas, que serviram como escravas ou que enriqueceram grandes corporações armamentistas nos países em eterna guerra civil, aumentando a lucratividade de empresas de exploração em países, por exemplo, africanos, por meio do pagamento de salários medíocres. Você pode até negar, mas nunca teria um celular se houvesse distribuição de riqueza em seu mundo.

— Acredito que você está mal informado, Prometeu, pois, se houvesse distribuição igualitária de riquezas em nosso mundo, todos seríamos miseráveis.

— Sem dúvida, por isso o problema não é a riqueza em si, mas a explosão demográfica. O cinismo dos *Homo sapiens* chega a tal limite que vocês não resolvem nem o problema da distribuição em si e nem da superpopulação, aí fingem que os problemas de seu mundo são meras questões locais, específicas de países, geralmente, culpando a corrupção ou falta de democracia. Enfim, como a riqueza e o bem-estar de alguns países só são possíveis por meio da miséria de outros, para mim, parece bastante óbvio que para os humanos é tudo uma questão de matemática, então acreditamos que a demonstração com os aviões seria um preço baixo para provarmos nossa qualidade científica e salvar sete bilhões de vidas, evitando a colisão com Apophis, em detrimento de algumas centenas que morreram. Como, aparentemente, tudo é uma questão de matemática para os terráqueos, pensamos que ficariam felizes e convencidos.

— Prometeu, você fala como se tudo fosse simples e nossa cultura completamente embasada na ignorância. Peço que ao menos finja ter mais delicadeza e respeito.

— Curiosa essa palavra: "respeito", pois quando estudo os seus dicionários vejo que ela significa "submissão, apreço, consideração, deferência...". Em outras palavras, respeitar os humanos significaria achar louvável a morte de quase duas centenas de milhares de pessoas por meio das bombas nucleares de Hiroshima e Nagasaki. Teria de achar normal que empresas multinacionais explorem as parcas riquezas de outros países para depois trazerem tudo para um único, o que chamam de remessa de lucros, onde ficam suas sedes, como se isso não gerasse discrepâncias financeiras. Teria de achar normal o estúpido conceito que vocês têm de propriedade privada, como se os bens que têm fossem seus, e somente seus, e não da natureza, da sociedade ou do mundo. Os ingleses vieram aqui, tomaram a terra dos índios, inventaram um documento que chamaram escritura e, pronto, de repente, o planeta foi loteado e poucos seres passaram a ser donos de pedaços do planeta, como se o planeta em si tivesse se vendido, só que não pagaram; pelo contrário, maltratam-no. Vocês, humanos, se apropriaram do planeta, da natureza e, se fossem capazes, tomariam o universo inteiro. Respeito? Não, não respeito os seres humanos, lamento, somos mais inteligentes.

— Bom, não entrarei aqui em uma discussão filosófica. Agora, convenhamos, vocês teriam meios menos letais de provar sua aparente superioridade científica, de uma maneira mais benigna.

— O problema é que vocês não dariam a devida atenção. Vocês, humanos, na verdade, curtem mesmo uma tragédia. Olhem seus noticiários, seus filmes, suas músicas. Vocês pegam as desgraças do mundo e as espalham como uma doença. O que faria mais sucesso: um genocídio ou a cura da Aids? No entanto, provarei uma vez mais nossa superioridade tecnológica. Anotei neste papel dez substâncias encontráveis na Terra onde vocês devem criar culturas do vírus da gripe. A cada mês, vocês devem coletar os vírus sobreviventes e passar para a segunda substância, e assim sucessivamente. O vírus da gripe se tornará potente e versátil, e ele não se dá muito bem com o vírus da Aids, mas sempre acaba perdendo a batalha ou se submetendo ao último. Aquilo que um vírus tem de aparentemente mais poderoso é justamente o seu ponto fraco, como até um filme de vocês chegou a comentar, e, sendo o vírus da Aids especialista em se modificar e se transmutar, justamente um vírus muito fraco, como o da gripe, que também faz isso muito bem, é capaz de derrotá-lo, por meio desse mero tratamento.

O anfiteatro ficou comovido e barulhento após essa última manifestação de Prometeu. Caso aquela receita fosse verdadeira, aquele ser sozinho teria salvado a vida ou aumentado a qualidade de vida de milhões de pessoas, mais precisamente, segundo o levantamento de 2012 – *The Journal of Clinical Investigation*, volume 118 –, de 35,3 milhões de pessoas.

Prometeu, como sempre, expressava poucos sentimentos e sinais de ansiedade ou consternação. Sua frieza contumaz, embora plenamente divulgada, ainda gerava espanto nas pessoas. Era verdadeiramente interessante.

Prometeu encerrou assim sua entrevista e, como já combinado na véspera, foi a um hospital com o professor Keating, o qual aceitou, apesar da grande resistência médica, entrar em coma induzido. Era hora de dizer adeus, ao menos temporariamente, à Terra, mas o professor estava ansioso e apressado. Imaginava em sua cabeça o quão incrível seria o mundo dos neandertais. Um milhão de perguntas e mais outro milhão de coisas que não poderia deixar de procurar saber passavam em sua cabeça. Prometeu disse a ele que a viagem duraria poucos segundos e que ele acordaria em outro corpo, de um neandertal, que aceitou esse supremo sacrifício de doar seu simulacro ao professor. Antes dos fármacos depressores fazerem efeito completamente, com uma lágrima escorrendo pelos olhos, Keating agradeceu candidamente a Prometeu pela oportunidade e foi indisfarçável a cara de surpresa das testemunhas ao verem o visitante de um mundo paralelo, pela primeira vez, esboçar um sorriso. Pronto, agora não tinha mais volta.

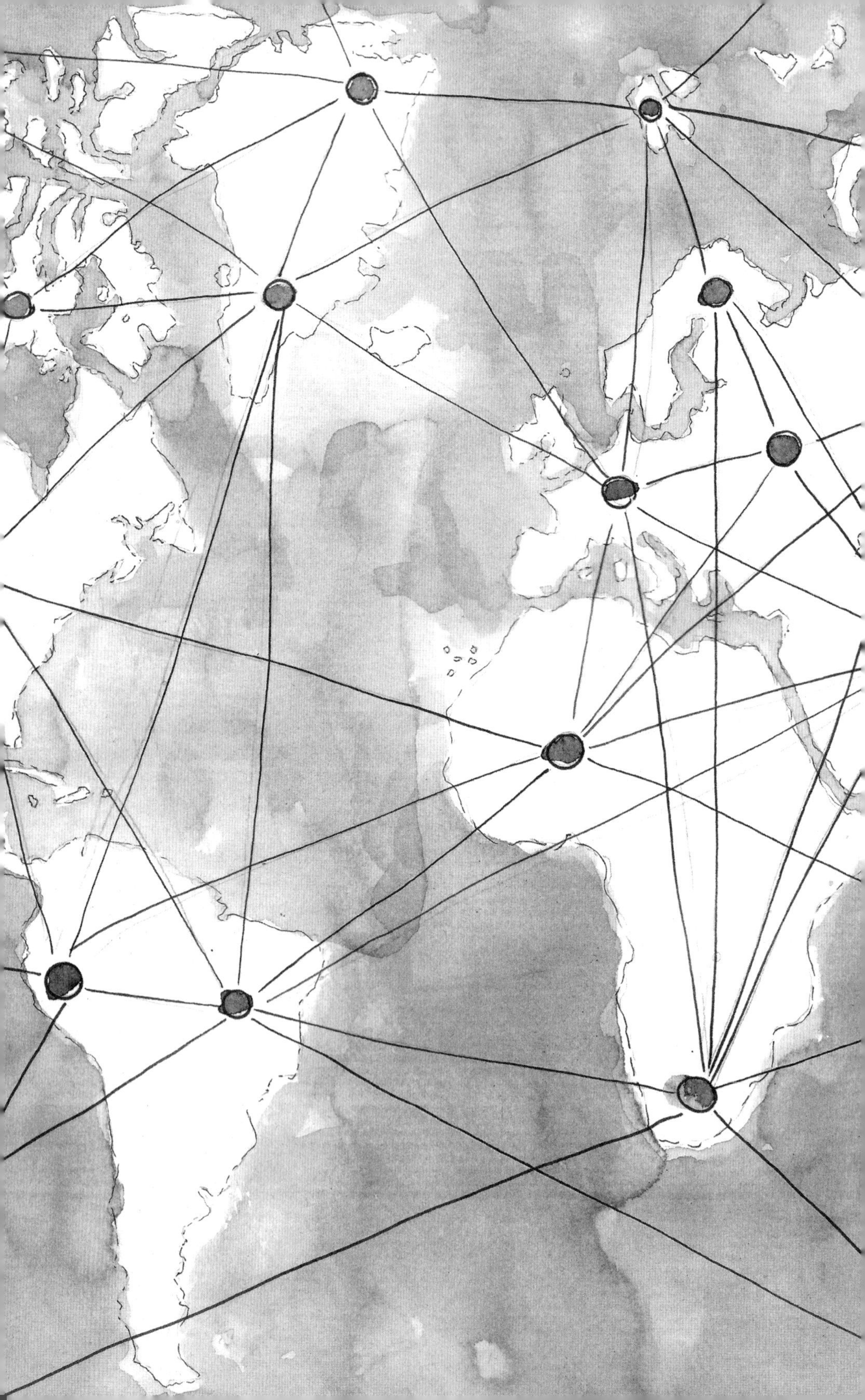

CAPÍTULO VINTE E DOIS

LEGADO

AS PALAVRAS E OPINIÕES DE PROMETEU GERARAM UM GRANDE REBOLIÇO NA internet e desencadearam um palco de intermináveis discussões, em que as pessoas se digladiavam para saber quem estava mais certo. Os ativistas, ambientalistas e naturalistas ficaram absolutamente comovidos com as declarações do neandertal e se sentiram fortemente apoiados, renovaram suas forças e convicções. Não demorou muito, no entanto, para, como sempre ocorre, distorcerem as palavras de Prometeu e chamarem-no de utopista, comunista e anarquista. Curiosamente, os de visão política de esquerda gostavam dessas conotações que davam a Prometeu, afinal, até que se prove o contrário, ele era mais evoluído que os humanos. Ademais, o cara simplesmente nos entregou a cura da Aids.

Algumas poucas pessoas um pouco mais ponderadas, no entanto, notavam que as críticas de Prometeu não eram ao capitalismo, mas à condução capitalista no mundo, principalmente ocidental. Em nenhum momento, por exemplo, Prometeu deu a entender que a solução da distribuição de renda estava ligada ao comunismo, mas a algum tipo de controle populacional ou alteração no conceito de propriedade privada. Obviamente, no entanto, essas pessoas tiveram poucos locutores e acabaram obliteradas pela marcha de insensatez que tanto povoava as redes sociais.

Em meios mais restritos, como os jurídicos e filosóficos, as palavras de Prometeu foram recebidas com menos desonestidade intelectual, mais as palavras como exatamente foram ditas e as opiniões como verdadeiramente foram transmitidas do que a projeção de ideias ou distorção de opiniões convenientemente ajustadas para serem aderidas às noções preconcebidas de vida das pessoas. Por exemplo, o fato de Prometeu avisar que os neandertais não mentem, sendo o antagônico, inclusive, crime, ressuscitou a antiga discussão quanto ao sistema moral kantiano, que há tantos séculos sempre exaltou os filósofos, aspirantes a filósofos, estudantes de filosofia e de filosofia do direito, deixando-os mais entusiasmados.

Já no meio científico e médico, a coisa toda se limitou à boa-nova da possível cura da Aids. Sem demora, vários laboratórios importantes do mundo já iniciavam os experimentos, seguindo a receita do neandertal. Governos do mundo já se adiantaram em dizer que, nesse caso, a cura, tal qual sua fórmula, não poderia ser patenteada, era necessariamente de domínio público.

Engenheiros químicos e farmacêuticos discutiam sobre a sugestão de cura de Prometeu e, apesar da grande desconfiança, consideraram a possível solução, no mínimo, esperta e elegante. De um modo ou de outro, o tempo provaria se os neandertais eram tão avançados mesmo.

Já os ufólogos mal se continham em suas cadeiras ao, finalmente, terem não só a convicção total, mas finalmente uma aceitação científica, afinal, da existência de seres alienígenas, após tantas décadas de escárnio.

No meio astronômico e astrofísico, não se falava de outra coisa além da tal Anomalia das Pioneers e do asteroide Apophis, que, de ilustres desconhecidos, passaram a ser os assuntos mais comentados e com o menor rigor científico possível de todos os dias dos debates das pessoas.

CAPÍTULO VINTE E TRÊS

ADMIRÁVEL MUNDO NOVO

APÓS DESVANECER, KEATING SE VIU EM MEIO A UM TÚNEL MUITO ESCURO E comprido, com uma leve luz ao final. Ele estava perdido, mas conseguia ouvir Prometeu o chamando, pedindo que caminhasse em direção à luz, que não deveria ter medo. Ele seguiu, ao passo que aquele pequeno ponto de luz logo se tornou grande e brilhante: parecia um portal.

Quando finalmente atravessou, acordou assustado, em um lugar absolutamente diferente, uma espécie de hospital, ou algo do tipo. Umas cinco ou seis pessoas estranhas, vestidas com algo que lembrava aventais de médicos, olhavam para ele, diziam palavras incompreensíveis, verificavam os reflexos de seus olhos lançando luzes contra eles. Subitamente, ele sentiu uma grande tontura e, uma vez mais, desmaiou.

Keating acordou novamente, dessa vez, dentro de um quarto típico de hospital. Claro, tudo era diferente, extremamente moderno, algumas coisas apenas flutuavam, monitores a laser acompanhavam seus batimentos cardíacos, pressão e uma série de coisas que, naquele momento, ele não conseguia compreender. "Estou no mundo de Prometeu?", perguntava-se. Olhava para os lados, procurava evidências, mas ouvia apenas vozes em um idioma absolutamente inédito aos seus ouvidos. Nos equipamentos havia palavras escritas em caracteres completamente diferentes de tudo o que ele já vira na vida. Ele se levantou, entrou no banheiro. Curiosamente, o banheiro não era tão diferente dos que se podia ver na Terra, talvez mais moderno, mas muito similar. Havia até um espelho comum. O professor se olhou, mal podia acreditar em seus olhos, tocava em seu rosto, percebia seus traços, testava suas expressões. "Pudera, sou um neandertal!". Sim, queixos largos e quadrados, a boca projetada para a frente, nariz bem arredondado e largo, com narinas enormes, olhos extremamente fundos e próximos do centro do rosto, sobrancelhas que se uniam, testa em forma de rampa, cabelos meio crespos que começavam no meio da cabeça, membros curtos, pele parda. "Incrível!", pensava.

Keating ouviu o barulho da porta se abrindo, era um neandertal acompanhado de algo que ele não sabia o que era, provavelmente um humanoide, um ciborgue, um robô.

— Bem-vindo ao irmão gêmeo da Terra, professor Keating. Bem-vindo ao planeta Lar.

— Que incrível, Prometeu! Muito obrigado.

— Este é o CI-12.976, ele o ajudará a se integrar com nosso planeta, nossas leis e nosso modo de vida. O programa durará seis meses. Muito boa sorte, professor.

— Eh, bem... Ah, certo, Prometeu. Desculpe-me, ainda estou caindo na realidade, quer dizer, na realidade paralela. — Ele ficou rindo sozinho do próprio jogo de palavras.

— Desculpe-me, professor, ainda não me acostumei com as curiosas formas dos *Homo sapiens* fazerem piadas. De qualquer maneira, nos vemos daqui a seis meses. Não se preocupe, o CI-12.976 é a última palavra em inteligência artificial. Ele cuidará bem de você. Ah, quase que me esqueço, este é o seu PIM, uma espécie de RG que usamos por aqui. Neste cartão estão não só todas as suas informações, mas acesso à sua conta bancária e aos hospitais por meio de seu seguro-saúde. Não o perca de modo algum.

— Mas, Prometeu... — E, antes que ele pudesse perguntar qualquer outra coisa, o interlocutor já tinha se afastado. E se dirigindo ao robô: — Olá, CI...

— CI-12.976. Olá, o senhor prefere me chamar de outro nome?

— Que tal Camarada?

— Alteração de codinome registrada. Codinome: Camarada. Fiz upload de sete diferentes línguas rudimentares do seu povo, sendo: inglês, espanhol, francês, alemão, russo, chinês e japonês. Qual o idioma de sua preferência?

— Rudimentares, é? — respondeu sorrindo. — Pode ser inglês mesmo, Camarada.

Depois disso, Camarada conduziu o professor até a saída do complexo hospitalar, e ele ficou parcialmente surpreendido, pois, apesar de alguns detalhes diferentes, o mundo neandertal era muito parecido com a Terra, no final das contas. Talvez os prédios fossem um pouco mais altos que os de Nova Iorque, a cidade um pouco mais arborizada que Melbourne, o Sol um pouco mais vívido do que em Paris, o céu um pouco mais limpo que em Amsterdã, as pessoas um pouco mais silenciosas que em Munique, mas, fora isso, em uma primeira e rápida olhada, poucos diriam que não estavam na Terra. Talvez em um país exótico, mas seguramente na Terra. Só que não era.

Rapidamente ele começou a notar as diferenças. As pessoas caminhavam sem pressa, algumas também acompanhadas de robôs, parecidos com o Camarada. Havia bicicletas para todos os lados e direções, boa parte elétricas. Não havia carros, mas havia muitos ônibus enormes. Não havia aviões, mas opulentos zepelins. Os prédios eram todos cobertos por jardins verticais.

As pessoas se vestiam quase todas como italianos. Ao que parecia, naquele mundo, andar de bengala ainda estava na moda, quase todo mundo usava, mesmo com as pernas saudáveis. Alguns usavam chapéus, outros passeavam com seus cachorros e, incrível, lá também havia fumantes.

Junto com Camarada, Keating pegou o metrô, praticamente cópia dos de São Francisco, exceto por o pagamento ser feito pelo tal cartão PIM, aproximando-o de uma torre, sem catracas, como no metrô de Atenas. Keating olhava tudo, encarava todos, sorria para as crianças, aqueles minineandertais, tentava brincar com os cachorrinhos.

— Que país é este, Camarada?

— Paraíso. Agora estamos onde, na Terra, você chamaria de Bordeaux.

— Interessante, quantos países existem aqui neste planeta, no Lar?

— Apenas um, Paraíso.

— Neste mundo inteiro só existe um país?

— Sim, apenas um país. As regiões que vocês chamam de Américas, Ásia e Oceania são inabitadas. Na região onde vocês chamam de África, fica Redenção, que não é exatamente um país.

— Que estranho.

— Chegamos, Keating.

Ao descerem do metrô, chegaram a um bairro com ruas muito extensas, mas após poucos metros entraram em uma das casas. Já sem surpreender tanto, as casas lá também eram bem parecidas com as da Terra, exceto pela mobília extremamente arrojada e moderna e, uma vez mais, objetos flutuando, como a mesa de jantar, os assentos e, por Deus, até o sofá.

— Camarada, como vocês fazem para que as coisas aqui fiquem assim, flutuando?

— Todos os imóveis em Paraíso têm, em seu sótão, uma pequena usina de fissão nuclear, que provê a energia para a casa e cria um campo magnético. Aproveitando esse campo, alguns objetos têm quando da sua fabricação a estrutura molecular modificada, com metais que funcionam de peso e contrapeso, repelindo ou atraindo, como aquilo que vocês chamam de imã.

— Hum... Elegante solução.

— Você está com fome, Keating?

— Nossa, você é pau para toda obra mesmo, hein, Camarada?

— Não compreendi, senhor, pode reformular a sentença?

— Ah, esqueça. Aceito o almoço, sim.

No prato: arroz, batata, alface e carne. Interessante. Keating se lembrou da Terra, tão longe, tão perto. Mas, com uma comida tão parecida, uma casa tão aconchegante e, ainda, um robô tão solícito assim, ficava difícil sentir saudades.

Enquanto comia, Keating olhou pela janela: crianças neandertais empinando pipa na casa do vizinho, banhados por um Sol esplêndido com sua luz salpicada por grandes árvores nativas, expirando alegria e inspirando um ar tão puro que provavelmente em nenhum lugar da Terra se encontraria com a mesma qualidade, sob a constante e alegre cantoria de colibris.

CAPÍTULO VINTE E QUATRO

INTEGRAÇÃO

DEPOIS DO ALMOÇO, CAMARADA APRESENTOU A KEATING SEU PROGRAMA DE adaptação ao mundo neandertal. Como uma criança, ele receberia aulas de língua, história, geografia, matemática, física, biologia, química, direito e filosofia, sempre do prisma neandertal. Apesar de sua resistência inicial, quando Camarada explicou que naquele mundo as aulas eram feitas facultativamente de modo presencial ou via internet, a distância, indiferente à idade, ele ficou mais tranquilo. Mas, ao ver dele, não teria dificuldades, afinal, um doutor em física conseguiria captar tudo aquilo.

Mas as maiores curiosidades de Keating eram em relação à cultura e às tecnologias daquele mundo. Ficou bastante intrigado por eles usarem a tecnologia da fissão nuclear em tão larga escala, considerada na Terra tão complexa e perigosa. Mas Camarada explicava para ele, com uma objetividade típica de computador, que era uma tecnologia plenamente compreendida naquele mundo, e absolutamente confiável, que bastava um copo de água, a cada cinco anos, para suprir as necessidades energéticas de uma casa.

— Camarada, por que aqui não existem carros?

— Carros são veículos rudimentares, poluentes e ineficientes. Ocupam muito espaço para transportar poucas pessoas e invariavelmente causam trânsito, custando milhões de horas de produção perdidas por ano para a civilização. Não são bons para a mobilidade urbana e saúde da sociedade no Paraíso. Artigo sétimo da Constituição da República do Paraíso: "É dever do estado e de todos os cidadãos buscar todo e qualquer meio necessário para manter o planeta Lar, bem como o país, livre do maior número possível de agressores do meio ambiente, ainda que – mas não limitado a – a economia sofra ou o crescimento demográfico tenha de ser contido. Nenhuma vida é mais especial ou mais importante que a dos cidadãos, e nenhuma vida, ainda que animal ou rudimentar, deve ser desperdiçada em nome do progresso. O consumo dos bens e meios naturais não deve aniquilar a prosperidade da natureza e não deve extrapolar as necessidades reais. Somos parte da natureza, e não detentores dela".

— Hum… fortes palavras, mas entendo. E por que algumas pessoas andam por aí acompanhadas de robôs, como você?

— Nenhum cidadão é obrigado a andar acompanhado de um robô. No entanto, somos úteis em diversas questões. Podemos limpar, ser *baby-sitters*, cuidar da manutenção da casa, ajudar a aumentar a eficiência da mobilidade urbana, escolher um restaurante vazio e, inclusive, criar provas em imagem e vídeo caso o nosso proprietário, ou alguém por perto, seja vítima de algum crime.

— Tudo o que você vê e escuta é gravado?

— Sim, inclusive tudo é enviado on-line para a central da Robotek.

— Oras, quem optaria por não ter privacidade nenhuma?

— Os dados que nós enviamos são sigilosos e de propriedade do dono do robô, a exceção é se, e somente se, ocorrer algum crime, inclusive se executado pelo próprio proprietário.

— Curioso, mas, de qualquer maneira, os cidadãos daqui ficam nas mãos da Robotek, ou seja, nada garante que eles realmente não utilizem os dados para outros fins.

— A confidencialidade dos dados é prevista em contrato.

— Eu sei, Camarada, mas nada garante.

— O contrato é a garantia da confidencialidade.

— Mas nada os impede de burlarem o contrato!

— Artigo segundo da Constituição da República do Paraíso: “Mentir, ludibriar, omitir, iludir, falsear, fingir, ocultar, deliberadamente não trazer à tona uma verdade importante ao público, induzir ao engano ou ao erro, seja para vantagem moral ou financeira própria ou da empresa de que é dono ou sócio, ou para desvantagem moral ou financeira de outrem, ou da sociedade, são crimes graves. Os infratores serão advertidos três repetidas vezes, com prescrição de cada evento em dez anos. Os que incidirem quatro vezes, antes da prescrição da primeira, terão seus bens confiscados, os quais serão distribuídos igualitariamente para toda a sociedade, debitados dos custos processuais e indenizatórios, seus PIMs serão suspensos, sofrerão esterilização química e serão enviados para Redenção. Aquele que mente, depõe e deprecia contra a honestidade e sinceridade, que são valorizadas em nossa sociedade, são punidos. Entretanto, aquele que mente, com o objetivo de impedir ou dificultar o ataque contra a integridade física de si mesmo ou de outrem, sem que signifique diretamente dano físico a um terceiro, não comete crime. Parágrafo primeiro: excetua-se a imputabilidade nos casos amplamente percebidos de que a ação, a princípio, delituosa, é parte integrante de expressões artísticas, seja nas diversas formas de livro, teatro, cinema, pintura, fotografia ou seja nas demais”.

— Mas onde fica Redenção?

— Se fosse na Terra, seria na África do Sul.

— A pessoa é exilada na África do Sul, ou Redenção, só porque mentiu?

— A mentira é a ação por detrás dos crimes mais graves da história de nosso mundo e dos mundos paralelos conhecidos.

— E o que acontece com a pessoa que é enviada para lá?

— Alguns simplesmente seguem suas vidas em pequenas colônias, outros iniciam uma jornada rumo ao norte, até voltarem para Paraíso. Caso consigam, são reintegrados à sociedade, mas a esterilização não é revertida.

— Por que vocês esterilizam as pessoas que são enviadas para Redenção?

— A história de nosso mundo, bem como dos mundos paralelos ao nosso, mostra que permitir que a miséria e a loucura se difundam, disseminem-se e prosperem gera, a longo prazo, o terrorismo, a criação de estados assassinos e, por consequência, refugiados, desordem e guerras civis. Psicopatas subvertem as pessoas ao redor, criam facções criminosas, estados tiranos e corruptos, crimes de ódio, estimulam abusos, criam culturas de estupro, que geram filhos sem estrutura educacional e emocional, que acabam se tornando psicopatas ou criminosos, criando um ciclo vicioso em uma comunidade desestruturada, viciada e fundamentalista.

— Parece um pouco radical, mas, queira ou não, funcional também. Bom, acho que vou dar uma cochilada, mas gostaria de, em minha cama, assistir a um pouco de televisão, vocês têm televisão por aqui?

— Sim, eu o acompanho, senhor Keating.

O professor se deitou e o Camarada ligou a "televisão" para ele. Na realidade, era um projetor holográfico, coisa de filme de ficção científica mesmo que, além de ser natural e verdadeiramente em terceira dimensão, tinha imagens e uma paleta de cores absolutamente fantásticas.

— Você gostaria que eu realizasse tradução simultânea, professor Keating?

— Não, não precisa, acho que vou descansar mesmo.

— *"Era uma vez, numa aldeia pequenina, uma menininha linda como uma flor; sua mãe gostava muito dela, e sua vovozinha ainda mais..."*

— O que está fazendo, Camarada?

— Contando uma história para você dormir, senhor Keating.

— Pelo amor de Deus, não sou uma criança!

— Sim, senhor.

— Camarada, e agora, o que você está fazendo?

— Estou o ajudando a dormir.

— Dando tapinhas em minha bunda?

— Desculpe-me, senhor.

— Vá dar uma volta por aí, Camarada. Gostaria de ficar sozinho, ao menos em meu quarto.

— Todos os anos, cerca de quinze pessoas são salvas pelos seus robôs domésticos, pois, enquanto dormem, podem sofrer quedas ou ter dificuldade de respirar.

— Valha-me Deus. Faça assim: fique sentadinho naquela poltrona, quietinho. Não me toque, não diga nada. Tudo bem assim?

— Conforme seu desejo, senhor Keating.

CAPÍTULO VINTE E CINCO

A CURA

ENQUANTO ISSO, NA TERRA, OS TESTES LABORATORIAIS PARA A CURA DA AIDS a partir da receita de Prometeu eram desenvolvidos em todos os cantos do mundo. Claro, como era de se esperar, sob vaias e protestos de algumas megapotências farmacêuticas, afinal, a cura da Aids significaria, automaticamente, o fim de vários produtos que compõem o coquetel que atualmente dá sobrevida aos vitimados pelo vírus. Mas as manifestações não eram claras quanto às suas reais intenções, pois disfarçavam a vontade de barrar o desenvolvimento do medicamento dizendo que os testes, por si só, eram não apenas perigosos, como sem fundamento teórico, e que poderiam, invariavelmente, colocar em risco vidas humanas.

Não seria a primeira vez que isso aconteceria na história. Gilberto Orivaldo Chierice, professor aposentado da Universidade de São Paulo (USP), desenvolveu uma potencial cura do câncer a partir da fosfoetanolamina sintética, alvo da pesquisa dele por mais de vinte anos, em que grande parte das pessoas que se sujeitaram voluntariamente ao tratamento tiveram resultados positivos. A Anvisa e o Ministério da Saúde resistiram a sequer avaliar a medicação, impedindo sua comercialização em larga escala. Até 2015 havia mais de dez mil petições pedindo a liberação da produção do medicamento. O impasse começou quando o grupo do Instituto de Química de São Carlos (IQSC), que por anos distribuiu a droga de graça, cessou a distribuição quando uma portaria da Universidade impediu as doações de medicamentos experimentais, acumulando centenas de processos na justiça pedindo sua volta. Um volume imenso de casos de pessoas que ou foram curadas ou conheceram pessoas que foram se amontoou na internet. Os custos de produção eram irrisórios, meros dez centavos de reais, o que até poderia explicar a resistência dos laboratórios em dar cabo às pesquisas da droga. Em Santa Catarina, Carlos Kennedy Witthoeft, que, por conta própria, produzia, fornecia e testemunhava a evolução positiva e substancial do quadro clínico de sua mãe, passou a também oferecer a medicação de graça a quem quer que a quisesse, e, mesmo assim, foi preso por falsificação de medicamento, como se a fosfoetanolamina sintética fosse comercializada. O tema era controverso, naturalmente, mas era impossível não notar a dificuldade com que uma potencial cura a uma doença tão grave seja avaliada. O tabaco, que comprovadamente causa câncer, é liberado, enquanto o medicamento experimental, que talvez cure o câncer, é proibido.

No caso da cura da Aids, laboratórios japoneses, mais preocupados com sua população do que com a escala do lucro, aceleraram alguns passos do processo em ambiente controlado, acelerando o desenvolvimento das culturas do vírus da gripe no meio químico-aquoso, e puderam finalmente sinalizar, ao menos em testes de pequena escala e em ambiente favorável, que o vírus da gripe verdadeiramente "matava de fome" o vírus da Aids, notícia que foi recebida com grande alegria e clamor mundial. Os mais otimistas já davam a cura da Aids como certa, elevaram Prometeu ao título de salvador da Terra e, com relação à queda dos aviões, consideraram que tudo não passou de um mal-entendido, plenamente compensado pelos atos seguintes.

Não demorou para que viralizassem na internet desenhos bizarros e divertidos, lembrando a história mitológica grega de Prometeu que, depois de ensinar o homem a fazer fogo, ensinava agora o homem a combatê-lo, aludindo que a Aids prosperou inflamada pela chama da promiscuidade.

O fato é que, a cada dia que passava, ficava mais difícil negar a existência de universos paralelos, bem como sua importância, e os riscos envolvidos nisso. Cientistas do mundo todo pararam todas as suas pesquisas para se deter unicamente a esse assunto, que esbanjava complexidade e perplexidade nos rostos das pessoas.

Na internet, não se falava de outra coisa. De repente, os problemas com os refugiados árabes e africanos pareciam sem importância na Europa, o da imigração e o combate ao Estado Islâmico ficaram em segundo plano nos Estados Unidos, a crise política, fiscal e econômica no Brasil era lembrada por poucos. O mundo parou e se prostrou diante da mais acachapante revolução que o porvir prometia, o desbravamento dos mundos paralelos e, para os mais pessimistas, a invasão da Terra pelos neandertais.

As bolsas de valores do mundo todo estavam caóticas, extremamente líquidas e voláteis, em níveis absolutamente inéditos. Todos querendo antecipar os fenômenos, bem como seus efeitos, que não podiam sequer ser completamente compreendidos. De todo modo, em meio ao caos, parecia haver alguma ordem. Ações de empresas ligadas a tecnologia, armamento e ciência explodiram, enquanto as relacionadas a seguros de vida e medicamentos implodiram. Como sintetizou Alexander Elder: "a bolsa é um lugar onde as pessoas compram e vendem com medo e ganância". Eis tudo.

Parte II

O MUNDO PARALELO DOS NEANDERTAIS

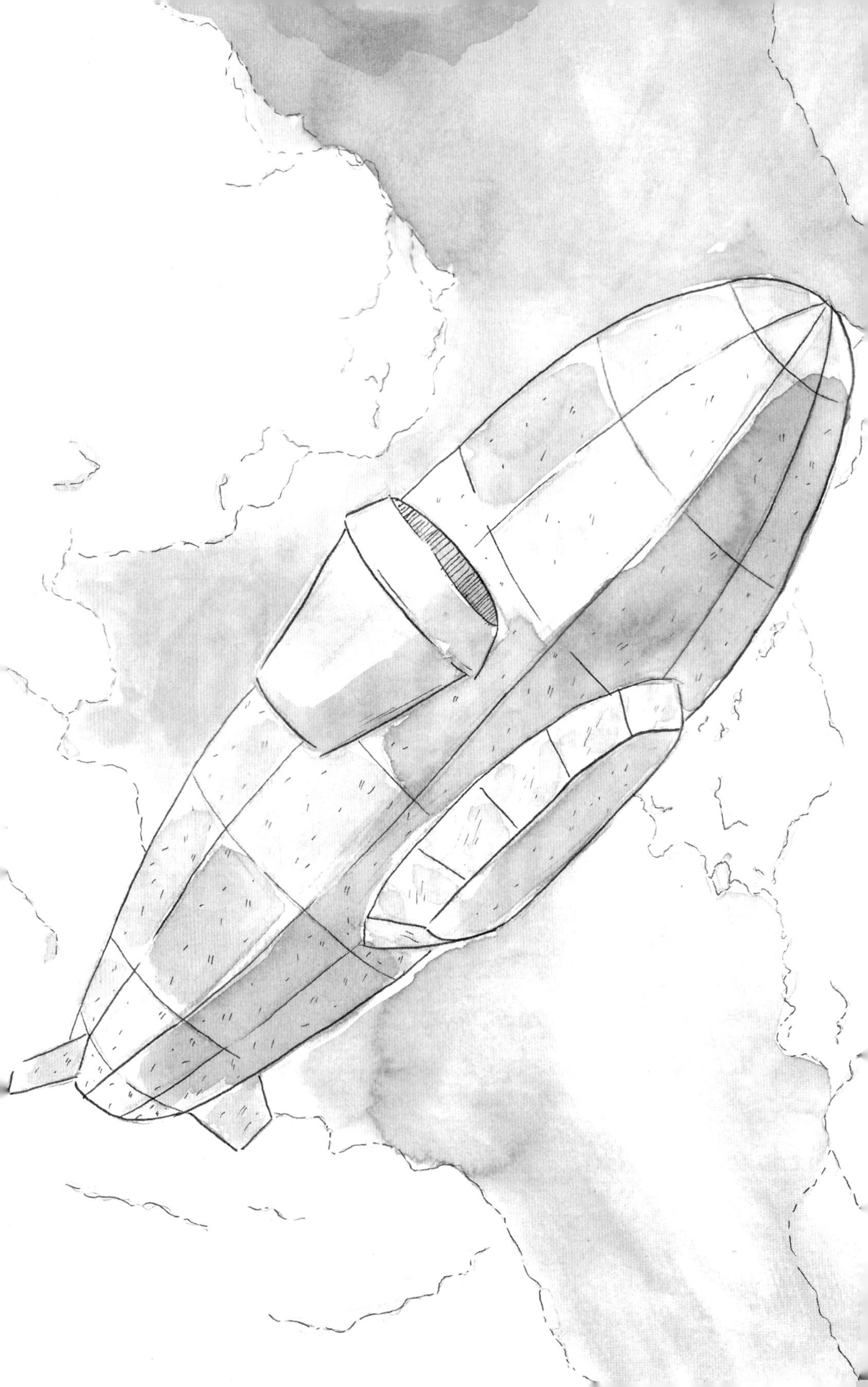

CAPÍTULO VINTE E SEIS

DESBRAVANDO O MUNDO DOS NEANDERTAIS

ACORDEI SÓ NO INÍCIO DA NOITE. DE FATO, DORMI BEM, DORMI LEVE. QUANDO abri os olhos, Camarada estava me encarando. As "manias" daquele robô me incomodavam um pouco, talvez com o tempo eu me acostumasse. Espreguicei-me e, confesso, senti saudades de Harvard, de Boston, do meu país, dos humanos e, em suma, do planeta Terra. Ali até podia parecer perfeito, mas nunca seria o meu lugar.

— Dormiu bem, professor Keating?

— Dormi, sim, e você?

— Nós, robôs, não dormimos, apenas paramos às vezes para recarregar as baterias.

— Eu sei, máquina doida, era só uma ironia.

— Ironia, sarcasmo, aliteração, paródia, tautologia e outros são figuras de linguagem usadas tipicamente em idiomas rudimentares, com forte presença na comunicação humana no planeta Terra, mas extremamente raros e difíceis no Paraíso. Nosso idioma robusto, sofisticado e objetivo, após a grande reforma da língua, há duzentos anos, suprimiu todos os sinônimos, termos semânticos e ambiguidades.

— Nossa, que sem graça.

— Positivamente, os neandertais consideram muito engraçada a maneira como os humanos se comunicam.

— Preciso aprender logo o idioma deste lugar, senão terei que passar a vida toda conversando com robôs.

— Aproximadamente setenta por cento dos cidadãos de Paraíso conhecem ao menos cinco idiomas terráqueos.

— Nossa, e por que tanta gente procura conhecer nossos idiomas?

— Eles facilitam a comunicação com os humanos quando realizam viagens à Terra.

— Sério? Mas é tão comum assim as pessoas daqui irem à Terra?

— Centenas de pessoas todos os dias, talvez milhares. Vocês os chamam de espíritos. Para os cidadãos do Paraíso, é uma forma de entretenimento.

— Incrível. Camarada, gostaria de andar por aí?

— O que gostaria de fazer, Keating?

— Ah, não sei, não conheço nada, quem sabe andar em um daqueles zepelins enormes?

— Eles são chamados aqui de Cruzeiros Aéreos.

— Nossa, promete, hein?! Deve ser um passeio e tanto. É simples embarcar em um desses?

— Podemos fazer isso a qualquer momento. Naturalmente, tem um custo.

— Quanto custa?

— Depende da rota, mas de dois a cinco abotes.

— Abote é a moeda daqui?

— Em todo o Paraíso.

— Eu acesso minha conta bancária pelo meu PIM, não é? Você consegue ver o meu saldo?

— Mil abotes, Keating.

— Hmmm, Prometeu falou que só vai me rever daqui a seis meses, acho que terei que ser bastante comedido para o dinheiro durar tanto tempo.

— Você gostaria de trabalhar, Keating?

— O problema é que não sei nada deste lugar, mas, sim, acho que aceitaria.

— Algumas atividades com vagas disponíveis perto daqui não exigem grande instrução ou conhecimento do idioma.

— Pode ser interessante, inclusive seria uma maneira de interagir mais com este lugar.

— Se desejar, também conseguirá alguma remuneração, negociando seus ativos orgânicos na Bolsa de Valores.

— Como assim?

— Paraíso é um mercado completamente livre, com Estado mínimo, libertário e pouquíssimas leis. Na Bolsa de Valores você pode negociar parte do seu sangue, de sua medula, depois é só entregá-lo em qualquer hospital. Você pode também alienar seus órgãos a qualquer momento, e quando morrer eles serão apropriados pelo comprador. Cada cidadão tem direito a ter até dois filhos, você também poderá vender esse direito; senão os dois, ao menos um.

Fiquei absolutamente impressionado pelas coisas que Camarada me disse. Realmente, eles levaram o movimento libertário a sério naquele lugar. Incrível! Interessantíssimo! Nunca ouvi falar de uma experiência verdadeiramente libertária em qualquer lugar do mundo, e de repente estava em um mundo exatamente assim! A empolgação e a curiosidade me preencheram. Se já queria conhecer tudo, naquele momento queria conhecer tudo e mais um pouco.

— Camarada! Bora embarcar nos zepelins gigantes!

— Aqui eles são chamados Cruzeiros Aéreos, senhor.

— Eu sei, seu *robocop*, eu estou brincando! Mas vamos logo!

— *Robocop*?

Saí aceleradamente, enquanto Camarada me acompanhava com dificuldade. Ele não tinha sido fabricado para correr. E, francamente, eu nem sequer sabia onde ficavam os "aeroportos" ou seja lá de onde os zepelins gigantes zarpavam, mas, como uma criança, eu corria em direção a lugar nenhum, sob as manifestações falsamente preocupadas daquele robô "xarope". Como acabaria perdido, eu me contive e depois me acalmei. Camarada falou para que eu não me preocupasse, pois me guiaria até lá com segurança e em bom tempo. Sem dúvida, ele não compreendia minha excitação. Talvez ele não tenha sido programado para entender os sentimentos do primeiro humano a pisar em um mundo paralelo. Mas vamos que vamos!

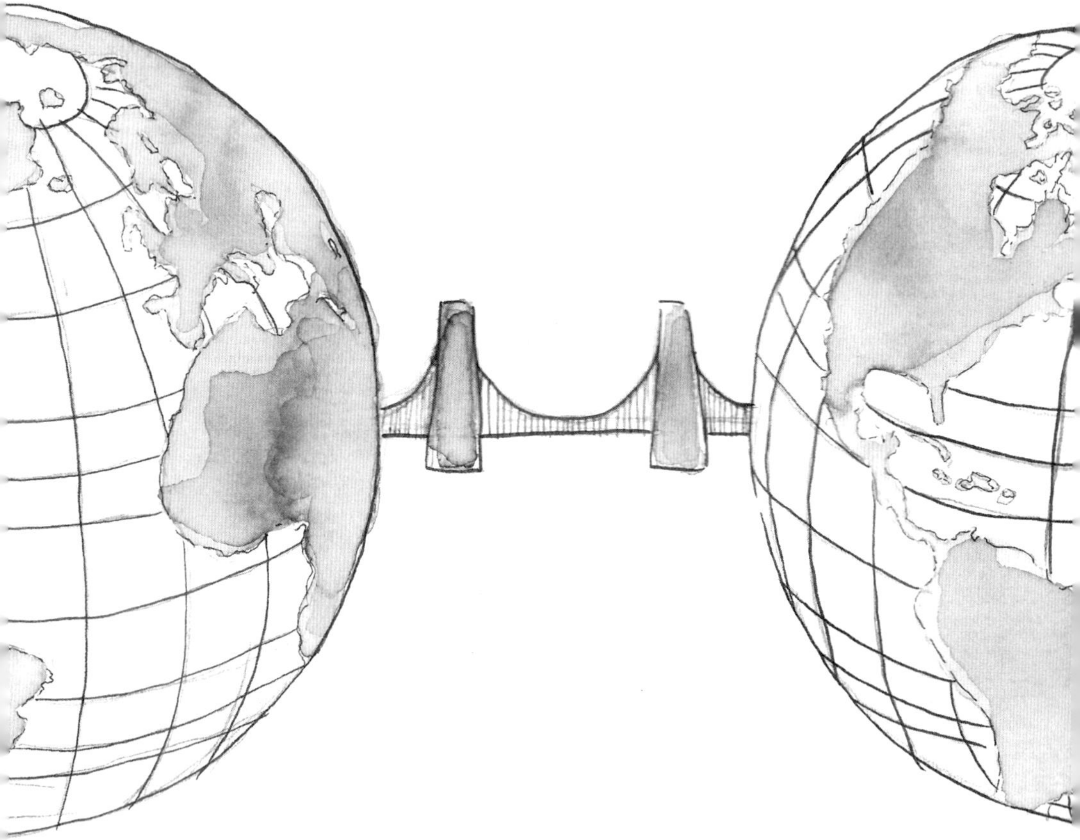

CAPÍTULO VINTE E SETE

CRUZEIROS AÉREOS

OS ZEPELINS, OU CRUZEIROS AÉREOS, COMO O CAMARADA GOSTAVA DE CHAmar, partiam do topo dos edifícios mais altos. Eles eram muito estáveis, muito simples de embarcar, e, sem sombra de dúvidas, absolutamente gigantescos, do tamanho, sem exageros, de uns dois estádios de futebol.

Para comprar a passagem, na cobertura do edifício, com alguma surpresa, notei que havia pelo menos uns quinze guichês diferentes, de zepelins diferentes, com diversas rotas. Pegamos qualquer uma, não importava. Para pagar, era simples, bastava aproximar o cartão PIM, depois minha digital e pronto, estava pago e debitado de minha conta. Se você for pensar bem, essa tecnologia já existe há bastante tempo na Terra e, em alguns casos, é largamente utilizada. Não consigo deixar de pensar, no entanto, por que ainda existe dinheiro em espécie. Tudo pode ser pago por meio do sistema bancário. Exceto para a corrupção, tráfico de drogas e outros ilícitos, o dinheiro em espécie é completamente preterível. De repente, é justamente por isso que ainda existe.

Esperamos alguns minutos e logo fomos chamados, junto com outros neandertais, todos, aliás, muito bem-vestidos, para o embarque naquele "estádio de futebol voador". Chegando, o ambiente era bastante acolhedor e transpirava gigantismo. Dentro, tinha até placas de direção e um pequeno trenzinho, em especial para mulheres, idosos e pessoas com necessidades especiais. Nas extremidades, janelas gigantescas davam uma visão espetacular da cidade iluminada pelas luzes das casas e pela opulenta Lua no horizonte.

Tirando a abundância de tecnologia e, obviamente, a vista da cidade, lembrava os hotéis pomposos de Las Vegas. Tudo verdadeiramente muito bonito e, provavelmente, havia cassinos, restaurantes, lanchonetes, cinema, lojas de roupas e joias. Tinha de tudo. Mas uma coisa fora do usual chamou minha atenção: o idioma, sem dúvida, eu ainda não compreendia, mas abaixo das letras esquisitas um desenho de duas Terras, com uma ponte que as ligava.

— Camarada, o que está escrito naquela loja?

— "Viagens inesquecíveis para mundos inesquecíveis."

— Resisto a acreditar que isso é uma coisa tão usual e simples assim.

— As viagens extracorpóreas são permitidas no Paraíso. As pessoas são bastante interessadas em seu planeta. Cheias de curiosidade. Não é permitido fazer, por exemplo, a sobreposição consciencial, mas o direcionamento da consciência, sim, permitindo alguma interação inclusive, mas na Terra vocês chamam de fenômenos paranormais ou espirituais.

— As pessoas podem conhecer outros mundos, além da Terra?

— Positivamente. Muitos gostam também de ver os dinossauros, nos mundos onde eles ainda prosperam.

— Você fala como se as pessoas estivessem indo a um zoológico.

— Não foi meu objetivo, Keating, respeitamos todas as formas de vida.

— Ah, não foi isso que eu quis dizer, apenas achei interessante a simplicidade da realização do entretenimento. E o que é aquilo ali?

— Na Terra, vocês chamariam de balada.

— Ah, vamos dar uma olhada.

Mal consigo descrever minha surpresa ao entrar naquela balada neandertal. Juro, eles ouviam músicas terrestres! Adoravam os nossos anos 1970 e 1980. Camarada me explicou que os humanos têm características nas quais os neandertais não evoluíram tanto, como a criatividade artística, então as músicas terrestres faziam muito mais sucesso que as próprias músicas de lá.

Agora, não sei se isso pode ser chamado de racismo ou preconceito, mas, por Deus, que gente feia. As mulheres neandertais são simplesmente assustadoras, apesar do banho de shopping costumeiro. Claro, não sou ingênuo o bastante para negar, mas sei que é tudo uma questão cultural. Na Terra, mesmo as preferências são diferentes entre culturas diferentes e em época diferentes, então o belo é, no mínimo, muito relativo. Mas essa primeira impressão é importante comentar.

— Camarada, se uma mulher recebe uma cantada, ela tem que dizer sua negativa na cara, não é mesmo? Já que é crime mentir.

— Na verdade, professor, mentir só é crime se houver vantagem moral ou financeira, ou desvantagem moral ou financeira a outrem. De qualquer maneira, há certa repressão moral à mentira. As pessoas se sentem menos ofendidas com uma verdade dolorosa do que com uma doce mentira. Desde a tenra idade, em casa ou nas escolas, as crianças são educadas a jamais mentir, em qualquer caso, mesmo que em um ou em outro não seja crime. Com o tempo, a criança absorve essa cultura e se acostuma a viver em um mundo onde simplesmente ninguém mente e, quando alguém o faz, a repressão social e jurídica é tão exemplar que a pessoa desenvolve um grande repúdio por esse tipo de atitude.

— Olhe, confesso que é realmente difícil imaginar um mundo onde as pessoas não mentem.

— Na verdade, professor, você está neste mundo.

— Bom, não foi bem o que quis dizer, mas, sim, entendo.

Depois, experimentei a bebida neandertal, mas não havia nada de excepcional, uma verdadeira cópia do uísque terrestre. Algumas garotas me olharam, o que me deixou meio embaraçado, mas só daí que me dei conta de que estava no simulacro de um jovem neandertal. Não era mais, externamente, um velho e rabugento professor de física em Harvard. Interessante.

CAPÍTULO VINTE E OITO

DROGAS S.A.

CONTINUAMOS A CAMINHAR PELO CRUZEIRO AÉREO. CONCLUÍ, POR MIM MESMO, que aquilo era muito mais um shopping voador do que exatamente um meio de transporte, como efetivamente acontece com os nossos cruzeiros.

Um lugar, no entanto, me deixou relativamente perplexo. Era uma loja muito discreta, de onde as pessoas saíam estranhas: algumas cambaleando, outras muito ligadas. Também vi algumas externando uma paz de espírito enorme, além das muito alegres e eufóricas.

— Camarada, que tipo de lugar é este?

— É um dos lugares onde as pessoas vêm para comprar drogas ou se drogar.

— As drogas são liberadas no Paraíso?

— Sim.

— Mas, explique isso melhor, como pode isso em um lugar como este?

— Há muito tempo, no Paraíso, o consumo, a fabricação e a distribuição de drogas eram proibidos. A primeira medida do conselho de filósofos foi...

— Só um segundinho, conselho de filósofos?

— Sim, as decisões do Estado são baseadas por um conselho de, quase sempre, cem filósofos. Eles que tomam as decisões restritas ao estado.

— Aqui só pode se candidatar a um cargo de governo quem é filósofo?

— Na verdade, aqui não é uma democracia, mas uma, como se diz em inglês, meritocracia, isto é, o governo dos melhores.

— E as pessoas aceitam tranquilamente esse tipo de representação?

— Não é um tipo de representação. Aliás, ninguém é obrigado a viver em Paraíso. No entanto, as pessoas estão satisfeitas. Quando alguém tem dúvida quanto a isso, basta dar uma passadinha em seu planeta para ver o que a democracia anda fazendo.

— Não entendo o que de tão errado assim pode haver na democracia.

— Bom, professor, vamos imaginar duas situações. Primeiro, que a democracia no planeta Terra realmente existisse e que a vontade da população realmente se traduzisse em leis ou decisões de governo. Assim sendo, você há de convir comigo que as pessoas em geral não têm condições de decidir sobre questões complexas em relação à economia ou política. Na verdade, o próprio Hitler, que vocês parecem odiar tanto, foi eleito democraticamente. Mas, sem fugir do foco, se a maioria toma as decisões de governo e a maioria é porventura mal-educada ou ignorante, como poderia o governo tomar decisões sensatas? Afinal, como disse um novelista terráqueo, chamado Paul Bourget: "O sufrágio universal é a mais monstruosa e a mais iníqua das tiranias, pois a força do número é a mais brutal das forças, não tendo ao seu lado nem a audácia, nem o talento". E não importa que se use o sistema representativo, a mediocridade que seria tomada nas decisões se as próprias pessoas a tomassem, na eleição, passa a ser dos que decidem, ou seja, a representatividade substitui as medíocres decisões que as pessoas tomariam pela candidatura de pessoas mais medíocres ainda. Na segunda hipótese, que é o mais comum na Terra, as pessoas apenas têm liberdade de escolher entre um cardápio de políticos, que, tirando os detalhes, pensam sempre da mesma maneira, isto é, nas próximas eleições, o que leva os governos a tomar atitudes, de um modo ou de outro, sempre populistas. Assim sendo, os governos, se fizerem o que a maioria gostaria, não estariam sendo sensatos, pois a maioria não é sensata, mas, como é a maioria que o perpetua no poder, acaba optando por um alto grau de insensatez. Somado a isso, entendemos que você nunca cuidaria tão bem do seu capital como você próprio, e, no caso do governo, é o pior exemplo possível, ele cuida de um capital que não é dele para prestar um serviço que não é para ele. Em que mundo isso geraria um resultado satisfatório?

— Bem, Camarada, preciso pensar sobre o assunto, mas voltemos ao tema das drogas, então, por enquanto.

— Então, como estava dizendo, muito tempo atrás, em Paraíso, era completamente proibido o consumo, a fabricação e a distribuição de drogas. A primeira medida do conselho de filósofos foi desarticular o sistema de vendas, acabando de uma vez por todas com a circulação de moedas em espécie.

— É perfeitamente compreensível, Camarada. Nos Estados Unidos mesmo, a distribuição de drogas opera em duas vias, o envio de drogas para fora, por exemplo, do México, e o retorno de dólares em espécie, fora do sistema bancário, dificultando, inclusive, provar quem são os agentes do sistema.

— A ideia foi recebida com bastante entusiasmo na época e, com efeito, foi um duro golpe aos cartéis que operavam em Paraíso. No entanto, passados alguns poucos anos, eles começaram a negociar as drogas por gramas de ouro ou prata. Então os usuários compravam licitamente ouro ou prata, trocavam por drogas, e os próprios traficantes começaram a comprar joalherias, diluindo os metais preciosos aos poucos em seus produtos.

— Convenhamos, eles foram bastante criativos.

— Então, um dos nossos filósofos de sétimo grau, participante do conselho, fez um longo e importante estudo sobre isso, onde ele apontava alguns aspectos:

"Primeiro: as pessoas que querem se drogar farão o que for possível para fazê-lo, não importa quanto tentemos impedi-las. Temos centenas de exemplos na Terra. Em Washington, a cidade mais policiada daquele planeta, onde as poucas e famosas drogas que entram são caras e de má qualidade, se é difícil para as pessoas conseguirem heroína, elas usam PCP. Onde as pessoas não têm dinheiro para comprar cocaína, como em Detroit, usam crack. Onde a repressão social é grande quanto às drogas ilícitas, como em Salt Lake, elas abusam de remédios contrabandeados de venda sob prescrição médica. Se a cadeia de suprimentos falha, começam a usar drogas fabricáveis em laboratórios clandestinos, como a metanfetamina ou maconha. Não tem jeito.

"Segundo: o estado não deve ter a empáfia de dizer o que as pessoas devem ou não fazer com o próprio corpo.

"Terceiro: ao permitir que as drogas sejam fabricadas por empresas, a própria concorrência, o livre mercado, fará com que os produtos tenham menos contaminantes e sejam produzidos em locais seguros. Nos Estado Unidos, na Terra, laboratórios clandestinos já explodiram um quarteirão inteiro.

"Quarto: a violência proporcionada por usuário de drogas é inferior à produzida pelo tráfico, seja pela disputa de poder, seja pelos assaltos a traficantes, seja pelos embates com os serviços de polícia. Afinal, não foi isso que aconteceu nos Estados Unidos, nos anos 1920 e 1930, quando a criminalidade explodiu em função da proibição da comercialização e transporte de bebidas? O estado foi capaz de criar um número abominável de Capones, Renus e Olmsteads, que digladiavam com outros contrabandistas em plena luz do dia, corromperam prefeituras e policiais de estados inteiros, e o único objetivo, que era fazer reduzir o consumo, aumentou mais ainda. Pessoas morriam envenenadas porque contrabandistas misturavam as bebidas com produtos químicos tóxicos para aumentar o lucro. Não há dúvida, descriminalizar a produção da droga reduz a violência.

"Quinto: a melhor forma de repressão às drogas não é acuar o traficante ou criminalizar o consumo, mas educar os usuários, os potenciais usuários e nossas crianças. Como disse o terráqueo Pitágoras: 'se educarmos nossas crianças, não teremos que castigar nossos adultos'. Somado a isso, não devemos desconsiderar de modo algum a importância que a diversão tem para as pessoas, ela é, inegavelmente, uma ferramenta poderosa de combate ao tédio e à depressão. Não esquecendo, ainda, o que o inverso faz, isto é, da restrição, a partir do governo, quanto ao direito das pessoas de se divertirem, da forma como bem entenderem, como ocorreu no século VI d.C., na Terra, a partir da imposição de leis morais extremamente restritivas, com base no cristianismo, pelo imperador Justiniano, em que o ressentimento e a insatisfação das pessoas daquela época puderam ser bem resumidos pelas palavras de Procópio de Cesareia, historiador bizantino: 'Justiniano ordenou o fechamento de todos os locais de entretenimento, despertando tristeza e depressão tanto na esfera privada quanto na pública. A vida não tinha mais alegria'."

— Nossa. Acho que isso nunca aconteceria na Terra, ao menos no meu país.

— Os neandertais, professor Keating, dizem que as pessoas na Terra têm uma grande qualidade e um grande defeito: são criativos para tudo, criam tudo, revolucionam tudo, pensam em tudo, mas carecem em grande monta de algo simples: boa vontade para aplicar as boas ideias.

CAPÍTULO VINTE E NOVE

TERRA-LAR

AQUELE POVO, OS NEANDERTAIS, ERA REALMENTE INTRIGANTE, E FOI MUITO difícil dormir na noite daquela viagem de zepelim. Não conseguia parar de pensar, de refletir sobre aqueles conceitos tão diferentes, mas ao mesmo tempo tão racionais e, igualmente, tão decididamente aplicados.

Contudo, ao comparar com o planeta Terra, noto sem precisar me aprofundar muito que a maioria das ideias tão bem realizadas naquele mundo nada mais eram do que antigas e novas ideias que nós humanos também já tivemos em algum momento. O que é o conceito de governo a partir de filósofos senão uma tradução das ideias de Platão? A ideia de que a mentira seja crime senão de Kant? Contrário à democracia senão de inúmeros pensadores, por exemplo, como o próprio Camarada bem me lembrou, de Paul Bourget? E a filosofia política do libertarismo senão de muitos, como John Locke, Frédéric Bastiat, David Hume, Alexis de Tocqueville e Adam Smith?

O próprio sucesso dos países mais liberais comparado ao dos assistencialistas já mostrou que parece haver nisso um bom caminho. Mas não adianta, nossos governos sempre teimaram em ceder o poder, o foco sempre serão as próximas eleições, o que estimula o populismo e a prosperidade dos países sempre será pano de fundo. Nossos governos continuarão sendo fábricas de fazer leis, a maioria delas completamente inúteis. Os impostos, ou seja, o confisco do nosso trabalho, de nosso suor, sempre será cada vez maior. E tudo isso por um motivo muito simples: são apenas políticos, é apenas isso que sabem fazer.

Ainda assim, o que me deixou absolutamente intrigado é a mentira ser crime. Convenhamos, é curioso, mas faz todo sentido. Aliás, que pai que não daria uma bronca no filho por mentir? Que religião não condena a mentira? Em que lugar do mundo a mentira é vista com bons olhos? Não seria óbvio, considerando tudo isso, que a mentira fosse crime? Ao menos, como é o caso do mundo dos neandertais, onde há vantagem moral ou financeira? Imagine nunca mais ser ludibriado por uma propaganda enganosa, nunca ter seu orçamento majorado pela malandragem da concessionária, nunca ter que simplesmente confiar em um político e ter, ao conversar com qualquer pessoa, a fé da palavra. Aliás, acredito que aqui até adultério seja enquadrado como crime, pois quem trai mente para conseguir trair e mente a respeito da promessa de fidelidade, e sem dúvida obtém vantagem moral. Oras, não considero isso um exagero, pois acredito que muitas pessoas prefeririam uma facada nas costas a encontrar o companheiro na própria cama com outra pessoa. Então, o que é a infidelidade se não uma agressão, não física, mas muito mais do que física? Para muitos, um trauma insuportável.

Quanto às drogas, eis um aspecto interessante deste mundo. Ao contrário do que nossa intuição porventura diga, o fato de as drogas serem liberadas não transformaria as sociedades em uma multidão de zumbis. Com certeza, não. Embora na Terra, na maioria dos países, consumir álcool e tabaco não seja crime, nem todas as pessoas consomem um ou outro. Não é o fato de ser legal que leva as pessoas a consumir, mas o fato de quererem ou não aquilo para si; e o fato de outras drogas serem ilegais, dizem as más línguas, aí é que faz com que mais pessoas ainda a consumam. É só perguntar para si mesmo; ainda que a heroína fosse legal, eu não consumiria, e, sendo ilegal, mas ainda assim muito acessível, eu não consumo de qualquer maneira. Em suma, a proibição das drogas só cria um mundo violento chamado tráfico, sendo, queira ou não, incapaz de impedir que produzam ou que, mesmo os que querem consumir, consumam. Comecei a estudar copiosamente, cumprindo minha programação. Ainda não decidi se começarei a trabalhar, talvez daqui a alguns dias. Persisto muito entusiasmado em entender este lugar, estas pessoas, sua história. Voltando ao comparativo com a Terra, quando nos perguntamos tudo que poderia ser melhor em nosso mundo, logo chegamos à conclusão de que a lista seria realmente enorme, mas, agora, vivenciando este mundo em que estou, tão peculiar, mas também tão simples, chego à conclusão de que se na Terra não tivéssemos tamanha mentira e cinismo, e talvez um pouco mais de boa vontade, teríamos chegado tão longe quanto os neandertais daqui chegaram.

CAPÍTULO TRINTA

FILOSOFIA DO DIREITO NEANDERTAL

BOM, JÁ ESTOU HÁ UM MÊS NO MUNDO DOS NEANDERTAIS E, NÃO, O MUNDO deles não é perfeito, é muito bom, talvez, sim, um paraíso comparado aos países da Terra, mas eles têm também seus problemas e, sim, o livre mercado tem suas distorções e alguns abusos das pessoas. Por exemplo, aqui não existe salário mínimo, tudo é decidido entre as partes. Francamente, isso leva os empresários a forçar as pessoas que estão buscando emprego ao limite, pagando o mínimo possível, suficiente apenas para que as pessoas aceitem. Naturalmente, por outro lado, as pessoas buscam estudar e se destacar no mercado para, aí sim, galgarem salários melhores. Bom, pensando bem, até nisso parece haver algo de positivo, considerando que o sistema acaba forçando as pessoas a estudar mais, tirando-as da zona de conforto. Porém, há pessoas por aqui que vivem modestamente do único bem que possuem, isto é, o próprio corpo, e não me refiro à prostituição, aliás, tem bastante disso por aqui também, e, como tudo, não é crime algum; pelo contrário, é uma das profissões mais bem-valorizadas. No entanto, algumas pessoas vivem com muito pouco, em uma vida muito simples, no limiar da mendicância, sem trabalhar, mas também sem roubar, vendendo seu sangue de tempos em tempos e recebendo das empresas de negociação de órgãos, vendendo, para quando morrerem, seus órgãos para essas curiosas empresas, que depois os vendem para quem precisar de transplante. É um mercado para mim absolutamente inédito e vigoroso por aqui, que movimenta bilhões. Aliás, isso me faz pensar: por que não há algo do tipo em nosso mundo? Que maior incentivo pode haver a inundar o mundo com todos os tipos de órgãos necessários senão simplesmente "consignando-os" das pessoas vivas? Aliás, por que não posso vender meus próprios órgãos, cabendo a mim decidir unicamente entre doar ou morrer com eles? Se os órgãos são meus, de que direito se vale o governo para não permitir que eu me desfaça deles de uma maneira mais inteligente? "Ah, dirão os cínicos, mas aí as empresas podem matar as pessoas apenas para retirar e vender seus órgãos?". Oras, e o que impede que isso aconteça hoje? E, na verdade, já o fazem, negociando órgãos de pessoas assassinadas no mercado negro. A verdade: os neandertais apenas legalizaram um mercado em benefício de toda a sociedade, pois aqui não há filas de espera para transplantes. Na pior das hipóteses, ajuda mais pessoas, as transplantadas, do que prejudica, as usurpadas. Está com problemas no coração? Eles lhe vendem um novo. Não tem dinheiro? Alugue. Aliás, pelo que vi nos jornais daqui, sim, estou rapidamente aprendendo o idioma deles, você consegue comprar um coração para transplante "de graça" se, em contrapartida, vender para quando morrer todos os seus órgãos. Uma ideia simples, inteligente, e que, inegavelmente, funciona.

Estou estudando bastante sobre direito, seguindo a programação da minha integração com este mundo. Aliás, o sistema jurídico deles é bastante curioso. A culpabilidade dos crimes é baseada na intenção, e não nos resultados, como acontece na Terra. Por exemplo, se a pessoa atira em outra para matar, ainda que não tenha sucesso, é considerada assassina, pois, na interpretação deles, bem acertada na minha opinião, a pessoa quis matar, só não foi competente o bastante para fazê-lo. Não importa o resultado, mas a intenção. E isso tem dois lados, se a pessoa está dirigindo um veículo, por exemplo, um desses enormes ônibus que tem por aqui, ainda que roubado, ainda que sem permissão, ainda que alcoolizada, mas acaba atropelando alguém, ela será condenada por roubo, mas não por homicídio, pois, a rigor, ela nunca quis matar ninguém, portanto, não é assassina, então, não deve ser julgada como tal. Eles não têm o conceito, comumente utilizado no meio jurídico ocidental, de que a pessoa assumiu o risco, por exemplo, quando dirige alcoolizada. Eles entendem, ao analisar esse aspecto da justiça terrestre, uma tremenda ingenuidade que dirigir alcoolizado e porventura atropelar alguém é assumir o risco, algo tão tolo quanto dizer que alguém que está fumando, e sem querer queima outra pessoa na rua, estaria cometendo agressão, ou dizer que, se um pedreiro está trocando o telhado de uma casa e uma criança desavisada passa por baixo da obra e é aniquilada por uma telha que se desprendeu, o pedreiro tem culpa porque assumiu o risco, ao substituir o telhado daquela casa, de eventualmente acertar alguém. Da mesma forma, uma mãe não tem culpa se uma criança peralta virou uma panela com água fervente sobre si mesma, ou deveríamos dizer que ela assumiu o risco ao usar o fogão? A assumpção de risco como agravamento de pena ou enquadramento em qualquer tipo de crime ocorre, nos países da Terra, à revelia, sendo duro em alguns casos e absolutamente ignorante em outros. Mas tudo isso é consequência de se avaliarem os atos pelos efeitos, e não pelas intenções. Nesse quesito: ponto para os neandertais.

Aqui, neste mundo, há sete instâncias, o que talvez pareça excessivo à primeira vista, mas da maneira como é tratado não é. Todos os crimes são julgados por dois juízes separadamente, e só se houver contradição entre ambos é que se pode recorrer a instâncias superiores, ou seja, somente casos extremamente controversos chegam à "suprema corte", por assim dizer. Os juízes não são bacharéis de direito concursados, não; são filósofos, e a graduação em filosofia aqui é levada muito a sério, aliás, ela é largamente estudada desde a tenra idade por todas as crianças, com uma carga horária colossal durante todo o percurso. Depois de graduado, o egresso recebe o diploma de filósofo de primeiro grau e pode trabalhar como juiz de primeira instância. À medida que ele continua os estudos, a cada três anos de aprofundamento acadêmico, recebe um novo grau, até que, após décadas de estudo, ele finalmente chega a ser filósofo de sétimo grau e pode trabalhar na corte máxima, composta por cem filósofos de sétimo grau, e são eles que decidem não só os casos que chegam a esse nível, mas também todas as determinações de estado e a criação de leis. Aqui não existem poderes legislativos ou executivos, os filósofos decidem tudo, e, a saber, os salários deles nem são tão altos assim. Na verdade, só se estuda tão profunda e continuamente assim algo como filosofia quem realmente ama a vida e a verdade acima de tudo, e não o dinheiro, como não é de se surpreender ao analisarmos os filósofos de verdade que existem na Terra, de hoje ou do passado. Esse desprendimento que os filósofos têm pelo dinheiro somado à paixão pelo conhecimento e pela vida os torna os sujeitos perfeitos para as decisões de estado. Resultado: um governo generoso e com poucas leis, mais preocupado em cultivar a paz, a sabedoria e proporcionar a felicidade e o bem-estar, o que deveria ser, na verdade, o objetivo de todos os governos, deste ou de nosso mundo, e não as próximas eleições. Aliás, esses filósofos não são eleitos, mas concursados após obterem tal penosa graduação; no entanto, se trabalharem mal, começarem com ideias socialistas ou populistas, podem, pela própria população, ser removidos de seus cargos, que não são necessariamente vitalícios, tendo um quórum de apenas dez por cento das pessoas. Para se criar qualquer lei, todos os cem filósofos precisam ser unânimes, o que acaba impedindo que o estado seja uma fábrica de leis inúteis, como tão largamente acontece na Terra, e, se um deles emperra a criação de uma lei importante, os demais precisam convencer o restante da população para que ela, e somente ela, caso concorde, peça a retirada desse ou daquele filósofo do sétimo grau do governo. Em um mundo onde os impostos são zero e o mercado trabalha livremente, de tal modo tão pungente, é difícil a população concordar com qualquer disparate socialista, afinal, basta dar uma "passadinha" na Terra para rememorar o desastre que são os governos assistencialistas e mãos de ferro. O que mantém o governo assustadoramente enxuto são apenas as despesas dos próprios processos abarcados pela esfera jurídica. O sistema judiciário neandertal, como qualquer empresa, tem de ter os meios de se manter por si só, e ele compreende assim toda a máquina do estado, simplesmente minúscula. Por conseguinte, o acesso ao direito tem, sim, um custo, para qualquer pessoa que queira se valer dele, mas quem paga é sempre o perdedor da contenda. Desse modo, o sistema jurídico se torna leve e ágil, pois só entra em um processo quem acredita que tem razão.

CAPÍTULO TRINTA E UM

LIBERTÁRIOS

CHEGANDO AO SEGUNDO MÊS EM PARAÍSO, NO PLANETA GÊMEO À TERRA, chamado Lar, em um mundo paralelo, onde os neandertais prosperaram. Sem dúvida, aumentou bastante a saudade do meu mundo, do meus país, dos meus amigos. Enfim, quem sabe eu não entre em alguma daquelas lojas para fazer uma visitinha ao meu mundo e ver, afinal, como é passear pela Terra na forma de "espírito".

Relendo o diário do mês passado, percebi que não deixei muito claro como o governo daqui, afinal, se mantém. Bom, aqui o governo é literalmente uma empresa, com a incumbência de manter a ordem, legislar, executar, resolver as questões de direito, proporcionar à população qualidade de vida e felicidade. Para eles, não há nada de subjetivo, complicado, estranho em falar em felicidade, nem mesmo em falar em felicidade a partir do governo. De modo algum. Por aqui, felicidade é literalmente quando a pessoa tem mais alegrias do que dor, ou, para outras linhas de pensamento, quando a realidade é superior às expectativas. É serviço do governo propiciar isso e, não obtendo sucesso, chegar o mais próximo possível disso, e, ainda assim sendo pouco, dar educação e muita filosofia para que qualquer cidadão seja capaz de ser feliz ou, com o auxílio da musculação do pensamento, atingir um estado de pelo menos "alegria sustentável". É uma meta, e por isso as cargas horárias em todos os anos de estudo desde a infância, em matéria de filosofia, são verdadeiramente massacrantes. Por outro lado, aqui você encontra um Dostoievski, um Stirner e um Camus a cada esquina, pessoas questionadoras de si e do mundo e, antes de tudo, que buscam a felicidade, o que não deve ser confundido com enriquecimento a qualquer custo, não que a ganância ou ambição sejam repudiadas por aqui, seguramente não são, mas sob o prisma filosófico, tecla batida copiosamente por aqui, a felicidade deve ser gerada dentro de si, isso, sim, a qualquer custo. Então a empresa que poderíamos chamar de Paraíso, que é o governo, em troca dessa importante tarefa, tem, em contrapartida, o monopólio sobre os serviços jurídicos, e basicamente é isso mesmo que os sustenta. No entanto, sendo uma empresa e, fatalmente, cobrando mais caro pelos serviços que presta do que pelos custos que tem, obtém lucro, o qual é investido em diversas outras empresas, então, isso, em longo prazo, fez do próprio governo uma empresa não só vigorosa e saudável, como rica e sócia de diversas companhias de diversos segmentos do país. Tendo o governo o monopólio sobre o judiciário, sendo essa sem dúvida uma atividade lucrativa, não há o menor sentido cobrar impostos das pessoas. Qual seria o objetivo? Para os libertários, imposto é simplesmente roubo sem chance de defesa. O trabalho é seu, o suor é seu, o dinheiro é seu. "Ah, e como o governo vai funcionar?", podem me perguntar. Com suas próprias pernas, simples assim. Não é assim que as empresas funcionam? Basta ser enxuto e competente. Se quebrar, a empresa é retirada do poder e outra é contratada para administrar o país. Por isso, não estranhem, os processos, por mais complicados que sejam, por mais penosos que sejam, são hábeis e rapidamente analisados. Os juízes, por aqui, não reinventam a roda, simplesmente transcrevem as jurisprudências.

Há cento e cinquenta anos, o governo de filósofos foi expulso do poder, com um relativo apoio popular, incentivado por religiosos fanáticos. Eles acusavam o governo de conivência com a devassidão daquele mundo, permitindo a prostituição, legalizando o tráfico, o casamento entre pessoas de mesmo sexo, de cegar-se ante os abusos das megacorporações, de não criarem leis que beneficiem os trabalhadores e mais uma série de coisas. Queriam implantar ali uma democracia com viés comunista.

A primeira medida foi a criação de uma polícia do governo, tornar as drogas e a prostituição ilegais e a estatização das empresas mais importantes, em especial, as ligadas à exploração de bens naturais, afinal, diziam os partidários, o petróleo é nosso, portanto, do governo. E vetarem a lei que permitia ao estado o controle populacional. "É uma lei antinatural", diziam.

Não demorou muito, o tráfico se fortaleceu novamente e, com isso, a violência em grande escala. O governo multiplicou os números de policiais e, em consequência, começou a corrupção deles, principalmente fazendo vistas grossas para os traficantes. Para combatê-lo, criou-se a corregedoria. E, para fiscalizar a corregedoria, um ministério, neste caso, da defesa.

As empresas públicas, em pouco tempo, começaram a ficar lentas, improdutivas e mal gerenciadas. Não tinham mais objetivos financeiros, mas sociais, populistas, assistencialistas. Logo, viraram cabides de emprego. Nos mais altos cargos, uma multidão de descabeçados, mal preparados e preguiçosos. Sem a força de um sócio controlador de verdade, que contrata uma auditoria de verdade, que demite e contrata com base nas proficiências e competências das pessoas, e não na base da amizade com um membro do alto escalão do governo, as coisas seguiam a Rússia soviética.

As contas do governo não fechavam mais. Suas empresas eram ineficientes. Seu judiciário passou a demorar anos para encerrar processos. Inchando e inchando, para fechar a conta o governo fez o mais fácil, implantou um novo imposto, e seguiria essa cartilha indefinidamente.

O tempo passava, a violência aumentava, o desemprego escalava, os empresários se continham, os investidores preferiam acumular metais, os protestos começaram. As pessoas comparavam o governo do planeta Lar aos da Terra. A solução: proibiram as viagens à Terra.

E a vida assim seguia, descompassada e dificultosa. Para todo e qualquer problema, os políticos faziam apenas aquilo que sabiam fazer, isto é, leis e impostos. Eles não eram uma empresa, não agiam como uma empresa, diziam que as pessoas precisavam de um governo que as protegesse delas mesmas. Em suma, quebravam as pernas das pessoas para depois se vangloriar de dar as muletas.

Como os investidores não queriam saber de colocar o dinheiro em mais lugar nenhum, novamente, o governo achou uma solução simples, isto é, como já se pode adivinhar, fazer mais leis, desta vez, cobrar mais impostos de quem tem mais dinheiro, como se o esforço maior e o empenho maior fossem passíveis de uma punição e, pior ainda, uma punição maior, ou seja, mais imposto, ou, melhor dizendo, mais confisco. Embalaram essa ideia, empurraram goela abaixo das pessoas e chamaram esse remédio de justiça social, muito embora nem mesmo depois de dois milênios a filosofia do direito tenha determinado o que é justiça. Fala-se em justiça como se fossem verdadeiramente capazes de definir, coisa que nem os mais promissores filósofos e juristas do mundo inteiro, e me refiro também à Terra, em todo esse tempo, conseguiram determinar.

Para controlar os impostos, criaram uma Receita Federal e, para controlar a Receita, mais um ministério. E, mais rápido do que se imaginava, logo as pessoas se viram oprimidas por um governo que escalonava seus impostos, ou criava novos, que se tornou uma máquina gigantesca, determinando tudo, como as pessoas deveriam viver, o que podiam fazer, o que não podiam. Uma fábrica de leis, confiscando cada dia mais para fechar as próprias contas. Quando os protestos aumentaram, a solução foi tornar o ato de protestar um crime à ordem. Quando a mídia começou a falar demais, criou-se um marco regulatório.

O desemprego associado ao descontrole populacional, associado à desestimulação ao trabalho e ao investimento, em virtude dos impostos, foi uma receita simples para o desastre. Os ricos procuravam portos seguros para seus capitais e, quando muito, tinham dois filhos. Os pobres, a essa altura já deseducados, tinham dez filhos. O homem rico se casava com uma mulher rica e deixavam aos seus um ou dois filhos a soma das riquezas, o homem pobre se casava com uma mulher pobre e deixava para os seus cinco, dez, quinze filhos um rateio da miséria. Resultado, aumentou a pobreza e, não obstante, a desigualdade. Para o governo, a culpa era da falta de impostos aos mais ricos. E o ciclo vicioso de redistribuição da miséria se perpetuou por décadas.

No entanto, os mais velhos, ávidos pelos tempos antigos, contavam histórias fantásticas de um mundo completamente diferente, livre e pungente. Tinha seus defeitos? Tinha. Os valores não eram tão valorizados? Não. Os capitalistas cometiam certos abusos? Cometiam. A prostituição incomodava muito? Incomodava. Mas as coisas simplesmente funcionavam.

Resultado, à custa de muito sangue, de muitas vidas, os jovens, perplexos com a gastança do governo, com os impostos, com a falta de expectativa, com a censura velada, com o cinismo político, tomaram o poder.

Convidaram todos os empreendedores a negociar a gestão do país, com base em uma constituição feita por aclamação pública. A partir daquele momento, uma empresa seria contratada para administrar o país, e a própria população, por força de contrato, poderia ser responsável pela expulsão da mesma empresa. A sociedade, para assegurar o controle do estado e sua retomada, se fosse o caso, incluiu na constituição que o governo não poderia ter um exército e nem polícia própria, nem mesmo agenciar policiais particulares com um contingente acima do próprio número de integrantes.

Os debates duraram três meses, e a proposta vencedora era justamente a em vigência até os dias de hoje, isto é, a empresa administraria a máquina governamental inteira se fosse dado o monopólio singularmente do sistema judiciário. Na época, a proposta foi considerada absurda e indubitavelmente inviável. Mas os manifestantes não estavam preocupados, havia uma constituição escrita, incluindo que eram proibidas emendas constitucionais, por efeito de contrato em relação à empresa. Quer mudar a constituição? Plebiscito. Se pisasse fora da linha, era demitida, simples assim. Foi vencedora e, para a surpresa de alguns, a primeira medida da corporação à frente do país foi, simplesmente, vender tudo o que o governo tinha, revogar todas as leis, demitir todos os funcionários públicos, fechar todas as instituições do governo, e se limitou a ser uma empresa "enorme" com apenas cem funcionários, cem filósofos de sétimo grau e mais algumas secretárias e auxiliares. Quanto à sociedade, dizia a empresa: "Ela não precisa do governo. Para que me pagar impostos para ter educação, segurança e saúde se dá no mesmo, a sociedade mesma pagar pela sua própria educação, segurança e saúde?".

Simples assim, as próprias pessoas dos seus respectivos bairros se organizaram e contrataram empresas para dar segurança, outras para manter as vias, a limpeza e assim por diante. O imposto que deveria ser traduzido como saúde, segurança e educação, ao encontrar o governo como intermediário, não encontra nem saúde, nem mesmo segurança e muito menos educação. Então para que atrapalhar?

Essa radicalização do libertarianismo encheu os investidores de ânimo. Todos eram livres para empreender. Ninguém tinha medo de impostos, afinal, era zero mesmo. Ninguém se importava em fazer horas extras, pois trabalhar mais deixou de ser sinônimo de pagar mais imposto, mas, sim, de se ganhar realmente mais. Ao derrubar as leis trabalhistas, os pessimistas acreditavam que os salários desabariam, mas, pelo contrário, eram tantas pessoas abrindo empresas e comércios que simplesmente faltavam pessoas para trabalhar, e os salários foram sendo pressionados para cima.

Em nosso mundo, se em nossos bairros a segurança pública está ruim, temos de implorar aos governantes e presidentes por maior efetividade no policiamento. Por aqui, mandam a empresa de segurança embora e contratam outra. Não estão arrumando nossas ruas, limpando nossas calçadas, iluminando nossas vias? Não precisa de um abaixo-assinado entre os moradores para mandar aos vereadores, e aguardar enquanto suplica por atenção, manda-se a empresa embora e contrata-se outra. A escola está cara ou ruim? Não é preciso boa vontade do prefeito. Troque de escola, você é cliente. Há mil negócios prosperando, inovadores, com ideias borbulhando, não há uma legislação que dificulte ou limite a criação de empresas, com mil regras, muitos pré-requisitos, impostos, inúmeras legislações, regimentos, estatutos ou licenças. Não. A concorrência é grande. Imensa. Todos querem abocanhar o mercado e o mercado é de todo mundo. Se não pode pagar por estudos presenciais, contrate on-line, é superbarato, a lei não diz como você deve estudar, apenas deverá provar no porvir sua proficiência, seu conhecimento. Que diferença faz uma aula na sala ou um livro? Precisa de um professor? Tudo bem. Não precisa de um professor? Tudo bem, também. No mercado livre, não existe o monopólio sobre as vias reconhecidas de atingir o conhecimento. "Ah, mas como aprendeu?", que diferença isso faz? "Passou na prova?", então está aqui o diploma.

A reprodução humana até então sem freios finalmente chegou ao fim. Tanto os pobres quanto os ricos tinham no máximo dois filhos, e a desigualdade parou de crescer. Na verdade, diminuiu. Isso porque as drogas se tornaram novamente legais e centenas de empresas já as produziam e já as forneciam, empregando milhares e milhares. As prostitutas, agora, não estariam mais cometendo crime algum, não estavam mais lotando as cadeias e onerando a sociedade, mas trabalhando, vendendo prazeres e aquecendo a economia e os amantes. As viagens à Terra foram liberadas, mais uma indústria que agora prosperava. O governo, ao deixar de se apropriar da vida do cidadão, criou outra indústria inteira, a dos ativos orgânicos, as pessoas passaram a ser remuneradas para doar sangue, um rim, ou, a longo prazo, para a hora da morte, o restante de seus órgãos. Em tudo havia formas de se ganhar dinheiro, em tudo havia maneiras de se obter sucesso. E aqui é assim até hoje!

Depois veio a criação de Redenção, no lugar onde em nosso mundo seria a África do Sul. Qual o objetivo da cadeia, ressocializar? Há um jeito melhor: nós o deixamos no sul da África e você volta a pé até o Paraíso, que seria onde fica a Europa, e, se escapar dos leões, tigres, hienas, guepardos e demais perigos da selva, será bem-vindo de novo, quem sabe assim dê valor para a sociedade. Agora, a pessoa roubar a sociedade, ficar presa e gerar mais um custo ainda para a sociedade, de modo algum. Ninguém é obrigado a viver em Paraíso, pois para os cidadãos daqui o país é uma casa enorme, e o dono dela é a sociedade, então quem é persona non grata não recebe mais o acolhimento, incluindo o confisco de todos os bens, que serão partilhados por toda a sociedade igualmente, além da esterilização química, pois os habitantes não querem que Redenção vire uma sociedade enorme de ditadores, assassinos, terroristas e famintos.

CAPÍTULO TRINTA E DOIS

VIAGENS EXTRACORPÓREAS

TERCEIRO MÊS EM PARAÍSO E, SIM, A CURIOSIDADE TOMOU CONTA DE MIM. Planejei dar um pulinho à Terra, para entender melhor como funcionam essas viagens e, também, ver como estão as coisas por lá. Será que alcançaram realmente a cura da Aids? Será que vão aceitar a ajuda dos neandertais, de Prometeu, para salvar a Terra de um possível desastre com o asteroide Apophis?

Camarada e eu fomos até uma daquelas lojas, como aquela que vi no zepelim gigante. Ficava no centro da cidade. Aliás, o centro ali era bastante diferente do bairro onde eu estava instalado. O livre mercado que imperava naquele lugar levou as propagandas ao limite, literalmente para onde quer que você olhasse; algumas eram verdadeiramente agressivas, outras, de cunho sexual muito indiscreto. Verdadeiramente, assustava à primeira vista, talvez, ao menos, para olhos acostumados à paisagem tão tranquila e até lacônica de Boston.

Percebi, não tardiamente, que o comércio se concentrava em grandes polos, ruas ou quarteirões, com uma infinidade de comércios vendendo produtos similares. A concorrência, ali, era mais do que aberta. A legislação minimalista proporcionava e acabava estimulando todo mundo a empreender: não tinham impostos, não tinham burocracias, não tinham alvarás. Quer abrir um comércio? Abra! E o campo ficava absolutamente aberto para que toda a criatividade neandertal florescesse. Havia lojas de tudo, do óbvio ao inimaginável: lojas que prestavam serviços de banheiro, de check-up médico rápido, farmácias especializadas em venda de tudo o que era droga, lojas de primeiros socorros, mini-hotéis para um rápido cochilo na hora do almoço, lojas para ter um sexo *vapt-vupt*, locação de bicicletas e vestuários e, o que eu estava procurando, as lojas de exploração do subconsciente e mundos paralelos.

Entramos em uma loja absolutamente enorme e fantástica. Ao longo do corredor, inúmeras pessoas deitadas, em estado de coma induzido, monitoradas por aparelhos e enfermeiras. Em poucos segundos, logo uma atendente me abordou:

— Bem-vindo a "Mundos paralelos, mundos sem paralelos". Que tipo de viagem o senhor gostaria de realizar? Está tudo em promoção: viagens vívidas ao mundo dos dinossauros, à Terra capitalista, à Terra comunista, a outras galáxias e cosmos, viagens a mundos sintéticos absurdos com fadas ou vampiros, e muitas outras coisas. Eis aqui nosso catálogo.

— Nossa, quantas opções, mas já sei bem o que quero. Gostaria de dar uma passada na Terra capitalista, nos Estados Unidos.

— Ótima escolha. Por favor, aproxime o seu PIM deste aparelho. Perfeito. Agora a sua digital. Ótimo. Por gentileza, me acompanhe.

Novamente, fui colocado em coma uma vez mais. Pouco antes desse momento, pensei até se não poderia dar algum problema, pois eu já estava com o meu corpo, de fato, em coma. Mas refleti rapidamente que, se houvesse qualquer problema, Camarada me avisaria. De qualquer maneira, tudo indicava que, na verdade, o nosso corpo é só um simulacro de nossa consciência, sendo eu, em última instância, não um homem de cabelos precocemente grisalhos deitado no leito de um hospital nos Estados Unidos, mas sou minha consciência, o corpo em que habito é somente meu simulacro.

De repente, eu estava no meio da Avenida Broadway, em Nova Iorque, quando, meu Deus! Um ônibus simplesmente me atravessou, literalmente. Pude em uma fração de segundos ver o veículo se aproximando, o motor, o motorista, os passageiros e, fim, tinha acabado de ser transpassado! Corri para a calçada, perto da Times. As pessoas simplesmente não me viam, atravessavam-me. Eu tocava meu próprio corpo, podia me sentir. Que sensação absurdamente estranha. De repente, uma senhora decrépita que passava, eu juro, olhou-me nos olhos. Sim. Mas, para ela, eu era um espírito. Impressionante mesmo!

Outra curiosidade, eu não tinha peso, peso algum, eu não andava, ao menos não da maneira como imaginamos ser uma caminhada, eu fluía pelos lugares, pelas pessoas, pelas paredes. Vez ou outra, as pessoas pareciam sentir minha presença, algumas diziam para as companhias que se sentiram arrepiadas de repente, justo quando eu estava próximo. Estou descrevendo dessa maneira, rápida, mas na verdade demorei a me acostumar. Percebi, depois de algum tempo, que eu conseguia me locomover na velocidade que bem entendesse, quanto mais eu acelerava mais rápido ia, minhas pernas eram indiferentes, meus músculos desafiavam as leis da física. Que loucura! Saí correndo, atravessei mil mares e cidades e, quando notei, já estava na Itália. Desci ao fundo das águas, conheci a cidade de Pompeia, hoje inundada, mas eu sentia que respirava ar comum, embora estivesse imerso naquelas águas mediterrâneas. As experiências que se podia vivenciar, daquela maneira, eram simplesmente ilimitadas. E ficou óbvio para mim como os neandertais, a partir unicamente dessa tecnologia, alcançaram um domínio tão incrível da ciência; simplesmente não tinham fronteiras, poderiam pesquisar tudo, investigar tudo, de qualquer mundo, em qualquer tempo. As viagens no tempo estavam proibidas para as pessoas comuns, mas autorizadas para os cientistas. Eles poderiam, quantas vezes quisessem, voltar e analisar como Einstein descobriu a relatividade ou como Heisenberg traduziu a mecânica quântica. De repente, toda a ciência de todos os mundos estava disponível para os neandertais e, portanto, nada mais poderia pará-los.

Mas, para mim, o tempo era controlado, e tinha uma missão ali. Voltei em minutos aos Estados Unidos e, andando, vi na vitrine de uma loja de eletrônicos um televisor sintonizado na CNN, comemorando e aclamando Prometeu, por ter dado aos terráqueos a cura da Aids. Saudades dele! Sem ele, não estaria vivendo nada disso.

Entrei na Casa Branca, descobri alguns de seus segredos, de ambientes fechados a sete chaves. Notei como foi simples para Prometeu obter os dados nucleares americanos. Na sala oval, o presidente Oliver Choss, o secretário da defesa e outras figuras importantes negociavam se não deveriam realmente dar algum crédito ao Prometeu e, enfim, até em nome do benefício da dúvida, permitir que ele interviesse junto a Apophis. Falaram de mim, comentaram que eu ainda estava em coma, que não tinham mais notícias de Prometeu, então não havia muito a fazer senão esperar um próximo contato.

É verdade, meu corpo, meu simulacro! Fui ao hospital, eu estava lá. "Oh, seu velho rabugento e tolo", disse a mim mesmo, ou melhor, ao meu corpo. Eu parecia bem, mas, claro, algumas úlceras de pressão já apareciam ali ou aqui, mas era normal, em geral, meu corpo estava sendo bem tratado.

De repente, olhei no relógio, acabara meu tempo, não tive como me despedir do meu corpo. Não tem importância. Acordei novamente no mundo dos neandertais. A enfermeira ligou os aparelhos, mediu meus sinais, agradeceu, e me dispensou. Foi uma experiência incrível, inexplicável, inefável, realmente, como o nome daquela loja sugere, sem paralelos.

CAPÍTULO TRINTA E TRÊS

HOMOGENEIDADE

ENFIM, MEU PROGRAMA DE INTEGRAÇÃO JÁ ESTÁ QUASE ACABANDO, MAIS UM mês se passou e, honestamente, não sei qual será, agora, o plano de Prometeu, não tenho dúvidas de que ele me trouxe até aqui com algum motivo.

Já estou ficando sem dinheiro, o que me leva a permanecer mais em casa. Também, já não me sinto mais tão curioso, estou me acostumando. Aproveito esse tempo de ócio, contudo, para me dedicar mais aos estudos dos neandertais. Entender melhor suas ideias e costumes. Quanto ao idioma, é bastante simples. Na verdade, até lembra um pouco o grego, ao menos no jeito de falar.

O que mais me deixou relativamente perplexo é a forma muitas vezes radical com que eles resolvem suas questões, sempre na base do tudo ou nada. Talvez a pouca evolução do cérebro social, tão evidente nos terráqueos, aqui faça falta, de um modo ou de outro, por assim dizer, pelo menos.

Um fato interessante que deixa isso muito evidente remonta ao período que, se fosse na Terra, do ponto de vista evolutivo, seria como nossa Idade Média. Ao contrário de nós, os neandertais não tinham interesse em conquistar outros continentes, não tinham uma cultura verdadeiramente capitalista. Contudo, no que seria a Europa, havia dois grandes grupos que rivalizavam em algumas questões; por exemplo, o lado oriental era bastante religioso e governado a mãos de ferro, o ocidental era liberal e laico.

Os conflitos entre os dois blocos eram muito comuns, seja pela guerra de preços pelos produtos provenientes de uma ou outra região, seja por causa da cultura tão radicalmente diferente, seja por terras. Muitos foram os tratados e conciliações, todos naturalmente quebrados com o advento de uma nova crise, alguma escassez, algum período de estiagem ou alguma desculpa. E eis os dois blocos em guerra novamente.

Os ocidentais, menos religiosos e mais filosóficos, como de costume até hoje, discutiram uma solução definitiva para a questão, por mais dura ou radical que fosse. Após meses de discussão chegaram finalmente a um consenso.

As diferenças culturais são simplesmente um amálgama, e sempre haverá conflitos enquanto essa for a realidade daquele mundo.

A solução, talvez "desumana", talvez radical: secretamente dispenderam enormes recursos para o desenvolvimento armamentista, à custa, inclusive, ao menos em parte, da população. Enfim, todos os tratados foram rasgados e o ocidente dominou militarmente o oriente, com um objetivo longo, mas ainda assim temporário, a saber: três gerações.

Três gerações era o tempo que consideraram suficiente para a realização de um verdadeiro aculturamento populacional. Assim sendo, uma vez instaurado o regime militar, inundaram a região oriental com objetos, livros, especiarias e tudo o que havia de melhor no ocidente. Se foi muito difícil no começo, ficou um pouco mais fácil na geração seguinte, e na próxima as crianças já nasciam com uma visão mais laica, mais filosófica, mais ocidentalizada, mais consumista e científica. Aí os militares deixaram a região. Não fazia mais diferença, os orientais eram tão ocidentais quanto qualquer ocidental comum.

Mais tarde, nomearam esse processo de "Paradigmas de Adriano", em homenagem ao terráqueo imperador romano do segundo século. Quando Públio Élio Trajano Adriano decidiu não mais expandir o império, quando delimitou as fronteiras e providenciou um aculturamento de todas as províncias romanas, em que teve sucesso em praticamente todas, reestabelecendo ao império estabilidade, paz e prosperidade. Os conflitos que se davam entre cidadãos romanos ou não, legiões da capital ou das províncias, simplesmente acabaram. Em suma, o choque de culturas, tão comum antes de Adriano, não obstante nos dias de hoje, tinham chegado ao fim, pela simples inundação de sapiência e filosofia, como bem descreveu Caio Cornélio Tácito, historiador, orador e político romano:

> O governador da Bretanha encorajava pessoas e comunidades a construir templos, mercados e casas. Ele começou a dar aos filhos dos líderes tribais uma educação liberal. Como resultado, a nação que costumava rejeitar o latim começou a ansiar pela retórica. Além disso, nossas vestimentas ganharam distinção, e a toga virou moda. Pouco a pouco, os bretões foram seduzidos pelas recepções, pelas casas de banho e pelas mesas de jantar bem-postas.

Mais importante ainda, quando da sucessão, encerrou o sistema de dinastia e elegeu o senador mais preparado e apto a ocupar o posto de imperador, determinando, quiçá pela primeira vez na história da Terra, a meritocracia, o que marcou a era de ouro romana.

Embora a solução, ao meu ver, tenha sido realmente radical e muito violenta, principalmente no começo, foi, sem dúvida, definitiva. Em suma, a história oriental daquela região, a cultura, as ideias foram simplesmente banidas daquele mundo.

Na Terra, as questões culturais, suas diferenças, são causas de enormes disputas entre diferentes nações, praticamente durante toda a existência da humanidade. E nada parece capaz de resolver. A questão da Palestina não existiria se não houvesse a diferença entre humanos judeus e humanos árabes. Em Paraíso, não existe isso, não há etnias, são todos neandertais, simples assim. As etnias diferentes foram aculturadas, em vez de toleradas, o que cedo ou tarde, como a história da Terra nos mostra, é a causa de conflitos.

No Iraque, quando o líder era Saddan Hussein, havia conflitos do governo sunita com os xiitas e com os curdos. Quando os Estados Unidos depuseram Hussein e passaram a controlar militarmente o país, havia conflitos do comando militar americano, portanto, de cultura ocidental cristã, com os árabes. Quando foram embora, não sem antes ajudar a eleger um presidente xiita, passou a haver conflitos do governo com os sunitas. Os sunitas, inconformados, tornaram-se o Estado Islâmico (Isis), que passou a combater os xiitas e os curdos. Quando o Isis invadiu a Síria, impondo uma cultura jihadista, o povo que em geral era moderado fugiu para a Europa. Finalmente, entre 2014 e 2015, começaram os conflitos entre os cristãos europeus e árabes refugiados. Agora, imaginem se todos esses povos, de todos esses países, tivessem a mesma cultura, a mesma etnia, a mesma visão de mundo: haveria ainda assim tantas guerras? Oras, a maioria das guerras de nossa história não existe em virtude de divergências políticas, culturais e religiosas? E se essas diferenças não existissem? Acaso não é a homogeneidade da sociedade dos Emirados Árabes uma das principais razões para que o país tenha uma das menores taxas de homicídios do mundo? Foi a partir dessa linha de pensamento que os neandertais ocidentais lutaram bravamente para, a partir do sangue dos que discordavam, criar finalmente uma sociedade uníssona e homogênea, mutuamente assimilada. Mudando o que tem de ser mudado: não foi justamente esse o efeito das bombas de Hiroshima e Nagasaki nos japoneses?

CAPÍTULO TRINTA E QUATRO

VENDA DE ÓRGÃOS

QUINTO MÊS EM PARAÍSO E, FINALMENTE, MINHAS FINANÇAS ESTÃO ARRASAdas, mas, sem dúvida, acumulei um grande conhecimento e carinho por este país, por este mundo, por este povo. Em geral, são pessoas tranquilas e bem-educadas.

Conversei com Camarada e pesquisei na internet sobre aquele negócio de vender os próprios órgãos no pós-morte. Parece-me uma solução elegante para quem quer ter uma vida modesta, porém digna, e dedicar-se desse modo aos estudos ou qualquer outra coisa. A empresa enviou um representante à minha casa.

— *Trak, umani-far, estra koc, Keating.*

— Bem, desculpe-me, você se importa se conversarmos em inglês?

— Absolutamente não.

— Excelente sotaque!

— Obrigado. Eu disse anteriormente que "é um prazer conhecê-lo, senhor Keating".

— Prazer é meu, por favor, sente-se.

— Obrigado. Bom, geralmente faço um resumo de nossos planos e alguns detalhes importantes do contrato, e depois deixo a pessoa à vontade para tirar quaisquer dúvidas. Tudo bem seguirmos esse *script*?

— Parece-me ótimo.

— Obrigado. Os planos de venda pós-morte de órgãos são divididos em algumas categorias, e creio que ao menos uma delas se encaixará perfeitamente aos seus anseios. Nosso carro-chefe consiste em você assinar um contrato conosco nos dando pleno direito a todos os seus órgãos quando da sua morte, se estiverem, obviamente, em bom estado para um futuro transplante. Nesse plano, pagamos um valor mensal bruto de setecentos abotes. Desse valor, descontamos cem abotes para o seguro de vida, em que nós somos os beneficiários integrais, caso seus órgãos não possam ser utilizados; e beneficiários de metade, caso ao menos um deles possa ser utilizado. Descontamos mais cem abotes para o seu plano médico, e você será obrigado, por contrato, a todos os anos fazer um check-up completo, à custa, obviamente, do próprio convênio. Além de usar este relógio, que gerenciará seus órgãos vitais. Outro plano que temos, ideal para pessoas que sonham em abrir o próprio negócio, em vez de receber mensalmente um valor vitalício, você recebe à vista 100 mil abotes, no bruto, e 80 mil líquido. A diferença, como no outro caso, é para suas despesas médicas e seguro de vida. Há planos distintos, em que fazemos uma compra trimestral de uma parte segura de seu volume sanguíneo. Você pode, também, fazer uma venda avulsa de um dos seus rins e até mesmo de uma de suas córneas.

— Tudo parece bem simples e objetivo. Mas, aparentemente, vocês ganham mais quanto mais cedo eu morrer, não é? Isso me deixa um pouco inseguro.

— Se você está sugerindo que a empresa poderia matá-lo, peço que pesquise na internet e no judiciário se temos algum caso do tipo, uma única denúncia, e ficará feliz em saber que não. Senhor Keating, mentir em Paraíso é coisa séria, bem como matar. Se tivéssemos um único caso transitado e julgado pela condenação, os sócios controladores da empresa estariam banidos, morando em Redenção, e a empresa, provavelmente, nem existiria mais.

— Bom, parece convincente. E qual seria agora o próximo passo?

— Agora, marcamos um *check-up* no hospital, à nossa custa, para efeito de elegibilidade aos nossos planos, e, se estiver tudo certo com você, marcamos uma audiência no tribunal.

— No tribunal?

— Sim, Sr. Keating — Ele me olhou espantado pela ignorância. — Como você bem sabe, ou deveria saber, todos os contratos feitos em Paraíso só têm validade na presença e leitura de um juiz. É a única maneira de objetivamente resguardar os direitos e entendimento de ambos, sem itens contratuais sorrateiros ou unilaterais. Mas não se preocupe, todas as despesas processuais são nossas.

— Desculpe-me, não quis ofendê-lo, absolutamente. Mas, pelo visto, deve demorar um pouco até efetivarmos.

— De modo algum, o processo todo leva uns quinze dias, e você já começa a receber no décimo sexto, caso opte pelo plano mensal, ou no trigésimo, caso opte pelo plano em pagamento único.

— Entendo. Agora, mais uma curiosidade do que um questionamento: como vocês fazem em caso de suicídio?

— O seguro que fazemos cobre qualquer morte, por qualquer motivo, incluindo suicídio. Naturalmente, peço que, caso deseje se suicidar, nos procure, aí poderemos fazer isso no hospital, sem perda dos seus órgãos, de modo seguro e indolor, e o seu beneficiário receberá metade do seguro de vida. Todavia, a recomendação é que, antes, em posse do convênio médico, procure ajuda, afinal, quem iria querer se suicidar morando em Paraíso?

— Bem, certo, negócio fechado. Vou optar pelo plano mensal, neste caso.

— Foi um prazer conhecê-lo, Sr. Keating. Enviaremos amanhã uma carta com uma cópia do futuro contrato, para você ler com calma, bem como os locais e horários para a realização dos exames. Tudo bem?

— Perfeitamente, muito obrigado!

— Até mais.

Quando ele foi embora, pensei comigo mesmo: "que loucura, acabei de vender meus órgãos!".

CAPÍTULO TRINTA E CINCO

ARRUMANDO AS MALAS

DEU TUDO CERTO EM RELAÇÃO À MINHA VENDA OU ALIENAÇÃO DE ÓRGÃOS para o futuro, quando eu falecer. Foi interessante, mas havia um detalhe curioso no contrato e o juiz fez questão de me alertar que, caso eu cometesse qualquer crime considerado grave, como mentir repetidamente, para benefício moral ou financeiro, contra a natureza ou contra a vida, que levaria ao ostracismo, lá em Redenção, eu, em vez de ser enviado para lá, a fim de garantir a execução do contrato, teria minha pena convertida em pena de morte indolor, em hospital da escolha da empresa, para que assegurasse a entrega dos órgãos.

Enfim, consegui concluir meu programa de integração. Quanto ao que aprendi, a geometria utilizada aqui não é euclidiana, mas algo muito próximo e que me fez lembrar muito pouco dos tempos de graduação. A utilizada aqui é a geometria fractal, isto é, incrivelmente complexa e cheia de paradoxos. Naturalmente, o curso de integração é bem básico, mas deu para se ter uma ideia da profundidade e dos desmembramentos que partir de premissas tão diferentes poderiam nos levar. Nas demais matérias, o conhecimento neandertal é até que bastante parecido com o da Terra, claro, mais preciso, mais profundo, ora mais sofisticado, mas nossas premissas ao menos não são colocadas em xeque tão direto como aconteceu com a matemática e, por extensão, com a física.

Quanto às aulas de direito, uma curiosidade, aqui eles não têm júri popular. As discussões filosóficas da época que decidiram pelo banimento da prática se basearam na ideia de que "se uma pessoa não está apta para ser juiz então também não está apta para julgar com a devida qualidade". Como sempre acontece por aqui, eles são muito simples, objetivos e radicais em suas ideias e aplicações dela.

Quanto ao livre mercado, fiquei intrigado com o fato de que, apesar da completa desregulamentação dos mercados, aqui não existem monopólios ou oligopólios. O que, afinal, impede as empresas de formarem cartéis ou uma que se destaque engolir todas as pequenas, senão a mão de ferro do Estado? Curiosamente, o que acontece é justamente o contrário. É o governo, ao tentar interferir, que cria os monopólios, e não o mercado por si só. Nenhuma empresa é capaz de sobreviver como monopólio por um período longo sem a ajuda do governo. Se o governo não dificultar a criação de outras empresas, exigindo certificações e demais burocracias, se não criar barreiras alfandegárias, se não exigir contrapartidas para a manutenção da empresa, as patentes que usurpam conhecimentos que deveriam ser públicos, entre outros fatores, a livre concorrência simplesmente dilacera o candidato a monopólio. Afinal, que empresa no mundo, falo da Terra, conseguiu o monopólio, por um longo período, de qualquer coisa, sem alguma ajuda direta ou indireta do governo? O fato é que, se um determinado negócio é lucrativo, ainda que haja monopólio, mas não havendo a intervenção do governo, outras pessoas, mais inventivas ou ousadas, tentarão e conseguirão abocanhar o mesmo mercado de algum modo, seja tendo mais eficiência, seja produzindo um produto mais aprimorado, seja suportando um preço no limite do inviável por algum período, seja por meio de propagandas de massa. Esse pensamento me lembra de meu caro presidente Ronald Reagan, quando disse: "nossos problemas são críticos e crônicos. No entanto, só o que ouvimos de nossos líderes são as mesmas velhas propostas por mais planejamento do governo, mais intervenção e mais regulação, sendo elas, em primeiro lugar, as responsáveis por nossa situação".

Deixando as reflexões agora um pouco de lado, foi com grande alegria que revi o meu velho amigo Prometeu, que bateu à minha porta.

— Como tem passado, professor Keating?

— Muito bem, Prometeu. É um prazer revê-lo depois de tanto tempo.

— Agradeço as palavras.

— Aceita um café, do jeitinho neandertal?

— Aceito, sim. Você pode nos servir, CI-12.976?

— Imagine, Prometeu, pode deixar que eu mesmo faço o café.

— Oras, tornou-se uma pessoa resistente à comodidade?

— De modo algum, é maravilhosa a comodidade que existe por aqui. É que na Terra é um sinal de carinho servir um amigo a partir das próprias mãos.

— Ah, sim, entendo, humanos...

— Enfim, vocês estão mesmo de parabéns, é um mundo muito interessante este aqui.

— Interessante é o que gostaria de lhe mostrar.

— Nossa, o que seria?

— Está preparado para uma longa viagem, rumo ao polo norte?

— Nossa, se vale mesmo a pena, topo, sim!

— Então vamos!

CAPÍTULO TRINTA E SEIS

DE VOLTA À TERRA

DE FATO, A VIAGEM FOI UM POUCO LONGA. PEGAMOS UM AVIÃO ATÉ O EXtremo norte de Paraíso, que equivalia à Finlândia e, depois disso, tivemos de viajar de helicóptero até, como chamam na Terra, a Severny Island, a aproximadamente cinco mil quilômetros a nordeste de Helsinque. Mas finalmente chegamos a um lugar extremamente ermo, isolado, desolado e, muito, muito gelado. Já estava anoitecendo, e a aurora boreal dava as boas-vindas.

De repente, no meio daquele nada, surgiu uma enorme estrutura, como aquelas instalações militares de filmes, com cercas enormes, alguns policiais bem armados, câmeras e tudo o mais. Incrível.

Após pousarmos, enquanto caminhávamos em direção à parte de dentro de um dos edifícios, puxei conversa com meu anfitrião.

— Nossa, Prometeu, o que é tudo isso?

— É a coisa mais importante que temos em Paraíso. Nossa mais avançada e mais bem protegida tecnologia.

— Achei que por aqui nada fosse sigiloso.

— Verdadeiramente, extratos bancários, contabilidade de empresas, históricos de pessoas, desenvolvimento industrial, nada realmente é sigiloso, é a única forma de garantirmos que as pessoas não mintam e, em especial, de combatermos a corrupção; afinal, em seu mundo, qual é realmente o objetivo, por exemplo, do sigilo bancário se a pessoa é honesta? Mas há uma coisa aqui que é, sim, sigilosa, e já estamos perto dela.

Chegando finalmente ao centro das instalações, vi uma máquina de fato imensa, fantástica, cheia de luzes. Era como se fossem vários anéis concêntricos, mas de diferentes tamanhos, acredito que capazes de girar. No centro, algumas camas do tipo hospitalar, o que me fez crer que toda aquela estrutura era destinada a algum tipo de viagem espetacular.

— Absolutamente inefável, Prometeu!

— Sim, eis a única máquina; na verdade, duas máquinas conjugadas, disponíveis em Paraíso, capazes de juntas fazerem não só viagens a mundos paralelos e através do tempo, mas, inclusive, a sobreposição consciencial. Apenas três pessoas sabem todos os detalhes de como construí-la. Todas as demais sabem apenas desenvolver partes da máquina.

— É realmente incrível, mas ainda não compreendo de fato por que você me trouxe até aqui.

— Vou direto ao ponto. Você é a única pessoa capaz de evitar a destruição da nossa sociedade.

— Como assim?

— Não sabemos ao certo, mas todas as probabilidades de futuro anteveem que em poucos anos os *Homo sapiens* nos destruirão.

— Nossa, mas por que faríamos isso?

— A ganância e o cinismo de vocês farão com que, cedo ou tarde, larguem o diálogo e a curiosidade e partam para a exploração e supressão de nosso mundo. Principalmente depois que o mundo de vocês ficar tão poluído que tangenciará o inabitável.

— Oras, amigo, nós nem sabemos como viajar para mundos paralelos.

— Ainda não, mas vocês estão muito perto, Keating.

— E o que você quer que eu faça?

— Na realidade, não sei.

— Como assim, não sabe?

— Desenvolvemos poderosos computadores que conseguem simular o futuro, baseado no comportamento das pessoas daqui ou de qualquer outro universo. E em todas as simulações, cedo ou tarde, os humanos invadiriam nosso mundo e nos destruiriam, exceto em um caso, e é aí que você entra, pois simplesmente o simulador não consegue encerrar o ciclo. Sua presença aqui, de algum modo, mudou todos os prognósticos. Em suma: você é nossa melhor chance.

— Mas você não sabe o que tenho que fazer para evitar esse genocídio?

— Não sei, tudo o que sei é que, quando você entra na equação, o computador entra em um looping infinito. Agora, há uma coisa que você precisa saber.

— O que é, Prometeu? Diga!

— Que a Nasa está certa, a Apophis não destruirá a Terra e nem causará uma extinção em massa. Causará alguma coisa, mas não será o fim da humanidade.

— Oras, e por que você mentiu? Logo você? Logo para mim? — Após alguns segundos encarando Prometeu, falei. — Já sei, vocês querem intervir no asteroide para destruir completamente os humanos, varrê-los da Terra!

O silêncio do neandertal dava a entender que sim.

— Lamento, Prometeu, mas acho que não sou a pessoa que você está procurando. Não farei parte disso, de modo algum. Tudo tem um jeito, tudo tem uma solução e o caminho é o diálogo. Não vou culpá-lo por insinuar que devo ajudá-los a dizimar os humanos, talvez falte aos neandertais, de fato, inventividade para soluções menos radicais, mais equilibradas. E as obterei, você verá. Não porque um computador diz, mas porque é, sim, possível. Os seres humanos podem ter muitos defeitos, mas não são suicidas, eles jamais seriam capazes de enfrentar a tecnologia de vocês, ou poderiam? Oras, e com a sobreposição consciencial, vocês conseguiriam evitar, ainda que um louco quisesse assim fazê-lo, impedindo-o.

— Simplesmente não funciona, professor. A tecnologia, em seu mundo, ficará tão profusamente conhecida que, da mesma forma que invadimos suas mentes, vocês serão capazes de invadir as nossas. Vocês nos corromperão, nos cooptarão, nos inundarão com suas políticas, com sua violência. Haverá guerra. Haverá mortes, muitas mortes. Fizemos várias simulações e tentativas nesse sentido, tentando evitar que um de vocês descobrisse nossa tecnologia, mas, quando suprimimos uma pessoa, outra a descobre, e, quando a calamos também, um terceiro se revela. É simplesmente inevitável.

— Pois eu lhe provarei que está errado. Por favor, me mande de volta ao meu corpo, na Terra.

— Farei isso agora, Keating. De um modo ou de outro, sei que tomará a melhor decisão.

Entrei na máquina colossal que, após uma rápida programação feita diretamente por Prometeu, começou a se movimentar, com seus anéis, um entrelaçando o outro, cada vez mais veloz, até que minha consciência, finalmente, foi levada de volta à Terra, ao meu corpo.

Parte III

HOMO SAPIENS E NEANDERTAIS

CAPÍTULO TRINTA E SETE

O BOM FILHO À CASA TORNA

— DOUTOR, DOUTOR! O PACIENTE PARECE ESTAR VOLTANDO DO COMA INDUZIDO.

— Quem, enfermeira? O professor Keating?

— Exatamente.

— Ele está em grau seis na Escala de Ramsey, enfermeira, ou seja, sem resposta ao toque da glabela ou estímulo auditivo alto. Na verdade, estamos aguardando autorização federal para tirar a sedação e a ventilação mecânica.

— Eu sei, doutor, só que sem querer uma auxiliar deixou cair um objeto no chão, e houve uma reflexiva resposta discreta.

— Tem certeza? Faça o teste na glabela!

— Claro... Está respondendo, doutor. E, veja, quando estalo os dedos próximo ao ouvido, ele tem reação. Subiu pelo menos um grau na escala.

— Ligarei agora para o secretário da defesa.

A orientação dada anteriormente por Prometeu foi apenas de que eles saberiam quando Keating estivesse de volta ao corpo. O médico estava agora tranquilo e garantiu que ele voltaria seguramente à vida, pois todos os sinais estavam ótimos e, na verdade, enquanto falavam, as respostas aos estímulos se tornavam cada vez mais sensíveis. Enquanto o médico falava com o secretário, a enfermeira realizava os testes padrões para avaliação do nível de sedação, ou seja, de fato, o professor estava recuperando a consciência. Sem demora, a autorização foi dada, motivada pela extrema curiosidade que o secretário fomentara ao longo de tantos meses de espera.

Em poucas horas, Keating estava estável, consciente, orientado, e, exceto por um pouco de dor de cabeça, perfeitamente bem. Suas primeiras palavras, muito embora talvez por algum resquício da sedação, eram reclamações em relação ao peso de seu corpo e dores lombares. Ele voltava a ser o velho professor de Harvard, bem desacostumado, contudo, ao seu abatido simulacro.

Depois de três dias, quando o médico se sentiu absolutamente seguro para liberá-lo, agentes da inteligência americana foram buscá-lo. Destino: Casa Branca. Sim, muitas pessoas estavam à sua espera, ansiosas por respostas. Simultaneamente, viralizavam na internet as especulações em torno do retorno de Keating, com, quem sabe, não só a cura de mais uma doença, mas uma solução para todos os problemas do mundo.

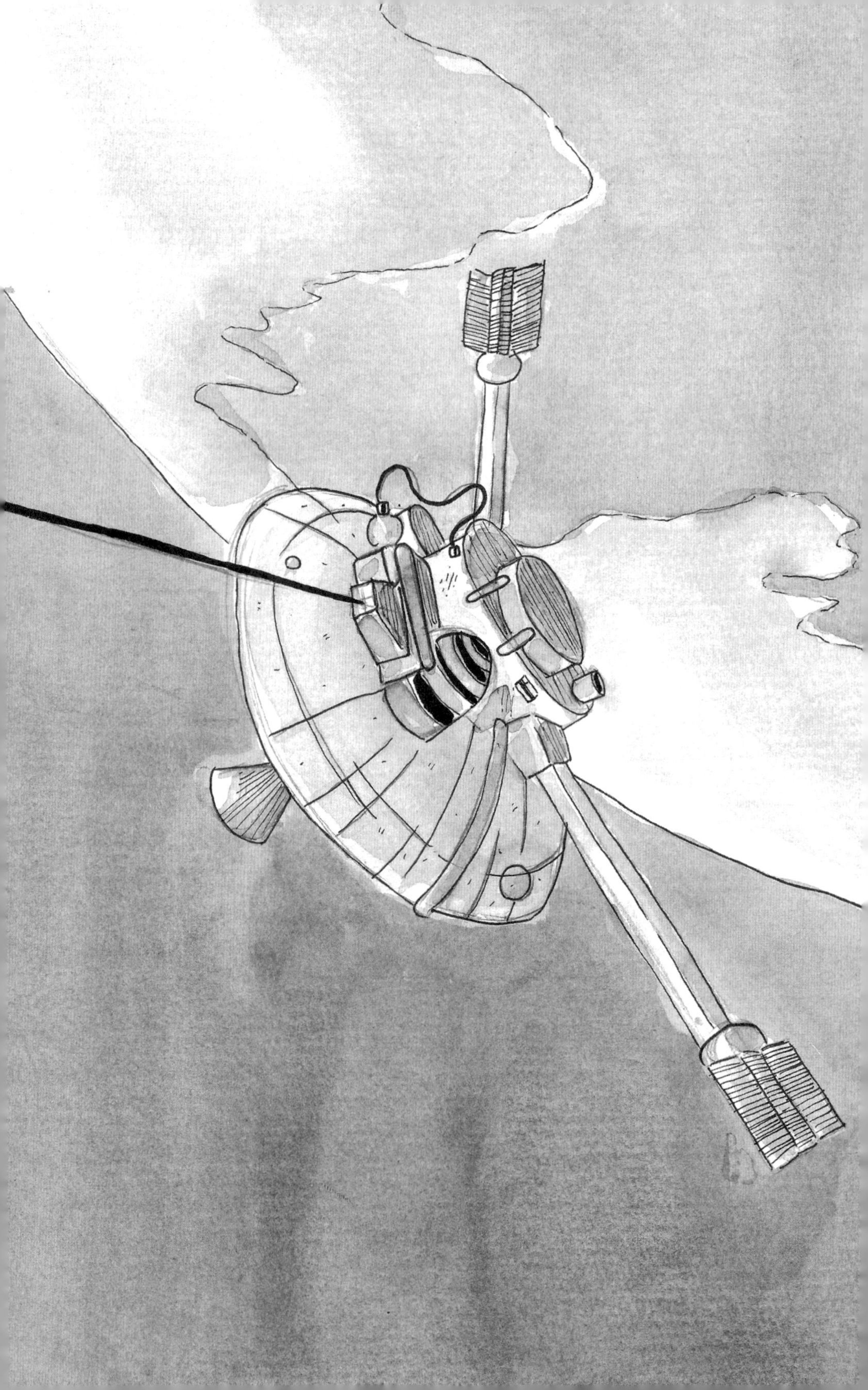

CAPÍTULO TRINTA E OITO

OLIVER CHOSS

— BEM-VINDO À CASA BRANCA, PROFESSOR KEATING.

— É um prazer conhecê-lo, senhor presidente — ele disse e seguiu cumprimentando um a um os presentes. — Senhor secretário de Defesa. Bom dia, senhor vice-presidente. Olá, secretário de estado. Senhor conselheiro da Segurança Nacional. É um prazer estar aqui, com figuras tão importantes.

— Por favor, sente-se.

— Obrigado.

— Antes de iniciarmos, quero deixar claro que tudo o que for dito aqui é altamente confidencial. Agora, fale um pouco sobre sua viagem.

— Bom, seria difícil resumir em poucas palavras, mas o que vale salientar é que o mundo deles, que chamam de Lar, em vez de Terra, é realmente gêmeo ao nosso, com exceção de que é exclusivamente habitado por neandertais, com um único país, chamado Paraíso, situado onde aqui seria a Europa. Eles detêm uma tecnologia absolutamente fantástica, extremamente avançada, mas, em geral, são pessoas como nós. Em termos de estado, eles são capitalistas, libertários, adotam um sistema jurídico bastante distinto, com base na intenção, e não no resultado, e por aí vai. São muitos detalhes, mas precisaria gerar um relatório do tamanho de um livro para expressar um a um.

— Compreendemos — disse o presidente Oliver Choss. — Agora, existem alguns aspectos que são fundamentais e peço que seja o mais claro e verdadeiro possível. Essas visitas, esses fenômenos, que eles conseguem fazer aqui na Terra, como fazem?

— Bom, eles visitam a Terra o tempo todo, isso é um tipo de entretenimento por lá, mas com baixa interferência e interação, experiência que eu mesmo tive e que é inegavelmente interessante. Quando eles vêm, podemos eventualmente sentir a presença deles e, em casos raros, vê-los e até nos comunicar.

Basicamente, esses fenômenos paranormais ou espirituais de que tanto ouvimos falar são apenas eles visitando a Terra. Agora, a sobreposição consciencial, que é o que Prometeu fez, e mesmo viagens no tempo, só são feitas em um local no polo norte do planeta deles, por meio de uma máquina que utiliza uma tecnologia espetacular, mas absolutamente restrita.

— Hum, então, ao menos teoricamente, se eles conseguem viajar no tempo, podem ficar mudando o passado e o futuro e construir um mundo perfeito para eles, não é mesmo?

— Não é bem assim. Eles não são capazes de viajar para o futuro, apenas para o passado, e apenas para mundos paralelos. Eles podem voltar aqui na Terra e ver Cristo ser crucificado, mas não podem voltar nem um único dia do próprio tempo e corrigir um engano.

— Interessante. Então, o que quer que façamos, eles poderiam voltar no tempo e desfazer ou nos dissuadir a não fazer?

— Sim e não. Eles são muito preocupados com essas incursões, por causa do efeito borboleta. Por exemplo, eles podem voltar no tempo e impedir que construamos a bomba nuclear, mas eles mesmos não sabem as consequências dessas alterações. E, quando voltarem nos tempos atuais, o mundo poderia estar dizimado por uma guerra sem fim.

— Ah, mas daí ele poderia voltar no tempo novamente e não fazer o que teria feito para impedir a criação da bomba.

— Pois é, mas tem um porém. Imagine que impedir, por exemplo, a criação da bomba signifique o desenvolvimento de uma outra tecnologia, como a de incursões a mundos paralelos; ainda que sem querer, por acaso, tentando achar uma coisa, se descobrisse outra, e que tenhamos entrado em guerra com eles e talvez os humanos tenham vencido. Quando o agente voltou oitenta anos e fez uma interferência sutil, pode voltar aos tempos atuais e seu mundo nem mesmo existir mais, seu corpo pode nem existir mais, seu mundo pode estar aniquilado e a máquina do tempo pode estar destruída ou sitiada, então ele nunca terá a oportunidade de desfazer esse erro. Ficará como um espírito vagando pelo mundo, lamentando as decisões que tomou.

— Interessante informação, mas você estaria sugerindo que os neandertais acreditam que vamos desenvolver essa tecnologia?

— Na verdade, senhor presidente, eles têm certeza, só não sabem precisamente quando, mas dizem que é inevitável, e esse é o motivo de terem me levado para lá, para conhecer o mundo deles, mostrar que são pacíficos, para que eu evitasse que no futuro entrássemos em guerra.

— Ou eles estão usando você para ganhar mais tempo e assim poder se preparar melhor para uma guerra conosco, não é mesmo?

— Eu, positiva e respeitosamente, descarto essa hipótese, senhor presidente. Eles não querem entrar em guerra conosco. Nada ganhariam com isso.

— Sejamos francos, você não pode afirmar isso com cem por cento de certeza, pode?

— Não, senhor, mas conheci as pessoas de lá, então, confio no meu julgamento.

— Você esteve lá por apenas seis meses, como posso confiar em seu julgamento?

— Uma guerra só levará à dizimação de ambos os povos.

— Se não fizemos nada, aparentemente, será a dizimação de um povo só: o nosso. Aliás, e aquela história do asteroide, alguma novidade?

— Bom, na verdade, Prometeu me confidenciou que a Nasa está correta, o asteroide não destruirá a humanidade completamente, apenas causará danos parciais.

— Então, ele mentiu?

— Gostaria de dizer que ele apenas estava testando nossa confiança, mas na verdade o plano era convencer os humanos a deixá-los intervir no asteroide para que ele fosse verdadeiramente letal à humanidade.

— Nossa, mas que mudança de perspectiva!

— Eu sei, senhor, mas eles só usariam esse recurso caso eu não fosse capaz de convencê-los a não entrar em guerra, a não os tratar como se fossem um risco. Aliás, para que ele daria a cura da Aids se o objetivo é nos aniquilar?

— Pode ser para nos confundir, mas, veja, essas contradições são no mínimo um mau sinal, você há de convir. Mas — disse, voltando-se ao secretário de defesa —, o que você acha disso tudo?

— Bom, senhor presidente, eu respeito a opinião do professor, que sem dúvida os conhece melhor que nós, ainda que relativamente pouco; agora, não podemos permitir que esse tal de Prometeu venha aqui, dê pistas erradas sobre um asteroide, invada corpos de cidadãos, derrube aviões, sequestre informações de agências espaciais do mundo todo e não façamos nada. Na melhor das hipóteses, devemos desenvolver uma tecnologia tão robusta quanto a deles, nem que seja para garantir o afastamento. Agora, na pior das hipóteses, a raça humana pode estar em risco. Temos uma responsabilidade aqui.

— Peço que me escutem, senhor presidente, secretário e os demais, se nós apenas ensaiarmos que podemos ser uma ameaça a eles, aí, sim, a humanidade estaria em risco.

— Hum, não sei, não, professor, se eles fossem tão capazes assim, já teriam feito.

— Eles respeitam profundamente a vida. Jamais entrariam em guerra conosco com base em uma especulação.

— Quem derruba aviões lotados de passageiros talvez não respeite tanto assim a vida, ao menos não a alheia, nem que esse alheio esteja em um mundo paralelo — concluiu sorrindo.

— Mas...

— Muito obrigado, professor, entraremos em contato para mais informações. Nosso helicóptero o levará para sua residência. Não se preocupe, nós assumiremos daqui para frente.

— Imploro, senhor presidente, não entre em guerra com eles!

— Os Estados Unidos da América agradecem pelos seus serviços. Até mais, professor.

CAPÍTULO TRINTA E NOVE

PARALLELS

A REUNIÃO COM O PROFESSOR KEATING FOI, DEFINITIVAMENTE, A DESCULPA que faltava para assumir de modo inexorável que os neandertais eram, enfim, uma ameaça à segurança mundial. A primeira medida foi duplicar os investimentos na Nasa, com o objetivo de compreender melhor a Anomalia das Pioneers.

Feito isso, um encontro a portas fechadas com as lideranças das maiores potências mundiais foi orquestrado. O vídeo com o testemunho de Keating foi mostrado. Os Estados Unidos defenderam abertamente uma coalizão humana contra os neandertais, a começar pelo investimento de todos os países no desenvolvimento daquelas tecnologias, que permitiriam viajar para mundos paralelos, pelo menos de modo extracorpóreo. Os debates começaram e, se não havia consenso quanto a uma prévia declaração de guerra ao mundo dos neandertais, ao menos havia que os humanos deveriam deter uma tecnologia tão ou mais sofisticada quanto a deles. Os países ofereceram montantes extraordinários em dinheiro para investimentos pesados em pesquisas.

Os americanos, contudo, ainda achavam que precisariam de mais recursos e sugeriram, sutilmente, que conseguissem financiamento também privado; afinal, que grande capitalista não se sentiria alvoroçado em saber que sua transnacional poderia se tornar uma transuniversal, com fábricas e consumidores da Terra e de outros mundos? De repente, o céu não era mais o limite, mas os mil céus de mil mundos paralelos possíveis.

Investimentos acachapantes foram direcionados a dois grandes centros de pesquisas, um nos Estados Unidos e um na Alemanha. Estava a dispor daqueles centros, portanto, toda sorte de recursos, de acesso a tecnologias, aos grandes cientistas disponíveis, documentos a princípio sigilosos e abolição de qualquer critério ético em busca de resultados rápidos e satisfatórios.

Enfim, foi criada uma empresa inteira, tendo os maiores governos do mundo como sócios, exclusivamente para este fim: acessar mundos paralelos, determiná-los, desenvolver meios de transporte corpóreos e extracorpóreos. O nome da empresa não poderia ser mais sugestivo: Parallels. Lá dentro, políticas rígidas de segurança, incluindo a detenção na própria unidade caso algum cientista sofresse uma sobreposição consciencial, afinal, não havia dúvidas de que Prometeu poderia saber de tudo o que estava acontecendo e que provavelmente tentaria de algum modo sabotar o projeto. Seguindo o mesmo raciocínio, o sentido de urgência foi levado ao máximo, pois, uma vez os neandertais conscientes dos movimentos na Terra, poderiam organizar um ataque.

O professor Keating foi incrivelmente injustiçado quanto ao caso, chegando a ser declarado traidor da humanidade, que teria entregado informações importantes aos neandertais sobre as questões humanas. Só não foi preso por falta de provas, mas sua dignidade foi completamente destruída.

Os grandes *players* do mundo sabiam que, no mínimo, Keating sabia demais e, antes que entrasse em uma campanha contra os movimentos antineandertais, seria bom se pudessem antecipadamente anular sua credibilidade, calando sua voz, e o fizeram com uma mestria e crueldade sem iguais.

Por meses, falsos documentos, meras especulações e boatos inundaram os canais de televisão e redes sociais, sempre depreciando o professor em diversas óticas. As mais suaves em relação ao professor eram simplesmente duríssimas em relação aos neandertais, dizendo que teriam avisado ao professor Keating que levariam a humanidade à extinção. De certa forma, algumas especulações batiam com a verdade, mas eram expressas e transmitidas indiferentemente à confirmação do próprio professor, e as pessoas acabaram por aceitá-las como indubitáveis.

Movimentos de diversos tipos se desenvolveram nesse caldeirão, principalmente pela internet. Dos mais radicais, pedindo uma invasão aos mundos paralelos, aos que preferiam o diálogo, os que desejavam a troca de conhecimento, e até mesmo os que diziam que os humanos deveriam apenas se submeter ao mundo gêmeo. Naturalmente, as consideradas boas e más atitudes de Prometeu sopesaram conforme o grau de influência na vida das pessoas, isto é, os parentes e amigos de vítimas dos aviões eram mais radicais em suas opiniões, ao passo que os curados pela Aids eram muito mais condescendentes. E assim, conforme uma ou outra pessoa dava mais importância para um fato do que para outro, ia se posicionando anti ou pró-neandertais. De repente, o mundo se dividiu em dois novamente.

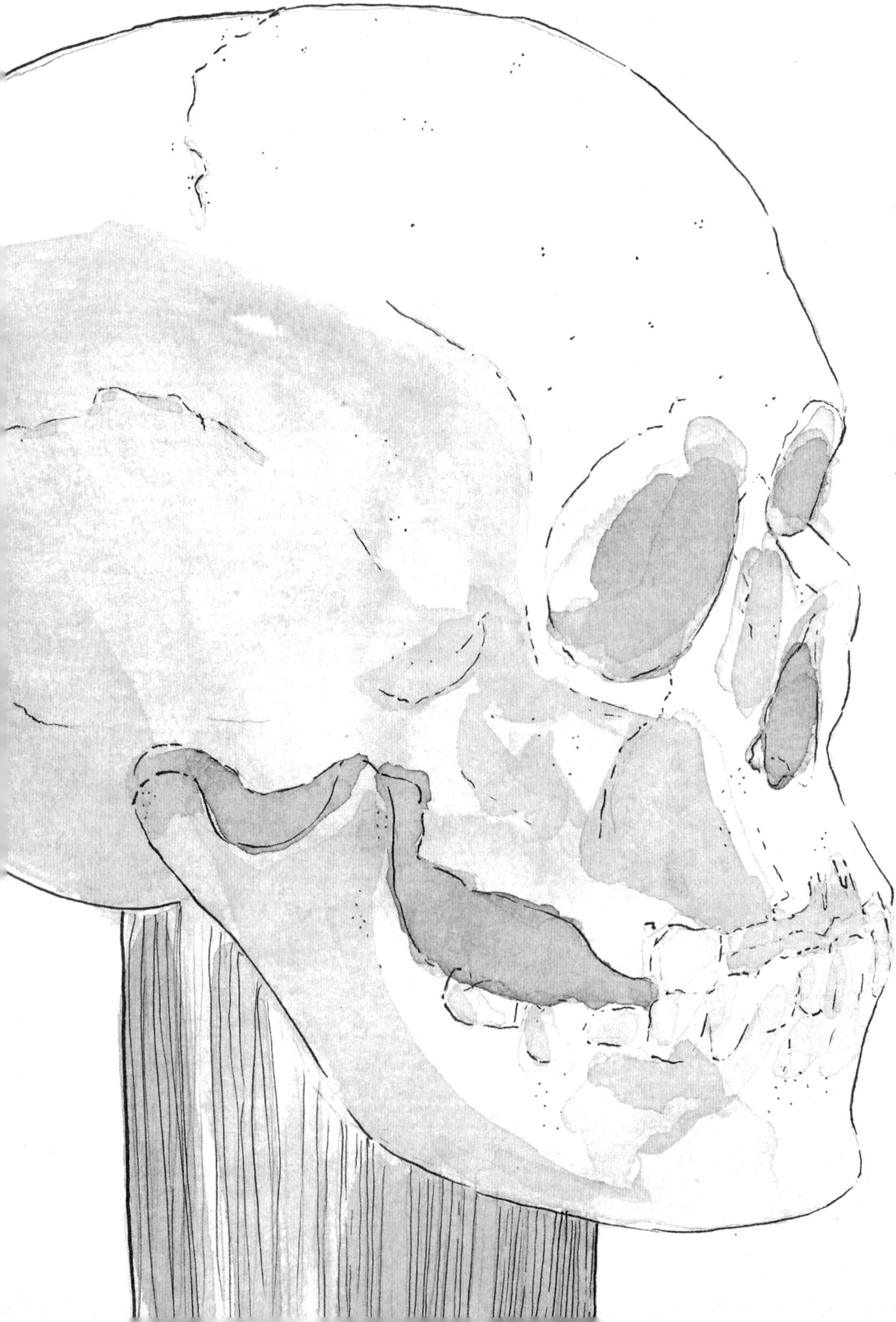

CAPÍTULO QUARENTA

ETNOCENTRISMO

— BOM DIA, PROFESSOR KEATING.

— Que susto! Quem é você? — perguntou, pulando da cama.

— Oras, o Prometeu.

— Nossa, cada vez você aparece de um jeito, parece um segurança.

— Convenhamos, isso é absolutamente irrelevante.

— Bom, sim, quer comer alguma coisa?

— Deste planeta? De modo algum, mas obrigado.

— Ah, Prometeu, até imagino por que você veio aqui. Mas me acompanhe até a cozinha, estou morrendo de fome.

— Como desejar.

— Acredito que a coisa não tomou o rumo que eu esperava.

— Não se preocupe, está tomando o rumo que nós, neandertais, esperávamos.

— Que tranquilidade é essa? Acho que você não está bem-informado sobre tudo o que está acontecendo.

— Sei, sim, os seres humanos, com base no medo e na ganância, acabarão descobrindo os meios para as viagens aos mundos paralelos e entrarão em guerra conosco.

— E, mesmo assim, você se mantém desse jeito, apático?

— Todas as nossas probabilidades apontavam nesse sentido, não há nada que possamos fazer. Aliás, o que poderíamos fazer já fizemos, que foi incluí-lo na história.

— Sei que já discutimos isso, mas não entendo como com tanta tecnologia vocês simplesmente são incapazes de evitar uma guerra conosco.

— Somos capazes de evitar uma guerra com os humanos, mas os humanos não são capazes de evitar uma guerra com os neandertais.

— Oras, Prometeu, vocês poderiam colocar a opinião pública contra os líderes, entregando a nós mais tecnologia, mais cura a outras doenças, sei lá.

— Não há nada que possamos fazer. Se dissermos que somos um povo pacífico, vocês usarão a desculpa de que estamos dando uma mentira estratégica.

Se provarmos que somos bons lhes entregando curas, vocês darão a desculpa de que estamos escondendo coisas mais importantes. Se não aparecermos mais na Terra, vocês darão a desculpa de que estamos planejando um ataque. Se aparecermos mais, vocês dirão que somos uma ameaça eminente. Se dissermos uma mentira, seremos condenados porque dissemos uma mentira. Se dissermos uma verdade, vocês relativizarão a verdade ou dirão que pode ser uma verdade enganosa. Cedo ou tarde, o planeta de vocês, dominado cada vez mais pela poluição, pela ascensão dos oceanos, pelos buracos na camada de ozônio, se tornará inabitável, e procurarão novos mundos para habitar. Como Marte será um completo fracasso, os mundos paralelos, muito mais à vista, muito mais reais, serão a grande chance. Vocês no futuro poderiam, sem problema algum, habitar qualquer um dos mundos paralelos disponíveis, habitados somente por animais, onde nenhuma raça hominídea prosperou, mas o medo da tecnologia dos neandertais, associado à ganância de explorar um planeta organizado, levará vocês invariavelmente a nós.

— Será um genocídio de ambos os lados.

— Sim, será, mas talvez no momento certo, na hora certa, quando sua presença na equação prevalecer, quem sabe, o caos se desfaça.

— Não sei, não, Prometeu. Aquilo foi só um erro no computador de previsibilidade.

— É um risco.

— De todo modo, meu amigo, lamento muito.

— Não se preocupe, apenas lembre-se, na hora certa, faça o que tem de ser feito.

— Pode contar comigo, amigo. É estranho até dizer isso, mas me sinto, hoje, mais neandertal do que *Homo sapiens*.

— Compreendo. Principalmente depois de ser traído e injustiçado pelos seus pares.

— Pois é, dediquei toda minha vida aos Estados Unidos e aos americanos, lecionando, fazendo pesquisas científicas ou engajado em alguma questão política. Voltei para cá trazendo somente a verdade sobre o que vi e aprendi em seu mundo e, com base nessa mesma verdade, fui como bode expiatório para mais guerras, chamado de traidor dos americanos e da humanidade.

— Acho curioso, professor, essas distinções que vocês fazem entre seres vivos e não vivos, entre humanos e não humanos, entre europeu e asiáticos, entre americanos e não americanos. Oras, não é óbvio que vocês são, todos, parte de um mesmo sistema, de uma mesma coisa, geração e resultado do mesmo meio, do mesmo planeta, galáxia e cosmos? Que diferença, em termos de importância, há entre os seres humanos e uma molécula de água, já que sem o último o primeiro está condenado à extinção? Mas vocês esbanjam a água como se não tivesse valor algum, poluem-na e a desrespeitam, como se realmente fossem alguma coisa sem ela. E o mesmo se dá entre vocês mesmos, sobretudo nos tempos atuais de globalização. Ficam como se não dependessem uns dos outros, rotulando-se como cristãos e árabes, como democratas e republicanos, como americanos e franceses, como se, no fundo, não fossem completamente dependentes uns dos outros e como se não tivessem, no fundo, a mesma origem.

— Nesse ponto, discordo de você, Prometeu. Sou muito diferente de um chinês, por exemplo, tal qual de um árabe, bem como de um russo. Me orgulho de ser americano, de nossa história, de nossas vitórias, de nossa liberdade e até de nossa democracia, ainda que considere o sistema de vocês mais próximo do ideal. Contudo, ainda assim, com bastante coragem, apesar da inquietação e, sobretudo, pelo modo como os líderes do país me trataram, tenho orgulho de ser americano.

— Mas que bobagem, meu caro professor. Não existem americanos ou holandeses, negros ou japoneses e nem mesmo humanos e animais: somos todos seres vivos, e, em última instância, simplesmente parte da existência, vivos ou não. Essa discussão, inclusive, lembra-me de uma passagem do livro de um próprio americano, antropólogo, chamado Ralph Linton, ao falar de etnocentrismo, que resumiu maravilhosamente bem o absurdo dessa ideia:

> O cidadão norte-americano desperta num leito construído segundo o padrão originário do Oriente Próximo. Sai debaixo de cobertas feitas de algodão cuja planta se tornou doméstica na Índia. Tira o pijama, que é vestuário inventado na Índia e lava-se com sabão, que foi inventado pelos antigos gauleses, faz a barba, que é um rito masoquístico que parece provir dos sumerianos ou do antigo Egito. As peças de seu vestuário têm a forma das vestes de pele originais dos nômades das estepes asiáticas; seus sapatos são feitos de peles curtidas por um processo inventado no antigo Egito e cortadas segundo um padrão proveniente das civilizações clássicas do Mediterrâneo; a tira de pano de cores vivas que amarra ao pescoço é sobrevivência dos xales usados aos ombros pelos croatas do século XVII. De caminho para o *breakfast*, para, a fim de comprar um jornal, pagando-o com moedas, invenção da Líbia antiga. No restaurante, toda uma série de elementos tomados de empréstimos o espera. A faca é de aço, liga feita pela primeira vez na Índia do Sul; o garfo é o inventado na Itália medieval, a colher vem de um original romano. Começa seu *breakfast* com uma laranja vinda do Mediterrâneo Oriental, melão da Pérsia, ou talvez uma fatia de melancia africana. Acabando de comer, nosso amigo se recosta para fumar, hábito implantado pelos índios americanos, e consome uma planta originária do Brasil, fuma cachimbo, que procede dos índios da Virgínia, ou cigarros, provenientes do México. Ao inteirar-se das narrativas dos problemas estrangeiros, se for um bom cidadão conservador, agradecerá a uma divindade hebraica, numa língua indo-europeia, o fato de ser cem por cento americano.

CAPÍTULO QUARENTA E UM

SAINDO DO OSTRACISMO

CERCA DE DOIS OU TRÊS ANOS SE PASSARAM. AO LONGO DESSE PERÍODO, OS avanços no sentido de viabilizar as viagens aos mundos paralelos progrediam absurdamente bem, inegavelmente bem anabolizados com dinheiro de todas as partes do mundo, de empresas e governos que, por motivos diversos, queriam fazer parte da empreitada. O clima era de entusiasmo, mas os resultados eram absolutamente sigilosos; no entanto, uma coisa ou outra acabava vazando para a internet, apesar do imenso contrato de confidencialidade. Havia denúncias de todos os tipos, desde jornadas exaustivas de trabalho até mesmo morte envolvendo experiências. Naturalmente, tudo foi muito bem abafado, e o que descendia para a internet ficava sempre com cheiro de boato, muito embora, na maior parte, fosse constituído de verdades.

Mesmo após tanto tempo, muitas pessoas ainda conversavam sobre o mundo dos neandertais na internet, questionavam o completo silêncio do professor Keating, que era entendido como alguma pressão que o governo fez sobre ele, e não conseguiam compreender exatamente o absoluto desaparecimento, ou falta de aparecimento, de Prometeu. A completa falta de notícias, de novidades, de atentados, de receitas para doenças seculares ou até mesmo uma passadinha rápida para dizer "olá" deixava as pessoas aflitas e angustiadas. O imaginário tomava conta, e todos discutiam se não estaria para acontecer algo totalmente grandioso; e além disso, os poucos segredos que vinham a público sobre a colossal Paralell mantinham viva a centelha da curiosidade sobre os mundos paralelos.

Keating tinha reservado uma boa quantia em economias, em investimentos no mercado de renda fixa e ativos de algumas boas empresas, cujos dividendos se acumularam muito bem. Ele continuava em Boston, mas não voltou a dar aulas em Harvard, assumindo uma vida discreta e pacata. Vivia assim das próprias economias, que ainda sobreviviam graças a uma redução drástica no padrão de vida do professor. Nos corredores de Harvard, entre seus poucos familiares e amigos, a ideia que acabou prevalecendo foi a de que a viagem ao mundo dos neandertais não fez bem ao professor. Possivelmente, tinha ficado louco. Ele não respondia a e-mails e nem atendia ligações de ninguém, nem do próprio irmão, nem de emissoras de televisão que queriam entrevistá-lo. Nada.

Mas Kealing não desperdiçou esse tempo todo assistindo a jogos pela televisão ou se embriagando com cerveja. Na verdade, Keating dedicava uma quantidade notável de horas estudando e reestudando o mundo dos neandertais. Não o mundo deles em si, mas seus aspectos, seus conceitos, sua justiça, sua filosofia, suas peculiaridades. Confrontava essas questões com a realidade humana, com as experiências da história humana.

Pode-se imaginar o efeito de conhecer um mundo absolutamente novo e espetacular para um homem. De um modo ou outro, Keating estava na Terra, mas sua cabeça ainda habitava o Lar. De um brilhante físico, dia após dia, o professor agora estava se tornando uma espécie de cientista político, ou algo do tipo. Essa mudança, embora pouco percebida, naturalmente pela sua própria reclusão, era fabulosa.

Enfim, após esses anos, Keating abriu o seu casulo e, finalmente, aceitou um convite para dar uma entrevista a um grande canal americano, justamente no horário nobre. Duas exigências: ao vivo e com pelo menos duas horas. O potencial da audiência era óbvio, a emissora aceitou, estava tudo acertado: valores, transporte a Nova Iorque e data, precisamente dali a duas semanas.

Desde esse dia, a propaganda foi maciça, exaustiva, extasiante. Todos queriam saber o que ele tinha a dizer. Todos queriam saber como era o mundo dos neandertais. Todos queriam saber do Prometeu. Todos queriam saber tudo sobre tudo. Praticamente não se falava de outra coisa na televisão, e era absolutamente tudo o que se falava na internet.

CAPÍTULO QUARENTA E DOIS

ENTREVISTA, PARTE 1

Boa noite, prezados telespectadores. Hoje, como vocês aí de casa devem saber, é um grande dia para nós. Teremos um programa estendido, ou seja, em vez de uma hora, serão duas horas, tudo isso ao vivo. Não será especial apenas por isso, mas também pelo nosso convidado, que dará hoje uma entrevista absolutamente inédita, após anos de reclusão, depois de ter passado pelas situações mais incríveis e espetaculares que o imaginário pode construir, em um mundo estranho, tão distante e tão perto ao mesmo tempo. Paralelo, mas não coincidente; parecido, mas diferente. Eu falo do mundo dos neandertais, e peço aplausos de todos vocês ao único ser humano de toda a história da Terra a ter visitado um outro mundo!

Professor Keating, vestido muito elegantemente, entrou em cena, sob aplausos ansiosos e inclusive assovios, parecia até um astro de futebol. Ele demonstrava, ao que tudo indicava, ter se preparado muito bem para esse grande dia: transpirava segurança e postura. A audiência simplesmente explodiu, tanto via televisão quanto broadcast, fora dos Estados Unidos, sendo, em alguns países, transmitido incluindo tradução simultânea. Não por menos, Keating estava relacionado a grandes notícias recentes: o evento incluindo os cientistas de diversas partes do mundo, o desastre com diversos aviões, a cura da Aids, a descoberta dos mundos paralelos e a visita a eles, a criação da empresa Parallels. Tudo era tão espetacular que preenchia as pessoas de curiosidade e fascínio.

— É um prazer estar aqui, muito obrigado.

— Nós é que agradecemos. Por favor, sente-se — disse o entrevistador, e deu um gole no copo de água. — Professor Keating, a pergunta que não quer calar: existem realmente mundos paralelos?

Sorrindo, o professor respondeu:

— Positivo. Ao menos um, sem dúvida, existe, onde estive por seis meses.

— Desculpe o mau jeito... Por mais que tenha me preparado, é um assunto tão incrível que fica difícil priorizar as perguntas por ordem de importância. Mas, vamos lá, os neandertais são muito diferentes de nós?

— Na realidade, não. Bom, sim, fisicamente, mas fora isso eles são bem parecidos. Eu diria que a grande diferença, do ponto de vista psicológico, é o pragmatismo e a objetividade em tudo o que fazem, e isso se estende inclusive a áreas como direito e política.

— Dois assuntos que abordarei mais para frente, mas como é o lugar, como é o planeta, o país onde você esteve?

— O planeta em si é muito similar ao nosso, diria que, excluindo a interferência humana, ou hominídea, para ser mais exato, é idêntico. Agora, lá só existe um país, que eles chamam de Paraíso, onde vivem praticamente todos os cidadãos do planeta. Os condenados são expulsos do país e enviados à Redenção, que fica no que corresponderia aqui ao sul da África.

— Nossa! Mas é um lugar moderno, avançado? Pergunto isso porque sempre que ouço a palavra "neandertal" me vem à mente um esquisitão primata.

— Sim, se eu pudesse tirar uma foto e lhe mostrar, você diria que é uma montagem da Terra daqui a, sei lá, trezentos ou quatrocentos anos. É tudo muito moderno, limpo, incluindo os rios e o ar. Mas você tem razão, a aparência deles é mesmo mais rústica, com traços mais marcados, queixo projetado...

— Mas os hábitos deles são parecidos com os nossos?

— Sem dúvida, inclusive eles gostam de muitas das nossas músicas, em especial as dos anos 1980, acredita? Lá tem baladas, cigarro, bebidas, drogas, que inclusive são legais.

— As drogas lá são legais? Mas que tipo de drogas?

— Lá tem praticamente todas as drogas que existem aqui, eles nos copiam, literalmente, em muitas coisas. As drogas são vendidas normalmente, para qualquer um, em farmácias especializadas. Há diversas qualidades de maconha, cocaína, heroína, metanfetamina, *ecstasy*, PCP, *molly*... Tem simplesmente de tudo.

— Nossa, o país lá deve ser um verdadeiro caos, não?

— Oras, e por que seria?

— Imagine toda essa sorte de drogas disponíveis aqui nos Estados Unidos, por exemplo. Haveria mais zumbis do que trabalhadores!

— Você fala como se essas drogas todas não estivessem, na realidade, disponíveis. Sejamos francos: qual a dificuldade, aqui neste bairro mesmo, em comprar um pouco de cocaína?

— Sim, mas, uma vez legal, muito mais pessoas consumiriam e poderia se tornar uma epidemia.

— Você bebe?

— Sim... Bebo, mas o que é que tem?

— De que tipo de bebida você gosta?

— Bom, cerveja e uísque, de vez em quando.

— Você já bebeu rum, tequila, cachaça, gim, conhaque, grappa, bourbon, armagnac, mezcal, slivovitz, saquê, pulque?

— Bom, algumas delas, mas a minoria.

— Oras, tantas drogas, chamadas bebidas, absolutamente legais nos Estados Unidos, e você nunca as consumiu?

— Sim, mas...

— Veja, o gim é legal, mas digamos que você nunca o consumiu; por que o fato de a cocaína ser legal faria com que você a consumisse?

— Não, não, não disse que consumiria! Mas as pessoas, em geral, provavelmente sim.

— E por que isso aconteceria com a cocaína, se não acontece com a grappa?

— É, bem, não sei, mas penso que a atratividade dessas drogas para o consumo é maior do que uma bebida exótica.

— Mark Twain diria que é exatamente o contrário: "Nada necessita tanto de mudança quanto os hábitos das outras pessoas. Fanáticos nunca aprenderão isso, mesmo se for escrito em letras de ouro pelo céu: é a proibição que faz qualquer coisa ser preciosa".

— Bom, interessante.

— Sim, e vale lembrar: quando instituímos neste país a Lei Seca, em 1920, em Nova Iorque, o consumo de bebidas, em vez de diminuir, aumentou. Por que seria tão diferente com as outras drogas?

— É realmente uma boa discussão. Mas, sigamos em frente. Muitos internautas mandaram perguntas para nossa página, e a mais recorrente é se os neandertais são ou não uma ameaça aos humanos.

— Os neandertais são uma ameaça aos humanos na medida em que os humanos são uma ameaça aos neandertais.

— Mas o que você quer dizer com isso?

— Os neandertais acreditam que, em poucos anos, a vida aqui ficará muito difícil, devido às agressões à natureza. Assim sendo, é natural pensarem que os humanos podem desenvolver a tecnologia necessária para viajar a mundos paralelos.

— Sim, mas, se bem me recordo de uma das últimas entrevistas de Prometeu, há milhares de mundos paralelos.

— É verdade, só que, veja bem, por que os refugiados da guerra na Síria estão em grande parte partindo para a Europa, e não para países árabes, africanos ou China?

— Bom, penso que eles teriam melhores condições de vida na Europa, comparado a outras regiões.

— Seguindo o mesmo raciocínio: por que os humanos, fugindo de uma Terra poluída e praticamente inabitável, em poucos anos, partiriam para um planeta cru, desértico, inabitado, em vez de tentar tomar o país de um mundo próspero e organizado?

— Bom, talvez para evitar uma guerra.

— Oras, meu caro, e quantas vezes na história os seres humanos evitaram guerras?

— Boa pergunta. Mas, aceitando essa premissa, então é correto declarar que os neandertais são uma ameaça aos seres humanos, visto que somos uma ameaça a eles?

— Sim, mas tudo depende do desenvolvimento da tecnologia necessária para viajar para mundos paralelos. O problema é: já estamos fazendo isso.

— Sei, por meio da empresa ultrassecreta chamada Parallels.

— Exatamente.

— Agora, professor, falando assim, parece que uma guerra seria inevitável.

— Sim, e é, só que os governos não avisaram a população disso, não é mesmo?

— Receio que não, mas essa é uma afirmação perigosa. Uma guerra dessas não teria apoio público, principalmente contra um povo que nos deu a cura da Aids.

— No dia em que não tivermos mais água para beber, ar para respirar ou sombra para nos arrefecer, os governos terão apoio público. E, se não tiver, basta uma propaganda maciça de convencimento.

É, este é o professor Keating, caros telespectadores, com revelações brutais e objetivas. Agora, caberá aos governos do mundo, incluindo o nosso presidente Oliver Choss, se pronunciarem a esse respeito. Mas ainda não estamos nem perto do fim. Faremos um break para os comerciais e já voltamos. Obrigado pela audiência.

CAPÍTULO QUARENTA E TRÊS

ENTREVISTA, PARTE 2

E voltamos à nossa entrevista com o professor Keating, o único homem da Terra a pisar em outro planeta, detalhe: de um outro universo. Caso você tenha perdido nosso primeiro bloco, não se preocupe, em nossa página na internet ficará disponível a entrevista na íntegra.

— Bom, professor, o tema agora é "viagens a outros mundos". Como é que isso funciona? O que é realmente isso?

— Há vários tipos de viagens que são feitas no mundo paralelo chamado pelos neandertais de Lar. Há a sobreposição consciencial, instrumento bastante utilizado por Prometeu em suas visitas à Terra. Há as viagens no tempo, que podem se dar de forma "espiritual" ou também sobrepondo consciências. De todo modo, ambas são extremamente restritas e proibidas para a população em geral. Agora, as viagens extracorpóreas, sem sobreposição, são plenamente permitidas, e eles chegam a quaisquer mundos, não obstante a própria Terra, e alguns de nós somos inclusive capazes de sentir essa presença, que chamamos de espíritos. O processo é realizado a partir do coma induzido. Quando isso ocorre, na realidade, você já está na forma de espírito, sua consciência já está desprendida de seu corpo e, por meio de uma tecnologia incrivelmente complexa, é possível guiá-lo para um local ou outro, deste mundo ou de qualquer outro.

— Interessante, mas, da forma como você disse, qualquer pessoa em estado de coma, não necessariamente um neandertal, pode estar zanzando por aí na forma de espírito?

— Precisamente, não só pessoas em coma, mas também quando as pessoas estão em sono profundo. Positivamente, os sonhos são muitas vezes viagens desorientadas a mundos paralelos desordenados, por isso podem ser tão absurdos. E, igualmente, quando as pessoas morrem, o simulacro morre, mas sua consciência, sua alma, seu espírito, está por aí. E, inclusive, pode reabitar um novo simulacro.

— Como?! Você está dizendo que uma pessoa pode morrer e reencarnar?

— Sim, mas não confunda isso com espiritismo ou religião, ninguém está falando de se aproximar de Deus, ou de espíritos evoluídos, é simplesmente a ciência da consciência. Quando um bebê é fecundado, um espírito pode verdadeiramente assumir sua consciência, conseguindo assim um novo simulacro. Essa é uma decisão particular de cada alma, muitos preferem manter-se espíritos, tentando, porventura, interagir com terráqueos.

— Mas por que as pessoas não se lembram de quem eram, por assim dizer?

— Imagine você tentar instalar a última versão do Windows em um computador bem rudimentar. O que ocorre?

— Bom, Keating, acredito que a instalação não ocorra.

— Na verdade, ocorre, sim, se houver ao menos *hard disk* suficiente, mas não há processador ou memória virtual suficiente para rodar o sistema operacional tão pesado ou incompatível. Mas o programa, muito lentamente, acaba rodando, só que abre em modo de segurança, ou seja, todas as habilidades mais avançadas, suas funções mais peculiares, são perdidas ou corrompidas. O mesmo acontece quando uma alma adulta assume a consciência de um bebê. Aquela velha e madura consciência fica despedaçada, corrompida, inabilitada e, à medida que o bebê amadurece, as coisas vão entrando em seu lugar, mas a maior parte das informações é perdida definitivamente.

— Isso tudo é esplêndido, professor, e difícil de acreditar, embora também difícil de contestar. Então esses fenômenos que acontecem no dia a dia, que chamamos paranormais, não são, ao menos em parte, fraudes.

— Seguramente não, são pessoas desprovidas de seu simulacro, que, por não querer, ou não encontrar outro, ou não desenvolver a habilidade para tal, ficam vagando pela Terra, buscando algum tipo de interação, talvez como fantasmas, talvez como espíritos, ora se divertindo, ora nos ajudando. Muitos nesse estado acabam indo para a África ou América Latina, onde a aceitação de interação espiritual é mais evidente. Por isso que espíritos nunca dizem números de loteria ou resolvem grandes mistérios do universo, porque, em sua maioria, sabem tanto quanto qualquer um de nós. Alguns passam o tempo, inclusive, contando historinhas medianas sobre o mundo espiritual para pessoas de ouvidos sensíveis, que se dizem psicógrafos. Livros ora tão ruins ou ora tão bons quanto a obra de qualquer escritor, por serem ditados por pessoas comuns, em forma de espírito, nunca são livros verdadeiramente espetaculares, ou, ao menos, nunca mais espetaculares que um Shakespeare, que um Goethe ou que um Camões.

— Hum, não deixa de ser uma explicação interessante. Agora, qual foi sua sensação ao pisar no mundo dos neandertais pela primeira vez?

— Bom, demorou um pouco para eu cair em mim. Quando acordei, estava em um lugar muito familiar, que parecia um hospital qualquer. O que destoava da realidade com que me acostumei é o aspecto das pessoas, o idioma, incluindo os caracteres, e pequenos detalhes. Agora, espetacular mesmo foi quando saí dessa espécie de hospital e vi o lugar. Foi realmente mágico. Dezenas de arranha-céus incrivelmente altos emparelhados, zepelins gigantescos ziguezagueando por entre as nuvens, um céu limpo e límpido em todas as direções, um ar leve e natural, transeuntes tranquilos e de bem com a vida, aves cantarolando e pousando sobre os toldos, luzes mil de mil publicidades diferentes, um ostensivo e vigoroso livre mercado, ônibus enormes e movidos a fissão nuclear, nem um único carro nas ruas, exceto poucos de polícias privadas, centenas de bicicletas, algumas inclusive elétricas, um lugar pungente e ao mesmo tempo lacônico, apesar dos cãezinhos que vez ou outra latiam por um pedaço do lanche de seu dono. Talvez, apesar de minha descrição, incluindo a pobreza de minha linguagem, não dê a real sensação ou visão do que foi estar lá, mas ao menos o sentimento de estupefação que habitava em mim possa ser traduzido, ouso dizer, do mesmo modo que Viola, em Noite de Reis, de Shakespeare, teve, ao se encontrar em um lugar absolutamente diferente e desconhecido, quando diz: "Que país, amigos, é este?!".

Nossa! Um forte aplauso a Keating! Mais uma pausa, meus amigos, mas não saiam daí, pois voltaremos em breve!

CAPÍTULO QUARENTA E QUATRO

ENTREVISTA, PARTE 3

De volta à nossa entrevista com o professor Keating, nosso tema agora é política. Como funciona a organização social no mundo dos neandertais, caro professor?

— É um ponto bastante curioso, eles conseguiram levar o libertarianismo ao limite, não há empresas estatais, nem mesmo o governo. Literalmente, lá eles contratam uma empresa inclusive para administrar o próprio país.

— Nossa, sério? Mas o que impede que essa empresa atue em benefício próprio o tempo todo?

— Bom, sejamos francos, acaso os nossos governantes não agem em benefício próprio? Se não financeiramente, ao menos objetivando as próximas eleições?

— Sim, mas teoricamente não deveriam. Agora, se uma empresa tem a incumbência de governar o país, em tese, fará leis que beneficiarão somente a ela mesma.

— Como um contrato que fazemos com um prestador de serviços qualquer, a empresa com a incumbência de administrar o país é submetida à constituição. E, lá, emendas constitucionais só são permitidas via aclamação pública. A rigor, se a maior parte da sociedade desejar, a empresa pode, a qualquer tempo, simplesmente ter seu contrato rescindido. No entanto, eles são extremamente resistentes à criação de novas leis.

— Curioso, mas você disse que eles são libertários. Pelo que sei sobre o tema, baseia-se em desregulamentar completamente o mercado, correto? Deixar as empresas competirem e negociarem como bem entenderem, mantendo um estado no limite do mínimo?

— Exatamente.

— Mas, sendo assim, como evitam a criação de grandes monopólios e cartéis?

— Veja, na verdade, é justamente a regulamentação, ou a interferência do governo, que cria os monopólios e cartéis. Basta um olhar atento na história de nosso próprio país, os Estados Unidos. Entre 1800 e 1890, quando aqui realmente se industrializou e teve o maior crescimento econômico da história. Não havia quase nenhuma regulamentação. A produção aumentou, o emprego disparou e os preços caíram, e nem mesmo as empresas sofreram porque os custos também caíram. O governo não interferia, e, com efeito, alguns grandes empresários começaram a se juntar para "corrigir" esse problema, a saber, dos preços caindo, e formaram grandes cartéis. Seguraram a produção e consequentemente os preços começaram a aumentar. Isso aconteceu em várias frentes, mas podemos destacar as ferrovias, o petróleo e o aço. No fim de 1890, as empresas começaram ora a se fundir, ora a formar cartéis informais. A lógica era que, formando uma grande indústria, eles poderiam controlar a produção e aumentar os preços, consequentemente aumentando os próprios lucros. Bom, tentaram. Mas um cartel ou monopólio após o outro, e estou falando em centenas, todos fracassaram. Logo após eles se fundirem ou organizarem os cartéis, reduzindo a produção e aumentando os preços, outros empresários, investidores, pessoas de outros ramos, viam aquele mercado como uma fonte extraordinária de lucros e entravam nele, dessa sorte, mais eficientes e competitivos, inclusive mais baratos que as empresas dos cartéis. Os mercados com alto lucro artificial, por causa dos cartéis, começaram a sofrer forte competição de empresas de fora e novas empresas. E uma empresa "encartelada" após a outra foi simplesmente falindo, exatamente assim. Não havia nada que pudesse ser feito, novas empresas chegavam e superavam as antigas. Então, em alguns casos, as próprias empresas que faziam parte dos cartéis começaram a realizar negociatas unilaterais, com preços abaixo do combinado, para garantir a fidelidade do comprador. Com o tempo, os demais acabavam descobrindo, e todo o cartel ruía. Então, o fato é que uma empresa ou grupo organizado de empresas, sem intervenção do governo, simplesmente não consegue dominar por um período relevante qualquer mercado. Em suma, em todos os casos, tanto a política de cartel como a de fusão fracassaram. Então, finalmente alguns estudiosos tiveram a ideia de que a única maneira de manter um cartel ou um monopólio, por um longo período e com vitalidade, era usando a mão de ferro do governo para que ele impusesse a criação do cartel. Seja por meio da fixação de preços, seja pela burocratização para a criação de empresas, barreiras alfandegárias, incentivos fiscais seletivos, literalmente limitando ou impedindo a livre concorrência, proporcionando a ascensão dos monopólios e cartéis. A rigor, monopólio significa, na verdade, um privilégio concedido pelo governo para comercializar um determinado produto, impedindo a competição que ajuda a reduzir os preços, enquanto os monopólios, bem obstantes, ajudam a aumentá-los, só que é impossível criar um monopólio sem que o governo regulamente esse mesmo privilégio, pois em um mercado lucrativo sempre entrarão novos competidores, com ideias inovadoras, mais tecnologia e por aí vai. Depois desse período, o mercado foi se tornando mais e mais regulamentado, mais e mais difícil de ingressar, cada vez menos competidores, cada vez mais cartéis e, ao contrário do período mencionado, temos, hoje, sim, centenas de cartéis e monopólios em praticamente todas as indústrias. Os neandertais não se deixaram iludir pela ideia de que o governo deve intervir e, tampouco, pela ideia de que ele contribui intervindo, muito pelo contrário.

— Compreendo, mas de que modo isso significa a inexistência de estatais?

— Vamos colocar isso em outros termos. E gostaria que você me respondesse sinceramente em termos de preço e qualidade. No final, acredito que entenderá bem esse ponto de vista. Se você fosse levar sua esposa para jantar, quanto você se preocuparia com preço e qualidade?

— Bom, acredito que me preocuparia um pouco com preço, afinal, eu é que pagaria, mas teria uma preocupação ainda maior com qualidade.

— Parece justo. Agora, vamos supor que você fosse levar apenas um bom amigo, como você se portaria em termos de preço e qualidade?

— Me preocuparia um pouco mais com o preço e um pouco menos com a qualidade.

— Muito bem. Agora, se você fosse levar um completo desconhecido, sem nenhum grande interesse?

— Bom, nesse caso, com certeza me preocuparia muito com o preço, e quase nada com a qualidade.

— Agora, se você fosse levar esse mesmo desconhecido para jantar, só que financiado com um dinheiro de um bom amigo seu?

— Bom, penso que, nesse caso, me preocuparia um pouco com o preço, mas não me preocuparia tanto com a qualidade.

— E se, nesse mesmo caso, o dinheiro fosse provido por um completo desconhecido?

— Oras, Keating, eu estaria levando um completo desconhecido para jantar com o dinheiro de um outro desconhecido?

— Sim, só como hipótese, qual seria sua postura, sinceramente?

— Bom, acredito que não ligaria a mínima para o preço ou para a qualidade.

— É justo. E não é exatamente essa relação dos governos com a sociedade? Eles usam o dinheiro de pessoas que eles não conhecem para dar serviços a pessoas que também não conhecem. De que modo eles seriam eficientes?

— Bom, colocando desse modo, realmente soa estúpido.

— Não só soa, como verdadeiramente é. Que serviço governamental é de fato bom e financiado com valores decentes? Raramente é um dos dois, muito menos os dois ao mesmo tempo. Isso, note bem, porque estou partindo da premissa de que os governos são honestos. Se colocar a corrupção na equação, você tem um desastre institucionalizado.

— Parece-me uma ideia bastante convincente.

— O mais curioso é que sequer são ideias originais. Aliás, positivamente, a maior parte das ideias dos neandertais foram apenas copiadas de nossos estudiosos. A grande diferença entre os neandertais e os humanos é exatamente esta: boa vontade.

— Muito bom, e muito obrigado por desvelar a todos nós o mundo dos neandertais. Convido você a voltar aqui o quanto antes. Aplausos, senhoras e senhores, ao professor Keating, o primeiro humano a pisar em outro planeta e a visitar um outro universo!

CAPÍTULO QUARENTA E CINCO

NEANDERISMO

— POR GENTILEZA, PROFESSOR KEATING, VOCÊ PODE NOS ACOMPANHAR?

— Não sei, quem são vocês?

— O presidente gostaria de conversar com o senhor.

— Desse jeito, aqui, na porta da emissora para a qual acabei de dar a entrevista? Acaso eu cometi algum crime?

— Não estou autorizado a comentar, queira me acompanhar até o carro.

— Negativo, discordo! De que direito você se vale para me arrastar dessa maneira? E... não me toque, seu troglodita! Sou um cidadão, pago meus impostos, tenho meus direitos! Ei, você, grave o que está acontecendo, eles querem me levar à força!

Muito embora o extremo esforço, e sob alguns pares de celulares na função vídeo e a relutância do professor em entrar no carro, realmente não havia opção. Nem as testemunhas e nem a retórica de Keating foram suficientes. Com certo grau de violência, quando notou, já estava dentro do carro, com a sirene ligada, em direção intempestiva a Washington.

Em pouquíssimos minutos o vídeo já estava em diversos sites e blogs, era discutido no Facebook e no Twitter. As pessoas pareciam chocadas e estupefatas. Não demorou, o fato foi muito anunciado pela mídia. Curiosamente, se o objetivo era silenciar o professor, aí que o promoveu ainda mais. Quem não tinha assistido à sua entrevista, correu para vê-la pela internet. Em pouco tempo, surgiram dois movimentos que circulavam pelas redes, sendo, o primeiro, pela liberação e uma satisfação do governo em relação ao enquadramento do professor, e, o segundo, e com crescente apoio, de pessoas entusiasmadas com o mundo descrito por Keating, amparadas por ideias revolucionárias, libertárias, de que poderiam fazer da Terra um lugar melhor, as quais se intitulavam neanderistas, cujo movimento se denominava neanderismo, em referência aos neandertais do mundo paralelo, objetivando a aplicação imediata das ações existentes naquele mundo ao nosso.

Em pouco tempo, surgiram debates muito duros e acalorados sobre os conceitos tão radicais daquele mundo. As controvérsias eram muitas, da liberação das drogas, passando pela alienação ou venda de órgãos próprios, da adoção do livre mercado, do esvaziamento do estado, até um replanejamento do sistema jurídico.

As opiniões eram bastante controversas e havia dificuldade até em entender com grandeza de detalhes como funcionariam as coisas na prática, no mundo dos neandertais, àqueles padrões, assim, em pouco tempo, as discussões já entravam para o mundo da especulação, primeiro, porque Keating estava incomunicável e, segundo, porque, afinal, só ele sabia como realmente eram as coisas por lá, se é que eram de fato como ele disse.

Os entusiastas do neanderismo, contudo, defendiam reiteradamente que, muito embora o professor tenha trazido à tona aquelas ideias, elas já eram conhecidas da humanidade, por um grande número de pensadores. O que era considerar a mentira como crime senão os princípios morais de Kant? A estrutura social baseada no mérito senão ideias do livro *A República*, de Platão? O liberalismo econômico senão posições de grandes economistas como Murray Rothbard, o Prêmio Nobel Milton Friedman, e muitos outros, inclusive fora dos Estados Unidos? Quanto à legalização das drogas, é um tema tão amplamente defendido por tantos humanos, contemporâneos ou não, que é impossível citar um nome sem ser injusto. Enfim, defendiam os neanderistas, a diferença entre o mundo dos neandertais e o mundo dos humanos é que, no primeiro, eles aplicam as boas ideias, enquanto, no segundo, vivem a combatê-la. Afinal, o que é a guerra contra as drogas senão uma guerra mil vezes perdida em qualquer parte do mundo? O que é a guerra contra as empresas senão na prática uma política de dizimação de novos empreendedores que, para abrir até um boteco, necessitam superar mil regras, mil agências de fiscalização e mil e uma burocracias? O que é a estatização senão a fundação de empresas inúteis, pouco eficientes e menos ainda produtivas? Por que o governo seria um melhor fornecedor para a sociedade comparado a uma empresa, se, no caso do primeiro, a única preocupação é a fabricação de mil leis inúteis ou inaplicáveis, visando singularmente à próxima eleição, enquanto uma empresa estaria, esta, sim, preocupada com a satisfação dos seus consumidores, isto é, a sociedade, pois só dessa forma, e sem ajuda do governo, consegue obter lucro? De que direito se vale o governo para deter o monopólio da segurança pública, se as pessoas teriam um serviço de maior qualidade se pudessem, livremente, em vez de pagar a respectiva fatia do imposto para segurança, optar entre diversas empresas concorrentes por aquela que, por um preço justo, atenderá as necessidades reais em termos de segurança e ostensividade policial naquela comunidade? Mais amplamente, de que direito se valem os governos para confiscar os salários das pessoas a fim de oferecer serviços precários que as pessoas poderiam, se não pagassem os mesmos impostos, obter diretamente da iniciativa privada?

E assim os debates iam longe, inflamando jovens de todas as partes, contestadores da suposta soberania do estado. Os políticos, obviamente, cujo único objetivo é garantir o próprio cargo, a partir, a princípio, da eleição, contestavam abertamente aquelas ideias, comparando-as equivocadamente com anarquismo. Era óbvio, é mais fácil dizer que uma ideia contrária é ruim do que defender com dignidade e técnica o estado das coisas. Afinal, político é político. Se fossem grandes profissionais, economistas ou administradores, não estariam fazendo política, mas empreendendo e administrando. Aliás, curiosamente, é bem esse o conceito de governabilidade neandertal: em vez de políticos, profissionais em administração. Faz todo o sentido.

CAPÍTULO QUARENTA E SEIS

ENCARCERADO

NÃO BASTASSE A ANIMOSIDADE QUE TRANSFORMOU A INTERNET ENTRE SUJEItos pró e antineanderismo, estadistas e libertários, socialistas e capitalistas, democráticos e meritocráticos, juspositivas e jusnaturalistas e muitas outras denominações contrárias às outras tantas denominações antagônicas, na Casa Branca, o clima não era tão diferente.

— Senhor presidente, senhor secretário de segurança, membros do conselho de segurança.

— Por favor, professor Keating, sente-se.

— Claro.

— Qual é, afinal, seu plano?

— Meu plano, presidente?

— Sim, para que tudo isso, todo esse estardalhaço? Quer colocar toda opinião pública contra nós?

— Contra quem, exatamente?

— Oras, que empáfia, contra os Estados Unidos!

— Melhor seria se dissesse contra o governo dos Estados Unidos, correto?

— Meça suas palavras, professor. Já estamos fartos de suas peripécias.

— Faça o que bem entender comigo, presidente. Se quer me calar, me amordace. Se quer me obscurecer, me encarcere. Se quer que eu desapareça, me mate. Já não me importo mais.

— Não estamos em um palanque, não precisa fazer discursos. Aqui nesta sala podemos falar de igual para igual como pessoas quaisquer, como homens. Agora, o que os neandertais fizeram com você? Onde foi parar aquele professor cético e centrado, doutor em física?

— Imagine você conhecer um lugar onde tudo é mais bem feito, onde as boas ideias são simplesmente aplicadas, onde os anseios da sociedade são respeitados, onde o governo está preocupado com a promoção da felicidade, e não com as próximas eleições, onde as pessoas não financiam as habitações em presídios de bandidos canalhas, onde o governo não é uma fábrica de leis ridículas, onde as pessoas se respeitam porque são simplesmente bem-educadas, onde você não precisa pedir autorização do estado para tudo, onde o governo não tenta obrigá-lo a viver de uma maneira ou de outra, um lugar onde só existem leis essenciais, um lugar onde o pensamento racional, e não a eloquência política, prospera. Se vocês, meus amigos, conhecessem um lugar assim, como eu conheci, não tenho dúvidas, vocês estariam irreversivelmente modificados.

— Se lá é tão perfeito assim, fique à vontade, volte para lá.

— Não, senhor presidente, lá não é perfeito, apenas é o melhor possível. E, não, não posso estar lá agora, porque tenho uma missão: evitar que este mundo de pessoas poluidoras e sociopatas entre em guerra com os neandertais.

— Sei, e como você pretende fazê-lo?

— Convencendo a população a se manifestar publicamente contra os anseios deste governo, e deste mundo, de entrar em guerra com os neandertais.

— Professor, nada me convence que verdadeiramente os neandertais, liderados por Prometeu, não são uma ameaça à raça humana e à própria Terra.

— Ainda que você, a princípio, tenha razão, entrar em guerra só gerará caos e genocídio para ambos os mundos, ficando a ver navios o melhor benefício possível dessa relação, que é o desenvolvimento e a evolução mútua.

— Essa possibilidade foi por água abaixo no dia que Prometeu derrubou aqueles aviões.

— Sejamos francos, presidente, sua decisão seria realmente tão diferente assim se essa catástrofe com os aviões nunca tivesse acontecido? Afinal, qual é o motor de toda essa mobilização em prol do desenvolvimento da tecnologia para as viagens ao mundo paralelo? Evitar um desastre à raça humana, ou povoar e explorar um mundo novinho em folha?

— Tenho que pensar, todos os dias, no que é melhor para os americanos e para o mundo. E estou convencido de que será melhor assim, ademais, como dormirei sabendo que qualquer dia, a qualquer momento, posso ter meu corpo sequestrado por um alienígena de um universo paralelo?

— Oras, presidente, se eles quisessem fazê-lo já teriam feito, aliás, poderiam fazer com todos os humanos deste planeta. Aliás, acredito eu que o respeito que eles têm pela vida, seja de qual natureza for, é em tão alta estima, que, mesmo sob risco, nos poupam. E a nossa resposta? Guerra. Sabe o que é mais engraçado, que guerra até hoje realmente atingiu seus objetivos? Acaso não existem mais ditadores mundo afora? Acaso não existem mais terroristas? De que valeu o ocidente na Idade Média dominar o Oriente Médio inteiro para depois ser dominado pelos mouros até as portas da Europa, e eles mesmos fizeram tudo isso só para depois perder novamente? De que valeram tantas guerras entre França e Inglaterra? Acaso nunca leram Hamlet, de Shakespeare? Ou, se leram, será que não entenderam? Ou, se entenderam, será que somos nós humanos tão cínicos assim? Melhor seria, sou obrigado a concordar com os neandertais, que mentir fosse crime. Com certeza, inúmeras guerras teriam sido evitadas, para me limitar a só falar em guerras.

— Não sei naquele mundo que você visitou, mas, aqui, isso é simplesmente utopia.

— Não seria utopia o nome que damos àquelas coisas que carecemos de boa vontade para realizar?

— Você critica os políticos, mas fica aí o tempo todo a verbalizar discursos. Lamento, professor, mas sua idiossincrasia é, verdadeiramente, um risco à segurança nacional.

— Ao menos nesse momento, presidente, seja honesto comigo e com as pessoas aqui presentes. Não sou um risco para a segurança nacional, mas para o regime.

— Essa discussão não nos levará mesmo a lugar algum.

O presidente e os demais se levantaram e saíram da sala, e em seguida entraram três homens másculos e imensos que carregaram Keating para fora dali. Em alguns minutos, ele estaria em total isolamento em um presídio federal.

Parte IV

INVASÃO DE MUNDOS

CAPÍTULO QUARENTA E SETE

VIAGENS CORPÓREAS

CINCO ANOS SE PASSARAM E, DESDE A DETENÇÃO DE KEATING, NINGUÉM MAIS teve notícias dele. As pessoas, contudo, comentavam e especulavam qual seria o seu paradeiro. Teria ele voltado ao mundo dos neandertais? Estaria ele conspirando com os personagens do mundo paralelo uma guerra à raça humana? Teria sido sequestrado por alguém daqui ou de lá? Estaria preso por ordem do governo? Será que ainda está vivo? Teria sido enviado para algum país distante e inóspito?

De qualquer maneira, quanto aos detalhes da política e economia neandertais, ficaram muitas perguntas verdadeiramente sem respostas, e os partidários do neanderismo, uma vez tão entusiasmados com as novas velhas ideias, a essa altura, já perdiam o ânimo e a capacidade de mobilização. Todo o movimento se resumiu a debates infrutíferos pelo Facebook. Prometeu também não mais apareceu. Efetivamente, não houve um único evento sequer relacionado aos mundos paralelos. Assim sendo, já não ocupavam mais as primeiras páginas dos jornais ou as manchetes dos sites de notícias, nem mesmo dos mais sensacionalistas.

Depois de tantos anos, apesar de tantas evidências e fatos, as pessoas começaram a agir como se nada tivesse acontecido. Alguns chegaram a dizer que tudo não passara de uma armação para turbinar as eleições que culminaram, vale citar, na reeleição de Oliver Choss como presidente dos Estados Unidos.

O tema, então, terminou aprisionado, muito embora vivo aos pequenos círculos de cientistas, ufólogos, juristas e economistas.

Agora, em dois lugares recônditos do mundo, a saber, o Arizona, nos Estados Unidos, e Salzgitter, na Alemanha, as duas unidades da Parallels, as coisas estavam de vento em popa. Sim, as experiências finalmente deram resultados, as viagens a outros mundos eram, sim, possíveis, os testes em mundos inabitados foram bem-sucedidos, a coordenação das viagens se tornou possível.

Quando finalmente a Parallels foi capaz de realizar os experimentos extracorpóreos a mundos paralelos, pôde por fim vislumbrar o mundo dos neandertais e, verdadeiramente, muitos cientistas ficaram atônitos com a tecnologia do lugar. Não demorou muito, as tecnologias foram pouco a pouco copiadas e imediatamente patenteadas pela empresa que, em poucos meses, já era uma das empresas com maior número de patentes registradas, quase todas as tecnologias eram apenas cópias das desenvolvidas pelos neandertais. Claro, havia uma grande ironia nisso tudo, pois, se no passado os neandertais usaram os humanos para copiar sua tecnologia, agora o que ocorria era exatamente o oposto. Em poder de todo o conhecimento prévio humano, somado às tecnologias copiadas dos neandertais, turbinadas pelos recursos ilimitados dos governos e empresas, anabolizadas pela inventividade e criatividade humanas, não foi exatamente uma surpresa a própria tecnologia para viagens a outros mundos ser completamente suplantada pelos terráqueos, tornando os humanos não só capazes de viajar para outros universos, mas fazê-lo inclusive de forma totalmente corpórea, o que até então era uma fronteira não transposta pelos neandertais, até onde se sabia. Entretanto, apesar do grande esforço, os humanos não tinham sido capazes ainda de desenvolver a máquina com a opção de comutação do tempo, em outras palavras, os humanos eram capazes de viajar na forma extracorpórea ou corpórea para onde quer que fosse, mas sempre em tempo real, sem possibilidade de viajar no tempo do universo paralelo, tecnologia, esta, sim, ainda exclusiva dos neandertais, e tão bem protegida que realmente os cientistas da Parallels não foram capazes de capturar.

De todo modo, os avanços já eram mais do que suficientes. Só de ser possível transferir pessoas e objetos para outros mundos, sem perdas de orientação para as pessoas ou de utilidade para os objetos, já conferia a esse o título de projeto mais caro, mais grandioso e mais rápido de toda a história da humanidade.

Os empresários, que não perderam a oportunidade de entrar no negócio desde cedo, garantindo grande cota da sociedade da empresa, vibravam e sonhavam em ver suas outras grandes companhias explorando o mundo inteiro, de todos os mundos paralelos que existissem. Na verdade, a própria Parallels por si só já era um grande negócio, extremamente lucrativo, pois se tornou do dia para a noite a empresa com maior produção de tecnologias diversas da Terra; ao menos era isso que diziam os slogans, muito embora, na verdade, sua maior aptidão fosse de grande usurpadora de tecnologias alienígenas, mais precisamente, dos neandertais.

Agora, finalmente, o campo estava todo aberto para a declaração de guerra contra os neandertais. Muitos cientistas e intelectuais envolvidos no projeto, que sabiam todos os objetivos inclusive governamentais, objetaram fortemente quanto a uma ação que não fosse o diálogo com nossos primos em termos de ancestralidade. O fato é que os neandertais, embora tivessem plenas possibilidades de fazê-lo, apenas ignoravam os passos dos humanos. Não havia um único movimento sequer no sentido de agigantar um exército de coalização ou qualquer coisa do tipo contra os humanos. Considerando isso tudo, para que lutar?

Mas, obviamente, a decisão não estava nas mãos de cientistas ou intelectuais, mas dos grandes empresários e líderes das maiores potências mundiais. Já se falava informalmente em segundo apartheid, dessa sorte, no Paraíso. Aliás, esse comportamento humano, de entrar na guerra em detrimento do diálogo, não surpreendia muitos, não, afinal, como a própria história nos conta, os líderes, em geral, só entram em guerras que podem vencer, e o discurso do diálogo só tem audiência contra antagonistas que não se podem vencer por guerra. Afinal, por que os Estados Unidos invadiram o Afeganistão e o Iraque, mas contra a Síria e a Líbia preferiram somente armar rebeldes? Foram tão ostensivos em uma infinidade de países durante a Guerra Fria, mas em nenhum momento parecem ter decisivamente cogitado entrar em guerra com a própria União Soviética, ou, bem entendido, contra a Rússia. Em suma: se contra os fracos, guerra, se contra os fortes, diálogo.

Os neandertais não representavam perigo, não tinham exércitos, sequer tinham verdadeiramente treinamento militar, considerando o período incrivelmente longo de paz em Paraíso, nem mesmo uma população numerosa tinham. Em outras palavras, os neandertais se tornaram as vítimas perfeitas a serem exploradas e os detentores do mundo perfeito a ser colonizado pelos terráqueos.

Mesmo assim, a contradição entre os grandes líderes durou um bom tempo, muitos eram veementemente contra a guerra. Sem antever o lucro no porvir. Diziam que a guerra contra aquelas pessoas seria um genocídio caro e desnecessário. Claro, um bom quinhão minou a motivação dos mais pacifistas e, algum tempo depois, o colapso do meio ambiente na Terra foi a desculpa perfeita para uma ação, agora, sim, urgente e intempestiva, "ainda que se tivesse de recorrer à guerra". Claro, caso os neandertais não aceitassem simplesmente a colonização pacífica.

CAPÍTULO QUARENTA E OITO

ALEA JACTA EST

FINALMENTE, AS GRANDES POTÊNCIAS MUNDIAIS FECHARAM SECRETAmente um acordo de colonização dos mundos dos neandertais. Ao ver deles, esse passo seria fundamental antes de pensar em explorar os demais mundos; queira ou não, ao ver deles, os neandertais seriam sempre uma ameaça, e o próprio fato de eles não intervirem nos demais mundos, com o propósito colonizador, significava que provavelmente eram contra a colonização, aliás, dentro do próprio mundo deles aquele modelo demográfico era bastante peculiar, com uma população restrita e de crescimento restringido, vivendo só onde na Terra seria chamado Europa.

Quando das inúmeras reuniões, vários aspectos foram aventados, por exemplo, se valeria a pena uma tentativa primária de rendição, de colonização pacífica, mas essa ideia foi completamente descartada quando no relatório dos cientistas que fizeram as viagens extracorpóreas para lá definiram os neandertais como "um povo incrivelmente educado, sofisticado, que sabe tudo sobre a Terra, visita-nos diariamente, conhece nosso jeito e nossos métodos, não obstante, são todos profundamente versados em filosofia, matéria obrigatória e de carga horária brutal desde tenra idade, ou seja, são pessoas inegavelmente pensantes e questionadoras e, invariavelmente, cheias de ressalvas quanto a qualquer tipo de liderança ou governo, o que a própria história do país termina por confirmar". Durante esse debate, os neandertais foram comparados aos povos civilizados que a Europa no passado tentou ou conseguiu conquistar, todos com grande dificuldade, como a Índia e Hong Kong. Uma tola ilusão seria comparar os neandertais com primatas, que é o pensamento que vem à mente quando lembramos dos homens do Vale de Neander que a arqueologia encontrou. Os neandertais contemporâneos não só eram o oposto dessa reflexão, como, indubitavelmente, eram tecnologicamente ainda mais avançados que os humanos e, sob determinado ponto de vista, inclusive política e socialmente.

Alguns sociólogos, antropólogos e filósofos foram contratados para avaliar as possibilidades de submissão daquele povo aos humanos. As conclusões sequer surpreenderam, seria simplesmente impossível, senão militarmente. Lembravam eles de Diógenes de Sinope, que apenas ironizou a oferta de Alexandre, o Grande, de entregar a ele o que quer que desejasse. Citavam Sócrates, que, muito embora tenha se submetido ao sistema grego, sua própria existência e retórica eram por si só uma afronta ao *status quo*. Mais contemporâneos como Thoreau, que sugeria a desobediência civil, e mesmo Gandhi, apesar do viés religioso. O que foi Wittgenstein, que doou toda sua fortuna e foi morar em uma cidadezinha nos Alpes, senão uma espécie de insurgente à civilização? E Nietzsche, que não se importava em viver como um andarilho miserável pela Europa, apesar de ser professor? O que dizer de Descartes, que viveu solitariamente na Holanda? Aristóteles, que disse que "a felicidade pertence àqueles que se bastam a si mesmos"? Goldsmith: "reduzidos em qualquer lugar a nós mesmos, criamos ou encontramos nossa felicidade"? Schopenhauer: "pois todas as fontes externas de felicidade e prazer são, por natureza, extremamente incertas, precárias, fugidias e sujeitas à mudança; portanto, mesmo sob as circunstâncias mais favoráveis, podem facilmente se esgotar; com efeito, isso é inevitável, pois nem sempre estão ao nosso alcance"? Em suma: como domar, submeter, perverter, convencer um povo assim? Acaso fomos capazes de demover um Jesus, um Sidarta ou um Confúcio de suas ideias? Imaginem então meio bilhão de Albert Camus?

Verdadeiramente, no evento de uma tentativa pacífica de colonização, os neandertais recorreriam ou ao uso militar, ainda que precário naquele lugar, ou à completa desobediência civil, tornando a pedagogia do cacete a possivelmente via mais simples e até mesmo menos custosa. Um detalhe, alguns filósofos e antropólogos ficaram tão admirados com as descrições e relatos feitos pelos poucos homens que tiveram a oportunidade de viajar extracorporeamente que simplesmente se negaram a colaborar. "Os neandertais são figuras tão exemplares e se organizaram em uma sociedade tão esplêndida que, lamentamos, mas negamo-nos a contribuir para o seu desmantelamento. Mais adequado e sensato seria, por outro lado, desmantelarmos nossa própria sociedade e copiarmos a deles", disseram entre outras coisas em uma carta aos coordenadores, o que inevitavelmente foi acatado, mediante, claro, a assinatura de um contrato de sigilo prevendo pesadíssimas multas aos infratores.

Enfim, superado o debate quanto à forma de colonização, isto é, optando pela luta armada e submissão pela força, cabia agora aos comandantes dos grandes exércitos das potências mundiais determinarem as estratégias. Lembrando que, muito embora o enorme interesse, as viagens aos mundos paralelos eram incrivelmente caras e até certo ponto perigosas, pois o fato é que os testes foram realizados em escalas sempre diminutas, não sabendo o efeito para as pessoas e objetos no caso de uma transferência maciça de pessoas, um exército inteiro, com tanques e aviões, sem desconsiderar, somado a isso, os possíveis efeitos para a própria Terra, pois a grande pergunta nesse sentido era: "qual o limite seguro para retirarmos matéria desse universo sem colapsarmos invariavelmente seu equilíbrio?". De qualquer maneira, como geralmente acontece, entre o medo e a ganância, o último vence.

A estratégia era simples, um pequeno exército, em posse tão somente de armas, sem suporte aéreo ou tanques "desembarcaria" na "Turquia neandertal", onde naquele mundo era um completo deserto, e se deslocariam passando pelos que seriam, se fosse na Terra, Grécia, Bulgária, Macedônia, Sérvia, até chegar na Bósnia e Herzegovina, onde ficava a fronteira entre Paraíso e o praticamente inabitado resto do mundo, no planeta neandertal.

Esse primeiro exército seria acompanhado por dois "observadores", que seriam agentes submetidos à viagem extracorpórea e que, na forma de espíritos, poderiam em segurança acompanhar a evolução do pequeno exército e reportar a reação dos habitantes à invasão. A partir dessas observações, poderia se dimensionar com grande precisão o exército necessário, bem como o suporte aéreo e náutico para a missão.

Expressando em linhas gerais a missão como um todo, pode-se dizer que o objetivo principal era destituir o governo e instaurar uma ditadura militar provisória. Em segundo, enviar um batalhão para o polo norte, a fim de confiscar a planta militar, e poder esmiuçar a máquina extraordinária e tão bem guardada – possivelmente, o bem mais valioso daquele mundo. Terceiro, regular todo o sistema de mercado, proporcionando vantagens desleais aos investidores humanos, que, queira ou não, eram grandes financiadores da empreitada até então. Quarto, acabar com o controle de natalidade. Quinto, trazer o maior número possível de humanos para povoar todos os recantos daquela nova Terra. Sexto, aos poucos, proporcionar a homogeneização da população, misturando *Homo sapiens* e neandertais, com o objetivo de mitigar as pressões xenófobas, separatistas e conservadoras. Sétimo, proibir ou restringir pesadamente o estudo da filosofia, ou, senão, retê-lo aos moldes ocidentais, isto é, superficial. Oitavo, redemocratizar o país, apoiando, preferencialmente, lideranças humanas ou no máximo híbridas, mas de visão política claramente pró-Terra. Nono, propagar e educar no sentido de enaltecer a cultura ocidental terráquea. Décimo, impor a religião cristã e o idioma inglês nas escolas. E, finalmente, décimo primeiro, alterar o nome do planeta paralelo chamado Lar para Colônia Transuniversal Terrestre, ou, simplesmente, Cotranste.

O plano estava pronto, a mobilização militar estava pronta, as lideranças mundiais e financeiras estavam de acordo, a tecnologia estava disponível. Então, como disse Júlio Cesar: "*alea jacta est*", isto é, "a sorte está lançada".

CAPÍTULO QUARENTA E NOVE

RICHSON SHERADE

AS TROPAS ERAM ORGANIZADAS, ORIENTADAS E CONFINADAS NA ALEMANHA, para posterior transporte para o Golfo da Finlândia, onde, por meio de coma induzido, seguido de um complexo processo dentro de um colisor, que é uma espécie de acelerador de partículas, a pessoa era desintegrada e enviada por um satélite especial direcionado à Anomalia das Pioneers. Pelas próprias características quânticas da anomalia, conseguia reintegrar o indivíduo, cujo cálculo direcional se baseava por meio do ponto reflexivo na própria Terra que o sinal à região da anomalia retornava, dando a localização do destino, só que em um mundo paralelo qualquer, sendo esse mundo determinado pela microrregião dentro da mesma anomalia.

Enquanto isso, os filósofos e antropólogos absolutamente contrariados às intenções do governo em relação ao mundo dos neandertais, embora estivessem submetidos ao sigilo contratual que os foi imposto para sair do programa, fizeram, ao menos alguns deles, ninguém sabe ao certo, utilizando *proxies* em outros países e perfis ou e-mails falsos, denúncia do caso, carregando inclusive documentos absolutamente secretos, tanto em relação à própria Parallels, como a governos importantes como dos Estados Unidos, Alemanha, França e Austrália.

As denúncias faziam diversos alardes à população, pela iminente guerra com o mundo dos neandertais, pela falta de transparência com o público, pela falta de autorização congressual e judiciária de diversos desses países, além da retenção das tecnologias obtidas em mundos alheios.

Dentre a infinidade de canais de televisão e sites de internet que reportaram as informações às pessoas, acabou se destacando o desabafo em forma de denúncia de um jornalista neozelandês, de nome Richson Sherade, que, em um vídeo que viralizou pela internet, disse:

Olá, senhoras e senhores. As grandes potências deste nosso planetinha, ao que tudo indica, consubstanciaram o que deveria ser pela vontade da maioria, à decisão de meia dúzia de hipócritas bonachões que acham que podem, solitariamente, responder as vontades do mundo a partir, não com surpresa, da vontade deles próprios.

Isso mesmo, se já não bastassem as improfícuas, infrutíferas e teimosamente inúteis guerras contra o mundo árabe, quiçá enjoados desse papo de islamismo e ditaduras, vejam só, em vez de guerrear com o mundo inteiro, que já não apraz mais tanto as potências militares, que tal se nós, na verdade, eles, declarassem guerra com todo o universo e, detalhe, não só o nosso universo, como todos os universos que possam existir.

Sim, afinal, vivemos uma democracia e, como democracia é a vontade do povo, por que não então se os seus representantes fingissem que sabem o que o povo quer e enfiassem goela abaixo do mesmo povo suas próprias vontades presumidas? Afinal, foram eleitos democraticamente, não é verdade? Mas o que deveria ser a tradução da vontade da maioria para as ações políticas se torna na prática a vontade de um só, escolhido um dia pela maioria, sobre a mesma maioria. Perfeito, não?!

Acaso alguém perguntou a você que me assiste se gostaria de declarar guerra ao mundo dos neandertais? Que, vamos ser francos, seus habitantes já não dão as caras por aqui há alguns bons anos, quem sabe até arrependidos de terem um dia vindo ao encontro de um povo que, nas palavras do próprio Prometeu, é dado ao cinismo. Seriam eles uma ameaça ao nosso mundo ou seriam os nossos líderes uma ameaça à paz entre os universos?

E essa tal de Parallels... vocês são sabem o que eles fazem por lá, escondidinho nos confins da Alemanha e dos Estados Unidos? Em vez de procurarem fazer alguma coisa de útil, estão gastando o dinheiro de contribuintes do mundo inteiro para achincalhar pessoas de outros mundos. Claro, afinal, nosso planeta está uma beleza, não é mesmo? Já que a fome na África, as questões com o Estado Islâmico, a disputa pela Crimeia, a usurpação do estado curdo, a elevação dos nossos mares, o derretimento das nossas geleiras, o desmatamento, a poluição das fontes de água, e o queijo suíço de ozônio estão ótimos, claro, o importante mesmo é gastar dinheiro do contribuinte indo para a Lua, Marte e, agora mais uma novidade, para o planeta dos neandertais! Afinal, uma guerrinha a mais ou a menos, um conflito a mais ou a menos, quem vai se importar, não é verdade? Eu mesmo respondo, mas é lógico que é verdade, afinal, quem vai para guerra não somos nós, mas nós vamos pagar a conta. Qualquer coisa, basta mais um impostozinho ali, outro aqui, as pessoas nem vão sentir.

Enfim, essas são as denúncias feitas pelas pessoas que estiveram nos bastidores da Parallels, o projeto mais secreto e sem vergonha de que já se teve notícias. Eles sequestram a tecnologia dos outros e depois dizem que é deles. Mas quem se importa, não é? Afinal, os donos são os neandertais mesmo. Sim, verdade, só tem um detalhe: como um peralta irresponsável, os líderes cutucam os vespeiros, mas no final é a população que as vespas vão perseguir. Fazer o quê? Acontece!

CAPÍTULO CINQUENTA

GUERRA DOS MUNDOS

COM A CONFUSÃO, OS GOVERNOS FICARAM EM UMA SAIA JUSTA, MAS, POR MEIO dos canais de comunicação, utilizando uma propaganda pesada e muito bem paga, conseguiram arrefecer a maior parte dos ânimos exaltados. Claro, ainda havia vozes aqui e ali denunciando a imprudência do governo e o risco potencial a que estavam expondo a população como um todo, mas, para a pessoa comum, não tão bem politizada e profundamente ocupada com trivialidades, não foi muito difícil que em seus pensamentos não estocassem essas ideias na lista de paranoias produzidas por fanáticos pela teoria da conspiração.

Enquanto isso, no universo "ao lado", finalmente as pessoas, os neandertais, começaram a se preocupar verdadeiramente com as ações na Terra. Era natural, um povo que não sabia o que era guerra há pelos menos uns três séculos, dificilmente se deteria verdadeiramente a essa preocupação, mas já não era possível minimizar ou ignorar.

Bem sabido que lá não tinham exércitos, mas tinham um contingente realmente significativo de polícias privadas, talvez desacostumadas a um eventual embate nessa escala, mas, de qualquer maneira, absolutamente tomados pelo amor à pátria, por falta de um termo mais adequado, pois o sentimento que imperava era de que um povo deseducado, agressivo e usurpador da natureza e da vida alheia viria ao encontro para sequestrar deles os seus estilos de vida, seus confortos e até mesmo seus ócios filosóficos. E isso, sim, era absolutamente inaceitável.

O acordo, já que as polícias eram privadas, é que cada cidadão foi estimulado e pôde voluntariamente contribuir para a defesa da própria vida, da dignidade, da liberdade e da pátria. Poucos pares de abotes, a moeda de lá, de cada cidadão, eram mais que suficiente para propiciar uma corrida armamentista inédita em Paraíso e, inclusive, a colaboração das diversas empresas de segurança, de diversos tamanhos, de diversas especialidades, a colaborar em uma estratégia única de defesa do todo. Consequentemente, no mercado financeiro neandertal, ações de empresas ligadas à mineração, siderurgia, segurança e armamentos disparavam, enquanto as de seguros, de ativos orgânicos e ligadas à saúde ruíam.

O conselho de filósofos, ou seja, o governo de Paraíso, também se pronunciou e, não obstante, apoiou qualquer forma de defesa da sociedade, inclusive, desfazendo-se de grande parte do caixa para municiar a população com armas e suprimentos. O governo, por falta de exemplos lá, usou os daqui mesmo, isto é, da Terra, para revelar que, em muitos casos, um exército menor, porém, mais motivado e organizado, como os trezentos de Esparta ou os trezentos e treze de Maomé, venceram forças avassaladoramente mais numerosas e tradicionais.

Entre as ações mais importantes do governo, notabilizou-se o envio de um destacamento da polícia privada mais cara e bem preparada do Paraíso exclusivamente para proteger às instalações no polo norte, a qual seria, nas palavras de um dos decanos do conselho, "o ativo mais importante e valioso de nosso mundo inteiro, a sobrepositora consciencial, capaz, inclusive, de, em último caso, fazer uma reviravolta histórica".

Os dias seguintes se deram basicamente pelos agrupamentos e preparativos militares de ambos os planetas, Terra e Lar, pela guerra pelo controle, por assim dizer, do multiverso. As viagens extracorpóreas atingiram níveis espetaculares, de ambos os lados, com objetivos de espionagens. O acúmulo e concomitância de tantas viagens extracorpóreas espiãs para os mesmos lugares, tanto da Terra quanto do Lar, por neandertais e terráqueos, respectivamente, chegou a um nível tão extremo que os fenômenos paranormais, ou seja, a interação de espíritos com objetos, tornaram edifícios inteiros completamente inóspitos e verdadeiramente inseguros, nem sempre de propósito, pois, na realidade, a simples presença de um espírito, por si só, via influência quântico-magnética, já seria capaz de pequenas interações, mas quando dezenas dessas mesmas interações ocorrem simultaneamente, no mesmo ambiente ou região, o que deveria ser só o balançar de um lustre pode parecer um terremoto de escala insuportável.

Enfim, os humanos estavam prontos, mas os neandertais também!

CAPÍTULO CINQUENTA E UM

A INVASÃO

PRECISAMENTE, MIL HOMENS MUITO BEM ARMADOS, SUPRIDOS E TREINADOS foram enviados ao planeta Lar. Dentre eles, personagens de diversas patentes dos exércitos das grandes potências mundiais, liderados pelos Estados Unidos, faziam parte do batalhão militar. Na liderança de toda a operação estava um major americano, coordenando taticamente seis esquadrões de aproximadamente cento e cinquentas homens. Cada esquadrão era composto exclusivamente por conterrâneos, portanto eram liderados cada esquadrão por um tenente de diferente nacionalidade, que comandava, cada um deles, três diferentes pelotões. Cada pelotão tinha cinquenta militares, que eram comandados por um sargento. Cada grupo de dez pessoas do pelotão, chamado esquadra, era liderado por um furriel. Faziam parte da unidade, ainda, médicos, enfermeiros, ferramenteiros, engenheiros, geógrafos e uma infinidade de profissionais que não atuariam diretamente nos combates. Contudo, exclusivamente nesse caso, havia também seis filósofos, um para cada esquadrão, com o objetivo de, antes do confronto ou no evento de uma trégua, atuar como pacificador ou negociador de uma possível rendição, ou seja, atuando como inspetores. A informação dada há alguns anos por Keating, de que os neandertais geralmente falavam também o inglês, poderia facilitar bastante eventuais diálogos, e até mesmo submissão de reféns ou eventuais ritos de tortura.

A unidade militar se organizou em forma de coluna, ou seja, cada esquadrão ficava alguns quilômetros mais adiante que o seguinte, bem como cada pelotão dentro do mesmo esquadrão distava alguns hectômetros entre eles.

Efetivamente, desembarcaram na Capadócia neandertal e iniciaram uma longa e cansativa caminhada até onde na Terra seria chamado Bósnia e Herzegovina. Não havia meios de se utilizarem veículos, pois o lugar completamente inabitado não fornecia estradas, e, verdadeiramente, alguns pontos do trajeto contemplavam ora mata fechada, ora imensas regiões intransponíveis, mesmo por bons jipes ou caminhões de guerra. Foi mais difícil do que imaginavam, especialmente pela quantidade de animais silvestres no caminho, completamente surpreendidos com o contato hominídeo, ao menos pela quantidade.

Enfim, encontraram a fronteira para Paraíso, que parecia completamente abandonada, sem nenhum controle, sem policial algum nas sentinelas e, um pouco adiante, a Base de Reintegração dos Redimidos, isto é, das pessoas enviadas para Redenção que retornaram ao Paraíso, também não tinha ninguém. Curiosamente, ainda que sem querer, os militares entenderam por que havia tantas pegadas ao longo do caminho, eram efetivamente dos redimidos, pessoas expulsas daquele país, que porventura retornaram.

Quanto mais os pelotões dianteiros caminhavam, mais convictamente concluíam que aquela primeira cidade, chamada, transliterando do idioma neandertal, Kamestra, tinha sido completamente evacuada. Ao ver deles, melhor ainda, pois não seria aquele dia um dia de batalhas e, afortunadamente, agora tinham excelentes abrigos, a casa das próprias pessoas que moravam lá. Os pelotões e depois os esquadrões iam se organizando no centro da cidadezinha, onde havia uma praça muito grande e bonita, aguardando os demais. A estratégia daquela missão era dominar as cidades na rota para o norte, sentido Amsterdã neandertal, onde ficava a capital de Paraíso, avaliando, durante o percurso, a impedância neandertal, e recuar e solicitar reforços ao primeiro sinal de dificuldades. O alto comando da missão sabia que, em parte, aquela era uma missão menos de dominação e mais de reconhecimento com viés quase suicida, pois, ao adentrar o país, eles seriam facilmente cercados e atacados por todos os lados. O fato é que entrar em uma guerra com uma outra espécie era algo, também para os humanos, completamente inédito, e antever o comportamento civil e militar deles face à invasão era uma análise interessantemente muito complicada. Alguns estrategistas chegavam a especular que sequer haveria guerra alguma, que eles simplesmente se renderiam para evitar um genocídio. Essa visão, ainda que absurdamente otimista, encontrou grande suporte, muito mais em virtude da economia de se transportar para lá um pequeno regimento, para, após avaliar a reação neandertal, dimensionar um exército adequado, em vez de correr o risco de mandar um milhão de homens, sob um custo absurdo, para, de repente, sequer ter guerra alguma, ou ter uma guerra fácil demais, o que se traduziria em um dispêndio tolo por superdimensionamento militar. De qualquer maneira, os contraditores ao plano diziam que, se algo desse errado, custaria indubitavelmente a vida de mil pessoas, que não teriam a menor chance de recuar ou de se defender, tampouco teriam tempo suficiente até que chegassem mais reforços. Mas nas discussões entre poupar vidas ou economizar milhões de dólares, o cinismo sempre vence, e respondiam: "se alguma coisa der errado, e se morrerem, morrerão como heróis, além de terem o privilégio, de antemão, de ser as primeiras poucas pessoas a atravessar os universos paralelos. Afinal, quantos não dariam a vida somente por essa única experiência?".

CAPÍTULO CINQUENTA E DOIS

KAMESTRA

FINALMENTE, TODA A UNIDADE MILITAR SE REAGRUPOU NA PRAÇA DA CIDADE neandertal de Kamestra. A intenção do Centro de Comando e Controle (CCC) para que, a princípio, ficasse do lado fora de Paraíso, do outro lado da fronteira, mas próximo a ela, foi descontruída, e foi imposto que seria em Kamestra mesmo, já que estava, ao menos aparentemente, abandonada. Isso proveria uma infinidade de benefícios, como a substituição de abrigos provisórios por casas ou apartamentos da cidade, possibilidade de sequestro de bens e provimentos e até mesmo usurpação de algum sistema de comunicação que eles tenham. Contudo, antes de o CCC ser efetivamente mobilizado para a cidade, o major ordenou uma completa e vasta inspeção nos edifícios mais opulentos, e envio de inspetores para um raio de até cinco quilômetros do centro da cidade. Tudo isso apenas para confirmar se não estaria ocorrendo ali, afinal, algum tipo de emboscada, se não havia *snipers* em algum ponto. Claro, as circunstâncias eram diferentes, mas, afinal, não foi com uma estratégia desse tipo que os russos venceram os nazistas, em Stalingrado, quando as frentes alemãs, além de terem de combater os russos, tinham uma segunda frente de batalha, mais dura e mais imponderável, isto é, contra o frio? "O fato é que", disse o major na época, "ninguém abandona uma cidade, sua própria casa, seu próprio estilo de vida; nenhum país abre mão de um pedaço de suas terras e de sua soberania; nenhum exército desiste sem ao menos uma ínfima resistência; a não ser que, e somente que, haja ou certeza absoluta da derrota ou da retomada. Algo me diz que, se não tivermos cuidado, uma bomba explodirá sob nossos pés para sermos engolidos pelo chão."

Foi então escolhido um prédio a esmo, com base em ser o maior daqueles quarteirões, para que uma esquadra de dez militares fizesse a primeira inspeção e reportasse o estado das coisas dentro daquele edifício. Os objetivos principais: localizar e render possíveis *snipers*, sentinelas ou informantes; avaliar o ambiente com o objetivo de determinar a quanto tempo teria ocorrido o abandono e se foi às pressas; localizar se os sistemas de comunicação aparentavam atividade; localizar a sala de servidores, se houvesse; determinar se o edifício era realmente comercial, como aparentava, e qual atividade se dava ali; além de realizar uma busca completa por eventuais artefatos.

Após confirmação da eficiência da comunicação via rádio, a esquadra foi autorizada a entrar no edifício, que devia ter, no mínimo, uns oitenta andares.

— *Entrando agora na edificação determinada. Sem sinais de movimentação. Realmente parece um edifício comercial. Sem contato sonoro ou visual qualitativo com o ambiente interno. Aguardo confirmação das instruções. Câmbio.*

— *Positivo. Entrada autorizada. Câmbio.*

Então a esquadra adentrava o prédio, observava com certa, mas não demonstrável, estupefação a sofisticação e amplitude do lugar. "Verdadeiramente, um prédio do futuro", comentou um soldado consigo mesmo. Era uma espécie de lobby de um edifício comercial de luxo. O time se dividiu em equipes de duas pessoas, em diferentes direções, sendo dois específicos para verificar as duas escadas de emergência. Em pouco tempo, a comunicação foi retomada.

— *Ala esquerda limpa.*

— *Escada direita limpa.*

— *Acesso ao subsolo limpo.*

— *Elevadores limpos.*

— *Escada esquerda lim... Só um segundo, ouvi algum barulho...*

— *Detalhe, soldado!*

— *Não sei, parece... talvez... algum tipo de animal...*

Subitamente, descia as escadas um muito belo leopardo branco, ao menos aparentemente um leopardo branco, mas incrivelmente muito maior do que os que vemos em zoológicos na Terra, talvez pela permissividade e política de não interferência na natureza, típica dos neandertais, que possibilitaram, portanto, a prosperidade e evolução dos animais silvestres ao máximo.

— *É o diabo de um tigre!* — descreveu erroneamente o soldado. Mas muito embora o felino não tenha expressado ímpeto para o ataque, o militar irrefletidamente disparou diversos tiros, sepultando ali mesmo aquele espécime fabuloso.

Só de ouvir os disparos, toda a equipe foi apressadamente e em alerta máximo para a tal escadaria, e, mal se reagruparam, ao que parece, os incríveis decibéis dos tiros da M16, rifle de assalto de uso militar, chamou a atenção de alguns outros personagens inusitados. O silêncio da esquadra e tensões no limite do verossímil fizeram com que todos ignorassem completamente os pedidos de comunicação e informações do outro lado do rádio. Os militares subiam lentamente as escadas, enquanto os sons dos andares de cima do prédio pareciam se intensificar. Em poucos segundos, os sons se avolumaram, tornando possível distingui-los, de sorte que eram somatizados por fremidos e galopes.

Pobres homens, obviamente não daria tempo, pois muito antes que seus rifles pudessem atirar o bastante para derrubar aquela alcateia de animais famintos e em ambiente inóspito, pois são habituados ao frio e podem ficar muito estressados no calor e, principalmente, quando um do grupo acaba de ser morto, viram-se acuados e agredidos de modo feroz naquela relativamente estreita escadaria. Os fremidos dos leopardos, gritos de desespero dos soldados, tiros constantes e inconsequentes que ecoavam e reverberavam, roupas que eram rasgadas, e pedidos, quase gritos, tangentes ao torpor, do furriel pelo rádio, como se fosse realmente difícil compreender o que se passava, criaram uma imagem indescritível de terror e pânico para qualquer observador que estivesse oculto – e, efetivamente, o fez em um dos espiões, a partir da tecnologia de viagem extracorpórea, que testemunhou a tudo sem haver nada que pudesse fazer para ajudar os colegas.

Não demorou muito para que os sobreviventes da alcateia, enfurecidos, embora feridos, com sangue nas bocas e os pelos pretos e brancos, extravasassem as portas e galopassem ensandecidamente em direção ao agrupamento.

A notória preparação militar não desorganizou o grupo face ao inusitado ataque que se aproximava, considerando, ainda, uma certa distância, naquele instante, coisa de quinhentos metros. Um dos pelotões, que se viu responsabilizado pela gestão do risco, pois seria o primeiro a ser atacado, com uma velocidade e sincronismo notáveis já apontava seus cinquenta rifles para aqueles apenas sete leopardos. De todo modo, seria uma vitória fácil, bastava a ordem, que antes mesmo de ser dada foi suspendida e surpreendida por um caos que se instalou atrás e pelos flancos repentinamente, com os demais pelotões.

Sim, irrompendo de outros prédios, casas, ruas, bueiros, sabe-se lá como ou por que ou de que modo, dezenas, talvez centenas, de outros grupos de outros tipos de animais famintos e enfurecidos atacavam todo o grupamento com a violência, a virulência e a coragem típicas daquelas feras. E tinha de tudo: leões, tigres, hienas, raposas, gatos selvagens, lobos, linces, ursos-marrons, ursos-malaios, centenas de doninhas, milhares de ratos e musaranhos, glutões, açores e javalis. O caos era absoluto. E, dali, houve apenas um único sobrevivente, de quase novecentos homens, que se escondeu em uma espécie de caçamba, ocultando sua presença sob o lixo, e foi encontrado quatro semanas mais tarde, tempo em que se alimentou dos próprios dejetos e despejos do lixo que o protegia, e reportou ao comando, entre gaguejos e crises de pânico, o cenário:

> De repente, com uma coordenação e mestria invejáveis e sem paralelos, mil zoológicos caíram sobre nossas cabeças. Pouco antes disso tudo, meu parceiro, meu brother, disse ter ouvido um zunido estranho, que, naquele instante, atribuí à paranoia e covardia daquele inesquecível amigo. Talvez, sabe Deus, era um alarme sonoro de difícil percepção humana para enfurecer

impreterivelmente aquelas feras. Mas, valha-me Deus, não tive sequer tempo de tentar demover meu amigo de seus medos, pois um condor [no relatório: corrigido para açor] imenso decolou do alto de um prédio e pousou sobre os seus ombros e, inesperadamente, arrancou-lhe um dos olhos.

Mal pude me dar conta do que estava acontecendo naquele horrível evento em que, por todos os lados, havia tiros loucos e repetidos, gritos, rugidos, e todo o tipo de som que todas aquelas pragas [no relatório: corrigido para animais] assolavam naquela praça maldita!

Os bichos brigavam conosco e entre eles mesmos. Pessoas perdiam suas cabeças para as bocas de leões, outros perdiam os braços para os ursos, alguns as pernas para os javalis, os demais, a sensatez. Não bastavam as garras, começaram os fogos amigos, começamos a matar uns aos outros, em crepitações das armas desorganizadas e em desespero. Esse maldito planeta! Não por menos, eu vi com meus próprios olhos um sargento que era carcomido até os ossos pelas águias dos infernos [no relatório: corrigido para açores], e, na tentativa de matá-las com sua pistola, exterminava, na verdade, os próprios colegas e, tomado de dor e desespero, explodiu sobre si mesmo, sobre as aves e sobre todos os que estavam em volta uma M67 [granada de fragmentação].

Aqueles animais não estavam normais, devia ser o terrível zunido que meu amigo, que àquela altura já tinha virado uma espécie de bolinha de pingue-pongue de uns guepardos, que disputavam suas entranhas, tinha ouvido, ou talvez estivessem completamente mortos de fome até serem soltos, por alguma automação, que os perversos neandertais deviam ter planejado. Eu simplesmente não sei.

Os soldados, como eu, que acabaram protegidos dos colegas que estavam mais à frente, estes, sim, na mira dos tigres, e que assistiam consternados à eliminação de cada um de nós pelos lúciferes [provavelmente, referência ao "anjo caído", comparando os açores com suas enormes "asas de anjo" e agressividade incomparável], tivemos um átimo de segundo para refletir sobre o que fazer. Ao menos pensávamos, e só pensávamos, pois de repente um milhão de ratazanas [no relatório: corrigido para ratos, musaranhos e doninhos] subiam sob as nossas calças, entravam em nossas botas, escalavam nossas costas, tomavam-nos até as cabeças, engasgavam-nos adentrando nossas bocas e arrancavam a mordiscadas nossos estômagos e pintos! Se existe inferno, aquele é o lugar, e, se não existia, agora passou a existir um.

Quase que instintivamente, irrefletidamente, talvez covardemente, procurei o primeiro abrigo, aquela caçamba nojenta, e me escondi dentro dela. E, enquanto rezava e tremia, ouvia os gritos de dor e horror dos meus amigos que ecoavam por todos os cantos do mundo. Depois de um tempo, não sei se minutos ou se horas, não se ouvia mais um único som humano, somente uivos de lobos e silvos de linces. Não sei se sonho, se alucinação ou se realidade, pois não via, apenas ouvia, que os animais começaram então a disputar entre si o prêmio da guerra, alguns fugiam com algum despojo, outros abandonavam, os mais tenazes lutaram até a morte, os mais fortes dividiam desconfiados o banquete. O pouco que sobrou, e falo dos restos humanos, do desfile de horror dos terráqueos por aquela cidade, serviu para preencher os estômagos daqueles roedores miseráveis.

O tempo passava e aparentemente a calma e o silêncio voltavam a imperar sobre aquela cidade fantasma, mas eu não conseguia me mover, gritar, desliguei meu rádio, não queria chamar a atenção de nenhuma fera louca, não queria que meu abrigo fosse descoberto. Procurava no meio do lixo qualquer coisa para beber ou comer, mas não achei muita coisa. Os dias se arrastavam. E, quando eu sentia sede, bebia minha própria urina. Quando eu sentia fome, comia minhas próprias fezes.

Finamente, o Comando enviou uma esquadra de elite, que afugentava os bichos a grandes distâncias com os MK-19 [lança--granadas] ou os abatia definitivamente com os SR25 [rifle de franco-atirador]. Eu ouvia os gemidos, a agonia dos monstros qua drúpedes, mas não olhava, não fazia nada. Quando pude ouvir os passos dos meus camaradas, me senti seguro e supliquei ajuda.

Quando me tiraram, pude ver o inferno de Dante pela primeira vez. Os pedaços de corpos e rostos esboçando pânico e sofrimento. Abutres vilipendiando aquelas almas desgraçadas. Ninguém, absolutamente ninguém, senão eu, sobreviveu àquilo.

Herói? Não. Covarde? Sem dúvida. Sinceramente, preferiria ter meu corpo despedaçado por dez ursos, estripado por cem aves, minha cabeça engolida por mil leões, minhas entranhas mordiscadas por um milhão de ratos, e meus restos esfacelados por um bilhão de abutres, do que ter abandonado meus companheiros e testemunhado todos os capítulos de nossa desgraça por aquelas terras.

Enquanto era carregado para longe dali, de volta ao CCC, o soldado sobrevivente olhou para a direita, e pôde ler apesar do Sol intenso, mas que foi amesquinhado pela sombra proporcionada pela cobertura que fez sobre os olhos com a mão esquerda, um outdoor digital, que subitamente substituiu a imagem de uma propaganda de pastas de dentes, como que se fosse para ele, por uma frase, curiosamente, escrita em inglês:

> A guerra, a princípio, é a esperança de que a gente vai se dar bem; em seguida, é a expectativa de que o outro vai se ferrar; depois, a satisfação de ver que o outro não se deu bem; e, finalmente, a surpresa de ver que todo mundo se ferrou. (KARL KRAUS)

O sobrevivente olhou então para trás e, apesar das centenas de corpos destroçados de companheiros sobre a praça e pelas ruas, entendeu uma cidade desolada e arruinada, que em seus recantos habitavam agora animais selvagens e embrutecidos pelo sangue, arruinada pelo abandono e fragmentos de granadas. Quem realmente venceu?

Depois de mais algumas semanas, o sobrevivente, tomado de pesadelos, caminhou na noite, sozinho, pelas ruas de Kamestra, incrivelmente sem ser amolado por nenhum animal, embora, sim, visto por eles. Subiu a um prédio, entrou em uma sala qualquer, contemplou a Lua por alguns instantes, abaixou sua cabeça, e se arremessou do sétimo andar.

CAPÍTULO CINQUENTA E TRÊS

KEATING ENCARCERADO

— BOM DIA, MEU CARO PROFESSOR.

— Fale, Jay, como você está?

— Bem, aqui está o seu café da manhã.

— Muito obrigado, estava com fome mesmo. — Keating colocou a bandeja sobre uma mesa de ferro de dentro da cela e do mesmo aparato pegou um livro. — Ah, acabei de ler o livro.

— Gostou?

— Um pouco, algumas opiniões de Sartre são simplesmente insuportáveis.

— Como o quê, professor?

— O seu libertismo radical, em termos de livre-arbítrio. Desconsiderar que nossas ações são resultado de tudo o que somos, dos conhecimentos que acumulamos, de nossos vieses genéticos e hereditários, dos efeitos inegáveis da nossa educação e cultura e, somado a isso, de nossas experiências é simplesmente intragável.

— "Nascemos copiando, morremos imitados", parafraseando Freud?

— Precisamente, aliás, como negar, não é mesmo, Jay?

— Concordo.

— E, devo dizer, após esses cinco anos, quase seis, muito obrigado pela excelente companhia que você está sendo aqui nesta cadeia, nesta sucursal da miséria humana.

— Aqui é tranquilo, pouquíssimos internos. É uma cadeia bastante especial. As más línguas chegam a dizer que não vem para cá um único criminoso sequer.

— Não sei dos outros, Jay, meu bom carcereiro, mas posso falar por mim, tudo o que fiz foi denunciar os governos contra a guerra que querem deflagrar contra o mundo dos neandertais.

— Sei...

— Mas isso não importa. De todo modo, sou uma pessoa de sorte, por ter você cuidando de mim e me abastecendo de tantos livros, sempre os lendo e me emprestando, para depois discutirmos nossas eventuais diferenças de opiniões, isso me faz muito bem, refrigera minha mente. Inclusive, confesso que para mim é uma grande surpresa ter um leitor tão contumaz trabalhando, não me leve a mal, como cuidador de detentos. E, sendo, apesar da profissão, uma pessoa com um nível de humanismo tão alto.

— Seria eu uma espécie de anti-herói? Um Fausto pós-moderno?

— Algo assim. E você acabou de terminar seu Dostoievski?

— Acabei ontem à noite, professor.

— Como você adora me fazer essa surpresa, de nunca dizer o título do livro que está lendo, o qual me empresta assim que acaba, agora que já acabou você pode me contar.

— Pois é, terminei de ler *Os Irmãos Karamazov.*

— Nossa, li há muito anos, mas aceitarei reler, sim. Aliás, é um verdadeiro calhamaço.

— Pois é, umas mil páginas, dependendo da edição.

— Jay, deixe eu lhe perguntar, não quero tomar o seu tempo, e sei que na verdade você nem deveria estar conversando comigo, mas como andam as coisas aí fora em relação à possível guerra com os neandertais?

— Não se preocupe. Na verdade, acho até estranho que só agora, pela primeira vez, você tenha me perguntado sobre esse assunto. Bom, ela já começou.

— Nós, humanos, encontramos um jeito de viajar para mundos paralelos?!

— Sim, inclusive mandaram um batalhão para lá, como frente de batalha e reconhecimento.

— Mais que lamentável. "Se todas as batalhas dos homens se dessem apenas nos campos de futebol, quão belas seriam as guerras", disse Augusto Branco, um poeta brasileiro.

— Mas eu poderia responder, professor, "certamente têm razão aqueles que definem a guerra como estado primitivo e natural. Enquanto o homem for um animal, viverá por meio de luta e à custa dos outros, temerá e odiará o próximo. A vida, portanto, é guerra". (HERMANN HESSE)

— Por outro lado, "nunca houve uma guerra boa nem uma paz ruim". (BENJAMIN FRANKLIN)

— Sim, professor, contudo, "somos a favor da abolição da guerra, não queremos a guerra. Mas a guerra só pode ser abolida com a guerra. Para que não existam mais fuzis, é preciso empunhar o fuzil". (MAO TSE-TUNG)

— Mas é preciso considerar, Jay, que "A humanidade tem de acabar com a guerra antes que a guerra acabe com a humanidade". (JOHN KENNEDY)

— Entretanto, se poderia argumentar que "apenas uma guerra é permitida à espécie humana: a guerra contra a extinção". (ISAAC ASIMOV)

— Ah, caro Jay, o fato é que tem argumentos para todos os lados. Percebo que não é sequer uma questão do melhor argumento, mas de superarmos a argumentação. Suplantarmos essa necessidade de justificar tudo, afinal, sempre se encontrará um meio de racionalmente justificar qualquer vontade.

— Pelo que li sobre você, o seu testemunho, diz que os neandertais acabaram com as guerras quando realizaram um tipo de equalização cultural.

— Pois é, fizeram mesmo, e, ao meu ver, faz todo sentido, afinal, quando analisamos as comunidades isoladamente, mesmo aqui na Terra, pode até haver conflitos, mas não há guerras e ódios insuperáveis e, quando ocorrem, são muito mais por direitos ou por visões políticas distintas, como nossa Guerra de Secessão. Hoje, agora que há um consenso nos Estados Unidos contra a segregação racial, é impensável uma segunda guerra por esses motivos. Se você trocar em miúdos, o que houve foi uma harmonização da ideologia dos americanos, e hoje ninguém pensa à moda antiga, tampouco entraria em guerra por isso, em uma situação extrema, sequer passaria de um projeto no congresso ou protestos e manifestações. Agora, quando não há essa harmonia ideológica, começam as verdadeiramente grandes guerras, como a Guerra Fria, de viés econômico; as Cruzadas, de viés religioso; as intervenções no Oriente Médio, com viés político. Note, se todas as nações do mundo tivessem religiões parecidas, ou tolerantes entre si. Se todos tivessem regimes econômicos parecidos, ou harmoniosos entre si. Se todo tivessem políticas de não agressão parecidas. Se todos tivessem visões humanitárias e ambientais parecidas. E vai longe. Mas a questão é: se fôssemos mais uníssonos nas grandes questões, quantas guerras, conflitos e discórdias não teriam sido evitados e quantas outras não se evitariam?

— Belo discurso, fico feliz em perceber que compreendeu tão bem o pragmatismo neandertal, professor Keating.

— Ah, morei lá, amigo. Enfim, me passe aqui essa tese de mestrado em datilografia.

— O quê?

— Esse livrão do Dostoievski.

— Ah, tome aqui, desculpe.

— Jay, sério que você não entendeu minha ironia ao relacionar o tamanho do livro à frase “tese de mestrado em datilografia”?

— Lamento, professor, é que não conheço realmente essa graduação.

O professor riu.

— Graduação?

Os dois se entreolharam por alguns segundos.

— Professor?

— Jay... É você mesmo, ou devia chamá-lo de Prometeu?!

— Que coisa, Keating, fui descoberto!

— Nossa, Prometeu, seu louco! Por que você não se apresentou logo de início?

— Queria saber se tinha melhorado meu sotaque em seu idioma. Desculpe.

— Foi meio indelicado o que você fez. Afinal, me fez pensar que estava realmente falando com o Jay. É meio chato isso, mas tudo bem. É engraçado como vocês realmente não compreendem bem os trocadilhos, tão comuns entre os humanos, e isso acaba sempre o denunciando. Agora, sua expressão está verdadeiramente perfeita. É um americano nato!

— Sei que não foi a intenção, mas, para um neandertal, isso não é exatamente um elogio.

— Seu maganão! Já que não posso lhe dar um abraço por essas grades, aperte fortemente minha mão, vamos!

E, assim, os amigos conversaram por horas. Prometeu contou todas as novidades, em muitos detalhes, dos desenvolvimentos tecnológicos na Terra, dos movimentos militares, da derrota dos humanos na Batalha de Kamestra.

Keating ficou muito triste e decepcionado, uma vez mais, com as ações humanas, tão insensatas e genuinamente desprezíveis, ao ver dele. Quanto à derrota militar, digeriu a notícia com raiva e pesar. Chegou a citar Sartre, que há pouco havia criticado: "quando os ricos fazem a guerra, são sempre os pobres que morrem".

Prometeu, ainda, alfinetou Keating, pois havia avisado que não adiantaria tentar convencer os humanos a não guerrear contando simplesmente toda a verdade, por exemplo, que o asteroide Apophis na realidade não extinguiria a vida humana na Terra. O neandertal disse, ainda, que estava lá quando o professor foi inquirido pelo presidente Oliver Choss e que, a um custo baixo, uma mentira evitaria uma guerra inteira. Para Prometeu, os humanos deveriam acreditar que os neandertais eram seres incrivelmente poderosos e insuperáveis, mas que só se preocupavam em ajudar os seres humanos, ajudando-os quanto à letalidade do asteroide. Se Keating tivesse dito isso, teria evitado uma multidão de problemas, mas quando optou pela verdade como premissa para o convencimento assumiu um risco que não enfrentaria se tivesse optado pelo convencimento como premissa para a mentira. Keating, consternado e com o orgulho ferido, chegou a tentar se defender, declarando que, como acontecia no mundo neandertal, deveria contribuir para o desuso e banimento da prática da mentira. Mas, claro, entre outros argumentos, como que o repúdio à mentira era não só legislado, mas imbuído na forma de cultura desde tenra idade nas pessoas de Paraíso, o que não estava em vigência nem nos Estados Unidos e tampouco em qualquer lugar da Terra, havia o fato de que, e Prometeu não teve nenhuma delicadeza em dizer, os *Homo sapiens* ainda eram incrivelmente primitivos do ponto de vista filosófico e social.

— Refletindo sobre isso — disse o neandertal —, os humanos, em geral, estão em termos de filosofia e vida social praticamente em seu estado primitivo, natural. Agem, discutem e se digladiam da mesma forma e com a mesma rudez que se fazia desde a Guerra de Troia. Por isso que, para vocês, humanos, quando leem livros de séculos ou milênios atrás, continuam emocionados e embasbacados com a notória atualidade dos problemas elencados feitos por um autor que morreu há tantos anos, afinal, os séculos se passaram, os problemas, não. Os humanos em geral continuam tão tolos e ingênuos como eram na

Idade Média ou Antiga. O que são seus presidentes, senão Calígulas e Júlios Césares? O que são suas leis senão uma cópia recauchutada das leis romanas? O que são vossas fés senão uma adaptação prosaica de ideias mais prosaicas ainda? Vocês não só não evoluem, exceto em algumas ciências, como sequer querem evoluir. Continuam presos como árvores às suas mitologias e conflitos existenciais provincianos. Em termos de convívio, que diferenças profundas realmente existem entre os homens da idade da pedra e os cidadãos de hoje tão civilizados? Ao meu ver, nenhuma. Gula, luxúria, avareza, ira, soberba, preguiça, inveja; ou poderia dizer homicídios, estupros, ditaduras, guerras, mentiras, adultérios, incestos são tão antigos quanto atuais e ocorrem tanto no passado mais remoto quanto até, pelo menos, o dia de ontem, indelevelmente, e continuará a acontecer. Os humanos, em seu estado ainda primata, tais quais os mais selvagens dos animais, agem, no fundo, sempre, com base na natureza, e por isso não se podem evitar as guerras por meio da razão, mas do medo ou da barganha, afinal, o que evitam as guerras atuais senão o medo da derrota ou a concessão que evita o conflito? Acaso não é a certeza de derrota que evita uma guerra a partir da Coreia do Norte contra os Estados Unidos? Acaso não é a concessão do Irã em permitir inspetores e assinar tratados de não enriquecimento do urânio que ajuda a evitar uma guerra entre eles e os americanos também? E, fazendo um paralelo, não é ameaçando bater no cachorro que ele fica amedrontado e acuado? E, quando o cachorro é bravo, não é lhe dando mimos e biscoitinhos que amansamos as feras? Que diferença há então entre as maneiras pelas quais se lida com os conflitos entre os países e o adestramento de cachorros? Acaso é tudo meramente animal? E, se são animais, e agem como animais, e respondem a estímulos como animais, se são reprimidos como se reprimem animais, como convencer a não fazer uma guerra com base na razão?

Depois da cansativa lição de moral, o professor, agora envergonhado e ensimesmado, chegou a questionar Prometeu se não havia nada mesmo que ele pudesse fazer, exceto aguardar. Mas a resposta é que não havia, ao menos não naquele momento.

O clima estava pesado, e a conversa terminou assim, meio que deixando algo por dizer, meio que imbuída de arrependimento e rancor. Mas era possível compreender os dois lados, afinal, Prometeu via seu planeta e seu povo, sob sua responsabilidade, enfrentando uma terrível ameaça, Keating se remoía ao entender que teve a oportunidade de evitar uma guerra entre os mundos, mas agiu com base em uma utopia e colocou tudo a perder.

CAPÍTULO CINQUENTA E QUATRO

NÁUSEAS DA ESCURIDÃO

DENTRO DA PARALLELS, CINCO HOMENS DESCENDIAM NA ESCALA DE Ramsey, que mede a consciência, efeito que ocorre quando a consciência se concentra em voltar ao seu corpo, e era o sinal já sabido de que deveriam ser suspendidos os sedativos, para que conseguissem acordar.

Os homens acordaram apresentando sintomas muito incomuns, inéditos em todos os experimentos e testes. Estavam abalados, profundamente irritadiços, alguns com espasmos, relatando vertigem e sinais de pânico. Todos os homens vomitaram compulsivamente.

Eles estiveram na forma de espíritos na Batalha de Kamestra, viram tudo e um pouco mais do que o soldado sobrevivente tinha visto, mas, antes que pudessem dar suas versões aos fatos, precisaram ser pesadamente medicados, o que exigiu um dia de espera para que o alto comando pudesse obter qualquer relatório do que, afinal, tinha acontecido por lá.

A ansiedade era muito grande, afinal, era a primeira missão ao mundo paralelo e aquele seria o primeiro relatório contendo o contato humano com os neandertais, pois todos os testes e experimentos anteriores foram realizados em locais ermos daquele planeta ou na forma extracorpórea. Claro, mais adiante viriam a sofrer uma extrema decepção, pois não só não houve contato algum com nenhum neandertal, como, ainda, foram completamente varridos daquele mundo novecentas almas, das mil enviadas.

De todo modo, pouco a pouco as pessoas foram melhorando, recobrando os sentidos e a calma, ao menos quatro dos cinco homens enviados, pois um deles simplesmente não conseguia se estabilizar: quando dormindo, berrava palavras incompreensíveis, quando acordado, ficava perguntando efusiva e repetidamente se estava ainda no planeta Lar, mas, quando convencido de que estava são e salvo na Terra, questionava invariavelmente se aquelas pessoas com quem estava conversando não eram neandertais disfarçados de humanos. Aparentemente, esse sujeito não tinha mais como voltar à razão.

Enfim, o secretário de defesa nacional, os generais e tenentes-generais do exército, bem como o presidente da Parallels, finalmente tiveram as informações que tanto queriam, para alívio e desespero. Não que eles se importassem verdadeiramente com as vidas perdidas, mas porque agora, sabendo dos fatos, uma certeza que tinham é que a empreitada militar poderia ser absurdamente custosa. O general, em especial, ficou de fato aturdido com as baixas, mais ainda com a forma como elas se deram. Com efeito, subestimaram os neandertais, o que, falando francamente, não é bem uma surpresa, considerando a tão evidente arrogância humana quanto a toda e qualquer espécie. Agora, finalmente, isso estava em xeque. No mais, o objetivo principal da missão, de reconhecimento e contribuição para o dimensionamento militar necessário, fora um absoluto fracasso.

— Sequer atravessaram uma única cidade pequenina e periférica — lamentava o general.

Pelo menos, do outro lado da fronteira, ainda restavam cem homens, precisamente os membros da mais alta patente, a esquadra de elite e profissionais de áreas diversas. Segundo um dos espiões, depois da batalha desastrosa, o acampamento militar foi bastante fortificado, aumentaram o número e pontos de vigília e instalaram algumas câmeras. Lá dentro, contudo, resistia o medo. "O que faremos se descerem sobre nós um milhão de pragas?", perguntavam nas conversas informais.

Voltando aos cinco espiões, dos quatro que estavam em condições mentais e físicas suficientes, três se negaram a retornar, mesmo que em uma missão diferente, mesmo que para um lugar sem uma única alma, nunca mais queriam realizar a viagem extracorpórea, nem mesmo se fosse para outro planeta, por nenhum dinheiro do mundo e por nenhum benefício possível.

Todo o ocorrido, desde a batalha até a desistência dos espiões, consternou profundamente vários membros do Exército e da Parallels. Curiosamente, um sentimento de patriotismo, de revanchismo e de orgulho assumiu o coração da maior parte, que recobrou os ânimos e redobrou os esforços, cada qual em sua atividade, para que, na próxima incursão, fossem mais bem-sucedidos, e isso aconteceria, juravam a si mesmos, em pouquíssimos dias, ademais, não poderiam deixar o CCC desguarnecido.

CAPÍTULO CINQUENTA E CINCO

MEMÓRIAS DA ESCURIDÃO

INFELIZMENTE, OU FELIZMENTE, APESAR DOS ESFORÇOS, OS ENVOLVIDOS NO projeto de submissão do mundo dos neandertais ainda não tinham conseguido um bom replanejamento militar convincente, mas o empenho persistia, incluindo o remanejamento de pessoal da inteligência do exército e a contratação de mais especialistas em guerra. Era só a exigência de êxito que obstaculizava os planos mais ousados ou radicais, pois o alto comando informou em nota que somente uma vitória agora manteria acesa a centelha moral dos soldados e minaria os esforços neandertais. Já havia se passado quase um mês da batalha, mas a informação dada pelos espiões de que o CCC não enfrentara, até então, nenhum revés acalmava um pouco os ânimos. A notícia de que o único sobrevivente da batalha tinha se suicidado tampouco teve grande repercussão. "Ele estava louco mesmo", diziam pelos corredores.

Quanto ao sobrevivente, mal se passaram dois dias de seu suicídio, e mais um vídeo viralizou pela rede mundial de computadores.

> *Boa noite, senhoras e senhores, aqui é Richson Sherade novamente. Apesar de todas as ameaças, sim, ameaças, continuarei a denunciar e divulgar o lado obscuro da cruzada imunda e belicosa dos que se acham os donos dos universos em uma guerra inútil, cara, tola e vã contra os neandertais, que, se não fosse por nossa própria culpa, não ligariam a mínima para nós. Sim, nós mesmos, isto é, os humanos. Se o brasileiro Gregório de Matos, também conhecido como Boca do Inferno, estivesse vivo, repetiria os seus versos uma vez mais, para os nossos supostos líderes eleitos de forma supostamente democrática: "não sabem governar sua cozinha, e podem governar o mundo inteiro".*

Pois é, gente, perguntas como "qual o real propósito dessa guerra?", "por onde anda o professor de Harvard, o senhor Keating?", "o que a tal de Parallels realmente faz?", "os boatos e denúncias de que essa empresa não respeita direitos humanos e trabalhistas procede?", "por que ninguém investiga?", "por que essas informações têm o carimbo de confidencial?", "por que o presidente americano, Oliver Choss, finge diante das câmeras que nada está acontecendo?", "por que estão me ameaçando?" e muitas outras perguntas continuam sendo feitas e nada vem oficialmente a público.

No entanto, já que a grande mídia e os governos do mundo não fazem, nós fazemos, isto é, informamos vocês sobre o que está acontecendo no irmão gêmeo da Terra, o planeta chamado Lar.

Houve há poucas semanas uma batalha espetacularmente desastrosa, quando os humanos invadiram o país chamado Paraíso, no mundo dos neandertais. Sabem de quanto foram as baixas? Noventa por cento. Sim, noventa por cento dos militares enviados para um mundo desconhecido, com pessoas desconhecidas e meio ambiente desconhecido, simplesmente morreram devorados pela vida selvagem daquele planeta, deixados propositadamente pelos neandertais, em uma cidade fronteiriça, para que comessem os seres humanos vivos. Não tiveram nenhuma chance. E o que os governos do mundo fizeram? Nada. Avisaram as famílias? É claro que não. Emitiram um comunicado oficial? Também não. Medalhas de honra? Com o ouro em alta, é melhor deixar a honra para os livros de história. E quanto aos dez por cento que sobraram, que estavam distantes da fronte, além de um único sobrevivente da batalha de fato? Bom, é como diz o ditado, vão-se os anéis, ficam-se os dedos, mas, na cabeça dos nossos líderes, ainda que esses mesmos dedos estejam debaixo de uma prensa. Sim, amigos, foram deixados à própria sorte.

De todo modo, meus sinceros pêsames aos familiares e amigos dos soldados que morreram e que ainda vão morrer em vão. É assustador!

"Ah, mas como você tem certeza disso tudo?" Bom, já ouviram falar em um soldado chamado Thomas Clinf? Pois bem, dessa terrível batalha ele foi o único sobrevivente. Há dois dias, cometeu suicídio pulando de um prédio em uma cidade chamada Kamestra, no Paraíso, por não suportar mais os horrores da guerra que não desvaneciam de sua mente por todos os seus dias e noites. Mas, antes do absorto fim, deixou uma anotação, que foi lida e transcrita por um dos espiões que a Parallels envia para acompanhar as batalhas, e encaminhou para mim uma cópia do relatório que fez para os generais, que foi também, uma vez mais, omitido do público e carimbado como ultrassecreto.

No e-mail que me enviou, carregando anexo o seu relatório oficial, disse, nas palavras do sobrevivente suicida:

"Faça o mundo saber, já que os generais já me esqueceram. Coloque o mundo todo contra o governo, antes que o governo coloque todo o mundo contra os neandertais. Interrompa essa marcha da insensatez, antes que a marcha da insensatez nos interrompa. Pois a mim já interrompeu. Estou interrompido, corrompido e aflito. Para mim, já não dá mais, mas, para quem fica, espero um destino diferente. Não sei o que me espera quando atravessar a porta sob a placa colada na abóboda escrita 'morte', no entanto, finalmente, para mim, todas as perguntas serão respondidas. Quem sabe assim descubra alguma lógica celestial que justifique as novecentas vezes em que morri".

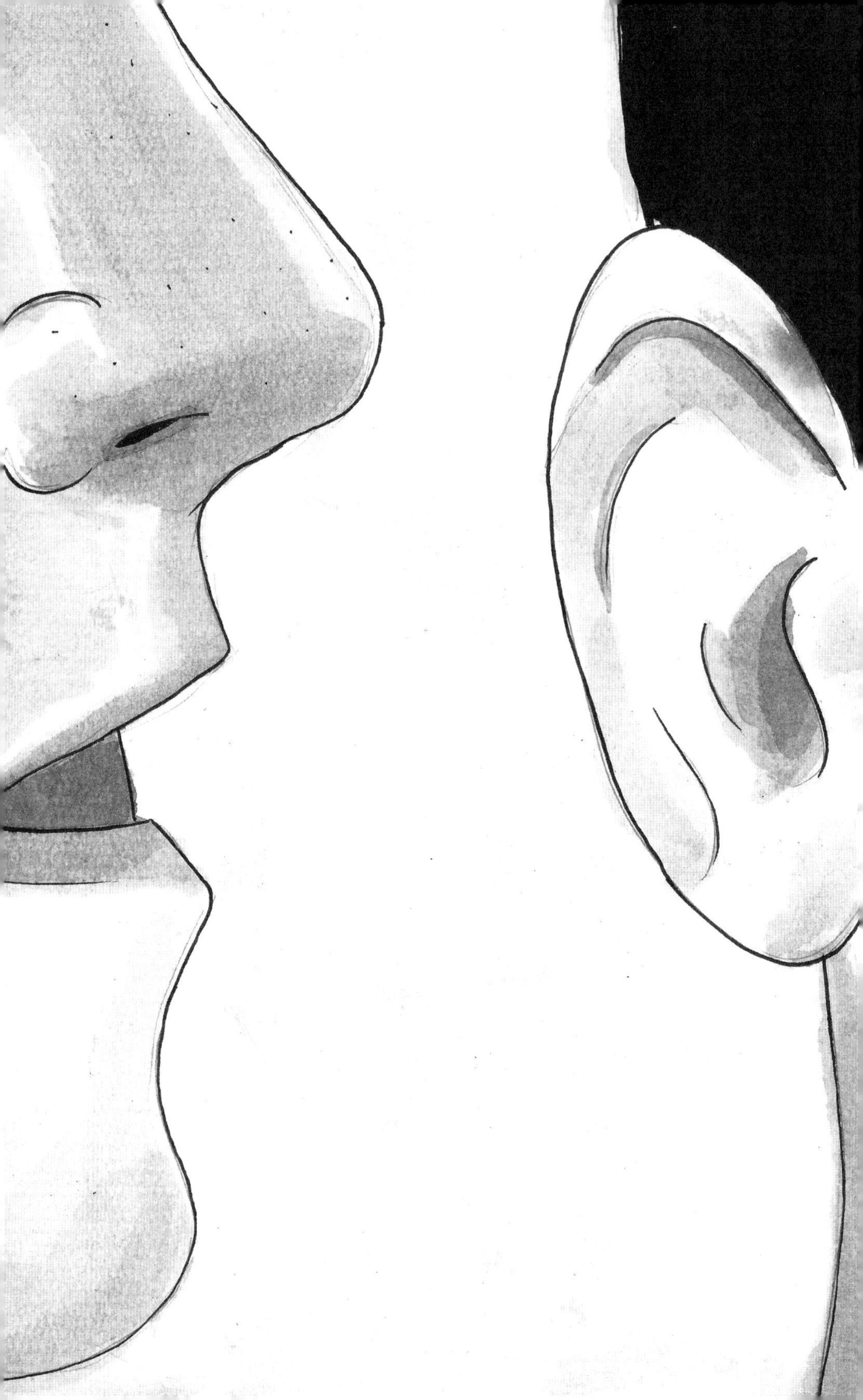

CAPÍTULO CINQUENTA E SEIS

O PLANO

FINALMENTE, O CONSELHO DE SEGURANÇA NACIONAL AMERICANO, O GENERAL no comando do exército das grandes potências e o presidente da Parallels chegaram a um acordo quanto ao novo plano militar. Concordaram que cometeram sérios erros no plano anterior, não só pelo tamanho reduzido do batalhão, mas pela estratégia em si. Estavam tão confiantes da vitória e tão certos da condescendência dos neandertais que subestimaram de modo ridículo o oponente. Sim, os neandertais podem não ser tão inventivos quanto os humanos, mas, por outro lado, são extremamente inteligentes e pragmáticos, o que se provou pela Batalha de Kamestra.

Somado a isso, eis um outro problema, os cem homens que ficaram na fronteira aguardando instruções ou reforços. Claro, os espiões poderiam ir até lá na forma de espíritos e ver como estavam as coisas, agora, estabelecer uma comunicação naquele estado parecia realmente muito difícil. É que na realidade eles nunca esperaram que a missão fosse um fracasso tão grande e tão rápido. Efetivamente não se preparam para todos os resultados possíveis. A ideia era mandar um batalhão após o outro e ir sitiando as cidades que ficassem pelo caminho, rumo ao polo norte neandertal. Os cidadãos do planeta Lar não têm familiaridade com o manejo de armas, e mesmo os policiais não têm um bom treinamento militar, comparado ao da Terra, então deveria ter sido tudo muito, mas muito mesmo, mais fácil. Só que não.

O problema da utilização de espiões na forma extracorpórea é que constitui apenas uma via de mão única, pois eles observariam tudo, retornariam à Terra e reportariam ao comando, mas nunca poderiam dar ordens, senão enviando mais homens carregando instruções, o que não só seria custoso, mas extremamente lento. O ideal seria tomar um dos centros espaciais deles e, em posse de satélites, poderiam apontar para a Anomalia das Pioneers simultaneamente aos satélites da Terra, alinhando-os e sincronizando-os, estabelecendo a única via de mão dupla de comunicação simples, rápida, eficiente e verdadeiramente viável.

Dessa vez, não enviariam apenas um batalhão, mas uma brigada, isto é, cinco mil almas, com um número mais elevado de provisões e suprimentos. Alguns da inteligência insistiam que o esforço militar seria abusadamente solicitado sem suporte náutico ou aéreo; o problema, no entanto, era a locomoção a partir de fora das fronteiras do Paraíso, pois em todos os pontos eram regiões ou muito montanhosas, ou muito frias, e sem estradas. Também chegaram a questionar que, se o objetivo era tomar as instalações no polo norte neandertal, por que não desembarcar diretamente lá? Sim, seria uma ótima ideia se não houvesse um porém: a precisão das viagens corpóreas, o que nos demais lugares não era um problema; no entanto, devido ao clima rigorosíssimo, um deslocamento excessivo de um destacamento até as instalações do polo norte seria fatal, em contrapartida, a precisão era melhorada proporcionalmente ao número de pessoas enviadas; quanto menor o número, mais preciso era o envio, o que inviabilizava também, devido ao reforço policial naquela instalação. Além disso, seria muito difícil manter em poder o bem mais valioso do planeta, enquanto o país inteiro poderia orquestrar uma batalha de retomada, e estariam em uma região inóspita e sensível a diversos ataques, inclusive aéreos. Seria como achar um baú gigantesco de tesouro, mas sem saber o que fazer com ele e, por fim, esperar que os inimigos chegassem. A tomada do polo norte era muito mais simbólica do que funcional, e efetivamente deveria ser a última e talvez a menos sangrenta, pois poderiam fazer um bloqueio continental a Napoleão, interrompendo completamente os suprimentos e comunicação dos militares no polo norte com o continente. Então o frio e a fome, e não as armas, seriam sua destruição e desmobilização. E, vale recordar, o objetivo verdadeiro era submeter todos os neandertais e assumir completamente o controle do planeta, então desmantelar o governo e desorganizar as estruturas do país, isso, sim, era fundamental. Tomar as instalações no polo norte era importante, mas não um bom primeiro passo.

Curiosamente, dessa ingênua ideia surgiu outra, mas, antes que fosse comunicada, o autor teve uma sublime percepção, a de que nunca poderiam utilizar qualquer estratégia inovadora ou enganadora enquanto não tivessem segurança absoluta de que não havia neandertais espiões por ali, e, como não se podia saber, sugeriu que encontrassem cinco intérpretes de uma língua morta qualquer, e, quanto mais morta fosse, melhor seria, de preferência, de um lugar com pouca história e nenhuma arqueologia importante. Acharam! Precisamente cinco intérpretes fluentes em inglês e crenaque, um idioma sob alto risco de extinção de uma tribo indígena brasileira, que há alguns séculos prosperou em algumas regiões de Minas Gerais e Espírito Santo. Seguramente, nenhum espião neandertal saberia aquele idioma, e como faria então para memorizar todas as palavras que não compreenderia para tentar depois traduzi-las ao comando neandertal? No mínimo, seria uma tarefa extremamente difícil e lenta.

— Olhe, general, a ideia em si é interessante mesmo, mas só tem um problema: nenhum de nós fala crenaque, então como poderíamos falar para o intérprete o que deve ser dito sem que o espião nos ouça, ainda que cochichando, para o mesmo intérprete?

— Não se preocupe, secretário, eu já pensei nisso também, só que esse é o pulo do gato que não posso revelar. De todo modo, cada um de nós irá para uma diferente sala de reunião, cada qual com seu intérprete, com um telefone, os quais conversarão entre eles na língua enquanto eles traduzem para nós. Pode ser?

— Bom, que seja, não entendo por que não poderiam colocar um espião neandertal com cada um de nós. Mas, enfim, quando vão chegar esses intérpretes?

— Daqui a umas dez horas.

— Combinado, ainda é cedo, então no finzinho da noite nos revemos. Com licença, senhores.

A ideia do general, na verdade, era muito mais um bom palpite do que um plano de verdade, mas situações exóticas exigem medidas exóticas. Ele imaginava, sem expor isso nem para o próprio espelho, pois alguém poderia estar ouvindo, que, se houvesse algum neandertal espião perscrutando a conversa deles, provavelmente correria de volta ao seu planeta, para comunicar nossos planos de comunicação singulares aos seus chefes, e teria de reunir mais espiões eventualmente disponíveis, para que cada um ficasse com cada um dos membros da reunião noturna. Esse suposto, mas possível, momento de grande ocupação do neandertal deixaria, imaginava ele, uma brecha, ao menos de algumas horas, de completa liberdade de qualquer espião.

Nisso, ele correu ao computador e começou a alterar profundamente o esboço de todo o plano militar que já estava acertado. Incluindo suporte aéreo e náutico, como ele também concordava e gostaria que tivessem. Terminado o trabalho, as alterações, o plano de guerra novo em folha, baixou o arquivo para um celular pré-pago qualquer e, em seguida, desligou o aparelho, e o enviou ao chefe de logística da Parallels, um tenente-coronel emprestado do exército americano, que cuidava da organização, alocação e transporte de pessoas e objetos para o mundo paralelo. O chefe de logística ficou surpreendido com a caixa que estava sobre sua mesa, mas a abriu. Dentro, aquele celular desligado com uma etiqueta com os seguintes dizeres:

> Só ligue este aparelho às cinco horas da próxima quinta-feira.
>
> General

Quando chegou à noite, efetivamente, os intérpretes estavam lá, bem como os membros da reunião matutina. Conforme combinado, cada um foi para uma sala e toda comunicação se dava de maneira bastante ineficiente: um dos membros cochichava alguma coisa no ouvido do intérprete, o intérprete falava em crenaque ao outro intérprete, e este intérprete cochichava no ouvido do membro destinatário. Por fim, foi um verdadeiro teste de paciência. Alguns meneavam as cabeças por terem aceito participar de uma ideia tão tola e absurda. O general ria por dentro.

Fim da história, o general assegurou que enviaria, sim, alguns caças, helicópteros e uma embarcação para dar suporte aos militares em Terra. Mas, quando foi questionado sobre as eventuais dificuldades geográficas naquele planeta, apenas respondeu que não deveriam se preocupar, pois já tinha pensado em algo. Como o general apresentava um histórico impecável e uma experiência rara em campos de batalha, tinha muito respeito e credibilidade, então lhe deram um voto de confiança, o que ele prometeu que corresponderia a todas as expectativas exemplarmente. "O plano está em boas mãos", confirmou.

CAPÍTULO CINQUENTA E SETE

UM NOVO GIBRALTAR

NÃO SE SABIA AO CERTO SE O PLANO DO GENERAL DE FATO HAVIA FUNCIONADO, mas ele, embora ansioso, estava relativamente despreocupado. Se o plano para despistar os neandertais não funcionasse, não ocorreria nada muito diferente do que o plano original, mas, se desse certo, seria, sem dúvida, um belo triunfo estratégico.

O colisor, pouco descrito nas páginas anteriores, era uma máquina verdadeiramente extraordinária e inclusive absolutamente imensa. Vale notar que, em sua fabricação, os cientistas envolvidos no projeto do Large Hadron Collider, da CERN (Organização Europeia de Pesquisas Nucleares), localizado na fronteira franco-suíça, próximo a Genebra, foram fundamentais para a fabricação, inclusive muitos cientistas e engenheiros de lá foram contratados pela Parallels. Claro, o colisor auxiliar das viagens aos mundos paralelos era muito diferente do colisor da CERN, muito menor em comprimento (o da CERN tem vinte e sete quilômetros de circunferência, enquanto o da Parallels tinha dezoito), mas muito maior em diâmetro (o da CERN tem oito quilômetros e seiscentos metros, o da Parallels tinha trinta e oito quilômetros), o da CERN é subterrâneo, o da Parallels era semiaquático, ou seja, ficava parcialmente submerso no mar. Inclusive, embora os centros de comando fossem um nos Estados Unidos e outro na Alemanha, uma enorme base militar, bem como o colisor, ficava no Tallinna Lafh, em Talín, na Estônia, no Golfo da Finlândia, Oceano Báltico. O equipamento foi projetado para não só desmaterializar pessoas e objetos, mas enormes máquinas, caças ou embarcações militares.

Finalmente, chegou a famigerada quinta-feira. Estava tudo organizado, a tropa mobilizada, o imenso colisor bem calibrado, cinco caças e um HMS Illustrious R06, que é um magnífico porta-aviões britânico.

Então, com algum atraso, o tenente-coronel e chefe da logística lembrou-se do celular que o general tinha enviado. Ele ligou o aparelho e de cara abriu um simples documento em extensão TXT, dizendo que havia um arquivo no cartão de memória daquele aparelho, com um plano militar totalmente novo, que deveria ser entregue aos brigadeiros-generais da missão, e, para ele, um outro arquivo contemplando as novas coordenadas a serem parametrizadas nos satélites do colisor. Trocando em miúdos, a brigada não seria mais enviada para a Bósnia e Herzegovia neandertal, ou para a região da fronteira do Paraíso, próximo a Kamestra, mas para Cherestra, do outro lado da Europa neandertal, onde seria, se fosse na Terra, o território britânico ultramarino chamado Gibraltar, praticamente na Espanha.

Aliás, o chefe de logística nem hesitou, pois tinha o general em sua mais alta estima e admiração. Provavelmente, resultado de uma bela parceria, amizade e até mesmo cumplicidade, que vinha desde a época da ocupação do Iraque, em 2003. "Se ele determinou isso, dessa maneira, sem dúvida, foi por uma boa razão", respondeu assim ao primeiro que questionou a mudança tão repentina, que, do ponto de vista dos regulamentos militares e até mesmo da Parallels, seria um ato grave de insubordinação, pois, literalmente, dizia assim o regimento:

> Toda e qualquer missão, envio de materiais ou pessoas a qualquer um dos mundos paralelos, alterações nos planos militares extraterrestres, na calibração dos satélites dos colisores só podem ser viabilizados mediante autorização formal e expressa dos três poderes do projeto, ou seja, o conselho de segurança dos Estados Unidos ou o secretário de defesa americano, o mais alto general em comando dos exércitos das potências mundiais, e o presidente da Parallels ou a diretoria unânime da empresa. A inobservância a esses parâmetros, ainda que alegada ignorância a esses termos, e ainda que provada essa mesma ignorância, será considerada falta da mais alta gravidade, não só do autor, mas incluindo também os subordinados que souberem que a ordem partiu unilateralmente. Perdendo, portanto, todos os condenados todos os seus direitos, e será aplicada a pena capital, independente de cargo, importância, status ou patente.

Não obstante, o tenente-coronel, isto é, o chefe da logística, achou inclusive que havia algum capricho ou até mesmo uma ironia nesses novos planos do general, que, efetivamente, além da inegável perícia militar, tinha uma boa qualidade de humor. Oras, por que em Cherestra, no Gibraltar neandertal? Afinal, era um lugar mais distante ainda do centro de Paraíso do que Kamestra, lembrando que a capital do Paraíso ficava em uma cidade chamada, transliterando novamente, Christougenestra, que na Terra seria Amsterdã, na

Holanda. A Bósnia e Herzegovina fica a mil seiscentos e sessenta quilômetros de Amsterdã, enquanto Gibraltar fica a dois mil quatrocentos e vinte e quatro. Parecia estúpido, ao menos à primeira vista. Talvez, mas não estaria assim fazendo também uma guerra psicológica? Afinal, na história terrestre, Gibraltar foi justamente o lugar onde os últimos espécimes neandertais foram dizimados, há dez mil anos. Então, não seria uma ironia ser no planeta Lar o primeiro lugar onde seriam dizimados novamente? "A diferença", refletia o tenente-coronel, "é que aqui eles foram exterminados pelo frio, lá será pelo calor de nossas bombas."

CAPÍTULO CINQUENTA E OITO

MORAL FLEXÍVEL

ENFIM, A BRIGADA, COM SEUS CINCO MIL HOMENS, FOI ENVIADA PARA CHErestra, precisamente para as cavernas do "Rochedo", como também é conhecido Gibraltar, na Terra, bem onde foram encontrados os últimos restos arqueológicos dos neandertais, em nosso planeta.

Rapidamente, e com um treinamento específico para tal, os militares montaram os abrigos e passaram por um pequeno pedaço de Terra, muito próximo das cavernas, onde seria um quartel provisório. Tinham dali uma boa distância da cidade de fato, e, senão poucos agricultores e pescadores que perceberam o movimento, os quais fugiram desesperadamente, nenhum habitante neandertal parecia saber ou nem mesmo imaginar o que estava acontecendo a poucos quilômetros, enquanto o porta-aviões, com seus cinco caças sobre sua pista, aguardava instruções, ao passo que com seus radares e personagens na torre de observação mapeavam o movimento marítimo no, se fosse na Terra, Estreito de Gibraltar, no Mar de Alborão, Mediterrâneo.

Sim, os planos do general em confundir os neandertais foi simplesmente um sucesso absoluto. Realmente eles estiveram muito ocupados em organizar mais espiões para a reunião bilíngue que o general convocou, e o lapso temporal deixou a espionagem desguarnecida por tempo mais que suficiente para que, sem carnaval, o general elaborasse um plano em outra cidade, muito longe, e, mais tarde, aí, sim, já em presença imperceptível de espiões neandertais, confirmou a segunda invasão a Kamestra, realizando um teatro que, verdadeiramente, levou os neandertais a contramedidas absolutamente equivocadas, mirando Kamestra. Naquele momento, agora, sim, os neandertais já sabiam que tinham caído em uma armação, mas demorariam dias para planejar novamente uma estratégia evasiva ou de mobilização militar, só que em Cherestra. De todo modo, aos poucos, os canais de televisão de lá já começavam a informar os cidadãos dos movimentos terráqueos.

Entrementes, a maior parte dos soldados e sargentos não tinha sido sequer informada dos novos planos, mas chegando lá os majores dos cinco batalhões que formavam a brigada foram comunicados pelo comando da missão que eles não estavam em Kamestra, mas em Cherestra.

— Permissão para falar, brigadeiro Carl Grievous.

— Concedido, major.

— Se estamos a mais de três mil quilômetros de Kamestra, como ajudaremos nossos homens que ficaram por lá?

— A não ser que você prefira nadar o mediterrâneo neandertal até lá, não há nada que possamos fazer.

— Brigadeiro, "não deixaremos nunca um único homem sequer dos nossos para trás, custe o que custar".

— Bom saber. Por favor, sente-se.

— Com licença, senhor.

— Deixe-me contar uma história. Há algumas boas décadas, quando eu era criança, e minha mãe era viva, época inclusive em que eu já sonhava em ser militar e não compreendia o porquê de os americanos não atacarem diretamente os russos se, em tantas partes do mundo, do nosso mundo, atacavam os seus aliados; bem como os russos, por meio de seus aliados, nos atacavam, como aconteceu no Vietnã, na Coreia e no Afeganistão. Bem, nessa época, como estava dizendo, e que minha mãe era uma ambientalista inveterada, como sempre foi e continuou sendo até a morte, uma mulher que chegou a um ambientalismo e naturalismo tal que preferia espantar uma barata a simplesmente pisoteá-la, o que, sejamos francos, era incrivelmente mais trabalhoso e estupidamente menos prático, mas ela era assim, o que nunca, até hoje, compreendi totalmente. E nós tínhamos um cachorro, preto, alto, bonito, forte e de orelhas compridas e pontiagudas, tão raro hoje em dia, mas tão comum naquela época. Esse cachorro, esses dobermanns, são figuras agressivas e imprevisíveis. Um dia, sem mais nem menos, Buster, como o chamávamos, me encurralou e me ameaçou com seus rosnados temíveis e suas babas gotejantes. Minha mãe, apesar do amor e respeito a toda e qualquer forma de vida, não pensou duas vezes, tomou uma espingarda e explodiu os miolos daquele maldito cachorro. Durante dias ela chorou aquela violência que ela mesma tinha cometido e, por muito tempo, ainda saía ao quintal para alimentar e trocar a água do animal, que sequer estava vivo para reclamar suas provisões. Inconformado e até mesmo aborrecido pela importância que ela, mesmo depois de morto, dava ao bicho, decidi questioná-la, no sentido de que se, para ela, aquele cachorro era tão importante, por que, afinal, não o deixou vivo. Óbvio, para poupar-me a vida, mas ela emendou, dizendo: "se a manutenção de meus princípios e valores morais me levam ao inferno, poupando a natureza em detrimento da vida de meus filhos, e se negá-los também me levem ao inferno, poupando a vida de meus filhos em detrimento da natureza, que escolha eu tenho?".

Então, o brigadeiro pegou uma beretta M9, pistola de uso militar e, sem a menor reflexão antes, sem demonstrar nenhum arrependimento depois, e sem nem mesmo externar qualquer emoção durante, simplesmente desferiu um preciso tiro na cabeça do major.

Na verdade, mesmo depois da repercussão entre os soldados, aquela atitude não surpreendeu e sequer gerou uma comoção significativa. Positivamente, o brigadeiro era um cruel e sanguinolento líder militar, responsável por injustiças e atrocidades indescritíveis e inumeráveis no Afeganistão, em 2001, muito embora tenha sido absolvido, por falta de provas e pela condescendência de amigos igualmente cruéis em seus testemunhos, pela justiça militar, anos depois.

Sem cerimônia, o brigadeiro ordenou a alguns soldados próximos dali que "levassem aquele simulacro de combatente para o precipício das rochas de Gibraltar e que o atirassem dali mesmo para o mar". Em seguida, subiu a patente de um tenente do mesmo batalhão do major morto, para assumir o lugar daquele, realizando o rito e o patenteando, agora, como major.

CAPÍTULO CINQUENTA E NOVE

CHERESTRA

ANTES DE QUALQUER AVANÇO MILITAR, O BRIGADEIRO GRIEVOUS ORDENOU o envio de quinze inspetores por terra e um caça para sobrevoar a região em busca de qualquer movimento civil, militar e mesmo de animais. Depois da Batalha de Kamestra, uma atenção especial a estratégias militares exóticas era imprescindível.

Não demorou muito, até pelo tamanho diminuto da região, para que chegassem às mãos de Grievous as demandas, não só dos inspetores que percorreram em dupla, sobre motos, em diferentes direções da região, como também do caça e do porta-aviões. Os diferentes relatórios, das diversas fontes, foram rapidamente processados e condensados, e entregues, em um documento único, ao brigadeiro.

> Ao excelentíssimo senhor brigadeiro Carl Grievous,
>
> Conforme solicitado, seguem abaixo as informações colhidas de nossas diferentes fontes terrestres, aéreas e aquáticas, quanto aos movimentos civis, militares e animais em toda a região de Cherestra.
>
> Nosso caça não reportou nenhuma ação no espaço aéreo, além da presença, um pouco afastada, e ainda se afastando, de um gigantesco zepelim, sem demonstrar qualquer tipo de ameaça, e sem nenhum aparente recurso bélico. Não foi observado qualquer movimento, organização ou agrupamento de nenhum tipo de animal, doméstico ou selvagem. Não foram encontrados personagens de qualquer tipo de exército aparente. Foram positivamente observados movimentos civis na direção norte, mormente em caminhada, sem externar grande ameaça até então. Foi positivamente encontrado um destacamento de aparentes polícias militares, levemente armados e em número pouco significativo. Não foi registrado,

em nenhum momento, ameaça ao piloto, ao caça, tampouco tentativa de comunicação ou manifestação.

Nosso porta-aviões não detectou a presença de qualquer embarcação, militar, comercial ou civil, exceto de pequenos barcos de pescadores que, ao que pareciam, impetraram fuga da região, após nos avistar, embora não tenham sido diretamente ameaçados em nenhum momento.

Nossos inspetores em terra evitaram qualquer tipo de contato com os neandertais, mas avistaram milhares de civis caminhando na direção norte, sem portar armas ou um número significativo de animais. Um dos inspetores foi surpreendido por um policial neandertal, mas como ele pareceu não querer agir ou reagir, foi compreendido o ato como expressão de não agressão, não havendo inclusive qualquer contato físico ou comunicação, apenas visual, mas pouco gestual.

Não foram encontradas estruturas militares de qualquer tipo, em termos de edificações, fortes ou acampamentos, tampouco equipamentos militares como tanques, veículos de patrulha, lança-mísseis, lança-chamas, sistema de mísseis terra-ar, caminhões-tanque, lançadores de foguetes, sistemas antiaéreos ou canhões. Não foram encontradas estruturas científicas, em termos de área de lançamento de foguetes ou campo de satélites.

A geografia e a urbanização são relativamente similares à de Gibraltar, na Terra, inclusive em termos de densidade demográfica, que estimamos ser de no máximo 20 mil pessoas. O clima é estável, os depósitos hídricos parecem muito bons, embora relativamente escassos, e potáveis, o ar é extremamente livre de população.

Atualizamos ainda que nosso caça já pousou no porta-aviões e nossos inspetores já estão no acampamento. Não reportamos qualquer acidente ou incidente de qualquer natureza.

Considerando plena ciência, aguardamos novas instruções.

Coronel Trevor Hunts

O brigadeiro Grievous estava muito contente com as informações recebidas. Aparentemente, não teriam qualquer problema naquela missão, e atribuiu o massacre em Kamestra à tremenda falta de recursos e excesso de negligência. "Como puderam esses burocratas autorizar um plano militar sem pé nem cabeça, como aquele?", pensava consigo.

Mas os cidadãos de Cherestra não estavam exatamente abandonando seus lares. Não, eles se amontoaram na única estrada e bom caminho para sair de Cherestra. E se sentaram sobre o asfalto, conversando e discutindo sobre os *Homo sapiens*, enquanto os aguardavam.

Enquanto as tropas se preparavam para avançar suas garras sobre a cidade, o caça saiu para uma segunda missão de reconhecimento, de maior raio, e logo percebeu a turba mobilizada na estrada, conforme reportou:

> Excelentíssimos,
>
> Milhares de pessoas, neandertais, obviamente, estão desconcertantemente paradas no meio da estrada, aguardando não sei bem o quê. Eles se alimentam, fumam e conversam, aparentemente tranquilos. São homens, mulheres, idosos, crianças, cachorros e gatos, famílias inteiras, e indiferentes à minha presença ou aos meus sobrevoos. Estariam eles aguardando uma bomba sobre suas cabeças? Na cidade, um pequeno grupo de policiais agrupado, reitero que, levemente armado, como que aguardando para algum diálogo, uma possível rendição, imagino.
>
> Tenente Eugene Banch

Enfim, a brigada inteira foi desmobilizada para o centro da cidade, incluindo o CCC (Centro de Comando e Controle), diferente do que aconteceu em Kamestra. Grievous estava notoriamente confiante. Como demonstrou em outras oportunidades, ele preferia perder uma batalha, ainda que arriscando sua própria vida, a ver seus homens morrerem por um binóculo, e, não obstante, exigia o mesmo de seus comandados. Sem dúvida, a sua lealdade ao exército e intrepidez no campo de batalha colaboraram muito para sua rápida ascensão na corporação.

Chegando ao centro da cidade, um inspetor e um intérprete, dos dez que começaram a estudar o idioma neandertal, desde que a Parallels passou a realizar viagens extracorpóreas, foram fazer o primeiro contato com o grupo de policiais, coisa de duzentos homens. Com uma boa distância, em pontos estratégicos, quatro *snipers* aguardavam a ordem para reagir, caso houvesse qualquer tipo de agressão.

— Cumprimente-os normalmente, mas a distância — disse o inspetor ao intérprete.

— Não precisa, todos nós sabemos falar inglês.

— Que ótimo — falou o inspetor.

— O que vocês querem aqui?

— Olhe, amigo...

— Não somos seus amigos, oh, *Homo sapiens*.

— Tudo bem, só quis ser gentil, quero apenas conversar. Meu nome é Owel, inspetor, e qual é o seu nome?

— Humano, não precisamos de sua gentileza, de suas frescurinhas, de etiqueta. Quanto ao meu nome, não é relevante, muito menos o seu.

— Já vi que isso vai ser mais difícil do que imaginava.

— Pode ser simples, vão embora.

— Olhe, neandertal... Isso não vai acontecer, está bem?

— E qual será o próximo passo, terráqueo?

— Se vocês colaborarem, poderão seguir normalmente suas vidas, suas pescarias ou sei lá o que vocês gostem de fazer neste planeta, nós apenas queremos passar.

— Bem que Prometeu disse mesmo pela televisão que vocês são incrivelmente cínicos, mas não esperava tanto. Como você espera que continuemos nossas vidas normalmente se vocês querem arruinar nosso planeta?

— O objetivo não é arruinar seu planeta e, ainda que quiséssemos, olhe em sua volta, não há nada que você possa fazer.

— Foi a primeira verdade que falou desde que chegou aqui. — E, com uma calma surpreendente, começou a rir do que ele mesmo disse, seguido por alguns outros policiais que puderam ouvir.

A situação era curiosa e irritantemente desconcertante para o inspetor, pois geralmente essas situações eram resolvidas determinando os termos de rendição ou declarando guerra, simplesmente.

— Senhor, escute-me, fui treinado para resolução de conflitos dessa natureza; agora, aqueles caras lá atrás não estão para brincadeira. Se eu levantar um único dedo de uma única mão, antes que possa contar quantos dedos levantei, uma bala perfurará seu crânio e sairá pelo outro lado, provavelmente matando mais um ou dois amigos seus.

— Curiosa questão. Se seu poderio militar é tão arrasador assim, por que, afinal, estamos conversando, e não as solas de suas botas pisando sobre nossos cadáveres?

— Por que não queremos matar ninguém, ao menos não além do necessário.

— Mais uma obra de seu cinismo. Por acaso você realmente acredita que, tomando o governo de meu país, não matará ninguém? Quantas pessoas do meu mundo não morrerão das doenças causadas pela depressão ao saberem que são governados por porcos como vocês? Quantas pessoas não morrerão de fome em resultado às leis que vocês imputarão a nós? Quantas pessoas inconformadas tomarão as armas, para lutar contra vocês? Verdadeiramente, minutos depois que vocês chegaram, já conseguiram matar um dos nossos, um idoso que enfartou de nervoso após assistir à sua casa ser deixada para trás, por causa da ocupação terráquea.

Finalmente, o inspetor perdeu a paciência. Ele esperava conversar com um militar, não com um filósofo, mas só nessa hora ele recordou que naquele lugar, naquele planeta, todo mundo era versado em filosofia, por estudarem por horas e por todos os dias, desde tenra idade, a partir do ingresso escolar.

— Chega de conversa, coloquem todos vocês suas armas no chão! Ouviram? Todos! Quem não obedecer será fuzilado.

— O que está acontecendo inspetor? — chamaram pelo rádio.

— Sargento, avise aos *snipers* que podem atirar em quem não colocar em dez segundos a arma no chão.

Mas, na verdade, os policiais neandertais sequer hesitaram e, até que com uma parcimônia incomum, simplesmente colocaram suas armas no chão, sem a menor resistência ou truculência. Depois disso, um depois do outro foi virando as costas e caminhando para o outro lado.

— Parem! Parem ou eu mesmo vou atirar — ameaçou, dessa vez já empunhando a pistola.

E sem um único policial parar de caminhar, aquele mesmo respondeu:

— Só espero que tenha 20 mil balas. — Referindo-se à população total de Cherestra.

Ele não atirou, claro, nem havia motivos para isso, mas ficou absorto e estupefato com a convicção socrática daqueles homens. Aquela coisa gandhiana do não lutar sem se render. Aquela desobediência civil thoureana. Aquele niilismo nietzschiano. Toda essa truculência de espírito que só crianças muito pequenas ou filósofos muito grandes poderiam realizar.

CAPÍTULO SESSENTA

ESTRADA VERMELHA VALENTINO

CHERESTRA, MUITO DIFERENTE DE KAMESTRA, ERA UMA CIDADE MUITO PAcata, dessas que poderiam ser vistas nas paradas entre as grandes cidades ao se viajar pela Europa. Sim, nem parecia um lugar de outro mundo. A pequena população, seus 20 mil habitantes, era, não necessariamente por causa da filosofia, mas também não necessariamente indiferente a ela, de pessoas absolutamente simplórias, com hábitos tranquilos e técnicas rudimentares. Ademais, viviam basicamente de pesca e agricultura. Na cidade, pouquíssimas fontes de entretenimento. Para se ter mais sorte, melhor seria embarcar naquele único zepelim, avistado pelo piloto, que passava por lá apenas uma vez ao mês. Na cidade, bela, sem ser sofisticada, não havia arranha-céus ou grandes sistemas de transporte: muito pequena, praticamente todos usavam bicicletas. Contudo, essa mesma cidade, tão tranquila, tão calma e tão preterível, viu-se completamente destituída de sua paz irremediavelmente. "Sorria, os humanos chegaram."

Enquanto os neandertais se acumulavam mais e mais na estrada de acesso a Cherestra, o brigadeiro Grievous fundou seu quartel dentro de um hospital. Uma decisão muito perspicaz, pois, além da localização geográfica, agora teriam, em um mesmo lugar, fácil acesso a acomodações, medicamentos, alimentos, cozinha e amplas salas para eventuais reuniões. Lá dentro, tinha praticamente tudo de que uma brigada de exército precisava, inclusive reféns, isto é, os doentes que não foram capazes de sair de lá e algumas enfermeiras que ficaram para cuidar deles; o que a mente diabólica do brigadeiro achou incrivelmente interessante, apesar da feiura sem paralelos daqueles seres.

Entre muitas outras, Grievous demandou algumas ações: que encontrassem um mapa da cidade, do estado e do país; que o intérprete trabalhasse na edição de um dicionário neandertal-inglês e inglês-neandertal, a começar pelas medicações; que fizessem uma varredura em todas as casas e comércios para assegurar que a cidade estava vazia, e, porventura, conseguisse mais reféns eventualmente mais úteis que enfermeiras e moribundos, bem como itens valiosos; e que o porta-aviões, junto com os caças, fizesse uma varredura mais ampla sobre toda a península, evitando, entretanto, combates marítimos, o que o porta-aviões absolutamente não é preparado para fazer.

Apesar da preocupação de alguns majores, o brigadeiro parecia indiferente ao movimento civil na estrada. "Eles terão que sair, nem que eu tenha que meter uma bala, um a um, sobre eles", dizia. Contudo, pediu ao helicóptero que fizesse uma varredura mais específica sobre eventuais outras vias de acesso. "De repente, acordo de bom humor e contorno a estrada deles", resmungava o brigadeiro.

Mas, claro, os neandertais deveriam ter algum plano, o que já refletia Grievous, enquanto secava sua careca ridícula com um paninho. E não demorou muito para que o piloto do helicóptero reportasse a negativa quanto à possibilidade terrestre de sair de Cherestra, senão por aquela estrada. Assim sendo, ordenou a um batalhão que fosse até lá convencer, "de um jeito ou de outro", aquelas pessoas; e todos já sabiam o que o brigadeiro realmente queria dizer. "Mal cheguei neste lugar e já estou enfastiado. Esperava guerra, e eis que o que encontrei foram 20 mil Platões", balbuciava para si mesmo.

Enfim, um batalhão de mil homens comandados pelo major mais linha dura da brigada, chamado Ted Desert, chegou à estrada onde se reunia, em uma coluna interminável, ao longo da via, uma multidão e duzentos policiais.

A princípio, os pedidos foram bem cordiais, explicando que eles realmente precisavam daquela estrada, que as pessoas poderiam voltar para suas casas, pois nada aconteceria com elas e que eles só estavam lá de passagem. Claro, não adiantou muito. Logo começaram as filosofias, e os soldados ficaram muito confusos e desconcertados. Definitivamente, estavam preparados para uma guerra, não para uma reunião em uma escola pitagórica. Mais tarde, um sargento chegou a reportar:

> Eu, que, antes do exército, trabalhei na polícia de Atlanta, já lidei com todo tipo de desobediência civil: protestos pacíficos, caminhadas, manifestações violentas e até mesmo erupções armadas. Mas aquilo era completamente diferente e inédito para mim. Um manifestante comum, por mais raivoso e intrépido que seja, basta umas boas cacetadas que já sai correndo procurando a mamãe. Agora, aqueles neandertais sorriem e riem na sua cara para qualquer tipo de violência, por mais brutal que seja, que se possa fazer contra ele, sua esposa ou sua filha, não importa. Se já não bastasse, depois da violência, ainda parecem se orgulhar do martírio, pois passam a apresentar seus rostos desfigurados aos demais como se estivesse referindo-se às bolachas que acabara de tomar, escrito em sua tez: "obra de um completo energúmeno".

> Um tenente, inconformado, chegou a perguntar para um deles por que ele não se defendia e nem mesmo tentava revidar. Espantosamente, mais tarde, descobri que aquele neandertal tinha citado um terráqueo, o Sócrates, pois respondeu: "acaso vou processar um asno só porque ele me deu um coice?".

Pois é, o major da operação não encontrava outra solução senão partir para a violência. A princípio, ameaçando a própria pessoa a sair da estrada. Em seguida, ameaçando quem estivesse com ele. Não dando resultado, realizando uma leve violência. Em seguida, uma mais pesada. Quem era retirado à força logo voltava a compor a turba na primeira chance. "E", respirava profundamente o major, "por Deus, são 20 mil pessoas!". O tempo passava, a solução não era encontrada, o major entrava em cólera, os soldados perdiam a paciência. Contrariado, via rádio, o major entrou em contato com o brigadeiro:

— Brigadeiro, parece não haver nada que possamos fazer para retirar essas pessoas daqui.

— Ora essa, Ted Desert, logo você, que é o que mais pega pesado!

— Garanto que já tentamos todo tipo de violência, brigadeiro, mas as pessoas simplesmente não saem. Quando começamos a arrastá-las para fora da estrada, todas as demais se deitaram no chão. Aliás, tenho neste exato momento 20 mil pessoas deitadas no chão por toda a estrada. Sinceramente, não temos a menor condição de retirá-las uma a uma daqui.

— Todas se deitaram?! Se eu tivesse um tanque, passava por cima, major. Aqui não é a Praça da Paz Celestial! — disse, referindo-se aos eventos ocorridos na Praça Tiananmen, em 1989, na China, quando um homem se postou na frente de uma coluna de tanques, obrigando-os a parar. Contudo, uma testemunha contou que os tanques efetivamente atropelaram pessoas e veículos que estivessem pelo caminho, precisamente um dia antes.

— Por Deus, brigadeiro, o que você está dizendo?! Aqui têm bebês, idosos, crianças! São civis desarmados.

— Civis? Que civis?! São cidadãos por acaso? Em que cidade elas nasceram? Fica na Terra, pelo menos? São por acaso seres humanos? E por que, então, você os está tratando como tais? Humanos são pessoas, humanos são cidadãos, humanos têm direitos. Esses neandertais, meu caro, são apenas animais falantes, papagaios filosóficos. Mate um a um, e, se faltar bala, queime um a um, e, se faltar combustível, estrangule um a um. Isso é a uma ordem.

O major estava aturdido e internamente desesperado. Aquela ordem do brigadeiro era, no mínimo, inaceitável. Ele guardou o rádio, caminhou alguns passos, acendeu um cigarro e se sentou pensativo, enquanto os tenentes o esperavam deliberar.

O major Ted Desert podia até ser linha dura, mas isso em termos de tática de guerra e comando. Jamais participou ou concordou com investidas contra civis. "Poderia ser meu pai, ali, deitado nessa estrada", refletia, "e, mas que bobagem, é claro que são humanos, o que realmente os diferencia de nós?". No entanto, o major precisava resolver aquele impasse, de algum modo, quebrar a resistência daquelas pessoas. Seria um absurdo, ao ver dele, ter sua reputação manchada por não conseguir lidar com civis desarmados.

— Tenente, traga dez homens adultos amarrados e um megafone.

Após sua ordem ser prontamente atendida, mandou colocar os dez homens sobre um caminhão, que, mesmo de mãos atadas, fizeram muita resistência até serem completamente imobilizados, para que todos pudessem ver, depois subiu ele mesmo também, seguido de um soldado, e começou a falar.

— Senhoras, senhores, homens, mulheres, idosos, crianças, doentes, famintos, sedentos, todos vocês. Sei que vocês têm seus motivos para ficarem aqui. Compreendo todos, e não sei se não faria tão diferente de vocês. Mas sou da Terra, tenho superiores, cumpro ordens e sou responsabilizado pelas ordens que não forem cumpridas. O que isso significa? Que farei o que for necessário para que vocês saiam da estrada. Nem que tenha que matar todos vocês, um a um. Mas não quero fazer isso. Não gostaria de fazer isso. Nem preciso fazer isso. Basta vocês voltarem às suas casas, às suas pescarias, às suas plantações. É simples. Não quero discutir. Sei que vocês são bons de discussão. Mas de que vale um bom argumentador com um tiro no peito? Não precisa ser assim. Não deveria ser assim. Por que vocês não se movem? Ficarão aí parados? O que eu disse não está em nenhum de seus tratados filosóficos, por acaso? Bom, a decisão é de vocês! Vocês serão os culpados pelos acontecimentos que testemunharão. São suas mãos que estarão sujas com o sangue desses bons cidadãos. Se não se levantarem imediatamente, matarei, a cada cinco minutos, um desses dez homens.

O major desceu do caminhão, enquanto o soldado, com seu rifle, aguardava o sinal. O silêncio era terrificante. Aqueles dez homens antevendo seus próprios fins enquanto uma multidão de 20 mil pessoas permanecia deitada e imóvel sobre o asfalto, ao passo que uma leve brisa mediterrânea erguia suavemente os cabelos de Ted Desert. Ele refletia, observava, esperava ansiosamente uma única pessoa se levantar, quem sabe assim contagiando os demais, e evitando uma carnificina irreparável. O estatelamento era absoluto, inclusive entre os próprios militares, todos pareciam meio que aguardar qualquer coisa, qualquer protesto, qualquer sinal, nem que fosse dos céus. Mas o único ruído que se escutava era das curvas dos ventos e os latidos e miados de alguns bichos. Já se arrependendo antes mesmo de fazer, o major olhou para o soldado e sinalizou de forma envergonhada e positivamente com a cabeça. O soldado ainda olhou fixamente ao major, como quem pergunta "tem certeza?", mas não obteve resposta, e nada restou senão dar baixa àquele neandertal que tudo o que queria era ser livre sem que isso significasse anuir com o risco à liberdade de todo aquele país. E o som da bala atravessou a alma de todas aquelas pessoas, humanas ou neandertais.

Ainda assim, não houve uma reação de desmobilização sequer. Ainda assim, ninguém se levantou, nem mesmo assim, alguém, senão algumas aves, se desgarrou do chão, nem mesmo assim, a trégua sem guerra teve trégua. Mais um morto. Mais cinco minutos. Mais um morto. Mais cinco minutos...

A essa altura, algumas crianças choravam, talvez filhos, quem sabe netos. Esposas, irmãs, irmãos, mães, pais, sobrinhos, sobrinhas, tios, tias, amigos, amigas... sofriam deitados a perda de um dos seus. Mas, não, de modo algum, aquilo não minava a resistência daquele povo. Reflito que queriam se provar mais resistentes ainda. Aí é que concluíam mais fortemente ainda que a barbaridade humana deveria ser plena e completamente combatida. Não deixariam essa raça desgraçada se espalhar mesmo pelo mundo deles. Agora é que ninguém iria arredar o pé dali de jeito nenhum. Mais um morto. Mais cinco minutos. Mais um morto. Mais cinco minutos...

O major estava atônito e catatônico, olhando obcecadamente para aquelas pessoas deitadas no chão, tudo era realmente difícil de acreditar. Para lá do quinto ou sexto homem, ele já não contava mais, já não observava mais, já não ouvia mais...

— Desert... Desert... Desert! — disse quase o sacudindo um dos tenentes. — E agora?

— E agora, o quê?

— Já matamos os dez!

Sem esboçar qualquer emoção, em pleno estado de angústia profunda, de agonia de espírito, o major simplesmente colocou seu rifle no chão, jogou sua pistola no mato, aproximou-se dos neandertais e, ao lado deles, deitou-se também no chão.

Sim, as pessoas entenderam. Existem limites. Mesmo para humanos, existem limites. Alguns limites nessa vida não podem ser transpassados sem se destruir totalmente por dentro, e Ted Desert não estava disposto a isso.

Pouco a pouco, em um ato, do ponto de vista do comando do exército, de incrível e absoluta insubordinação em massa, os tenentes, os sargentos, os furriéis, os cabos e os soldados foram, um a um, pouco a pouco, também se deitando, um ao lado do outro, depois um em frente ao outro, junto com os neandertais. Vinte mil almas neandertais e mais mil almas humanas revestiam a estrada de Cherestra. Exceto um único sargento e um único soldado, que voltaram para CCC.

Um ato nobre, notável, que quem sabe irá um dia para os livros de história, mas que durou pouco, coisa de minutos, pois cinco caças sobrevoaram sobre a estrada tomada de gente, e eis que cinco bombas a tingiram definitivamente de vermelho valentino.

CAPÍTULO SESSENTA E UM

OS TRÊS PODERES

— GENERAL, QUE PALHAÇADA FOI ESSA?

— Olhe aqui, seu burocrata — disse ao presidente da Parallels —, por que a gente não faz um acordo: você cuida das papeladas, e eu, da guerra?

— Veja, general — falou o secretário de defesa americano —, sua inventividade e plano me agradaram muito e, apesar dos incidentes, não há como não chamar de um grande sucesso. Mas nosso regimento é muito rigoroso nesse sentido, as consequências poderiam fugir ao nosso controle.

— Sem contar os custos!

— Cale sua boca, os homens estão dialogando — disse o secretário ao presidente.

— Ei, veja só como você fala comigo. Sou o presidente da Parallels! Se não fosse o investimento da nossa empresa, vocês nunca seriam capazes de viajar a mundos paralelos.

— Fico muito agradecido pelos seus investimentos, oh, senhor presidente da Parallels, mas a conversa agora é com gente grande.

— Que absurdo! — indignou-se, levantando-se e batendo os pés ao sair da sala. — Trogloditas! Quem vê pensa que a relatividade de um Einstein, a mecânica de um Newton, a matematização de um Maxwell ou o desvendar dos meandros do magnetismo de um Faraday saíram de um escritório da Casa Branca. Medíocres, hipócritas, demagogos! — ele gritava e podiam ouvi-lo, mesmo depois de sair da sala, com a porta fechando-se atrás dele. — Se não fosse a iniciativa privada, onde estaria o mundo? Brigando ainda por pedacinhos de Terra! Tartufos reclamam da concentração de capitais, mas não de terem um Whatsapp para usar, que, se não fosse a concentração de capitais, sequer existiria! Seriam alguma coisa além de nerds com boas ideias, se não fossem os investidores, pessoas como Steve Jobs, Bill Gates, Mark Zuckerberg, Warren Buffet?

— Enfim, meu caro general, pelo nosso regimento, você deveria ser levado à corte marcial, e provavelmente seria condenado à morte, junto com os que o ajudaram.

— Tudo o que fiz foi pelo sucesso da missão, secretário, mas faça o que achar melhor.

— Quero ajudá-lo, general, posso apagar os rastros.

— Em troca de quê, secretário? Não entrarei no seu jogo, não estou à venda. Repito, faça o que achar melhor.

— Você realmente se acha insubstituível, não é mesmo, general?

— Todo mundo é insubstituível, todo mundo é essencial, ao menos para uma única pessoa. Quer saber, não ligo a mínima. Cuide de suas políticas. Tenho uma guerra contra outro mundo para cuidar.

E assim o general simplesmente deu as costas ao secretário. Até certo ponto, o homem tinha razão, ele era essencial para a missão, ao menos a curto prazo. Era simplesmente o melhor. Um verdadeiro Chris Kyle dos planejamentos militares, um Kasparov aplicado à realidade. Não, o secretário não o levaria à corte, não naquele momento, mas um dia, quem sabe. De qualquer maneira, os planos do secretário eram ambiciosos, mas fracassaram. Tivesse ele com o general em suas mãos e, unido a ele, para exterminar a reputação do presidente da Parallels, seria o mundo perfeito, finalmente, se tivesse sido bem-sucedido, o governo dos Estados Unidos teria absoluta autonomia e controle sobre a guerra, mas enquanto não tivesse total controle sobre as forças armadas internacionais e sobre o poderio financeiro da Parallels, seus planos eram apenas sonhos bons.

CAPÍTULO SESSENTA E DOIS

OLIVER CHOSS

RICHSON SHERADE DESPONTAVA E SE POPULARIZAVA SENDO O GRANDE DIvulgador dos planos dos líderes mundiais de invadir o planeta Lar e de espalhar e dar corpo a uma nova ideia, uma nova forma de pensar ou de tratar o Estado, o neanderismo, ou seja, a consolidação e aplicação de todas as boas ideias, em todos os sentidos, independente de autores, de políticas ou ideologias, com base na discussão intelectual honesta, na filosofia e na história. Entre suas contribuições, particularmente para o neanderismo, conseguiu condensá-la em um parágrafo simples, pueril e compreensível, primeiro passo para que depois se pudesse aprofundá-la:

> O neanderismo é, em poucas palavras, não exatamente uma nova ideia, não a revolução das mentes, não a destruição de tudo e nem mesmo a construção de nada, ao menos não necessariamente. É, pura e simplesmente, a ideia de que devemos aplicar todas as boas ideias, com base na razão, no debate e na comparação histórica, e não nas paixões, sejam elas quais forem, tenham elas as origens que tiverem, ainda que contrários aos preconceitos mais arraigados, ainda que negando toda a cultura de uma nação. São as boas ideias, e não os bons valores, que merecem respeito. Agora, se uma boa ideia tem também um respaldo moral, tanto melhor, mas, se não tiver, às favas a moral, e fiquemos com as boas ideias.

Oliver Choss, o presidente dos Estados Unidos, evitava ao máximo esse assunto, em todas as oportunidades. Gostava muito de falar sobre imigração, sobre as guerras no Oriente Médio, sobre a crise de refugiados na Europa, sobre a questão da Palestina, e todos esses eternos velhos problemas, com suas mesmas velhas respostas.

Contudo, gostar de falar é muito diferente de gostar de agir. De modo algum. O negócio dele era passar projetos para o Congresso e deixar que os congressistas e depois os senadores se virassem. "Quem aprova leis não sou eu, mas o Congresso", adorava dizer. Se a opinião pública era contra, ele apontava o dedo para os congressistas. Se a opinião pública era a favor, ele reclamava a autoria. Não demorou muito, apelidaram ele de Oliver "*Straddle*", em referência à operação na bolsa de valores constituída pela compra de uma opção de compra de um ativo e simultânea compra de uma opção de venda de um ativo, de mesmo vencimento e alvo, ou seja, lucrando em qualquer direção consistente que o mercado incorra, em poucas palavras, no popular, *straddle* significa "ficar em cima do muro". Curiosamente, Oliver "Em cima do muro" Choss detestava esse apelido, muito embora fosse difícil imaginar um outro tão apropriado e sincero ao seu perfil.

Entretanto, e em imensa parte por culpa do neozelandês Richson Sherade, não se podia mais fugir ao tema, pois as denúncias se avolumavam. O jornalista e blogueiro acabou se tornando uma grande referência no assunto, o continuador que não se calava depois da queda de Keating. Seu extremo zelo com a verdade e impecável proteção às suas fontes o tornaram a via óbvia de divulgação de quaisquer problemas ou irregularidades com relação a Parallels ou ao projeto como um todo.

Pressionado pelos secretários, pela grande ou pequena mídia, pelos blogueiros, pelas grandes *pages* e personalidades engajadas no Facebook e Twitter, finalmente, o presidente convocou uma coletiva para falar exclusivamente sobre esse assunto.

— Bom dia, senhores jornalistas e povo americano. Sim, estamos em guerra com os neandertais. Sim, desenvolvemos tecnologia para enviar soldados para o planeta deles. Sim, iremos vencer. Sim, ninguém mais virá aqui dizendo o que devemos ou não fazer. Sim, não deixarei que mais nenhum alienígena venha ao nosso mundo derrubar nossos aviões. Sim, ninguém mais invadirá nossas mentes. Sim, fazemos parte de uma grande coalização internacional, com a ajuda dos grandes exércitos de todo o mundo e do capital financeiro internacional. Sim, eles são realmente uma ameaça. Sim, nós conseguiremos.

— Bom dia, senhor presidente. E quanto às alegações de que dentro da Parallels ocorrem experimentos perigosos com humanos, ferindo diversos direitos, com o objetivo de obter a tecnologia de viagens a mundos paralelos?

— A Parallels, como qualquer empresa americana ou que tenha filiais nos Estados Unidos da América, ou ainda que comercialize com nosso país produtos, serviços ou tecnologias, está submetida e em acordo prévio com nossas leis. Contudo, se houve ou houver alguma transgressão, cabe à nossa inteligência investigar.

— Senhor presidente, há diversas denúncias a respeito do que acontece dentro da Parallels, e uma série de documentos relativos ao seu funcionamento, que são classificados como sigilosos.

— Mas é óbvio. A Parallels trabalha com uma tecnologia incrivelmente cara e sofisticada. Não permitiremos, de modo algum, que ela tenha chance de cair nas mãos de terroristas, como Richson Sherade.

— Presidente, falando em Richson Sherade, ele, obviamente, se opõe à guerra, dizendo que ela é completamente inútil. Qual é sua posição em relação a isso?

— Gostaria de perguntar qual seria a posição dele caso, dentro de um daqueles aviões que Prometeu derrubou, estivesse sua mãe, sua esposa ou sua filha.

— Outra pergunta, senhor presidente. Qual o objetivo dessa guerra?

— Primeiro, prender os terroristas neandertais responsáveis pelas confusões que fizeram aqui na Terra nos últimos anos, trazê-los para cá, onde serão julgados e condenados pelos crimes que praticaram. Segundo, impedir que as interações entre os mundos paralelos tenham quaisquer objetivos não pacíficos. Terceiro, tirar aquele povo da anarquia e estabelecer uma verdadeira democracia, com a ajuda humana.

— Senhor presidente, as informações que chegam até nós é de que o país deles, chamado Paraíso, é organizado e pungente. Não deveríamos respeitar a soberania daquele país e pedir a extradição apenas dos seus, conforme suas palavras, terroristas?

— Por que vocês acham que o Prometeu, ou qualquer outro neandertal, não apareceu mais por aqui? Eu respondo, porque deixamos de colaborar e abaixar nossas cabeças a tudo o que eles dizem. Todas as nossas tentativas de diálogos foram infrutíferas, então essa opção foi descartada.

— Entendo, presidente, mas, ainda assim, declarar guerra a um país aparentemente organizado e estável não seria contrariar as convenções e tratados assinados?

— Nossos tratados internacionais só se aplicam no âmbito da Terra, caso você não esteja muito bem-informada — ele falou, e risadas maldosas podiam ser ouvidas.

— Mas dizer isso não significa também anuir com quaisquer crimes de guerra que possam ser cometidos contra os neandertais?

— Acontece que os neandertais não são humanos, são neandertais, então eles não têm direitos humanos, mas "direitos neandertais"...

— Ou seja, presidente, eles não têm direito nenhum?

— Não reclame comigo, mas com o Congresso, com o Senado, com a ONU. Não faço as leis.

— Mas, presidente, se os neandertais não podem ser tratados como humanos, ou ao menos como pessoas, como cidadãos imbuídos de algum direito, como poderiam ser enviados para cá e julgados pelos seus crimes como se fossem como nós, humanos, pessoas, cidadãos imbuídos de algum direito?

— Direi mais uma vez, reclame com os congressistas. Muito obrigado, senhoras, senhores, jornalistas e povo americano.

CAPÍTULO SESSENTA E TRÊS

VITÓRIA DE PIRRO

PARALELA E INDIFERENTEMENTE AOS IMBRÓGLIOS POLÍTICOS NA TERRA, comemoravam em Cherestra a primeira vitória humana em solo neandertal. Mal ou pouco informados sobre os reais acontecimentos na fronte, na estrada, os soldados foram convencidos de que havia ocorrido ali uma grande batalha, onde, apesar das enormes perdas, isto é, um batalhão inteiro, eles tinham saído vitoriosos de uma batalha dura e difícil, em ambiente hostil e estreito, não contra civis desarmados e em desobediência, mas contra 20 mil rebeldes fortemente armados e com apoio da polícia local. Impossível ser mais distante da verdade. Mas, ao ver do brigadeiro Grievous, manter a moral dos soldados era mais útil que a verdade.

Os diversos tipos de violência e descaso às necessidades dos pacientes e enfermeiras, os últimos sobreviventes neandertais de Cherestra, do hospital onde os militares se instalaram, bem como as últimas notícias, de que toda sua comunidade estava exterminada, levaram-nos a cessar o martírio de todos de uma vez por todas, em um suicídio coletivo a partir de altas doses de sedativos e depressores. Fato que o brigadeiro tratou com indiferença e ironia.

Todos os militares foram liberados naquele dia para comemorar do jeito que lhe aprouvessem, podendo até mesmo saquear o que quisessem, e a bagunça foi grande. Em uma larga rua, militares aglomerados, embriagados e entusiasmados gritavam palavras de ordem, cantavam hinos, depreciavam os neandertais e elevavam o brigadeiro. Organizaram um churrasco de carne vermelha e peixes, e, discretamente, elogiavam a qualidade dos alimentos, mas, antes de atribuírem o mérito pelas delícias aos neandertais, davam mais relevância às supostas habilidades do churrasqueiro.

Com uma boa distância da aglomeração, o brigadeiro, acompanhado de sua esquadra particular de puxa-sacos, assistia a tudo com pouca alegria e entusiasmo, apesar do ridículo esforço dos demais.

— Brigadeiro, desculpe-me por observar, mas você não parece muito contente com nossa vitória.

— Meu caro major... Como diria Pirro, do Épiro, "mais uma vitória dessas, e eu estou completamente perdido" — ele disse, referindo-se ao fato de que, na verdade, perdeu mil soldados, um batalhão inteiro, ou seja, vinte por cento de sua brigada militar, somente para, na verdade, vencer 20 mil civis desarmados, de uma cidade distante, pacata e desmilitarizada, sem que eles precisassem disparar um único tiro.

No dia seguinte, bem cedo, aproveitando-se da ressaca da maioria, escolheu a dedo um pequeno destacamento, coisa de cinquenta homens, soldados-rasos e ávidos por reconhecimento, para que, sequestrando máquinas de construção civil dos neandertais, fossem à estrada, onde ocorreu a, na verdade, Chacina de Cherestra, para que limpassem a via e recolhessem os armamentos encontrados.

Naturalmente, o brigadeiro temia que se espalhasse a verdade. Quanto aos pilotos dos caças, ele confiava na lealdade, o sargento e soldados que abandonaram a fronte foram convencidos a manter o silêncio, mas o problema era o estado em que ficou a estrada, isto é, que não encontrariam nenhuma arma que não fossem as deles e pela própria disposição dos corpos, bem como o estado deles, que se revelasse que não houve batalha armada alguma, e que nem mesmo teria ocorrido verdadeiramente um conflito, mas um aniquilamento aéreo. Contudo, em suas ordens, faltou uma ressalva importante, a proibição de levar qualquer tipo de equipamento fotográfico, o que provaria, até para os mais leigos, que as mortes se deram por bombas e não por tiros, e que havia armas nas mãos dos soldados humanos, mas nenhuma nas mãos dos neandertais. Sem desconfiar, essa falha ainda retornaria contra ele.

Enfim, passaram-se mais dois dias e, após os caças fazerem importantes sobrevoos nas cidades de Bakestra e Timestra, onde as populações, ao saberem da invasão humana em Cherestra, evacuaram para a cidade maior e mais adiante, chamada Arestra, foi dada a ordem pelo brigadeiro que iriam então em direção à grande cidade de Arestra, localizada onde seria Madri, na Espanha, passando batido pelas duas cidades pelo caminho. Quanto aos caças e porta-aviões, ficou ordenado que eles dariam a volta pela península até chegarem à cidade de Gasgaradestra, localizada onde seria La Rochelle, no sudoeste da França. Essa última cidade citada era uma parada fundamental à brigada de Grievous e bem determinada pelo plano militar do general, pois lá havia um sabido campo de satélites, momento em que finalmente conseguiriam se comunicar em tempo real com o alto comando na Terra. Não obstante, devido à enorme importância desse campo de satélites, foram dadas ordens expressas para que os caças garantissem, a qualquer custo, a preservação deles.

CAPÍTULO SESSENTA E QUATRO

QUE GUERRA É ESTA, GENTE?

DE CHERESTRA A ARESTRA, PASSANDO PELAS MENORES CIDADES DE BAKES-tra e Timestra, era uma distância de seiscentos e cinquenta e nove quilômetros, o que seria relativamente tranquilo utilizando caminhões, se não fossem as inúmeras destruições de estradas, barricadas, ônibus atravessados e pontes destruídas ao longo do caminho, conforme o caça reportou. Isso era parte do plano de evacuação das duas cidades pelo caminho: retardar o máximo possível o avanço humano sobre o país, em especial à capital ou ao polo norte.

Muito embora a reconstrução e desobstrução das vias fosse algo relativamente importante, para novos ingressos de combatentes no porvir, o tempo estimado gasto para o avanço por meio de veículo, somado ao tempo para limpeza, construção de pontes provisórias e habilitação das vias, seria simplesmente muitas vezes maior do que se fizessem simplesmente em caminhada, a saber: dez dias em veículos com noventa paradas para limpeza de vias, ou seis dias de caminhada, sem necessidade de limpeza e desobstruções. As três pontes destruídas pelo caminho ficavam sobre lagos, então era possível contorná-las a pé. Se, por um lado, a decisão de ir por veículos os deixaria mais bem guarnecidos no destino final, por outro, quando das reconstruções, seriam possivelmente alvos mais fáceis aos adversários, ainda que o serviço de espionagem não tenha reportado a existência de nenhum tipo de meio de transporte aéreo ou *drone* de uso militar. A própria sabotagem neandertal das próprias vias era vista pelo brigadeiro como uma ação desesperada de ganharem tempo, ou seja, era melhor chegar o quanto antes a Arestra, ainda que menos guarnecido, do que morosamente chegar bem guarnecido, mas com oponentes bem preparados para o contra-ataque.

Os quatro esquadrões saíram com grande espaço de tempo entre eles, com o objetivo de se manter uma distância de cinco quilômetros entre um e o outro, e manutenção de alerta máximo às chamadas via rádio. Para Grievous, era certo que, uma vez mais, animais seriam lançados contra os humanos. Considerando que a ação foi tão bem-sucedida em Kamestra, não havia motivos para os neandertais não a repetirem.

Ao adentrar em Bakestra, no entanto, e bem curiosamente, havia uma faixa sobre a placa de bem-vindo, que dizia:

Toda forma de vida é bem acolhida em Paraíso, inclusive humana.

Não havia dúvida de que a mensagem gerou uma enorme desconfiança, até porque até onde eles sabiam havia ocorrido uma pesada batalha em Cherestra. Então, o primeiro batalhão que estava mais à frente, sendo o primeiro a chegar naquela cidade, demandou instruções. Em resposta, o brigadeiro, que estava no terceiro batalhão, com sua retaguarda protegida pelo quarto, e com o segundo entre ele e o primeiro, ordenou que se ignorasse a interpretação literal daquilo e agissem em alerta máximo para uma eventual armadilha, inclusive, paralisando na fronteira da cidade todo o batalhão e enviando um pelotão de cinquenta homens para avaliar a situação.

O pelotão, depois de caminhar mais um quilômetro, aderindo já ao centro daquela também relativamente pequena cidade, foi recepcionado por cerca de cem pessoas, todas civis, que se puseram a aplaudir enquanto mais ressabiado ainda o pelotão caminhava. Atrás daquelas pessoas, como um tipo de feira livre, os neandertais tinham preparado uma infinidade de iguarias e especiarias típicas. Considerando o cenário como um todo, era realmente difícil imaginar qualquer tipo de ameaça.

Então, o pelotão que estava a cem metros daquelas cem pessoas, ainda apontando seus rifles a todas elas, enquanto elas permaneciam sorridentes e indiferentes à ameaça, foram surpreendidos pela aproximação daquele zepelim gigante, visto em outra oportunidade pelo tenente do caça.

A cerca de quinhentos metros deles, à meia altura, o zepelim disparou uma infinidade de fogos de artifícios, em um show pirotécnico de dar inveja até mesmo aos melhores réveillons do mundo. Mesmo a grandes distâncias, o segundo e o terceiro batalhão puderam assistir à apresentação, o que deixou a maioria completamente desconcertada. "Que guerra é esta, gente?", expressou um cabo, e aquele evento contribuiu para o zum-zum-zum, que já começava a se espalhar, de que a história da Batalha de Cherestra tinha sido uma farsa, bem entendido, um genocídio.

CAPÍTULO SESSENTA E CINCO

ODISSEU

UM DOS NEANDERTAIS, COM A POSTURA DE LÍDER COMUNITÁRIO, CALMAmente e com as mãos levemente erguidas, deu alguns passos em direção ao pelotão.

— Não dê mais um único passo!

— Calma, amigo, eu pareço realmente uma ameaça?

— Soldado, reviste-o e traga-o.

— Positivo, primeiro-tenente. — Após abaixar seu rifle, aproximou-se do civil, revistou-o, sem resistência ou dificuldade alguma. — Ele está limpo, senhor. — E o escoltou até próximo ao primeiro-tenente.

— Será que podemos conversar, amigo, sem todas essas armas viradas para minha cabeça?

— Abaixem as armas — disse ao pelotão.

— Muito obrigado, fico mais à vontade assim. Preparamos uma festa para recebê-los.

— Ora essa, neandertal.

— Pode me chamar de Odisseu, seu amigo; qual é o seu nome?

— Primeiro-tenente Dick Carnegie.

Quando ouviu o primeiro-tenente falar seu nome, Odisseu estendeu sua mão e olhou por longuíssimos cinco segundos nos olhos do militar.

— É assim que vocês se cumprimentam, não é, amigo Carnegie?

— Exatamente assim. — O cumprimento foi respondido.

— Vimos as ações de seus companheiros na estrada que sai de Cherestra. Foi uma grande pena aqueles caças, mas acredito que tenha sido um erro de interpretação de seu comando quanto ao real estado das coisas. Mas aqueles homens, lado a lado aos nossos homens, negando-se a lutar, foi um ato tão belo, tão nobre e tão cheio de filosofia, pois, convenhamos, até em uma folha seca que desaba de um galho há um tratado filosófico, que só então percebemos que não há nada a temer com a presença humana. Pelo contrário, estamos muito felizes por vocês estarem aqui. Se chegamos aonde chegamos e vocês chegaram aonde chegaram, imagine o que não podemos fazer juntos?

— Você tem certeza sobre os eventos na estrada de acesso a Cherestra? — Ele olhou para os companheiros como quem diz "seriam os boatos verdade?".

— Mas sem dúvida, caro Carnegie, vimos pelas imagens dos nossos satélites. Posso lhe mostrar, se isso servir para alguma coisa.

— Onde está o resto da população deste lugar?

— Tentei convencê-los a ficar, disse que os humanos são pessoas boas, que bastava abrir o diálogo, mas eles não se convenceram e foram embora, junto com os cidadãos de Timestra, para a cidade seguinte à deles, Arestra.

— Só um segundo, Odisseu...

O primeiro-tenente deu alguns passos para longe do pelotão, como quem quisesse privacidade para falar, e entrou em contato com o brigadeiro.

— Brigadeiro, é o primeiro-tenente Carnegie, no comando do pelotão em Bakestra.

— *Qual a situação, primeiro-tenente?*

— Eles estão bastante receptivos e simpáticos. Não há policiais ou militares de nenhum tipo. Não sei se pôde avistar, mas os fogos de artifícios foram disparados em recepção a nós, por um zepelim enorme, de uns quatro quarteirões. O veículo aéreo está aqui ainda, mas não parece ocultar nenhum tipo de armamento. Em solo, eles montaram tendas com comidas típicas daqui. Estão nos aguardando, dizem eles, para uma grande recepção.

— *Positivo, primeiro-tenente, aguarde instruções.*

— Ah, brigadeiro, desculpe-me, mas tem uma questão delicada que gostaria de tratar.

— *Neste momento, primeiro-tenente?*

— É que o Odisseu... Digo, o neandertal que parece ser meio que um líder comunitário daqui, disse que os "fatos na estrada de Cherestra" os convenceram de que os humanos são pessoas boas.

— *"Fatos na estrada de Cherestra"?*

— Sim, ele só disse isso, brigadeiro.

— *Certo, aguarde instruções, e não faça nada até toda a brigada se reagrupar na fronteira da cidade.*

— Obrigado, excelência.

E por rádio, no canal aberto, o brigadeiro deu ordem.

— *Vamos, todos, apertem os passos!*

CAPÍTULO SESSENTA E SEIS

BAKESTRA-BERFEST

FINALMENTE, A BRIGADA ESTAVA REAGRUPADA E O BRIGADEIRO REUNIU OS majores dos quatro esquadrões e alguns homens de diferentes patentes de sua mais inteira confiança, iniciando a exposição da situação com base no que o primeiro-tenente relatou, na conversa com Odisseu.

— Eles sabem o que realmente aconteceu.

— Eles quem, major?

— Todos, brigadeiro. Os neandertais, os nossos homens, todos. Apreendi de um soldado essa foto, que prova que este sargento morreu em virtude de uma bomba disparada pelos caças, sem marcas de tiro ou violência. Há ainda essa foto de perspectiva, dos neandertais: todos civis desarmados mortos aparentemente com a mesma bomba.

— Mas que grande merda!

— Em uma situação normal, brigadeiro, recomendaríamos que passássemos por cima desses primatas e seguíssemos adiante, mas nossos homens estão cansados e desconfiados de seu comando. Dois dias sem dormir e com a moral lá embaixo. Tudo que mais precisam agora é de um bom acolhimento. Não é uma questão de estratégia, mas de necessidade. E já que o negócio é falar verdade, com base no que vimos em Cherestra, francamente, esses neandertais são uns frouxos, preferem que um tanque os atropele a entrar em guerra conosco, por que nos preocupar?

— Os demais concordam? Assim seja então: já que a fossa está aberta, que venha o estrume!

Então, os neandertais foram extrema e estranhamente muito cordiais com os militares. Sem demora, já ligaram uma mesa de som em alto volume que, para a grande surpresa de todos, reproduzia músicas terráqueas como as do Queen, Rolling Stones, Björk, Jimi Hendrix, Deep Purple e muitos outros, clássicos e contemporâneos.

Quantos aos comes e bebes, mais uma surpresa: uma infinidade de bebidas não só bem conhecidas pelos americanos, mas inclusive com o nome das marcas americanas, uma pirataria interuniversal. Não muito diferente em relação ao que comer, uma verdadeira autofagia de tudo o que há de melhor no mundo terrestre, até pães de queijo brasileiros. Claro, havia algumas coisas diferentes, mas nada que realmente merecesse destaque. Ofereceram também todo o tipo de drogas, das mais leves às mais pesadas, lícitas, ilícitas ou de venda controlada, lá não era crime, mas, claro, foram prontamente proibidas pelo brigadeiro, permitindo somente bebidas e cigarros comuns, o que não significaria que muitos não consumiram as demais.

Se algum militar estivesse pensando que ali naquele paraíso não faltava mais nada, além de sexo, logo teria suas expectativas superadas pela grande surpresa armada pelos neandertais. O enorme zepelim finalmente se aproximou e lançou até o solo uma bela escadaria inflável para que os terráqueos, finalmente, conhecessem o que era uma festa de verdade. Tudo que se passou até então era só um esboço, um aquecimento, garantiam eles.

Odisseu, com seu microfone ligado à mesa de som, garantia o entretenimento, contando piadas ridículas, incentivando a libertinagem, a bebedeira e o consumo desenfreado de qualquer droga, em nome da "união dos mundos e das espécies", o que, no futuro, quem sabe, poderia até ser um bom nome para uma instituição do tipo ONU.

Subindo ao Cruzeiro Aéreo, ao zepelim, nada mais providencial em termos de som ambiente do que o imortal Led Zeppelin. Vários globos e feixes de luzes de várias cores, aliados a um vapor insistente e de odor insuspeitável consubstanciavam o lugar como a balada mais animada e sofisticada que qualquer terráqueo já conheceu. Para todos os lados, mesas com garrafas de bebidas em baldes de gelo absolutamente à vontade para quem quisesse. Beldades neandertais ofereciam os corpos de graça para quem quisesse, as quais, nas palavras de um tenente, mais embriagado que um verme preso em uma garrafa de tequila, "pensando bem, embora os rostos não sejam dos mais belos, os corpos dessas mulheres valeriam, se esculpidos em mármore, um milhão de dólares".

O brigadeiro, que, por horas, ficou se remoendo, se não tinha, afinal, cometido um grave erro, ao permitir aquilo tudo, responsabilizando seus puxa-sacos pela sua péssima decisão, finalmente encontrou uma fissura em sua resistência no sexo fácil e abundante, precisamente seu calcanhar de Aquiles, seu ponto fraco, e, tal quais seus comandados, esqueceu sua patente e perdeu sua razão.

CAPÍTULO SESSENTA E SETE

A RESSACA DA DECADÊNCIA

OS EVENTOS QUE SUCEDERAM O FIM DE FESTA EM BAKESTRA, NA MANHÃ DO dia seguinte, não poderiam ser descritos melhor do que o relatório do próprio primeiro-tenente Dick Carnegie, que tudo vivenciou, participou e testemunhou.

Acordo de repente, assustado, com uma dor de cabeça estonteante, deitado no chão de uma rua qualquer daquele lugar. Ouço gritos de alguém que não sou capaz de localizar; no horizonte, o zepelim, que finalmente some por entre as montanhas de baixas nuvens.

O grito persiste, como quem clama por socorro, como quem grita ao Criador, com uma ferocidade animalesca, "me tire daqui!", querendo dizer, na verdade, "me arrebata!". Olho para os lados: uma multidão compreendida por meus amigos, colegas, camaradas, parceiros, superiores e subalternos no chão, alguns ensaiando se levantar enquanto outros, esboçando recobrar a consciência.

Encontro o autor do grito insuportável, inesperadamente, a poucos metros de mim, talvez uns vinte. O mísero a correr a esmo sem roupa nenhuma, apesar do frio matutino e dos ventos ferinos, nem mesmo com suas cuecas, mas a gritar, a gritar, em desespero. Em seu ventre, um enorme corte, uma cachoeira de sangue, seu intestino a desenrolar barriga afora.

Os gritos e o perambular do homem cessam, apoia as mãos nos joelhos, quando vejo em sua mão uma ensanguentada faca militar. "Teria o desgraçado cortado a própria barriga?", pergunto a mim mesmo.

Ele olha para baixo, sua pele empalidece, ele olha para cima e pergunta ao firmamento: "Será este o meu fim?". O homem finalmente cai, imóvel, morto.

Sons de tiros roubam minha atenção, um sargento de reputação ilibada começa deliberadamente a atirar contra tudo e todos, ao balbuciar ora ideias loucas, ora palavras incompreensíveis. Quando seu rifle pede mais balas, ele o lança nos outros, toma sua pistola e explode a própria cabeça.

Outro homem nu, mas esse começa a rolar pelo chão em profunda insanidade, como quem sofre de um calor alucinante. Sem sentir dor alguma, esse homem começa a bater a própria cabeça contra um poste, enquanto um outro acabava de pular de um telhado.

As demais pessoas começam a se levantar e a correr umas atrás das outras. Alguns se despem, outros começam a atirar, ouço explosões de granadas, enquanto eu me finjo de morto. Estão todos loucos!

Olho para o lado, e vejo um militar comendo o nariz de um outro que já estava quase morto. De repente, um tiro explode sua cabeça. Olho para trás, uma esquadra de pessoas ainda sãs resolve eliminar todos os insanos.

Sinto-me incapaz de ver tal chacina. Deito-me novamente, mas de barriga para cima, e encaro o Sol neandertal, enquanto a trilha sonora de meu murmúrio é uma incalculável bateria de tiros contra os mortos-vivos.

Os tiros cessam, alguém me sacode. "Levante-se, precisamos de ajuda." Então, imobilizo e carrego com a ajuda dos companheiros sãos, um a um, os militares enlouquecidos, mas ao menos não letais: os nus, os que rodopiavam pelo asfalto, os que dançavam sozinhos e sem música, os que faziam sexo com as árvores, os que estavam paralisados olhando o nada, os que gritavam bobagens e os que queriam bater em si mesmos. Todos os demais já estão mortos.

Finalmente, levamos todos aqueles homens ao hospital fantasma daquela cidade agora terminantemente abandonada pelos neandertais, e os amarramos às macas ou os algemamos às camas. Então, o médico diz: "esses homens estão todos sob efeito de altas doses ou overdose de PCP, só que as medicações que as combatem, as benzodiazepinas, como diazepam e alprazolam, e as fenotiazinas, como a flufenazina e a levomepromazina, foram antecipadamente destruídas pelos neandertais. Pelos testes que fiz, todos os alimentos que vocês comeram, bebidas que tomaram, e cigarros que fumaram estavam embebidos ou batizados de PCP, isto é, fenilciclidina".

> Pergunto ao médico se aquele estado psicótico duraria muito, ele me responde que sem inibidores disponíveis poderia durar dias ou semanas, aos que sobrevivessem, mas, sem tratamentos adequados, muitos poderiam convulsionar ou até morrer, principalmente pela escassez de médicos e enfermeiras disponíveis. Depois, ele byronianamente emenda: "não há muito que possamos fazer, senão esperar e, com alguma sorte, reverter as crises mais severas, mas poucos sairão daqui sem danos irreversíveis ou condições, no curto prazo, de voltar para o campo de batalha".

De fato, o contra-ataque dos neandertais foi orquestrado com um bom toque de sadismo. Mil homens estavam mortos ou incapacitados. Sem grande análise, logo se pode concluir que a estratégia em Bakestra foi colocar os seres humanos não contra os seus rivais, mas contra si mesmos, mais precisamente, contra seus pontos mais fracos: as perversões e os vícios.

Quanto ao brigadeiro, Carl Grievous, foi encontrado solitariamente morto na cozinha de uma casa qualquer, com um tiro de um calibre tal que estraçalhou seu rosto. Acima dele, nos azulejos, escrito com o seu próprio sangue: "tu venceste, oh, neandertal!". Autoria que, embora desconhecida, foi atribuída ao Odisseu, e foi considerada de extremo mau gosto, pois parafraseou o imperador romano Juliano, o Apóstata, que tentou restabelecer o paganismo em detrimento do cristianismo crescente. A ironia é que Juliano, apesar de ter ao seu lado o poderio financeiro e militar de um imperador, perdeu para uma religião que defendia a paz. Comparava então, Odisseu, os romanos aos humanos, militares, e os cristãos aos neandertais, ideológicos. Agora, o mau gosto, ao ver dos católicos e evangélicos contemporâneos, naturalmente, é que os próprios neandertais estavam assim se dizendo os salvadores, detalhe: dos humanos, pois a frase original de Juliano é: "tu venceste, oh, Galileu!".

Quando os eventos ocorridos durante a guerra vazaram ao público, por meio da crescente multidão de espiões que renegavam trabalhar para a Parallels, Veselin Topalov, campeão mundial de xadrez, fez uma interessante comparação sobre os eventos que envolveram Bakestra:

> Provavelmente, os neandertais não são bons militares, mas juro que temeria um embate no xadrez com qualquer um deles. No caso de Bakestra, sacrificaram suas rainhas para tomar nossos bispos, dispuseram de seu cavalo para confundir nossos peões, jogaram com a humildade de um derrotado demonstrando que sabiam que iriam perder, e, quando o seu oponente, em toda sua arrogância, dominava o tabuleiro inteiro, tomaram-nos nosso rei.

A frase fez algum sucesso na internet, mas mais sucesso ainda fez a explicação de um filósofo brasileiro, chamado Olavo de Carvalho, àquela mesma frase, elucidando as metáforas belamente colocadas:

> A metáfora de Topalov aos eventos em Bakestra não poderia ser mais apropriada, pois disse ele: "sacrificaram suas rainhas para tomar nossos bispos...", sendo então suas rainhas uma referência às beldades que se ofereceram aos soldados, sepultando, por meio da luxúria, "os bispos", isto é, os valores morais dos combatentes. E o enxadrista segue dizendo: "dispuseram de seu cavalo para confundir nossos peões", uma referência ao glamour do zepelim, o cavalo deles, que embasbacou os soldados. Depois diz: "jogaram com a humildade de um derrotado demonstrando que sabiam que iriam perder", óbvia referência à suposta rendição. Então: "e, quando o seu oponente, em toda sua arrogância, dominava o tabuleiro inteiro, tomaram-nos nosso rei", em referência à morte do brigadeiro Grievous.
>
> Agora, eu ainda estenderia mais as análises dos eventos e ouso declarar que, se os militares soubessem menos de armas e um pouco mais de filosofia, no segundo em que conheceram Odisseu, autor dos triunfos da Grécia Antiga, saberiam que estavam na iminência de ser presenteados com uma versão repaginada do Cavalo de Troia.

CAPÍTULO SESSENTA E OITO

PROMETEU

— BOA NOITE, MEUS CAROS TELESPECTADORES. HOJE, COMO CONSEGUIMOS confirmar somente há algumas horas, teremos conosco uma das pessoas mais controversas, bizarras, loucas de pedra, sem querer fazer um trocadilho com Idade da Pedra, que o mundo já ouviu falar. Sim, ele mesmo: Prometeu! Uma salva de palmas, gente.

— Boa noite, obrigado pelo convite e por essa oportunidade de estar aqui.

— Por favor, sente-se. Prometeu, cada vez que você aparece está incorporado em uma pessoa diferente, o que torna muito difícil para nós, humanos, pobres mortais, acreditar que é você mesmo quem está dentro desse corpo e, até, se você de fato existe.

— É uma curiosa questão, mas talvez consigam alguma resposta comparando o perfil dessa pessoa cujo corpo assumi com os conhecimentos que porventura eu prove ter aqui.

— É, gente, é bem o tipo de resposta que só alguém como Prometeu realmente daria. De toda maneira, aos mais céticos, fiquem à vontade para realizar essas pesquisas. Mas, Prometeu, de qualquer maneira isso não prova que é exatamente você quem habita esse corpo "ventriculado", mas talvez seja só você mesmo, digo, o dono desse corpo, só que bem preparado para esta entrevista.

— É verdade, mas tenho uma ideia melhor para provar que sou quem digo: que tal amanhã uma grande corretora fazer uma ordem errada, que, por efeito dominó, derrube as bolsas do mundo inteiro que estiverem abertas, considerado as diferenças de fuso e eventuais feriados em algumas nações?

— Bom, mas, até por causa da profecia autorrealizável, isto é, o fenômeno advindo do fato de todos saberem agora que você derrubará as bolsas de todo o mundo amanhã, as pessoas acabarão vendendo também, tentando se antecipar à catástrofe anunciada, fazendo com que a bolsa caia e sua profecia se realize. Em suma, quando alguém importante diz que a bolsa vai cair, a bolsa, geralmente, acaba caindo, ainda que as desculpas dessa pessoa para a queda que ela anteveja sejam esfarrapadas. Quanto a rastrear uma ordem errada, pela nossa experiência com o *sell-off* de 2010, quando, por uma ordem de venda errada, que era para ser da casa de milhões e foi na casa de bilhões, em que as ações da Procter & Gamble e da 3M caíram 36,66% e 21,49%, respectivamente, no intradiário, sabemos que é complicado de se provar, pois até hoje o tema é controverso.

— Interessante. Então, no mesmo momento, farei a ação de uma empresa de um país desabar e pedirei a um colega neandertal que faça uma outra ação, de um outro país, disparar. As duas ordens serão erradas e as duas serão em volumes absurdos e as duas gerarão uma volatilidade recorde. Está de bom tamanho assim?

— Nossa, e como você pretende fazer isso, Prometeu?

— Oras, pela sobreposição consciencial. Meu amigo e eu entraremos na cabeça de duas pessoas importantes, dentro de duas corretoras diferentes, em países diferentes, e emitiremos manualmente essas ordens, uma enorme de venda e outra enorme de compra.

— Bom, nesse caso, dê algumas horas para que nossos telespectadores fiquem de fora do mercado, poxa...

— Claro, então será amanhã na parte da tarde, no horário nova-iorquino. Satisfeito?

— Totalmente, até rezaria o hino nacional dos neandertais para que você não prometesse mais nada. — O auditório riu copiosamente.

— Boa.

— Agora, está realmente ocorrendo uma guerra com os humanos em seu mundo? Como estão as coisas por lá?

— Sim, está ocorrendo e, sim, está sendo uma carnificina, para os dois lados. Gostaria que o público clamasse ao governo que simplesmente parasse com isso. Todos nós vamos perder, humanos e neandertais. Paraíso não tem militares, apenas forças policiais, e nossos civis, mulheres, crianças e idosos estão sendo massacrados. A guerra não só é injustificável como é plenamente injusta, pela diferença de forças. É como se, de repente, os Estados Unidos resolvessem invadir a Suíça, só por ser uma sociedade pacífica, mas diferente. Como ser mais perverso do que isso?

— Lamento ouvir isso e acredito que o público também, afinal, vocês são nossos primos em termos arqueológicos, temos a mesma ancestralidade. Agora, o que o governo acusa, e usa isso como base para as investidas militares, é que vocês... na verdade, acusam positivamente você, Prometeu, da derrubada de diversos aviões por aí.

— Sim, fiz isso, e, verdadeiramente, peço perdão a todas as vítimas e familiares. Mas não encontrava outra maneira de chamar a atenção de seus líderes. Gostaria que houvesse algum modo de compensá-los pela perda. Mas se alguém tiver alguma ideia, eu positivamente o farei.

— Talvez, se eles criassem uma associação, você poderia dar a fórmula para a cura de alguma doença qualquer, então eles patenteariam e receberiam, indiretamente, por meio dos *royalties*, uma compensação ao menos financeira pelos entes perdidos.

— Bem sei que isso não muda o fato do genocídio que cometi e do qual, sinceramente, me arrependo muito, mas aceito o acordo, sim. Criem a associação e lhes darei alguma tecnologia farmacológica que a Parallels ainda não tenha conseguido copiar de nós.

— Simples assim?

— Sim, simples assim.

E muitos foram os aplausos e gritos de "Prometeu, Prometeu... Prometeu". Finalmente, o neandertal tinha reaparecido em público, e, de cara, entrado, a princípio, com uma estratégia de desconstrução das justificativas governamentais para a guerra. A sua reaparição, sua boa vontade e sua indenização prometida reforçaram o neanderismo, que já estava bastante inflamado pelo Richson Sherade, bem como os diversos movimentos independentes que iam surgindo, principalmente na internet, de oposição à guerra aos neandertais, os contrários ao governo, os libertários e os anticomunistas. O apresentador anunciou o comercial, e a enxurrada de comentários em diversas redes sociais em relação a Prometeu foi estratosférica. Outros canais de televisão, de diversas partes do mundo, sabendo da notória aparição súbita, ajustaram suas programações e alguns inclusive deram ampla cobertura, com tradução simultânea e comentários, da entrevista. Foi um grande evento instantâneo.

— Telespectadores, estamos de volta com essa figura sem paralelos, de um mundo paralelo — sorriu —, chamada Prometeu, o qual, em um bloco só de nosso programa, já fez mais pela humanidade do que nosso governo em vários anos. Agora, o tema será outro... Meritocracia. A palavra de ordem no planeta Lar. O governo do mérito, do esforço. Como vocês ajustam as desigualdades em um mundo assim?

— Não ajustamos.

— Mas...

— As pessoas não são iguais, não querem ser iguais e não precisam ser iguais. Algumas pessoas ambicionam a riqueza, outras apenas querem paz, outras só querem viver da maneira mais confortável possível.

— Bom, é uma afirmação perigosa, Prometeu; afinal, ainda que uma determinada pessoa não seja incrivelmente gananciosa, é difícil acreditar que ela não queira ganhar mais dinheiro.

— Você quer ganhar mais dinheiro?

— Ué, claro!

— Você trabalharia vinte horas por dia, sem folga aos fins de semana, sem feriados, sem férias remuneradas, por anos e anos a fio, somente para ganhar mais?

— Bom, de modo algum; tenho filhos, família!

— Então você nunca será o dono de um Facebook.

— Bem...

— As pessoas querem enriquecer? Claro. Querem ganhar mais? Claro. Mas estão dispostas a sacrificar a vida por isso? Nem sempre. Na verdade, quase nunca. É difícil imaginar um cargo público em que as pessoas ganhem menos do que na iniciativa privada. Claro, é difícil passar em um concurso. Mas quem está realmente disposto a sacrificar vinte horas todos os dias de sua vida por vários anos de estudos para conseguir um bom e bem remunerado emprego público? Ou para conseguir uma bolsa para uma boa faculdade? Ou se matar de estudar para passar, como acontece em alguns países, como o Brasil, nos testes, vestibulares, das concorridas escolas públicas?

— Bem, você citou o caso do Brasil. Lá se discute e já é implantada uma política de cotas, para facilitar o ingresso dos menos favorecidos, enquanto aqui a justiça vem barrando uma completa implantação. Mas o que você acha da política de cotas adotada nesses países?

— Ridículo.

— É, só isso? — perguntou, sorrindo. — Parece justo que um jovem que não tenha uma família com condições de pagar boas escolas ou bons cursos preparatórios tenha menos chances de passar nos vestibulares?

— Bom, se o jovem é capaz de pagar um cursinho caro, dando-lhe vantagem sobre outro concorrente, em função da condição familiar, que o concorrente, muitas vezes, não tem, fica a questão se é mérito da família do mais rico ou demérito da família do menos favorecido. Não seja míope em relação à meritocracia, não há nada de especial em transferir minha riqueza ao meu filho, tornando-o mais competitivo, da mesma forma que não há nada de especial em transferir a ele a minha casa. Se minha família é mais rica e pode pagar ao rebento uma escola melhor, ainda assim, é mérito de minha família e, por consequência, ele ser mais capaz é consequência desse mesmo mérito, por extensão.

— Bom, mas há vários fatores que podem fazer com que uma família seja mais rica que outra, e não só o mérito. Mas, independente das razões, a política de cotas objetiva reduzir essas desigualdades.

— Você é a favor de os Estados Unidos darem uma cota de seu PIB ao Brasil?

— Bem, é claro que não!

— E por que não?

— Bom, porque a riqueza americana é, a princípio, dos americanos.

— Mas a riqueza dos Estados Unidos não se dá, apesar do mérito, por outros fatores?

— Em alguns casos, talvez pelo clima, pelo tipo de colonização ou até mesmo por questões geográficas ou geopolíticas.

— E isso é justo com países minúsculos, sem terras aráveis e climas inóspitos? Bem entendido, países desfavorecidos?

— Bom, Prometeu, parece estranha essa comparação de países ricos e pobres, mais ou menos favorecidos, com famílias mais ou menos favorecidas.

— O fato é que, meu caro, se os Estados Unidos são mais ricos que a Rússia, se uma cidade americana é mais rica que a outra, se uma família é mais rica que a outra, sempre haverá outros fatores, mas sempre haverá o mérito: do país, da cidade ou da família. Se sua família não tem condições de pagar uma boa escola? Sinto muito, mérito da outra família que pode. Por que ela seria penalizada por ser melhor? Frente às adversidades é a pessoa que deve correr atrás, por mérito próprio, já que não há mérito familiar, e chegar aonde quer chegar. Seguir um raciocínio diferente, volto a dizer, é como dizer que o Brasil deve dividir seu PIB com o resto da América Latina, por ser, do ponto de vista de recursos naturais, mais bem favorecido, afinal, não é justo com os demais, não é mesmo?

— Interessante maneira de ver as coisas, mas muitos defendem que as políticas de cotas raciais, por exemplo, seriam uma maneira de corrigir erros históricos, como o período de escravidão.

— Você quer mesmo discutir isso?

O apresentador riu.

— Erros históricos? Que erros históricos? Todos eles? Pois só assim estaríamos sendo justos, não é mesmo? Então vamos corrigir "todos os erros históricos". Assim sendo, os brancos devem indenizar os negros. Os americanos devem indenizar os mexicanos pela usurpação do Arizona. Os ingleses, os aborígenes australianos. Aliás, os britânicos devem indenizar os americanos pelos anos de colonização, bem como os sul-africanos, indianos, chineses, egípcios, sudaneses, canadenses, australianos, neozelandeses... A Inglaterra deve muito a todos esses países, para citar só alguns. Mas a correção de erros históricos não acaba por aí; afinal, os romanos devem muito aos ingleses e muitos outros, no período de seu império, como gauleses, egípcios e judeus, não deveríamos corrigir a usurpação de suas terras, exploração de seus cidadãos e tesouros? E, antes disso, os macedônios. Sem falar nos gregos, persas, babilônicos, e vai longe. Vamos realmente tentar corrigir todas as dívidas históricas dos países do mundo? Vamos realmente tentar corrigir todas as injustiças que povos e raças diferentes impuseram umas sobre as outras durante milênios, ou só queremos corrigir uma questão singular e pontual, que, não obstante, é muito conveniente a uma determinada categoria de pessoas? Quanto ao Brasil, para ser coerente na correção de injustiças históricas, deveria não só favorecer os negros, mas o que dizer dos paraguaios, que, antes da injustificável e estúpida Guerra do Paraguai, eram um povo rico e pungente, o único sem dívida externa na América Latina, e, depois da guerra, levando-os à miséria e à desgraça? Afinal, qual a coerência de ajudar os negros sem ajudar os paraguaios? Correção histórica seletiva? Deveriam dar uma cota do PIB ao vizinho. Mas não é só isso, o Brasil também tem uma dívida com os demais países da América Latina, e até com a Espanha, por terem invadido e roubado as terras além do Tratado de Tordesilhas, por meio dos bandeirantes. Dois terços do Brasil não pertencem legitimamente aos brasileiros, que tal corrigirmos também essa injustiça histórica? Aliás, a península ibérica deve muito aos países latinos. Querem corrigir injustiças históricas? Que ótimo, então vamos corrigir todas elas.

— Sim, entendo, seria hipocrisia pensar diferente. Mas muitos dizem que a batalha contra a desigualdade, por meio de cotas, acaba sendo também uma batalha contra a discriminação, ou, bem entendido, o racismo, pois negros tão ricos quanto os brancos, ao menos teoricamente, diminuiriam o preconceito entre os grupos. Note, quando os negros eram apenas escravos, por consequência também eram mais discriminados do que hoje em dia. Então, ajudá-los a se elevar financeiramente, dando acesso a trabalho e educação, a partir da política de cotas, seria uma forma de diminuir o preconceito.

— A lógica humana é realmente interessante. Então, você está dizendo que, para diminuir a discriminação, deve estabelecer a discriminação, dando mais vantagem a um grupo? Veja só, a diferenciação que ocorria só no meio social passa a ocorrer também no institucional. Todos sabemos, ou deveríamos saber, que não há diferença alguma entre negros, brancos, amarelos ou latinos; no entanto, essa diferença, que sequer existe, você estabelece, institucionaliza, oficializa e, se já não bastasse, legisla em cima dela, defendendo um grupo, ao dar mais direitos, que, na verdade, sequer existem, pois a única raça hominídea que habita a Terra é a humana, não é mesmo? Se a diferença cientificamente sequer existe, com base em que o governo legisla sobre essa mesma diferença?

— Lembro-me de um cartaz que dizia que "se a discriminação é um fator, a raça é um fator", ou seja, ainda que a ciência discorde, as pessoas continuam agindo e discriminando como se, na verdade, existisse essa diferença.

— Mas é óbvio, vocês não param um único segundo de falar disso. É tão difícil entender que dar audiência ao racismo é perpetuar a sua existência? Mais ainda, vocês criam leis que conferem credibilidade à existência de diferenças. Oras, criem vocês uma lei que diz que os neandertais têm mais direitos que os humanos e, mais cedo do que imagina, terá criado uma "neanderfobia". Criem uma lei que dê uma bolsa às pessoas que sofrem de queda de cabelos e, na próxima hora, terá estabelecido a "carecofobia". O dia em que os seres humanos pararem de combater as diferenças estabelecendo essas diferenças, o preconceito, em pouco tempo, só terá residência na mente ou das pessoas completamente estúpidas ou dos políticos completamente oportunistas por votos de uma determinada classe. Se a homofobia, por exemplo, lidera em países como Nigéria, Jordânia e Senegal e, em contrapartida, é incrivelmente tolerada em países como Espanha, Alemanha e Canadá, será mesmo que o problema é de legislação ou de cultura, pujança econômica e educação? Por que a xenofobia europeia aumenta justamente nos momentos de crise, como aconteceu no pré-nazismo?

— É algo realmente a se pensar. Então vocês não têm de fato nenhuma polícia de igualdade?

— Olhe, há algumas décadas, acompanhamos todos os movimentos que ocorriam na Terra do pós-Segunda Guerra. Os movimentos por direitos das mulheres, direitos humanos, de igualdade e por aí vai. Movimentos esses, sem dúvida, presentes e crescentes até hoje por aqui. Na época, por influência terrestre, voltamos a discutir esses assuntos que há mais de um século não fazíamos. Então um dos nossos filósofos de sétimo grau finalmente nos fez um alerta. Disse ele:

> Que circo não vemos nos tempos atuais esse lugar que chamam Terra, habitada por seres ingênuos, cínicos e, a despeito de alguma tecnologia, tão provincianos e irremediavelmente atracados aos mesmos problemas e mediocridades de milhares de anos atrás, quando paramos de intervir na cultura deles, especialmente na Grécia. Perderam realmente eles a capacidade de evoluir? Agora, vejam só o que discutem e, para preencher meus sonhos de risos, chamam isso de desenvolvimento. Estão implantando, por exemplo, uma lei especial para as mulheres, que diferencia a agressão feita contra um homem de uma feita contra uma mulher. À primeira vista, poder-se-ia dizer: é óbvio, afinal, as mulheres são fisicamente mais frágeis. Bom, só não entendo por que naquelas bandas a dosimetria da pena feita por agentes de diferentes portes físicos tem que ser necessariamente sob demanda da lei, e não do julgador. Acaso um juiz é incapaz de perpetrar uma pena mais severa quando o dolo é cometido por um agente mais forte? Eu digo isso porque, quando você faz uma lei específica para uma classe, você acaba criando anomalias sociais. Veja, se um homem casado com outro homem dá uma surra em seu cônjuge, terá uma pena inferior àquele feito por um casal heterossexual, do homem que meramente dá um tapa em sua esposa. Sendo a ofensa física igual, considerando a equalização da diferença de força pelo nível da agressão, por que a tipificação é diferente? E que absurdo não chegaram os humanos ao desconsiderarem, por conseguinte, que, se eu apanhar de um homem duas vezes mais alto do que eu e cinco vezes mais forte, sou, no caso em tela, tão frágil e tão vulnerável quanto uma mulher que apanha de um homem comum. Oras, o que justifica a diferença de tratamento legal que se dá a uma mulher que apanha de um homem franzino comparado ao homem franzino que apanha de um brutamontes? Acaso não é o homem franzino, do segundo exemplo, uma "mulherzinha" nas mãos do brutamontes? Então por que as leis na Terra protegem mais a mulher do que o franzino, que, se tiver saúde e boa idade, não será considerado sequer vulnerável? Sinceramente, não entendo por que é necessário existir na Terra dois tipos de agressão, uma pequena agressão, cometida, por exemplo, entre homens, e uma grande agressão, cometida por um homem contra uma mulher ou contra um índio. Não poderia ser tudo considerado simplesmente agressão, sem benefício legal, e a pena ser aumentada ou diminuída conforme o privilégio físico do ofensor e réu? E os casos em que a

mulher é mais forte que o homem? Aliás, acreditar que um canalha deixará de cometer canalhices com base nos anos de detenção é de uma ingenuidade espetacular, especialmente tratando de crimes domésticos. Agora, se formos copiar os terráqueos e criar uma lei desse tipo a todas as diferenças, nesta transloucada marcha juspositivista tão comum a eles, para sermos coerentes conosco, deveríamos legislar para que se protegessem não só as mulheres, mas os homens que não fazem academia, que não sabem lutar artes marciais etc., não são eles também desfavorecidos em uma violência impetrada por um homem médio? Mas os humanos não se aquietaram só nisso, também estão implantando leis de correção da desigualdade, privilegiando as minorias e, em vez de diminuindo a agressão contra elas, na verdade, aumentando. Mais uma vez, a ajuda aos menos favorecidos é seletiva. Eles estão distribuindo cotas em empregos e faculdades, além de benefícios fiscais, a índios, aborígenes, negros, pobres e outras minorias. Nada mais justo, não é mesmo? Afinal, são desfavorecidos. Mas se é para ajudar os desfavorecidos, que tal se ajudássemos todos eles? Seria mais justo ainda, não? Assim seja, então vamos distribuir cotas aos mais pobres, pois eles são menos favorecidos, têm menos chances. Deveríamos também distribuir cotas aos nossos interioranos, pois lá as escolas são piores, então eles têm menos chance, são desfavorecidos. Desfavorecidas também são as crianças que não têm pai ou mãe, ou os dois, afinal, já se sabe que a falta de estrutura familiar prejudica o desenvolvimento. Na mesma linha, deveríamos ajudar os desfavorecidos filhos únicos, pois crianças com irmãos se desenvolvem melhor. Não obstante, devemos distribuir cotas também às crianças desfavorecidas que não têm cachorros, pois isso também ajuda no desenvolvimento. Mais tarde, como vão competir com igualdade com os demais? Podemos ir mais longe, que tal se fizéssemos um teste de QI em todos os habitantes e aqueles mais inteligentes, portanto, mais favorecidos, dessem uma parte de seus salários aos menos favorecidos, isto é, menos inteligentes?

O contrário não seria justo, não é mesmo? Mas não vamos nos esquecer dos nossos atletas, favorecidos cruelmente pela natureza com alguma aptidão, deveriam também dar boa parte de seus salários aos menos favorecidos. Os que nasceram com algum dom, como de cantar, pintar ou escrever. De que direito eles se valem para, com base em seu favorecimento, ganhar mais? De modo algum devemos obrigá-los a repartir seus salários com os menos favorecidos que nunca serão bons cantores e escritores. Mas já ouço o zum-zum-zum de meus colegas dizendo "o que é isso, é um absurdo". De modo algum, querem ajudar os desfavorecidos? Perfeito, mas todos eles.

> Fora disso, imporíamos ao nosso mundo a mesma hipocrisia e cinismo tão comum ao planeta Terra, ou, para sermos minimamente sensatos, deveríamos saudar a diferença, promovendo a oportunidade para o maior número de pessoas possíveis, em vez de selecionar um grupo ou uma tribo, resultando assim em uma oportunidade que é de tão larga escala que tanto o mais inteligente quanto o menos inteligente acabarão tendo chance de um lugar ao Sol, mas de modo algum, em nenhuma hipótese, à custa dos melhores. Pois tirar a oportunidade dos melhores, dos mais inteligentes e dos mais bem preparados é, em médio prazo, embrutecer e mediocrizar a sociedade inteira.

— Hum, um discurso pesado, praticamente uma afronta a tudo por que se tem lutado há tantos anos.

Prometeu respondeu com um sorriso e o apresentador encerrou o programa. "Se os debates continuarem assim sobre todos os temas, Prometeu, ou melhor, o simulacro que ele está usando, sairá daqui preso", disse o apresentador nos bastidores.

No dia seguinte, efetivamente, houve as duas ordens erradas: as ações da Coca-Cola desabaram nos Estados Unidos, enquanto as da Vale do Rio Doce, no Brasil, dispararam. Nenhuma das duas com uma variação de menos que dez pontos percentuais, tudo bem orquestrado e em questão de minutos. O que deixou os agentes do mercado financeiro simplesmente estupefatos. Subestimaram, sobremaneira, a versatilidade do neandertal.

Os familiares das vítimas efetivamente fizeram uma associação. Na realidade, até já existia uma, mas foi mais bem formalizada. Logo, o presidente dela recebeu um e-mail de um remetente desconhecido. No corpo do e-mail, a simples mensagem: "conforme prometido". Em anexo, praticamente um dossiê de como sintetizar uma medicação para a cura do Parkinson. E a comoção pública foi enorme.

A crise se instalou nas frentes envolvidas na guerra contra os neandertais, isto é, o governo americano, o exército das potências mundiais e a Parallels, que já assistia a tudo sem ter muito o que pudesse ser feito, enquanto suas ações sequenciavam quedas radicais na bolsa de valores.

Diversas empresas de mídia também receberam um e-mail anônimo, neste caso, com um relatório incrivelmente bem detalhado sobre a guerra no mundo paralelo, que rapidamente viralizou na internet, deixando o público ainda mais estupefato.

Uma charge muito engraçada colocava frente a frente, em uma partida de xadrez, Odisseu e o presidente da Parallels, com Keating e Prometeu atrás de Odisseu, e o presidente dos Estados Unidos e o general dos exércitos atrás do presidente da Parallels, enquanto o neandertal dizia, segurando a peça de um cavalo branco: "xeque-mate".

CAPÍTULO SESSENTA E NOVE

CRISE

— BOA TARDE, GENERAL E PRESIDENTE DA PARALLELS, PRECISAMOS DISCUTIR com urgência a atual crise.

— Que crise, secretário de Defesa? — perguntou o presidente.

— Perdemos completamente o apoio público. Está difícil demais justificar a manutenção da guerra, principalmente com esse tal de Prometeu dando a cura de doenças por aí.

— O que mais me irrita, secretário, são esses vazamentos sobre a guerra e, agora, como se já não bastasse, perdemos o apoio das Nações Unidas.

— Compreendo, general, precisamos pensar em alguma coisa.

— Claro que precisamos fazer alguma coisa — disse o presidente da Parallels —, precisamos mandar 500 mil homens para lá e acabar de vez com essa guerra, antes que seja impossível sustentá-la e que o Prometeu entregue de graça tudo o que lutamos tanto para conseguir.

— As patentes e tecnologias que roubaram deles, você quer dizer, não?

— Não interessa, general. Você não disse para deixá-lo à vontade para tocar essa guerra? Então faça seu trabalho. Precisa de mais dinheiro para financiar a guerra? Ótimo, só me diga o número.

— Calma, meu caro, não é mais só uma questão de dinheiro, isso o meu governo também tem, mas de apoio público e internacional.

— Ah, secretário, seu desgraçado, você não defendia que os neandertais eram uma ameaça aos humanos?

— O que você me diz, general?

— Bom, secretário e presidente da Parallels, essa guerra já começou um fracasso e continua um fracasso. Lembra-se do batalhão enviado para Kamestra? Chegou a notícia de que eles morreram de fome. Ao todo, mil homens a menos. Quanto aos cinco mil enviados para Cherestra, logo na estrada, mais mil homens a menos. Dos quatro mil que sobraram e chegaram a Bakestra, sepultaram lá mesmo mais mil homens. Temos apenas três mil na frente de batalha, desorganizados e abatidos. Não tenho meios de buscá-los ou ajudá-los sem dispor de mais milhares de outros homens, mas me nego a fazê-lo sem apoio americano ou internacional.

— E aí, secretário?

— Lamento, presidente da Parallels, sem apoio público, ou do exército internacional, não posso fazer nada. Só nos resta a esperança de que esses três mil homens, sozinhos, consigam fazer alguma coisa.

— É isso, secretário e general, vocês vão lavar as próprias mãos, depois dos bilhões que gastamos com este projeto?

— Bem, ninguém disse que não seria um investimento de risco, usando a linguagem de vocês. Adeus, general, adeus, presidente da Parallels. Esse assunto, oficialmente, para os Estados Unidos da América, está encerrado. Amanhã farei o anúncio.

— Que droga, e qual será o plano agora?

— Presidente, quando a guerra falha, começam as negociações. Contudo, ainda é cedo. Algo me diz que esses três mil homens ainda podem conseguir alguma coisa.

CAPÍTULO SETENTA

DE VOLTA PARA O FUTURO

POR FIM, OS SOLDADOS ESTAVAM PLENAMENTE RECUPERADOS FÍSICA E psicologicamente dos eventos que permearam o pós-festa em Bakestra, exceto aqueles mil homens mortos ou levados ao hospital, esses, sim, dos que sobreviveram, estavam invariavelmente fora de combate, em função dos danos cerebrais ou ferimentos sofridos ou autoimpostos. Muitos, em virtude da overdose de PCP, encontravam-se em estado crônico de catatonia ou esquizofrênica, com vívidas e constantes alucinações.

Os três mil homens sãos e salvos, acampados em Bakestra, agora, estavam submissos às ordens de dois diferentes majores novatos, Dick Carnegie e Douglas Rockfeller, ambos recém-promovidos. Todos os demais majores foram declarados mortos ou incapazes.

Carnegie e Rockfeller tinham diferentes visões sobre como deveriam conduzir a guerra, e, junto com o intérprete, combinaram uma reunião.

— Major Carnegie, por que o intérprete está nesta reunião?

— Não se preocupe, major Rockfeller, logo entenderá os motivos.

— Por que o pessoal na Terra não envia mais homens? Precisamos de suporte, urgentemente.

— Esqueça, amigo, estamos sozinhos nessa. Se eles fossem nos ajudar, já estariam aqui. Não sei o que está acontecendo na Terra, mas não acredito que possamos contar com eles. Vamos nos concentrar no que podemos fazer, e não no que poderia acontecer, certo?

— Bem, sei que você é a favor da divisão da unidade, mas acho que assim apenas nos enfraqueceríamos.

— Entenda, Rockfeller, temos duas importantes missões aqui, tomar a capital Christougenestra e as instalações no polo norte. Divididos, temos mais chances de completar uma ou outra, e os neandertais terão que se dividir em duas frentes; somado a isso, podemos tentar manter alguma comunicação, embora a distância, impedindo que outra nova armadilha impetrada pelos primatas dê certo nas duas frentes.

— Quem dera, major, que fôssemos tão primatas como eles.

— O que está dizendo, homem? Acaso esquecera suas origens?!

— Só estou dizendo que, no mínimo, eles são tão evoluídos quanto a gente, contendo-me ao mínimo.

— Talvez seja só um detalhe, uma tecnologia, que, se nós tivéssemos, seríamos tão bons ou melhores do que eles. Por isso, trouxe o intérprete. Então participe, sargento, diga o que sabe.

— Obrigado, major Carnegie e major Rockfeller. Bom, quando estávamos em Cherestra, um livro que achei na biblioteca da cidade me chamou a atenção. Ele conta a história da máquina que está no polo norte.

— Interessante, sargento, continue, somos todo ouvidos.

— Na verdade, ele não conta a história da máquina deles em si, mas de como tentaram por décadas evitar que fizéssemos a nossa própria, revelando, somado a isso, tudo o que aquela máquina pode fazer. Bom, tudo começou com o neerlandês Willem de Sitter, nas primeiras décadas do século XX, que propôs que o universo está em constante expansão. "A princípio", diz esse livro de história, "não seria um problema essa óbvia descoberta dos humanos, se não fosse aquele sujeito, de nome Einstein, que se deteve a compreender a hipótese, que, se não fosse por nós, teria deflagrado a tecnologia necessária para as viagens no tempo". Então, eles contam que interferiram nos sonhos de Einstein em 1917, com uma ideia fixa. Resultado, Einstein criou uma tal de "constante cosmológica" inexplicável e impossível, a qual, anos mais tarde, declarou ter sido o maior erro de sua vida. O livro conta que o *timming* da intervenção foi tão perfeito que, diz o livro, "ou o tal Einstein descobriria o que está por trás da expansão do universo naquele momento, decifrando, consequentemente, um enigma, para os humanos, de efeitos catastróficos, ou nunca mais ele conseguiria se deter ao tema com a mesma mestria, mantendo, assim, os segredos da viagem no tempo ocultos a eles". Aí o livro vai direto para o regime nazista, e conta como Kammler chegou muitíssimo próximo de abrir uma *stargate*, quando um neandertal assumiu o controle sobre o corpo de um comandante, e ordenou que matassem todos os cientistas e engenheiros envolvidos no Projeto Henge. E o livro encerra este capítulo dizendo: "novamente, sepultamos as chances humanas de desenvolver uma máquina do tempo, no entanto, chegaram muito perto, e a dispersão do conhecimento quase foi irreversível, e assim será, se não formos mais cuidados e ostensivos na próxima oportunidade". Bom, não demorou muito a próxima oportunidade, no início dos anos 1950, que foi a invenção do Cronovisor, máquina capaz de resgatar imagens e sons do passado. "Mais uma vez, negligenciamos a inventividade humana e, se não fosse uma pesada antipublicidade e criação de boatos, que enterrassem a reputação do padre Pellegrino Ernetti, o Cronovisor seria um caminho irreversível a nossa desgraça", diz o livro. Depois desse evento, os neandertais, dizem, passaram a interferir substancialmente na resolução pelos humanos das questões envolvendo as viagens no tempo, importando ideias e paradoxos para nos atrapalhar, desmotivando pesquisadores ou confundindo seus sonos, tirando-os do caminho adequado à dissolução dos problemas. Diz o livro como tenazmente os neandertais afetaram as hipóteses propostas por Gödel, Van Stockum, Kerr, Gott e muitos outros. Somado a isso, entraram em uma séria campanha, por meio de interferências consciênciais, para que cientistas céticos descreditassem e ridicularizassem aqueles que se embrenhavam seriamente pelos caminhos que levariam à construção de uma máquina do tempo. No entanto, no último capítulo do livro, eles parecem enfastiados e confessam a frustração, pois diz: "ao que tudo indica, não importa o que façamos, o quanto tentemos ou quão interfiramos, exceto ganhando tempo, o fato é que, cedo ou tarde, esses *Homo sapiens* do planeta que chamam Terra acabarão descobrindo como realizar viagens no tempo, pois confundimos um cientista aqui, outro se obceca pelo tema, matamos um, aparece outro, confundimos um, outro tem uma inspiração, eis tudo. A recomendação que fica a todos os neandertais é que se prepararem para que, um dia, cedo ou tarde, tenhamos que disputar o domínio do multiverso com esses boçais chamados humanos". Nas entrelinhas, ele dá a entender, embora não seja muito explícito, que em todo este planeta eles só tenham uma única máquina do tempo e uma única máquina capaz de fazer a sobreposição consciencial, não sei se são a mesma ou se trabalham em conjunto, mas ambas, ou essa uma máquina, são as instaladas no polo norte daqui. Todas as demais, espalhadas pelas cidades, só realizam viagens extracorpóreas.

— Devo confessar, sargento, que isso é tão incrível e absurdo que realmente é difícil de acreditar.

— Ah, mas essa nem é a melhor parte, major Rockfeller. Quando eles falam de Einstein, que, após sucessivas tentativas de interferência em seus sonhos, finalmente implantaram nele uma ideia fixa, diz o livro assim: "ousados e inteligentes neandertais, estes que, há cinco ciclos e duzentas luas, rechearam o pobre Einstein de ideias loucas e equivocadas".

— Bom, o que há de especial nisso, além do que já sabíamos?

— Eis que tenho este outro livro, também muito interessante, chamado *A História dos Planetas Terra*. Mas o mais interessante deste livro, que, na verdade, é ginasial, é que contém a fórmula de conversão do calendário neandertal ao terrestre. E, major, sabe quantos anos terrestres dão cinco ciclos e duzentas luas?

— Diga, sargento, de uma vez!

— Cento e seis anos!

— E daí!?

— E daí, major, que se você pegar o ano em que Einstein lançou a constante cosmológica e somar os "cinco ciclos e duzentas luas", ou seja, cento e seis anos, este livro sobre a máquina do tempo foi lançado, no mínimo, em nosso calendário, em 2023!

— Mas estamos em 2021!

— Pois é!

— Oras, você está dizendo que o livro é do futuro!?

— Eu reformularia, major Rockfeller, diria que este livro foi trazido do futuro, lançado para o passado, a fim de que os neandertais se preparassem para a nossa invasão.

— Mas isso significa que eles já sabem os nossos próximos passos antes mesmo de darmos!

— De que outra maneira explicar o sucesso acachapante em Kamestra, Cherestra e aqui em Bakestra?

— Que bobagem! Eles pareciam surpresos e despreparados quando invadimos Cherestra!

— Será mesmo, ou só orquestraram tudo de tal maneira que controlassem os resultados?

— Bom, isso muda tudo.

— Precisamente, major Rockfeller; muito obrigado, sargento, por isso, tenho um plano.

— Então diga, Carnegie!

— Precisamos ir ao polo norte e ao menos tentar tomar aquela instalação. Quem sabe assim, controlando o tempo, possamos reescrever essa guerra.

— Diabos, eles já sabem que você irá até lá!

— Talvez não seja bem assim, talvez eles tenham um controle relativo sobre os resultados, afinal, como eles poderiam prever todas as consequências de uma mudança nos eventos?

— Como um efeito borboleta?

— Exato. Será que eles realmente previram que encontraríamos este livro? Se não, eles não poderiam deduzir que traçaríamos um plano mais determinado àquelas instalações.

— Imagine, Carnegie, eles sabem que tentaremos tomar o polo norte.

— É verdade, mas talvez não tenham certeza da maneira; afinal, pense bem, seria o nosso plano de tomar as instalações no polo norte exatamente como traçaremos agora se não tivéssemos essa informação absolutamente inédita adicional? Sabendo que aquela máquina é responsável não só pela sobreposição da consciência, mas também pelas viagens no tempo, tomaríamos mesmo exatamente as mesmas decisões se não soubéssemos? Convenhamos que não. Sendo assim, talvez seja esse o efeito borboleta que pode mudar definitivamente o futuro. "O bater de asas de uma simples borboleta poderia influenciar o curso natural das coisas e, assim, talvez provocar um tufão do outro lado do mundo." (TEORIA DO CAOS)

— Bravo, Carnegie! Qual o plano?

— Temos três mil homens, quero que fique com dois mil e quinhentos. Só precisarei de quinhentos para tomar aquelas instalações.

— Mas por que tão poucos?

— Assim serei mais ágil. Se eles estiverem nos espionando, na forma de espíritos, já devem estar tomando contramedidas, então preciso correr para lá!

— Entendo, entendo, mas explique!

— Voltarei a Cherestra e tomarei alguns daqueles barcos de pescadores e, beirando a costa, chegarei ao polo norte. Enquanto isso, você corre para a capital, Christougenestra, e coloca este país de cabeça para baixo, principalmente, orquestrando um bloqueio continental ao polo norte, impedindo que eles mandem reforços. Toque literalmente o terror, destrua o que puder, faça guerra, faça com que todas as energias deles sejam gastas tentando retomar a capital, enquanto eu me empenho em dominar as instalações e, mais importante ainda, descobrir o funcionamento da máquina, e nisso o intérprete me será muito caro.

— Essa é uma missão kamikaze para mim, Carnegie?

— Não se preocupe, se nosso plano der certo, voltarei no tempo e cumprimentaremos e abraçaremos nossos velhos e bons amigos novamente. Aliás, você nem mesmo saberá que tudo isso aconteceu. Por favor, concorde, essa é nossa melhor chance!

— Missão dada é missão cumprida, meu caro major Carnegie!

CAPÍTULO SETENTA E UM

TIMESTRA

ENQUANTO O PEQUENO BATALHÃO DE QUINHENTOS HOMENS, COMANDADOS pelo major Dick Carnegie, voltava para Cherestra, com o objetivo de, a partir de pequenos ou médios barcos rápidos ir direto para o polo norte, Rockfeller avançava com seus dois mil e quinhentos homens, ou seja, um regimento. Para ajustar a organização militar, o próprio major Rockfeller comandava diretamente um batalhão de mil duzentos e cinquenta homens, enquanto um tenente-coronel cuidava do outro, mas ambos submetidos às demandas de Rockfeller.

Ao que tudo indicava, ao se aproximarem da cidade de Timestra, não teriam nenhuma surpresa, conforme um pelotão que se adiantou reportou. De qualquer maneira, considerando todos os eventos anteriores e aquela sucessão de desastres, o major não queria, uma vez mais, que os humanos tropeçassem na própria soberba.

A ordem a todos foi muito clara: simplesmente dizimar qualquer grupo de neandertais que encontrassem. Estava terminantemente proibida qualquer interação com qualquer pessoa e até mesmo objeto daquele planeta; além disso, não podiam se alimentar de qualquer coisa sem o aval dos médicos. Por via das dúvidas, Rockfeller enviou quatro *snipers*, dois para cada lado da cidade, em pontos estratégicos da via principal, para obter uma visão do alto e de longa distância e, ainda, realizar baixas ao oponente sem necessidade de um confronto.

A passagem tranquila pela cidade, no entanto, provou que todas as precauções foram em vão. Aquele lugar, de fato, estava completamente abandonado, e os neandertais não prepararam nenhum tipo de armadilha.

Pôde-se ver, porém, uma enormidade de faixas penduradas nas janelas, edifícios e entre os postes ao longo de todo o caminho, todas em inglês, direcionadas aos humanos.

Frases do tipo "voltem para o mundo de vocês" e "os humanos, como vacas, quando andam para a frente deixam merda para trás" eram as mais comuns, com pequenas variações nos termos e nos objetos das metáforas entre uma e outra.

Rockfeller ficou muito contente com o fato de que, finalmente, conseguiram atravessar uma cidade sem nenhum percalço; ainda como precaução decidiram acampar um pouco distante da estrada, em meio à mata, camuflados. A ordem era dormir e descansar o máximo possível, pois, no dia seguinte, um grande desafio se descortinaria, a tomada de Arestra, a maior cidade de toda a península e terceira maior cidade do país.

— Não se entusiasmem pela passagem tranquila por essa cidade que deixamos para trás. Como búfalos, esses neandertais abriram mão de uma batalha aqui para terem mais força na batalha mais à frente — disse o major Rockfeller aos comandados.

CAPÍTULO SETENTA E DOIS

CAMARADA

FINALMENTE, ROCKFELLER ESTAVA ÀS PORTAS DE ARESTRA, ONDE UMA BATALHA importante era esperada, e um avanço fundamental a Gasgaradestra, onde ficava o campo de satélites.

Assim como na cidade anterior, foi enviado um pelotão para reconhecimento, bem como um par de *snipers* para cada flanco. Mesmo de longe, era possível avistar incríveis arranha-céus paralelos uns aos outros. Depois de algum tempo, todos confirmaram contato visual com um grupo de homens, a coisa de um quilômetro, parados e semimóveis, como que simplesmente aguardando a chegada deles.

— Major, alvo confirmado, um grupo médio, cerca de trezentos homens, não parecem armados. Um deles se destaca e está andando em nossa direção.

— Entendido, tenente. Mas não queremos diálogo, autorizar tiro de aviso.

— Positivo, senhor. — Pôde-se ouvir o disparo do franco-atirador mesmo muito longe. — Major, elemento continua em sequência de aproximação, apesar do tiro.

— Pode matar.

O *sniper* mirou com uma incrível precisão no peito do personagem, que, sem grande resistência, rodopiou para a esquerda e caiu ao chão. Sem nenhuma gota de sangue, subitamente, levantou-se de novo e voltou a caminhar em direção ao pelotão.

— Major! Você não vai acreditar, ele se levantou!

— O quê? Nosso atirador errou o tiro?

— Não, acompanhei tudo pelo binóculo, o tiro acertou, sim!

— Isso é simplesmente impossível...

— Major, major! Dessa vez o atirador deu dois, repito, dois tiros na cabeça e o homem, novamente, se levantou e continua andando em nossa direção.

Desta vez, Rockfeller não respondeu, ao passo que o "imortal" se aproximou significativamente do pelotão, e se manteve indiferente aos cinquenta rifles apontados. Porém, logo levantou uma das mãos, mostrando a palma, expressando que não era uma ameaça.

— Senhores, eu sou o CI-12.976, robô de integração do planeta Lar, apelidado pelo humano, professor Keating, de Camarada. Por favor, interrompam as agressões.

— O quê?! Você é um robô?

— Positivo.

— Major — contatou novamente via rádio, o tenente —, ele é apenas um robô.

— Um robô, tenente? Oras, destrua-o!

— Ei, robô, não dê mais nenhum passo, senão vamos atirar.

— Ei, humano, não dê mais nenhum passo, senão vamos atacar.

— Ah, você não me parece uma ameaça... — disse o tenente.

— Ah, você não me parece uma ameaça... — respondeu o Camarada.

O tenente olhou de soslaio para os companheiros, e inquestionavelmente todos compreenderam o próximo passo. Com uma sincronia notória, passaram a fuzilar pesadamente o Camarada.

Não demorou muito, seus fluidos começaram a se derramar pelos furos recém-abertos, seus circuitos começaram a falhar. Faíscas, fumaças e sons estranhos. Ainda assim, contudo, o intrépido permanecia em pé. E, com um grande esforço mecânico, ele levou o braço direito à nuca e apertou um botão. Uma sirene, uma explosão e, de repente, cinquenta homens e um robô tinham sido definitivamente exterminados.

Os *snipers* a tudo testemunharam e tão logo avisaram o major do acontecido, que, sem grande reflexão, logo ordenou aos *snipers*: "atirem até acabar a munição".

Aproveitando-se da precisão, os franco-atiradores fizeram o possível para determinar algum ponto fraco nos robôs, sem grande sucesso, mas notaram que, se conseguissem acertar o pescoço, um tiro muito difícil àquela distância, conseguiriam separar suas cabeças dos corpos, e, ainda que sem destruí-los, conseguiam incapacitá-los, inclusive de explodirem a si mesmos, coisa que perceberam que não acontecia quando tinham outros robôs por perto.

Contudo, os robôs permaneciam imóveis, apenas administrando o ataque, sem demonstrar qualquer reação, sem contra-ataque de nenhum tipo. Um a um, iam caindo ou tendo as cabeças decepadas. Findadas as balas dos *snipers*, entretanto, ainda havia duzentos robôs em pé e funcionais. Notando que os atiradores estavam sem munição, os robôs pegaram no chão as cabeças dos seus companheiros, apertaram os botões e as jogaram contra os atiradores, como se fossem granadas, as quais explodiram sobre os franco-atiradores, indubitavelmente, matando todos eles.

Como os robôs, contudo, não avançavam, o major decidiu não enviar mais nenhum homem, nem tampouco recuar, mas, estando a boa distância, convocou os homens mais destacados e experientes para uma reunião com o objetivo de avaliar como poderiam atropelar aquelas máquinas, sem que isso significasse mais baixas.

CAPÍTULO SETENTA E TRÊS

RENDIÇÃO

O ALTO ESCALÃO COMEÇOU A DISCUTIR COMO TRATARIA AQUELE NOVO revés, ainda surpreso não só com o fato de eles terem robôs para além dos afazeres domésticos, que era a informação da Inteligência, mas parcialmente militarizados.

— Major, eles não fazem o tipo *robocop*, exceto por serem obviamente destemidos, os neandertais não devem ter conseguido programá-los para manusear armas adequadamente, mas apenas para serem kamikazes e granadas ambulantes.

— Talvez, mas o problema é que não temos mais atiradores, e um combate com eles me parece de fato muito difícil, ao menos extremamente custoso, tanto em termos de munição quanto de possíveis baixas.

Depois disso, os militares começaram a refletir sobre eventuais pontos fracos que os robôs supostamente teriam e de que modo poderiam usá-los. Ideias interessantes, mas difíceis de aplicar como tentar incapacitá-los com água, corrente elétrica ou magnética, confundi-los usando bonecos militares improvisados e muitas outras foram colocadas à mesa, mas uma a uma foram descartadas em virtude da inaplicabilidade naquelas condições. Então, Rockfeller propôs:

— Quer saber, agora são robôs desmilitarizados, logo adiante, robôs armados, depois civis armados, e assim se seguirá indefinidamente, até estarmos todos mortos e carentes de qualquer ajuda da Terra. Mas não vou desistir. Eis meu plano: vamos enviar um pelotão camuflado, coisa de trinta homens, para ir até Gasgaradestra pelas matas com esse localizador, então, saberemos onde eles estão, e eles, onde nós estamos. Vamos nos render, consequentemente desarmá-los um pouco, e esperar que os caças destruam tudo em volta. Tudo o que precisamos fazer é mantê-los focados em nós, enquanto Carnegie toma as instalações no polo norte. Alguma objeção?

— Parece-me tudo o que nos resta mesmo.

— Ademais, essa guerra não levará a lugar algum.

— Pelo menos assim, caso tudo dê errado, inclusive com os caças, quem sabe, os neandertais não nos mandem de volta para a Terra.

— Não quero essas vozes de desânimo — reprimiu Rockfeller —, concordo que esta guerra está sendo um fiasco, mas mantenham a cabeça ereta, é só uma falsa rendição, para depois tomá-los de assalto. Entendido!?

— Sim, senhor, faremos o que for necessário!

Todos os militares abaixaram as armas e foram em direção ao grupo de robôs. Ao longe, viam-se inúmeros prédios, franco-atiradores neandertais, ficando mais claro ainda que naquela cidade, Arestra, eles não teriam a menor chance e, mesmo que tivessem, acabariam se rendendo na próxima.

— Pare, humano — disse um dos robôs.

— Queremos negociar nossa rendição.

— Aqui não é a bolsa de valores, vocês jogam suas armas no chão e nós os levaremos para serem julgados.

— Como bem entender — respondeu Rockfeller.

— Noto que há pelo menos trinta pessoas a menos em seu grupo.

— Sim, trinta dos nossos não quiseram se render e decidiram voltar para Cherestra.

— Certo, por gentileza, entrem naqueles ônibus.

Os militares, cansados e abatidos, acataram, sem truculência, as ordens dos robôs, e começaram uma longa viagem para a capital do país, onde seriam colocados em uma detenção provisória para, em seguida, serem julgados por seus crimes.

Disfarçadamente, Rockfeller confirmou o pleno funcionamento do GPS, e achou interessante o fato de os robôs não revistarem ninguém. "Aparentemente, eles apenas confiaram em nós, em relação a não estarmos mais armados. Se tivesse imaginado isso, levaria ao menos uma pistola, mas pelo menos ainda estou com o meu GPS", refletiu o major.

RICHSON SHERADE

Boa noite, telespectadores. Depois de entrevistar as duas principais figuras relacionadas ao mundo dos neandertais, Keating e Prometeu, trazemos, agora, o polêmico e sem papas na língua, direto da Nova Zelândia, e com a cabeça a prêmio, Richson Sherade.

— Boa noite, senhores e senhoras.

— Olá, Richson. Parece que você tem uma bomba com relação à guerra que está acontecendo no planeta gêmeo, o que você gostaria que viesse a público?

— Olá. O que o governo americano vem escondendo de vocês é que, na verdade, não há mais guerra no planeta Lar. Na verdade, até há uns quinhentos homens em duas frentes distintas, contudo, quase três mil e quinhentos homens já se renderam, e estão na capital de Paraíso, chamada Christougenestra.

— Nossa, essa é verdadeiramente uma informação muito forte, mas como você sabe de tudo isso?

— Devido à minha forte proteção de fontes, ganhei uma enorme credibilidade com pessoas do alto escalão do exército internacional, da Parallels e até mesmo do governo dos Estados Unidos. Além disso, tenho uma linha de comunicação direta com o Prometeu.

— Sério, mas como você se comunica com o Prometeu?

— Bom, criamos um código de comunicação que só nós dois sabemos. Prometeu, quando quer me dizer algo e vice-versa, realiza a sobreposição consciencial em qualquer pessoa que esteja na frente de um computador e me envia um e-mail com as informações. Inclusive, ele me encorajou a realizar esta entrevista, apesar de ser em solo americano, fonte de inúmeras ameaças que venho recebendo.

— Interessante.

— Tenho uma lista aqui com nome, nacionalidade, patente e registro no exército internacional de todos os homens que neste momento estão presos, embora bem tratados, em Paraíso.

— Certo, essa informação estará disponível em nosso site em poucos minutos. Mas como poderemos saber se eles estão realmente sendo bem tratados?

— Trouxe uma segunda anotação, com essas coordenadas de para onde os satélites da Terra devem ser direcionados. Assim, lá em Paraíso conseguirão sincronizar e enviar a nós as imagens. Se esse alinhamento não ocorrer até depois de amanhã, ao meio-dia, do horário de Washington, os neandertais os considerarão presos de guerra abandonados.

— Muito bem, colocarei essa informação também em nosso site. As famílias americanas desses combatentes deveriam ser informadas disso. É um absurdo!

— Com certeza é um absurdo. Mais do que isso, é uma completa indiferença às vidas humanas deixadas lá.

— E os neandertais propuseram algum acordo para que se devolvam, de algum modo, essas pessoas?

— Eles propõem a criação de um tratado que conste o fim das hostilidades entre os dois mundos, a proibição das viagens ao planeta Lar pelos humanos e a libertação de Keating. O presidente teria que fazer um pronunciamento oficial com essas declarações, que, por meio dos nossos satélites, seria enviado aos neandertais. O próximo passo seria o envio dos soldados de volta para a Terra.

— Parece simples.

— Sim, parece, se não fosse um detalhe. Os neandertais não têm a tecnologia para realizar viagens corpóreas para outros mundos. Ela precisaria ser compartilhada com eles, para que eles possam enviar os militares de volta.

— Bom, Richson, se eles não têm precisamente essa tecnologia e não têm outro meio de enviá-los de volta, me parece razoável, embora isso envolva uma questão de segurança nacional.

— Sim, mas não há outro meio. Se o governo americano não fizer absolutamente nada, os militares serão julgados e condenados pelos crimes praticados, como indivíduos comuns.

— Bom, cabe ao nosso presidente Oliver Choss, até amanhã, dizer alguma coisa.

— Exato, e cabe a nós, o povo, pressionarmos o governo. Que terá inclusive que confessar que durante todos esses anos esteve com Keating preso injustamente, sem nem mesmo julgamento.

— E parece que nossos líderes estão em maus lençóis. Agora, até onde você sabe, como será o julgamento dos nossos militares naquele planeta?

— É interessante notar que os crimes em Paraíso são julgados com base na intenção, e não nas ações, ou seja, se o militar, obviamente armado, foi até lá, pressupõe-se que ele estava disposto a matar os cidadãos daquele mundo ou colaborar com esse intento, então serão julgados como homicidas, assassinos.

— Mesmo que não tenham disparado um único tiro?

— Mesmo assim, não é o apertar de um gatilho que torna um assassino menos assassino, exceto no caso de legítima defesa, naturalmente.

— Pode ser, mas eles estavam simplesmente acatando as ordens de seus superiores.

— Se alguém voluntariamente se tornou um militar, e consequentemente por sua livre vontade decidiu que outros decidissem suas ações por ele, o indivíduo é, portanto, tão responsável pelas suas ações como se ele mesmo as tivesse comandado. A responsabilidade nunca é terceirizada em Paraíso.

— Entendo, Richson, mas talvez o júri amenize a condenação, não?

— No Paraíso não há júri popular, todos são julgados pelos juízes-filósofos. Eles entendem que um cidadão comum não tem simplesmente nenhuma condição de, imparcialmente, decidir um caso. Convenhamos, como pode alguém que nunca viu um homicídio, participou de uma batida policial, que não conhece profundamente os meandros da lei, com qualidade, imparcialidade e profundidade determinar ou não a condenação de um réu?

— É um bom debate, mas, sendo nossos militares condenados, qual será a punição?

— Provavelmente, serão esterilizados quimicamente e levados para Redenção, que seria na África do Sul, se fosse na Terra.

— Eles serão deixados lá para serem comidos pelos animais selvagens?

— Se tiverem perícia e um pouco de sorte, eles podem tentar voltar para o Paraíso, para assim, quem sabe, ser reintegrados à vida em sociedade.

— Nossa, mas que punição cruel! São mais de 20 mil quilômetros!

— Penso eu que mais cruel ainda é alguém que matou e pilhou a sociedade ser, à custa dessa mesma sociedade, "condenado" a uma vida de ócio paga pela própria sociedade, que é o nosso regime prisional.

— Entendo. Então, para os neandertais, a vida das pessoas é uma questão de economia?

— A vida de canalhas, você quer dizer, não é?

— Calma, estamos falando de nossos militares.

— Para eles, são apenas assassinos. Imagine você que a Coreia do Norte inventasse e, hipoteticamente, conseguisse invadir os Estados Unidos, matando e destruindo nossas cidades. Se já não bastasse toda a dor e prejuízo causados aos americanos, vão ainda causar um custo adicional, de alimentá-los na cadeia?

— Analisando por esse prisma, parece um pouco mais justificável.

— De qualquer maneira, ainda assim, eles não querem fazer nenhum mal aos militares. Eles só querem que essa guerra chegue ao fim, que os humanos não se metam mais naquele planeta e que Keating seja solto.

— Sim, como você disse anteriormente. Bom, muito obrigado, Richson, que merece, ao menos pela ousadia de estar aqui e dizer o que disse, uma salva de palmas. Agora, cabe ao nosso presidente resolver, quem sabe, de uma vez por todas, essa história.

CAPÍTULO SETENTA E CINCO

TRÉGUA

DEPOIS DA ENTREVISTA DE RICHSON, A PRESSÃO PÚBLICA AUMENTOU DECISIvamente. Não se limitava mais às páginas de debates específicos ou filosóficos que se digladiavam pela internet. Pequenos grupos, mas ainda assim muito estridentes, foram às ruas pedir a aceitação do tratado oferecido pelos neandertais. Uniram-se ao coro os milhares, milhões de pessoas beneficiadas direta e indiretamente pelas ações de Prometeu, isto é, as pessoas que estavam curadas da Aids e do Parkinson, bem como os amigos e familiares dos combatentes que ainda estavam no planeta Lar, sob custódia.

As manifestações não se limitavam aos Estados Unidos, mas ocorriam em diversas partes do mundo, em diversas localidades, principalmente em frente às embaixadas americanas. O consenso era que, apesar dos erros do passado dos neandertais, quando derrubaram os aviões, nunca foram verdadeira e decisivamente uma ameaça aos humanos. Embora tenhamos declarado guerra a eles, invadindo seu planeta, eles nunca devolveram na mesma moeda, pelo contrário, ainda entregaram a cura de duas doenças importantes sem desejar absolutamente nada em troca, senão a paz.

Por oportunismo ou por condolência, indiferentemente, inúmeros artistas postaram vídeos e imagens nas redes sociais em apoio aos neandertais e clamando pelo fim das agressões. Dentre as infinidades de versões de demonstração de apoio, a que mais viralizou foram as que os artistas seguravam uma placa escrita "*je suis homo*", em referência à comum ancestralidade entre os *Homo sapiens* e os *Homo* neandertais.

A grande imprensa, finalmente, começou a levar o assunto a sério e, em um repente, passou a dar ampla cobertura para as diferentes manifestações, bem como trazer diversos especialistas em várias áreas que apoiavam o tratado oferecido.

O problema chegou a tal extremo que a Parallels se viu sem opções, enquanto via as ações de sua empresa caírem no ostracismo, a não ser encerrar completamente o projeto oficial e publicamente. A desculpa: a manutenção do colisor era excessivamente dispendiosa. Obviamente, sem alarde, as pesquisas nesse sentido continuariam, até porque se o consenso é que deveriam parar de mexer com os neandertais, pouco importava, afinal, havia milhares de outros mundos que ainda poderiam explorar. De todo modo, pouco a pouco, a fuga de investidores foi cessando. Mas, nos bastidores, ainda estavam vívidos os planos de explorar os conhecimentos científicos dos neandertais ao máximo, e o lobby foi de tentar manipular os congressistas a manter pelo menos as viagens extracorpóreas para o planeta Lar de fora do acordo.

Oficialmente, a aliança da Parallels com o exército internacional e o governo americano foi quebrada, pois os sócios da empresa, bem como os diretores, sentiram-se traídos pelos demais poderes. O fato é que a empresa vinha ganhando verdadeiramente muito dinheiro com o envio de militares para o planeta Lar, bem como pela usurpação de tecnologias daquele mundo, só que uma proibição no nível que exigia o tratado oferecido pelos neandertais acabaria simplesmente com a maior fonte de renda da empresa. O objetivo inicial, de enviar milhares de soldados, seguido, depois do estabelecimento como potência militar, de milhões de pessoas, para povoar o planeta neandertal, tendo como único meio de transporte a Parallels, que enriqueceria absurdamente, tornou-se, definitivamente, um sonho.

Por fim, Oliver Choss, o presidente americano, saiu de cima do muro, depois dos efusivos conselhos de amigos do alto escalão e parentes para fazer um pronunciamento.

— Jornalistas, americanos e americanas. Hoje, temos a imensa alegria de anunciar que, apesar do silêncio ensurdecedor dos nossos congressistas, resolvi falar em nome de todos os americanos e, diria até de toda a humanidade, uma ótima notícia. A guerra contra os neandertais finalmente chegou ao fim. Mas, antes que digam que os americanos perderam ou desistiram, quero deixar bem claro que somos nós que não vemos mais motivos para dar cabo a essa batalha. Os neandertais, pura e simplesmente, não têm condições de guerrear conosco, e não responderemos às ameaças daquele povo com um genocídio. Não, não somos perfeitos, mas, sim, somos humanos. Portanto, saímos vitoriosos dessa guerra, ao aceitar a rendição, na forma de tratado, dos neandertais. Nunca mais um neandertal virá aqui nos espionar. Nunca mais alguém terá o controle do próprio corpo tomado por outrem. Nunca mais sequestrarão as informações de nossas agências espaciais. Nunca mais aviões serão derrubados em qualquer parte da Terra. Os neandertais são, devo admitir, um povo pacífico e educado. Mas, de modo algum, esse movimento, esse tal de neanderismo, deve ser encorajado, aclamado ou inflamado por aqui, pois, se são bons para eles, para nós seria desastroso. Somos democratas e democráticos, jamais entregaremos o destino de nossas vidas e nossas ambições por igualdade nas mãos de um grupo, de capitalistas, de empresários, ainda que especialistas, ainda que filósofos, pois todo poder emana do povo, e é pelo povo, e não pelos lucros, que trabalhamos aos nossos cidadãos e cidadãs. Criamos uma linha permanente de comunicação com o Paraíso, e já estamos acertando a devolução de nossos militares às suas famílias. Os Estados Unidos da América estão virando essa página marcada pela guerra e iniciarão outra, com base na troca de conhecimento. Agora, como nunca na história da humanidade, temos mil universos para conhecer e explorar, junto com os neandertais, e não apesar deles, e não em detrimento deles, finalmente, com graça digo que ninguém nunca mais poderá afirmar que "o céu é o limite", mas, aí, sim, com base em nossa ousadia e em nosso esforço, pacíficos, porém tenazes, irromperemos mil mundos e seremos abençoados por mil estrelas, de mil universos diferentes, por todos os dias de nossas vidas, daqui para frente.

Ao final, o presidente não abriu a coletiva para perguntas, já que havia detalhes sensíveis como a questão do retorno dos militares, dando aos neandertais acesso à tecnologia de transporte entre mundos paralelos. Somado a isso, ficou em aberto de que modo se lidaria com os militares que não estavam com os detidos. Era um pequeno grupo que se destacou antes da rendição e foi direto para Gasgaradestra encontrar-se com o porta-aviões, e o batalhão de Carnegie, que foi direto para o polo norte.

Do lado dos neandertais, foi, sim, bastante comemorado o anúncio do presidente americano, bem como a inevitável posse daquela tecnologia espetacular de viagens entre mundos. Contudo, eles persistiam preocupados com relação aos dois grupos de dissidentes, que não estavam detidos, e os quais os neandertais não sabiam exatamente onde estavam. O acompanhamento do desenvolvimento militar humano era feito via satélite meteorológico de alta resolução durante o tempo todo, no entanto, agravado pela quantidade relativamente pequena de observadores artificiais disponíveis, as buscas pela localização dos demais militares se frustravam continuamente.

CAPÍTULO SETENTA E SEIS

GASGARADESTRA

APESAR DE AINDA HAVER ALGUMAS AMEAÇAS, AS COMUNIDADES DE PARAÍSO voltavam, pouco a pouco, à normalidade, ao passo que se esvaía o clima de guerra. As estradas foram limpas, os obstáculos aos avanços militares humanos foram retirados e as pessoas voltavam a ocupar as cidades antes evacuadas.

O pelotão de trinta homens que se dirigia a Gasgaradestra se camuflava pelas matas, acampava durante os dias e caminhava durante as noites, sem saber que a Terra já tinha declarado o fim da guerra. A mesma desinformação habitava as mentes do batalhão de quinhentos militares liderados por Carnegie, bem como dos pilotos dos caças e do pequeno destacamento do corpo de fuzileiros navais, que coabitavam no porta-aviões, cujo objetivo era tão somente transporte de pessoas, caças e suporte. O porta-aviões, como medida evasiva, estava a alguns quilômetros da costa, sem poder, dessa forma, ser visto a olho nu a partir da praia.

Já em Gasgaradestra, mas ainda escondido na mata, o pelotão finalmente conseguiu contato com o pessoal da embarcação via rádio, o qual assegurou que o campo de satélites permanecia, ao menos aparentemente, intacto e funcional, e que estaria de prontidão, imediatamente após um sinal, quanto ao envio dos caças para realizar suporte aéreo, se necessário.

Com a ajuda de binóculos, os militares logo notaram que aquela cidade não tinha sido evacuada e tampouco parecia em clima de guerra, muito pelo contrário, as pessoas caminhavam e realizavam seus afazeres muito tranquilamente e sem suspeitas aparentes aos movimentos humanos que aconteciam tão próximo.

Gasgaradestra era uma cidade relativamente pacata, mas ao mesmo tempo moderna, com seus prédios médios e natureza pungente, muito bem enaltecida pela praia e vista para o mar, parecida, pode-se dizer, com Cairns, cidade do nordeste do Austrália.

De madrugada, o pelotão invadiu o observatório espacial neandertal, onde ficavam os satélites. Sem grande esforço ou mortes de qualquer lado, sem reforço policial e até mesmo disponibilidade significativa de seguranças, renderam rapidamente todas as resistências e se viram na sala de controle, enquanto os cientistas eram postos em cárcere, em uma sala de manutenção. Mas não sem protesto de um deles:

— Vocês não estão sabendo? O presidente dos Estados Unidos aceitou nosso acordo de paz.

O tenente do pelotão, farto das peripécias dos neandertais nas outras oportunidades, ignorou completamente o aviso do cientista, pois acreditou ser aquela, de novo, uma tentativa neandertal de ludibriá-los.

Assim sendo, o tenente entrou em contato com o comandante do porta-aviões, atualizando-o da bem-sucedida investida contra o observatório e demandando as coordenadas que deveriam ser imputadas no sistema central de controle dos satélites.

O objetivo era, assim, entrar em contato com a Terra, avisando ao alto comando os últimos movimentos, eventualmente solicitando reforços ou uma atualização do plano militar. O problema é que, com a aceitação do tratado neandertal, todos os satélites que deveriam estar de prontidão à espera do contato com os combatentes enviados foram desalinhados para outro objetivo: a comunicação, em outra faixa de sincronia, com os neandertais. E como a aceitação do acordo de paz exigia também a suspensão do envio de humanos ao planeta Lar, em qualquer meio, não havia mais espiões que pudessem informar na Terra a real situação dos combatentes que não estavam em custódia, para tanto, os líderes humanos contavam completamente com a hombridade dos neandertais para que os avisassem sobre o fim da guerra e os conduzissem à capital, até que um meio de transporte fosse providenciado. A rigor, pode-se dizer, até que localizados e adequadamente informados, os militares que não estavam em custódia encontravam-se completamente desatualizados, acreditando ainda estar em guerra com aquela nação.

No entanto, por sincera coincidência, um atraso ou negligência no desligamento que deveria ter sido feito em um dos satélites da Parallels, ainda ativo, providenciava inesperadamente um meio de contato entre os militares, que tinha parametrização diferente daquela oferecida no tratado. Ou seja, por pura sorte ou destino, tinha alguém do outro lado da "linha" que pôde se comunicar com o pelotão.

Dentro da planta da Parallels, a surpresa da tentativa de comunicação logo foi substituída pela orquestração de uma oportunidade única, pois a Parallels, agora completamente autônoma e órfã dos outros poderes, isto é, do exército internacional e do governo americano, embora impedida de enviar pessoas para o planeta, nada oficialmente a impedia de manter contato por aquela linha secundária com os militares desinformados que permaneciam por lá.

Foi pedido, portanto, ao pelotão que aguardasse por novas instruções, enquanto a presidência e a diretoria da empresa fizessem uma reunião de emergência com o objetivo de usar aqueles militares para outros fins, valendo-se da desinformação deles quanto ao tratado.

A conclusão a que logo chegaram é que, se agissem com a devida perícia e cautela, poderiam incendiar novamente a guerra contra os neandertais, fazendo parecer que, na surdina, o governo americano tivesse solicitado que o pelotão entrasse em combate, contrariando o acordo, colocando o tratado em suspeição, forçando uma investida, quem sabe, mais agressiva dos neandertais, não dando outra alternativa aos americanos e ao exército internacional, senão a de novamente entrar em guerra. Era um plano impiedoso, cruel, mas altamente lucrativo. Enquanto os diretores sorriam dos próprios maquiavelismos, logo um deles soltou a piada: "ainda bem que por aqui mentir não é crime, que não seremos expulsos da sociedade, pois, no máximo, se nada der certo, dois anos de cadeia e dois bilhões na conta na Suíça".

A ordem foi dada, segundo o mensageiro, pelo próprio secretário de defesa americano, de que todos zarpassem a bordo do porta-aviões direto para o norte do país, para a capital Christougenestra, e que matassem e atirassem em tudo o que estivesse em pé e andasse. Para motivar mais os soldados, disseram, ainda, que os neandertais tinham invadido Los Angeles e estavam em plena guerra na Terra também. "Quando olharem pela mira de seus rifles, fuzis, pistolas ou caças, lembrem-se: neandertal, cachorro, mosca e nada é tudo a mesma coisa!", finalizou o mensageiro, parafraseando Mestre Eckhart.

CAPÍTULO SETENTA E SETE

BLOQUEIO MARÍTIMO

DEPOIS QUE OS MILITARES DEIXARAM GASGARADESTRA, OS CIENTISTAS LOGO avisaram ao governo de Paraíso o acontecido, o que gerou um grande aborrecimento, mas logo atenuado quando, com o que talvez a Parallels não tenha contado, resgataram o que a central de controle do observatório gravou, isto é, tudo o que aconteceu em termos de imagem, comandos e comunicação, a partir daquele pelotão. De todo modo, isso significava que possivelmente a aceitação do governo americano fosse uma fraude. Vale lembrar, ainda, que, depois do discurso do presidente americano, todos os espiões neandertais foram desmobilizados, o que significava que eles não sabiam que a nova incursão militar era um plano desautorizado da Parallels.

Finalmente, portanto, os neandertais conseguiram localizar e monitorar os movimentos. Aquele primeiro grupo de militares estava a bordo do porta-aviões, ficando, até então, desconhecido o paradeiro do segundo grupo, que era liderado por Carnegie.

Sabendo da terrível missão e que o tenente daquele pelotão tinha ignorado o aviso do cientista de que Oliver Choss havia aceitado o tratado, os neandertais resolveram tomar medidas mais extremas, pois a capital estava em risco, embora não tivessem um aparato militar tão adequado. O plano neandertal pôde ser mais bem-explicitado pelo testemunho do próprio Almirante.

> Após resgatar o pelotão que estava na praia de Gasgaradestra, cidade paralela de La Rochelle, sudoeste da França, tomamos grande distância da costa e em alta velocidade rumamos ao norte, com o objetivo de passar entre a Grã-Bretanha e o norte da França neandertal.

Chegando aonde seria o Canal da Mancha, nossos caças, que de tempos em tempos partiam em todas as direções com o objetivo de interceptar e antecipar qualquer investida neandertal, notaram um grande movimento de barcos de pesca, os quais, embora continuamente monitorados, foram relativamente ignorados, pois bastariam alguns tiros de um dos caças para dispersá-los totalmente. De qualquer modo, como o objetivo era arruinar Christougenestra, tive em mente que, quanto mais munição economizasse, maior seriam os danos em nosso alvo real.

Quando chegamos ao ponto mais estreito do canal, entre Calais e Dover, nomes das cidades se fossem na Terra, afastadas pelos seus oitenta quilômetros de mar aberto, uma imensidão de pequenos barcos, a maioria de pesca, aglomerou-se e impediu nossa passagem. Não tínhamos meios de passar por cima deles sem arriscar danos ao casco ou possíveis invasões piratas, muito embora não tenham sido avistados civis ou militares em quaisquer embarcações, especulo que eram operados remotamente.

Enfim, preparava os pilotos dos caças para o ataque, com a ordem de máxima economia possível de munição, com objetivo de apenas abrir um vão para que pudéssemos atravessar em segurança, afinal, faltava muito pouco para chegar em Amsterdã, ou seja, Christougenestra. Bom, como estava dizendo, enquanto limpávamos a pista e repassávamos o plano de ataque aéreo, cerca de quarenta daqueles zepelins gigantes começaram a se aproximar, cada um de uma direção. Apressei meus homens para liberar a pista e reformulei os planos para que, antes de qualquer coisa, derrubassem aqueles monstros flutuantes.

Os zepelins eram lentos e pesadões, não seria grande coisa para qualquer um dos meus pilotos, o problema é que não adiantava atirar simplesmente no imenso compartimento de armazenamento de ar, pois, acredito eu, tinham algum sistema de compensação de perda de gás ou havia algum tipo de particionamento da câmera, ou seja, demandava um tempo imenso para ir contornando e atirando em todas as subcâmaras de ar dos zepelins até que eles entrassem em colapso. A princípio, só um contratempo, o problema: eram quarenta contratempos. E não havia meios de deixarmos os caças fazendo seu trabalho enquanto nos distanciaríamos daqueles Cruzeiros Aéreos, devido aos malditos barcos de pesca que, a essa altura, já estavam por todos os lados, circulando todo nosso porta-aviões.

Os zepelins se aproximavam cada vez mais e mais, e estimamos, com base na direção de tendência, que o objetivo era simplesmente suicida, estavam em franca rota de colisão conosco, talvez estivessem sendo controlados remotamente também. Então, meus homens calcularam que em questão de uma hora a colisão com algum daqueles voadores aconteceria, ao passo que nossos caças derrubavam um deles a cada dois minutos, ou seja, em uma hora teríamos derrubado apenas trinta, e os outros dez?

Armei todos os homens com tudo que tínhamos, com o objetivo de, assim que tivessem alcance, atirar deliberadamente naqueles monstros.

Oh, bravos homens, fizeram tudo o que podiam e o que não podiam. Meus pilotos redobraram seus esforços e conseguiram derrubar trinta e dois zepelins. Mais cinco foram derrubados em um ato heroico e sem precedentes quando combinaram de, em nome de todos os humanos da Terra, jogar seus próprios jatos, bem como suas vidas, cada um contra um zepelim diferente. Dos três Cruzeiros Aéreos restantes que, sabe Deus, davam uns quatro, em termos de tamanho, do porta-aviões, ainda meus homens conseguiram derrubar dois.

Infelizmente, porém, restou um daqueles balões hercúleos, e não restou nenhuma opção para mim senão mandar meus homens abandonarem o navio, coisa que a maioria se negou a fazer, contrariando uma ordem direta, em nome de nossa pátria e honra.

Agora, no momento em que gravo esta mensagem, nosso porta-aviões, quarenta por cento destruído por causa do zepelim, afunda irremediavelmente. Espero que esta mensagem, de um jeito ou de outro, chegue a alguém, chegue a algum lugar.

Não resta mais nada a fazer. Sentaremos agora e rezaremos por nossas pobres almas, na esperança fugidia de que tudo o que fizemos, pelo menos, não tenha sido em vão.

CAPÍTULO SETENTA E OITO

OFF-LINE

NA TERRA, RICHSON SHERADE, MAIS EFUSIVO E ENTUSIASMADO DO QUE NUNca, em virtude do crescente apoio e número de seguidores, consequência de suas denúncias invariavelmente perspicazes e diretas, continuava, apesar da aceitação do tratado de paz, a atacar o governo americano, pelo sigilo em relação às comunicações com os neandertais, pela demora no retorno dos combatentes e, em especial, por não instaurar um inquérito quanto a Parallels, que contava com fortes evidências de ocultar mortes durante os testes para a realização de viagens entre os universos, bem como o desrespeito a inúmeros direitos humanos e trabalhistas.

O que Richson não sabia, e o governo também não admitia, é que as comunicações com os neandertais simplesmente não tinham acontecido até então. Eles simplesmente não respondiam às mensagens, mesmo após os parâmetros de comunicação terem sido revisados e verificados inúmeras vezes. O fato é que, pouco após o alinhamento dos satélites terrestres aos do planeta Lar terem acontecido, ocorreu a invasão do observatório em Gasgaradestra, o que gerou uma suspensão temporária das comunicações, até que se apurasse a fundo o que verdadeiramente estava acontecendo.

Contudo, os militares que estavam sob custódia, presos, na capital Christougenestra, persistiam sendo bem tratados e alimentados, na medida do possível, à custa, ainda que indiretamente, da sociedade, embora algumas manifestações contrárias, exigindo, com base nas próprias leis de Paraíso, a expulsão deles para Redenção ou simplesmente a pena capital.

A questão é que a Constituição no Paraíso não previa aplicação a alienígenas humanos, então, ao passo que o conselho de filósofos argumentava que só poderiam tomar alguma atitude com base em um plebiscito, onde, por aclamação pública, determinariam a emenda constitucional estendendo sua imputabilidade a também não nascidos no planeta Lar, por outro, suspendiam sucessivamente a discussão sobre os termos do mesmo plebiscito, com o objetivo de ganhar tempo. Eles tinham em mente, e não escondiam isso do público, já que mentir por lá era crime, incluindo ocultação deliberada da verdade, que deveriam retardar qualquer ação contra os humanos até que as ações do tratado de paz fossem concluídas. "Por mais duro e cruel que isso seja contra uma sensível parte da sociedade, em especial os amigos e familiares dos prejudicados, feridos ou mortos pelas batalhas até então, não podemos ignorar o fato de que, se não deixarmos o tratado de paz com os humanos fazer sua parte, talvez uma guerra ainda maior, com um número muitas vezes superior de prejudicados, feridos ou mortos, recaia sobre nós, e acredito que a maioria da população não suportaria essa ideia", disse um dos membros do conselho. As pesquisas de opinião, apesar das considerações do pensador e juiz, mostravam empate técnico. O fato é que é difícil ser "filosoficamente correto" quando uma bomba cai de um caça sobre a cabeça de sua mãe, que eventualmente morasse em Cherestra.

Contudo, a agonia quanto a essa decisão logo chegaria ao fim, pois lá do polo norte neandertal chegou a informação de que os quinhentos humanos militares haviam sido finalmente localizados e estavam muito próximos das instalações que continham o conjunto de máquinas de sobreposição consciencial e viagem no tempo. Para os neandertais, a empáfia humana, que mesmo após o anúncio do tratado de paz continuava aderido a uma postura agressiva, era a gota d'água. Nem mesmo alertar que talvez aqueles militares não soubessem do acordo acalmava os nervos, e os eventos ocorridos no Canal da Mancha neandertal só serviram para reforçar essa opinião, embora errônea.

Resultado: mais de três mil homens que estavam presos foram assassinados e, em seguida, cremados. Depois, as cinzas de todos aqueles militares foram misturadas com um concreto que serviu para a construção de um monumento, na estrada de acesso a Cherestra.

A escultura, para o olhar mais atento, era cheia de simbolismos e mensagens subliminares. Era uma imagem de Prometeu, dos dias em que visitara a Grécia Antiga, ensinando a um grupo de humanos, vestidos de modo rudimentar, a fazer fogo, com pequenos galhos, enquanto uma criança com roupas modernas, que se destacava dos seus familiares *Homo sapiens*, queimava os pés do próprio Prometeu, com um isqueiro zipo. E, finalmente, na base do monumento, havia a seguinte inscrição.

É difícil libertar os tolos das amarras que eles veneram! (VOLTAIRE)

CAPÍTULO SETENTA E NOVE

TUDO OU NADA

DE TODO MODO, O FATO É QUE OS NEANDERTAIS NÃO QUERIAM GUERRA, DE modo algum, pois tinham em mente não só a possibilidade significativa de que poderiam perder, caso se enviasse um contingente significativo para aquele lugar, como, ainda, que uma vitória teria um custo de vidas e financeiro acachapantes.

Enquanto os militares avançavam sobre o gelo com extrema cautela em direção às instalações neandertais, na Terra, os cientistas das agências espaciais insistiam em tentar manter contato com o planeta Lar, por meio dos inúmeros satélites disponíveis, mas ainda sem sucesso.

Keating foi levado para uma audiência com o conselho de segurança americano, que questionava o porquê do tamanho interesse deles em sua pessoa, o que ele falou, em verdade, que simplesmente não tinha a menor ideia. Ocultando, ainda, a visita que Prometeu tinha feito, ao sobrepor a consciência do carcereiro Jay. De todo modo, o professor não foi simplesmente libertado, mas enviado para um lar provisório, usado geralmente no programa de proteção às testemunhas (WIT SEC), onde era observado e escoltado por agentes da inteligência americana.

Voltando ao polo norte neandertal, nas instalações, à espera da aproximação dos militares humanos, um grupo relativamente significativo de trezentos policias de elite fazia a segurança do edifício.

Tentando evitar uma guerra, os cientistas que trabalhavam naquelas instalações enviaram cerca de dez *drones*, com uma espécie de projetor acoplado, que transmitia imagens, passando em *looping* infinito o anúncio da aceitação do tratado de paz, pelo presidente americano.

O major Dick Carnegie, contudo, de antemão já ordenou que todos deveriam simplesmente ignorar aquele ato, segundo ele, de completo desespero dos neandertais, acusando que aquele vídeo era uma fraude.

Quando os homens estavam a aproximadamente setecentos metros de distância das instalações, pôde-se ouvir alguns disparos de franco-atiradores neandertais, que efetivamente derrubaram dois ou três soldados, fazendo com que os cinco esquadrões daquele batalhão se dividissem e buscassem alguma proteção frontal.

Carnegie enviou três *snipers*, simplesmente os melhores, para pontos estratégicos, com objetivo de derrubar as sentinelas inimigas. Não demorou muito, logo eliminaram os franco-atiradores rivais e passaram a dar apoio visual ao retomado avanço do batalhão.

As trocas de tiros foram efetivamente muito poucas, logo que se localizava um ofensor, um dos *snipers* o derrubava. Enquanto o batalhão progredia, os policiais neandertais se viam acuados. Dali para frente, foram inúmeros arremessos de granadas e ataques corpo a corpo contra policiais que buscavam abrigo contra os artefatos e os franco-atiradores humanos.

Logo, os policiais recuaram para dentro do prédio que tanto deveriam proteger, valendo-se da relativa pequena porta de acesso, enquanto o pátio todo da instalação estava completamente tomado pelo batalhão, quando Carnegie dividiu de novo os esquadrões para os flancos, cobertura e parte de trás da edificação.

Sendo a derrota iminente, os contra-ataques e tiros a esmo dos neandertais cessaram. Logo um avental branco, sinalizando uma possível rendição, tremulava no acesso ao edifício. Carnegie ordenou a suspensão, embora o alerta, e por meio de um megafone solicitou à pessoa que se apresentasse, sob garantia de não agressão.

Ainda carregando o avental, aparece Prometeu, muito abatido e até mesmo assustado, que logo retirou seu sobretudo e deu voltas mostrando que não estava armado. Momento em que Carnegie pediu que desse alguns passos adiante, virasse de costas e se ajoelhasse, para em seguida pedir a dois de seus soldados que atassem suas mãos e o levassem para uma audiência com o próprio major.

— Dick Carnegie, major.

— Prometeu, cientista-chefe.

— Ora, ora, é você então que é o Prometeu, em carne e osso? Digo, em realmente sua carne e seu osso?

— Sim. Quero negociar uma rendição.

— Vocês estão acabados de qualquer maneira, mas agora fiquei curioso, qual o plano espetacular dessa vez?

— Não há plano algum, sequer sabíamos que vocês estavam por aqui, senão há poucas horas.

— Bom saber, eis os termos de sua rendição. Vocês saem pacificamente, não matamos ninguém. Senão, matamos todos.

— Major, de nada valerá matar todos se o edifício vier completamente abaixo.

— E como você planeja fazer isso?

— Não sou eu, mas o próprio sistema anti-invasão do edifício. Se não houver reconhecimento facial, biométrico e digital, além da senha, por três tentativas seguidas, o edifício se autoimplodirá.

— Será mesmo?

— Se você tentar a sorte, tudo isso será para nada, e ninguém virá buscá-los. Sem abrigo e nesse frio, logo vocês morrerão também.

— Interessante, Prometeu. — Virando-se para um dos soldados, falou. — Entre lá e verifique se há um sistema realmente anti-invasão com base em biometria e outras bobagens.

O soldado ficou um pouco resistente em entrar no edifício sozinho, pois, apesar das inúmeras baixas impostas até então aos neandertais, ainda deveriam ter uns duzentos policiais lá dentro. No entanto, os olhos fumegantes de Carnegie praticamente diziam "vá ou eu o mato aqui mesmo". De todo modo, o major pegou sua pistola, engatilhou e colou o canhão contra as têmporas de Prometeu.

— Nada acontecerá com você, sendo que uma das pessoas mais importantes desse mundo está na mira da minha beretta.

Não havia o que discutir ou hesitar. Logo o soldado caminhou, com suas pernas trêmulas, embora o rosto corajoso, para dentro do edifício, sob os olhares de fúria e repúdio dos policiais neandertais. Era uma espécie de grande antessala, que a coisa de duzentos metros daria acesso possivelmente às formidáveis máquinas, muito bem protegida por uma imensa porta com diversas camadas de proteção, feitas em aço carbonado, carboneto de tungstênio, irídio, titânio, crômio e urânio empobrecido, todos entre os elementos mais duros, tenazes e resistentes conhecidos. Ao lado da porta, uma máquina similar com um caixa eletrônico, verdadeiramente guarnecida com leitura facial, de digitais e biométrica, além de um teclado para senha e um microfone para realizar reconhecimento de voz. Só de se aproximar, a máquina logo emitiu um aviso:

Cidadão não reconhecido, não se aproxime, não tente novamente, atendimento policial a caminho.

O soldado, relativamente assombrado, logo voltou ao pátio e contou tudo o que viu e aconteceu dentro da antessala, o que convenceu Carnegie de que, afinal, Prometeu parecia estar falando a verdade.

— Muito bem, Prometeu — disse, abaixando sua pistola —, o que você quer para nos dar acesso a este edifício?

— Não precisa de toda essa truculência, vocês já venceram, só quero conversar com o professor Keating para tirar essa história a limpo, o porquê de ele ter nos deixado para trás depois de tudo o que fizemos.

— Oras, você quer que, sabe-se lá como, tragamos o tal professor para cá, somente para vocês resolverem suas picuinhas?

— Veja, a lógica neandertal é diferente da lógica humana, nosso código de honra também é diferente do de vocês. Sei que esse é o fim de nossa espécie. Como um moribundo, peço, com todo o respeito e submissão de um derrotado, que me traga esse professor aqui. Depois disso, pode me matar, nada mais tem sentido doravante. Para nós, só há futuro no passado.

— Mas você é mesmo um palhaço, Prometeu! Acha mesmo que vamos cair em mais essa?

— Na verdade, você não tem escolha. Com todo respeito. Quer acessar as instalações? Faça o que estou pedindo. Ou não faça, e logo todos nós morreremos aqui mesmo, nós antes, vocês depois. Com esse frio e sem abrigo? Sem chance para ninguém. Mas não se preocupe, independentemente dos resultados, uma coisa é certa, vocês, humanos, realmente ganharam esta guerra. Não temos mais meios ou recursos de vencer. Vocês são superiores em número e em poderio militar, e não me refiro só a este batalhão, mas à humanidade toda. Vocês são 7 bilhões de pessoas, nós, apenas meio bilhão. De que maneira poderíamos de fato vencê-los?

— Nossa, como você fala. Bom, mas de que maneira você quer que enviemos o tal Keating para cá?

— Muito obrigado pela condolência, major. É simples, basta que você grave esta mensagem na forma de vídeo ao alto comando, neste celular, que enviarei para o pessoal da capital, ordenando que enviem isso para os seus líderes, via satélite. Eles levam o professor a Parallels, e eles o enviam diretamente para cá, basta repetir essas coordenadas neste papel no vídeo. Serão duas ou três horas, no máximo.

— Assim seja, seu doente foragido das cavernas de Platão.

> Essa mensagem é destinada ao Presidente dos Estados Unidos da América, Oliver Choss, ao secretário de defesa, ao conselho de segurança, a alto comando do exército internacional e a Parallels.
>
> Estamos no polo norte, nas instalações das importantes máquinas deste país, que acreditamos ser as responsáveis pela viagem no tempo e sobreposição consciencial, com base inclusive em um estudo que nosso intérprete fez na biblioteca de uma cidade ao sul de Paraíso, chamada Cherestra.
>
> Houve há pouco uma batalha aqui, facilmente vencida pelo meu batalhão. Há outros companheiros se dirigindo ou talvez em plena ação, em uma segunda fronte, na capital deles, chamada Christougenestra.
>
> Nosso soldado verificou e o acesso à instalação é extremamente fortificado, contando, inclusive, com um sistema anti-invasão que pode resultar na implosão do prédio.
>
> Tenho em mente a importância do que está aqui dentro, que seria um salto tecnológico sem precedente para a humanidade,

e uma oferta de rendição foi oferecida pelo próprio Prometeu, segundo a qual, se trouxéssemos para cá o tal do professor Keating para uma audiência com ele, obviamente, supervisionada por nós, ele nos daria total acesso às instalações.

Considerando, novamente, quão valiosa é essa máquina e, saliento, não temos meios de invadir o local sem grande risco para nós e para o próprio ativo, aconselho a aceitação deste acordo.

De qualquer maneira, acredito que o professor não oferece risco algum, e não tiraremos por um único segundo os olhos dele.

Segundo Prometeu, a maneira mais fácil e rápida de enviar o professor é por meio do colisor da Parallels, sendo os parâmetros para envio para esta instalação os seguintes: 75°07'54.2"N 58°32'45.8"E, e margem de erro de, no máximo, 71,49 micrômetros.

Aguardaremos por até seis horas algum tipo de resposta ou o envio do professor. Se nada disso acontecer, consideraremos que houve negativa do governo e do exército internacional, e procederemos a execução de todos os neandertais aqui presentes, e buscaremos algum meio de chegar à capital do país. Sem mais.

Major Dick Carnegie

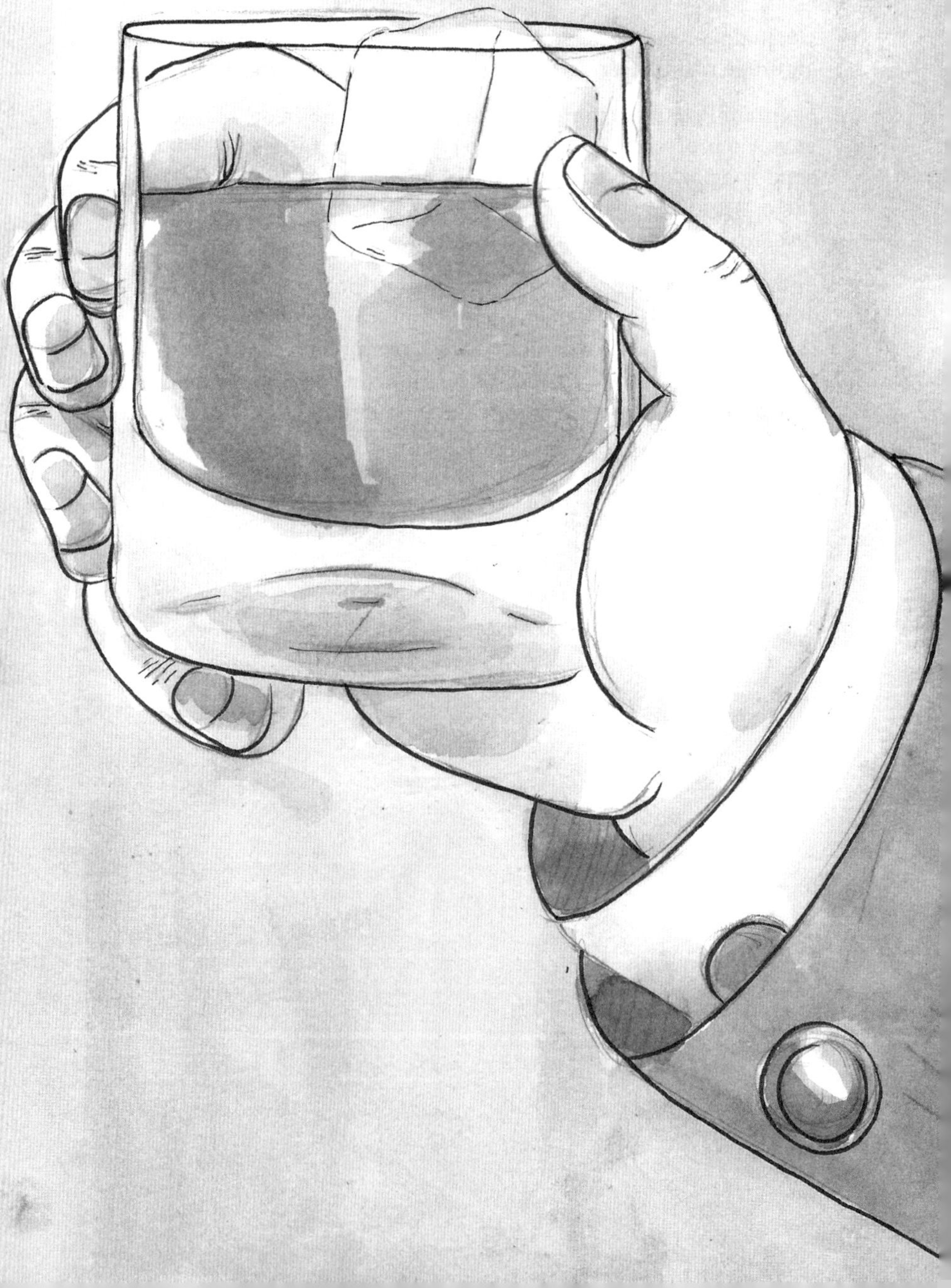

CAPÍTULO OITENTA

FESTINA LENTE

EM POUCO TEMPO, O VÍDEO QUE CARNEGIE GRAVOU PELO CELULAR TINHA chegado às agências espaciais que aguardavam, já enfastiadas, alguma resposta às inúmeras mensagens que, há praticamente um mês, enviavam constantemente aos neandertais.

De todo modo, o conteúdo foi relativamente surpreendente e assustador. Afinal, já tinha ocorrido o aceite ao tratado de paz há um bom tempo, então aqueles movimentos militares eram absolutamente suspeitos.

No entanto, mal os cientistas dos observatórios digeriam aquelas informações, logo pipocaram ordens de todos os governos de grandes países para que se excluísse permanentemente aquela mensagem e que sua divulgação, ainda que informal, do conteúdo, era passível de punição exemplar. Sim, o carimbo de ultrassecreto mais uma vez era posto em ação.

Logo o presidente americano foi chamado para um encontro urgente com o conselho de segurança, junto ao secretário de defesa, momento em que lhe foi mostrado o vídeo, que gerou perplexidade em Oliver Choss e alguns dos membros do conselho que lhe assistiam pela primeira vez.

Apesar da aceitação do tratado, agora, em posse daquelas maiores revelações das preciosidades tecnológicas que eram guardadas a sete chaves pelos neandertais no polo norte, reavivaram, verdadeiramente, uma reavaliação.

— A verdade, meus caros, é que nossos militares estão a poucos passos do acesso às tecnologias mais avançadas de que já ouvimos falar.

— Concordo, presidente, e nem precisaremos nos preocupar com a opinião pública; afinal, basta voltar no tempo e reescrever a história a nossa maneira.

— Sim, secretário, sem nossos erros.

— Exato, só com os nossos acertos.

— E o mundo será nosso!

Todos riram e aplaudiram aquelas tão ambiciosas conjurações.

Em poucos minutos, todos estavam, bem como o professor Keating, indo direto para a Parallels, com o maior senso de urgência possível. De antemão, de dentro do avião, já tinham enviado uma mensagem para o general do exército internacional para que se encontrasse com eles no destino, e enviaram ordens para que religassem todos os sistemas, incluindo, obviamente, o colisor.

O pessoal da Parallels, sem qualquer ressalva, colocou-se de prontidão e absolutamente à disposição, o que em outra situação causaria espanto ou desconfiança, mas todos estavam completamente tão cegos pela própria vontade de poder, pelo domínio do tempo, que todas aquelas mentes envolvidas eram completamente guiadas pelo bate-que-bate dos seus corações.

Entre o presidente e diretores da empresa, o clima era de triunfo e orgulho. De fato, conseguiram manipular os eventos de uma forma ímpar, pensavam eles. Mal compreendiam ou assimilavam que suas ações só levaram à morte dos militares aprisionados e os naufragados no Canal da Mancha neandertal. Mas estavam todos cheios de si, quando na verdade não tiveram qualquer participação na decisão do major Carnegie de, em pequenos barcos, com um pequeno batalhão, ir despercebidamente direto para o polo norte.

Mas, àquela altura do campeonato, pouco importava. O colisor estava reaberto, as esperanças de enviar milhões de pessoas ao planeta Lar estavam vivas novamente, e as contas bancárias da empresa, ávidas por mais negócios com os governos do mundo.

Embora irritado e amedrontado, em nenhum momento informaram Keating onde estavam o levando e o que deveria fazer, e olhe que o professor perguntava isso a todo momento aos agentes da CIA que o escoltavam, mas que sempre respondiam com olhares e sorrisos, nojentos e amarelos.

Chegando a Parallels, o clima era de completo entusiasmo e confraternização. Incrivelmente, logo se via o secretário de defesa americano, o general e o presidente da Parallels rindo e abraçando uns aos outros, enquanto dividiam um copo de uísque.

Já na parte operacional da empresa, as coisas em clima de extrema urgência desencadearam uma correria, e um sem-número de atropelamento de procedimentos. A ordem era enviar Keating para aquelas coordenadas, de preferência, no próximo segundo.

O tenente-coronel, chefe da logística, estava estressado e irritado com tamanha correria, quando notou que os procedimentos não eram respeitados, com o único objetivo de apressar as coisas. As pessoas se debatiam e se acotovelavam pelas passagens nos corredores e acesso aos equipamentos de controle.

— Sargento, você já fez a verificação dessas coordenadas que está imputando?

— Lamento, tenente-coronel, estou seguindo ordens diretamente do presidente da Parallels e do general.

— Amigo, já disse Augusto, imperador romano: "*festina lente*".

— Por Deus, tenente-coronel, está a maior correria aqui, não sei nem o que significa isso!

— Significa, do latim: "apressa-te devagar".

O sargento sequer respondeu ou considerou as palavras do chefe da logística. A pressão estava absurda. A cada cinco minutos o chefe de algum lugar, que muitas vezes nada tinha a ver, em termos de hierarquia, cobrava a conclusão deste ou daquele procedimento. Aliás, não deixa de ser notável a enorme complexidade, comandos manuais e pessoas envolvidas para a realização de uma viagem para um planeta de um mundo paralelo.

Enfim, em tempo recorde, cerca de três horas, dentro de uma pequena cabine, após uma sucessão de trapalhadas que notabilizou como ainda obteve sucesso, o professor Keating foi realmente enviado para o planeta Lar.

CAPÍTULO OITENTA E UM

SEM FUTURO

DE VOLTA AO OUTRO MUNDO, SUBITAMENTE, ALGUMAS TROVOADAS ENGRAdeciam a recente nova formação da maravilhosa aurora boreal no céu azul sempiterno do polo norte neandertal. Prometeu começou a rir.

— O que foi, Prometeu? — perguntou Carnegie.

A risada aumentou.

— Está rindo de quê, homem? Digo, primata!

Ele ria mais e mais.

— Fale, droga!

Agora, já gargalhava.

— Você está louco, isso, sim.

— Posso lhe mostrar meu celular, major?

— Está bem, o que é que tem?

No celular, por acesso remoto, podia-se ver o interior daquele edifício, onde estava a formidável máquina de viagem no tempo ligada à de sobreposição consciencial, por meio das câmeras de vigilância. Dentro dela, pudera, eis o professor Keating, mal acreditando que estava, uma vez mais, naquele lugar magnífico, onde Prometeu o levara tanto tempo atrás.

Logo, Keating encontrou um papel assinado por Prometeu com um recado endereçado a ele, e um pen drive ao lado. O major Carnegie entendeu bem depressa que, na melhor das hipóteses, algo estava muito errado com tudo ali. "Era para o Keating surgir do lado de fora do prédio, não lá dentro! Mas será que ninguém na Terra viu que as coordenadas que o Prometeu passou eram suspeitas!?", refletiu o Major.

Dick Carnegie então pegou sua pistola e alvejou com cinco tiros o peito de Prometeu, começou a correr em direção ao prédio, pegou sua granada e arremessou para dentro do edifício, onde estavam os policiais, enquanto gritava aos seus homens, que ficaram surpresos com o alvoroço de seu superior, que atacassem e matassem todos!

Os policiais também foram pegos de surpresa, e uma rápida batalha, desorganizada, bagunçada, em ambiente fechado desvelou um massacre que, em poucos minutos, aniquilou todos os neandertais dali, e um bom número também de militares.

Em seguida, o major ordenou que se derrubasse aquela porta custasse o custasse, e com a roupa de um soldado morto cobriu a pequena máquina de identificação, que poderia, vai saber, enviar um sinal para que se implodisse o prédio.

Enquanto os soldados, inflamados pelo desespero do major, tentavam, completamente sem sucesso, descamar aquela porta altamente reforçada e gigante, lá de dentro, Keating, que mal conseguia ouvir a balbúrdia que se instalara do lado de fora, pôs-se a ler o recado de seu amigo do planeta gêmeo.

> Caro amigo, Keating.
>
> Como conversamos há muitos anos, os seres humanos não estão prontos para receber a verdade e, mesmo quando a aceitam, distorcem-na para a obtenção de seus próprios desejos. Você insistiu que conseguiria, sem o uso da mentira, convencer os grandes líderes de seu mundo a não entrar em guerra conosco, mas eis que a verdade é que estamos à beira de uma primeira grande guerra entre mundos, e tudo o que você vivenciou aqui, que admirou em nós, que gostaria de ver aplicado em sua sociedade, será negado, confundido, distorcido, excluído, esquecido, pelos novos líderes que se apoderarão deste tão belo e hospitaleiro planeta.
>
> Há pouco a se fazer neste momento. Em poucos anos, este mundo será preenchido pelo cinismo humano até nos lugares mais recônditos. Logo nossos mares estarão podres, nossos peixes, mortos, nossas nuvens, banhadas em ácido, nossos céus, nublados pela fumaça, a camada de ozônio esburacada, nossas árvores caídas uma ante a outra. E o ser humano, não contente em ter levado à bancarrota o seu próprio mundo, replicará sua miséria para universos inteiros.
>
> Todas as pessoas, de todos os lugares do mundo, de todos os mundos possíveis, já pensaram ao menos uma única vez em voltar ao passado e tomar diferentes decisões. Mas você tem, aí adiante, essa oportunidade.
>
> Deixei a máquina programada, já está tudo pronto, leve esse pen drive, onde está arquivada a prova de tudo o que aconteceu, mas de que só você terá lembrança.

Está em suas mãos a sorte deste mundo, de todos os mundos, mas cabe a você, e somente a você, reescrever o nosso passado, pois nosso futuro, a partir deste presente, é embebido em ódio, morte e dor.

Até daqui nove anos atrás.

Prometeu

Parte V

UM OUTRO PASSADO, UM NOVO FUTURO

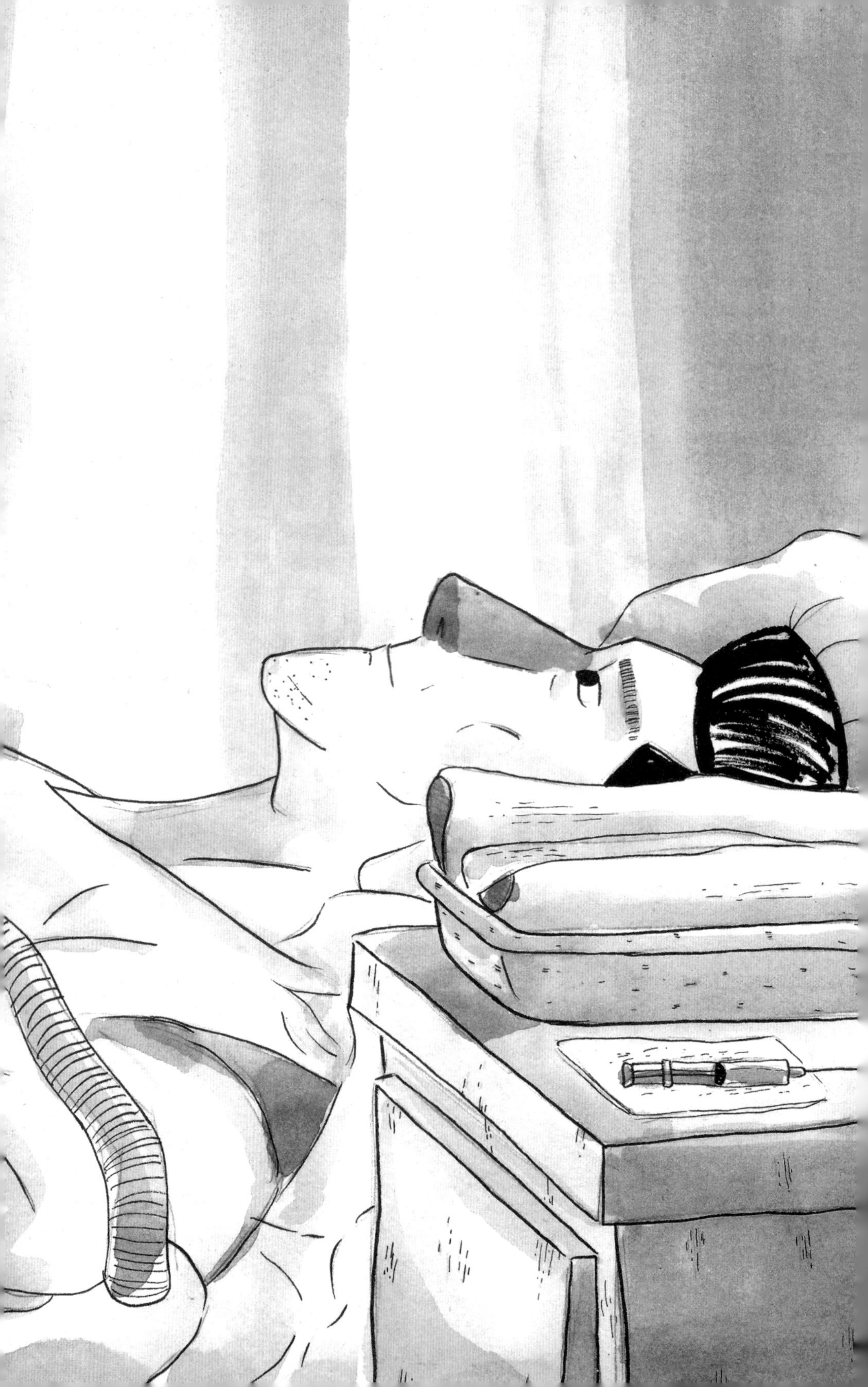

CAPÍTULO OITENTA E DOIS

UM NOVO VELHO KEATING

SENTI MUITA DOR DE CABEÇA ENQUANTO ACORDAVA NO MEU VELHO CORPO, há seis anos. Lembro-me de não conseguir abrir os olhos, enquanto a enfermeira e o médico discutiam alguma coisa de uma tal de Escala de Ramsey, referindo-se a mim.

Demorou algum tempo para me dar conta de onde exatamente e quando estava, mas logo reconheci, naquele hospital, o momento em que retornei para o meu corpo após os seis meses em que estive no planeta Lar.

Sentia ainda muita dificuldade em ir ao banheiro ou me movimentar, possivelmente devido aos fortes sedativos que me administraram. O tempo todo, algum médico, cada vez de uma especialidade, e enfermeiras vinham me visitar. Privacidade em nível zero.

Algo incomodava em minha coxa direita, uma dorzinha irritante, como se tivessem feito uma pequena cirurgia ali. Verdadeiramente, não me recordo, da outra vez que vivenciei aquilo tudo, daquela dor, mas enfim.

Na primeira oportunidade, me olhei no espelho. Queria ter certeza absoluta de que habitava realmente o meu corpo, após ter habitado e desabitado meu simulacro tantas vezes e, se já não bastasse, ter sido enviado para o meu próprio passado. Aliás, isso me faz pensar, estou eu realmente em meu próprio corpo, em meu próprio passado, ou assumi, por sobreposição consciencial, um outro eu, nove anos para trás, de um mundo paralelo? Acaso não pode haver mundos paralelos com realidades idênticas? Eu olhava tudo em volta para encontrar alguma diferença, alguma distinta sutileza, algum detalhe que deflagrasse que eu não estaria em um mundo paralelo muito mais próximo da Terra mesmo, mas não encontrava. De todo modo, é como disse o filósofo: "preocupar-se é sofrer duas vezes".

— Até que se prove o contrário, sou eu mesmo, concorda, Keating? — perguntei ao meu próprio reflexo no espelho.

A questão é que esse negócio de viajar para o passado, vivenciar coisas que já se viveu e a estranha impressão de já ter vivido o que, para todos, ainda não aconteceu, é algo absolutamente absurdo. Minha memória me desenganava, enquanto algo em mim sugeriria que tudo não passava de um sonho. Mas, interrompendo meus pensamentos, novamente, um médico adentra o meu quarto, desta vez, um cirurgião geral.

— Olá, meu caro professor. Estamos todos muito felizes em tê-lo de volta, acordado, após tanto tempo.

— Obrigado, muito obrigado, vocês são verdadeiramente muito atenciosos.

— De nada. Só uma curiosidade, e garanto que ninguém mexeu nisso, mas quando você voltava da sedação, de repente, começou a inchar uma pequena região da sua coxa direita. Fizemos um ultrassom pensando ser alguma inflamação ou cisto, no entanto, que surpresa foi nossa, encontramos isto!

— Oh, meu pen drive, muito obrigado doutor.

— Sério que você não está nem um pouco surpreso de isso estar sob sua pele?

— Na verdade, não, mas creio que não posso compartilhar essa informação em grande detalhe.

— Puxa, professor, mas ao menos você poderia me contar um pouco sobre o mundo em que você estava. Lá é incrível, tem carros voadores?

— Todo mundo pensa que em um mundo mais sofisticado teremos carros voadores. Você já parou para analisar como é ingênua essa especulação? Não seria uma maior evolução, não a substituição de carros com pneus por carros que plainam, mas sobretudo não haver carro algum? Que as pessoas se locomovam em transportes de massa rápidos, confortáveis e seguros como supertrens e superônibus, ou, melhor ainda, não carros que voam, mas enormes zepelins que levem uma quantidade enorme de pessoas de um lugar ao outro oferecendo, no caminho, toda sorte de entretenimento?

— Nossa! Lá é assim? A medicina então deve ser fantástica!

— Sim, é bastante avançada, mas tem algo que verdadeiramente você não gostaria de escutar. Lá não precisa ir a um médico para conseguir uma receita que dê permissão para comprar um remédio controlado.

— Nossa, mas aí eles acabam estimulando a automedicação, o que é perigoso.

— Talvez, doutor, mas você se automedica, não é mesmo?

— Na verdade, não, preciso que um outro médico prescreva.

— Sei, mas, convenhamos, basta qualquer amigo seu carimbar e assinar uma receita que está tudo certo, não é mesmo?

— É... Sim, mas eu sou médico, sei as consequências daquilo que eu eventualmente consuma.

— Sei, e você acha que precisa ser médico para ler uma bula?

— Não digo ler a bula, mas saber a medicação indicada para cada caso.

— E não é justamente isso, entre outras coisas, que está escrito na bula?

— Sim, mas os termos às vezes são complicados para o público em geral.

— Desculpe-me a grosseria, mas há muitos anos já inventaram os dicionários. Agora, é claro, quem quiser pode ir ao médico para saber se um anti-inflamatório curaria sua inflamação.

— Bom, não é simples assim, há casos mais complexos.

— Exatamente o que estou dizendo, quando o caso é complexo, a pessoa vai ao médico, quando não é, a pessoa vai à farmácia. Agora, partir do pressuposto de que todas as pessoas são em geral imbecis o bastante para não entenderem que se tomarem vinte comprimidos de Gardenal terão problemas é algo tão ridículo que, seguindo o mesmo raciocínio, deveriam proibir a venda livre de amaciante para roupas, devido ao risco de a pessoa ingerir o frasco inteiro.

— Bom, entendo o que quer dizer, mas resisto em concordar.

— Obviamente, doutor, afinal, como é de seu interesse, obrigar as pessoas a comprar alguns remédios mediante prescrição significa obrigar as pessoas a ir ao médico, como você o é, então, neste debate, você é, no mínimo, parte interessada, então não tem condições de emitir uma opinião imparcial e razoável.

— Bom, não é bem assim, mas percebo que está bem melhor, agora, quanto à sua alta...

— Eu sei, amanhã de manhã será dada.

— Nossa, parece que essa viagem ao mundo paralelo lhe deu alguns superpoderes. Tem alguém que possa buscá-lo?

— Tem, sim, alguns agentes do governo federal. Eles me levarão à Casa Branca.

— Sabe tudo mesmo, esse professor Keating. Tenha um ótimo dia!

USAE

CAPÍTULO OITENTA E TRÊS

APOPHIS

NO DIA SEGUINTE DE MANHÃ, EXATAMENTE COMO ME LEMBRAVA DE QUE TInha acontecido da outra vez, os agentes me levaram para a Casa Branca. No caminho, certifiquei-me de que estava com o pen drive bem discretamente guardado. Enfim, chegamos.

— Bem-vindo à Casa Branca, professor Keating.

— É um prazer conhecê-lo, senhor presidente. — Segui cumprimentando um a um os presentes. — Senhor secretário de defesa. Bom dia, senhor vice-presidente. Olá, secretário de Estado. Conselheiro de Segurança Nacional. É um prazer estar aqui com figuras tão importantes.

— Por favor, sente-se.

— Obrigado.

— Antes de iniciarmos, quero deixar claro que tudo o que for dito aqui é altamente confidencial. Agora, fale um pouco sobre sua viagem.

— Bom, seria difícil resumir em poucas palavras, mas o que vale salientar é que o mundo deles, que chamam de Lar, em vez de Terra, é realmente gêmeo ao nosso, com exceção de que é exclusivamente habitado por neandertais, com um único país, chamado Paraíso, situado onde aqui seria a Europa. Eles detêm uma tecnologia absolutamente fantástica, extremamente avançada, mas, em geral, são pessoas como nós. Em termos de estado, são capitalistas, libertários, adotam um sistema jurídico bastante distinto, com base na intenção, e não no resultado, e por aí vai. São muitos detalhes, mas precisaria gerar um relatório do tamanho de um livro para expressar um a um.

— Compreendemos — disse o presidente Oliver Choss —, agora, existem alguns aspectos que são fundamentais e peço que seja o mais claro e verdadeiro possível. Essas visitas, esses fenômenos, que eles conseguem fazer aqui na Terra, como fazem?

— Bom, eles visitam a Terra o tempo todo, isso é um tipo de entretenimento por lá, mas com baixa interferência e interação, experiência que eu mesmo tive e que é inegavelmente interessante. Quando eles vêm, podemos eventualmente sentir a presença deles e, em casos raros, vê-los e até nos comunicar. Basicamente, esses fenômenos paranormais ou espirituais de que tanto ouvimos falar são apenas eles visitando a Terra. Agora, a sobreposição consciencial, que é o que Prometeu fez, e mesmo viagens no tempo, só são feitas por pessoas autorizadas, é restrito, e as máquinas que fazem ficam em locais secretos.

— Hum, então, ao menos teoricamente, se eles podem viajar no tempo, eles podem ficar mudando o passado e o futuro e construir um mundo perfeito para eles, não é mesmo?

— Não é bem assim. Eles não são capazes de viajar para o futuro, apenas para o passado, e apenas em mundos paralelos. Eles podem voltar aqui na Terra e ver Cristo ser crucificado, mas não podem voltar nem um único dia do próprio tempo e corrigir um engano.

— Interessante, então, o que quer façamos, eles poderiam voltar no tempo e desfazer ou nos dissuadir a não fazer?

— Sim e não. Eles são muito preocupados com essas incursões, por causa do efeito borboleta. Por exemplo, eles podem voltar no tempo e impedir que construamos a bomba nuclear, mas eles mesmos não sabem as consequências dessas alterações. E, quando voltarem nos tempos atuais, o mundo poderia estar dizimado por uma guerra sem fim.

— Ah, mas daí ele poderia voltar no tempo novamente e não fazer o que teria feito para impedir a criação da bomba.

— Pois é, mas há um porém. Imagine que impedir, por exemplo, a criação da bomba signifique o desenvolvimento de uma outra tecnologia, como as de incursões a mundos paralelos, ainda que sem querer, ainda que por acaso, ainda que tentando achar uma coisa descobriu-se outra, e que tenhamos entrado em guerra com eles, e talvez os humanos tenham vencido. Quando o agente voltou oitenta anos e fez uma interferência sutil, pode voltar aos tempos atuais e seu mundo nem mesmo existir mais, seu corpo pode nem existir mais, seu mundo pode estar aniquilado, e as máquinas do tempo podem estar destruídas ou sitiadas, então ele nunca terá a oportunidade de desfazer esse erro. Ficará como um espírito vagando pelo mundo lamentando as decisões que tomou.

— Interessante informação, mas você estaria sugerindo que os neandertais acreditam que vamos desenvolver essa tecnologia?

— Na verdade, senhor presidente, se isso acontecer, se ao menos iniciarmos qualquer pesquisa nesse sentido, eles irão nos exterminar no dia seguinte. Minha viagem para lá deixou isso bem claro.

— Ou eles estão usando você para ganhar mais tempo e assim prepararem melhor para uma guerra conosco, não é mesmo?

— Eles mantêm em todos os cantos de nosso mundo espiões, que são neandertais em forma de espírito que fiscalizam nossa evolução militar. Se você meramente disser que tentará construir uma máquina de viagens a mundos paralelos, mil supercaças neandertais estarão no dia seguinte bombardeando nosso planeta.

— Você não estaria exagerando, professor?

— Eles não precisam se preparar para uma guerra conosco. O poderio militar deles não tem paralelos. Suas armas são incrivelmente sofisticadas, algumas a *laser*, outras a plasma, há inclusive com base em fusão e fissão nuclear. Na televisão, durante os jogos olímpicos neandertais, o campeão acertou um tiro a doze mil quinhentos e dezenove quilômetros de distância, lembrando que nosso recorde militar é de 2012, no Afeganistão, com apenas dois mil cento e oitenta e cinco quilômetros. Para eles, uma guerra conosco seria como se os militares de hoje entrassem em uma batalha contra um exército medieval.

— Hum, isso muda tudo. Bom, se eles são tão sofisticados assim, devem ter muito a ensinar a nós, poderíamos estabelecer uma linha comercial. Imagine o que não ganharíamos com trocas de tecnologias e conhecimento?

— Sem dúvida, senhor presidente. Eles têm grande interesse nisso, pois este é o único planeta paralelo com alguma evolução significativa, viável, portanto, para as trocas comerciais. Lembrando que eles têm tecnologia também para enviar pessoas ou objetos para cá, e vice-versa.

— Incrível! Gostaria de conhecer este planeta, falar com os líderes. Sem dúvida, temos muito a ganhar com isso.

— Assim que o Prometeu aparecer, senhor presidente, repassarei suas intenções. Seguramente, eles apreciarão com carinho o seu pedido. Por isso é tão importante que aceite a ajuda deles quanto à aproximação do asteroide Apophis, pois, caso não concordem, eles não evoluirão mais nesse sentido, e nos abandonarão à nossa própria sorte. Afinal, de que valeria ter relações com um mundo que está a poucos anos da própria destruição?

— Bem, é verdade. Se eles estão a tantos anos-luz de nós, é possível que tenham razão. Ademais, que importa esse asteroide mesmo?! Qual sua opinião, secretário?

— Se eles estão dispostos a nos ajudar nesse sentido, não vejo para que atrapalhar. Quanto aos custos, serão mínimos, comparados a tudo o que podemos ganhar em termos de tecnologia e parceria comercial. Não é mesmo?

— Seguramente, secretário. Keating, isso é tudo por enquanto. Avise-nos assim que Prometeu entrar em contato, diga que mandei lembranças e que os Estados Unidos da América receberão com alegria a ajuda neandertal. Quanto a você, professor, muito obrigado pela sua atenção e esforço. Os Estados Unidos da América agradecem pelos seus serviços.

PEN DRIVE

FUI LIBERADO E ENVIADO PARA A MINHA CASINHA, VELHINHA E GOSTOSA. Ufa! Confesso, foi dolorido dizer tantas mentiras àquelas figuras tão importantes. Senti-me, verdadeiramente, um pária.

Abri o famigerado pen drive, que continha um arquivo incrivelmente honesto e detalhado de tudo o que aconteceu no futuro desfeito. Claro, Prometeu, quando assumiu o corpo do carcereiro Jay, quando eu estava preso, já tinha me inteirado do que acontecia no planeta Lar, no entanto, naquele arquivo, a minúcia de detalhes era realmente extravagante, só em dizer que tinha mais de três mil páginas já vale para se ter uma ideia. Da criação da Parallels ao desenvolvimento do colisor, passando pelas batalhas de Kamestra, Cherestra, e assim por diante, até o dia em que as instalações no polo norte foram sitiadas. Tudo nos mínimos detalhes.

São difíceis para mim as duas coisas, isto é, permitir que o futuro desconstruído se repita, levando os neandertais à aniquilação, uma sociedade tão evoluída e que me acolheu com tanto respeito, ou deixar que os planos de Prometeu sejam bem-sucedidos, o que levará ao extermínio da humanidade.

Claro, sou humano e, claro, sou americano. Não deveria ser ao menos mais patriótico, proteger os meus? Bom, sim e não. Uma mãe deve proteger um filho, ainda que ele seja um assassino contumaz? E como fica se não o acobertar se traduza na morte dele mesmo? É difícil? Claro. Mas se alguém pode mudar o destino, por alguma razão, esse alguém sou eu.

Quisera eu tivesse outra via como tentei na outra oportunidade, isto é, convencer o governo a não dar cabo a uma guerra contra os neandertais, mas tudo o que fiz foi em vão. É correto um pai matar um filho para evitar que ele mate um inocente?

Sendo a sobrevivência da humanidade – por sua própria culpa, seu cinismo, sua ganância, sua incapacidade de mobilização popular, sua anuência com a prática da mentira –, condicionada ao extermínio de uma outra espécie, e a sobrevivência dessa espécie condicionada ao extermínio da humanidade, no entanto, levando em conta que o genocídio dos neandertais se dará de qualquer maneira a partir dos humanos, enquanto o genocídio dos humanos a partir dos neandertais apenas ocorrerá para evitar o inverso, isto é, que os humanos o façam, não caberia aí algum argumento de legítima defesa?

A sobrevivência dos humanos independe dos neandertais, ao passo que a sobrevivência dos neandertais só se dará se os humanos deixarem de existir, pois, de qualquer forma, invariável e indubitavelmente, cedo ou tarde, os humanos, de um jeito ou de outro, desenvolverão a tecnologia de viagens ao mundo paralelo e, anabolizados pela sede de poder, acabarão arrasando mesmo aquela nação.

Sendo eu humano, deveria tomar partido da minha espécie, mas e se eu fosse um julgador alienígena, terceiro, absolutamente imparcial, como eu decidiria? E acaso é justo, só por eu ser humano, decidir diferente? Acaso é justo um americano, só por ser americano, defender mais a pátria do que a razão, isto é, defender uma injustiça ou uma imbecilidade que porventura os americanos cometam contra outra nação?

Supondo que eu fosse negro, pobre e homossexual, seria correto, só por esses serem meus atributos, defender as causas dos negros, pobres e homossexuais, ainda que, porventura, algumas dessas causas sejam insensíveis ou injustas, com base no mero fato de que eu seria beneficiado, reforço, injustamente, com isso?

Aliás, um negro de Paris, antes de ser um negro de Paris, não seria um parisiense? E um parisiense, antes de ser um parisiense, não seria um francês? E um francês, antes de ser um francês, não seria um europeu? E um europeu, antes de ser europeu, não seria um *Homo sapiens*? E um *Homo sapiens*, antes de ser um *Homo sapiens*, não seria um hominídeo? Sendo que o grande conjunto denominado *Homo sapiens* agrupa europeus, americanos, africanos, asiáticos, e, por conseguinte, canadenses, holandeses, nigerianos, japoneses, e, por conseguinte, brancos, negros, amarelos, e, por conseguinte, judeus, cristãos, muçulmanos e budistas, acaso não seria mais adequado abraçar a causa humana, este, sim, um grande grupo, do que a de um pequeno destacamento, isto é, por exemplo, um pequeno grupo de negros americanos moradores de um pequeno bairro da Geórgia? Não é mais nobre abraçar uma causa humanitária global do que uma causa de um determinado grupo de uma determinada etnia de uma determinada região de um determinado continente? E por que então eu deveria abraçar a causa humanitária, se posso abraçar uma ainda maior, isto é, a hominídea, que abarca *Homo sapiens* e neandertais? E, digo mais, por que abraçaria a causa hominídea, se posso abraçar uma ainda maior, isto é, a da vida? E, mais além, por que abraçaria a causa dos seres vivos, se posso abraçar uma ainda maior, isto é, a da existência?

Sendo assim, em termos de existência, deveria eu escolher os humanos, que destroem o próprio mundo, a própria natureza, os próprios demais seres vivos e querem escalar como um predador do universo inteiro, ou escolher os neandertais, que defendem a natureza, preservam seu planeta e respeitam tudo o que existe?

Desculpem-me os americanos, os humanos, os terráqueos. Mas a minha causa é, antes de mais nada, antes de tudo isso, a existência. E, nesse quesito, como senhor do destino, julgarei a favor de quem está mais preocupado com preservar do que com destruir.

Adeus, humanidade, vocês tiveram a chance de vocês. O tribunal da existência não terá comiseração.

CAPÍTULO OITENTA E CINCO

PREDESTINADO

Na manhã do dia seguinte.

— Bom dia, professor Keating.

— Que susto! Quem é você? — perguntei, pulando da cama.

— Oras, o Prometeu.

— Nossa, cada vez você aparece de um jeito, parece um segurança.

— Convenhamos, isso é absolutamente irrelevante.

— Bom, sim, quer comer alguma coisa?

— Deste planeta? De modo algum, mas obrigado.

— Ah, Prometeu, até imagino por que você veio aqui. Mas me acompanhe até a cozinha, estou morrendo de fome.

— Como desejar.

— Acredito que a coisa não tomou o rumo que eu esperava.

— Não se preocupe, está tomando o rumo que nós, neandertais, esperávamos.

— Ei, espere um pouco, já tive esta conversa com você antes!

— Tem certeza?

— Absoluta, está tudo tão igual, você me acordando de repente, neste mesmo simulacro de segurança, dizendo as mesmas coisas e eu até respondendo com as mesmas palavras!

— Incrível! Você voltou...?

— No tempo? Sim, voltei! Você me deu este pen drive, lembra?

— Oras, professor, como vou me lembrar de uma coisa que ainda não aconteceu?

— Que loucura! Está tudo neste pen drive, tudo o que aconteceu até que você, de algum jeito, manipulou para que eu aparecesse dentro daquela instalação no polo norte do planeta Lar, e voltasse no tempo.

— Hum, então quer dizer que, na outra versão da história, você tentou convencer os líderes americanos a não entrarem em guerra conosco dizendo somente verdades, como discutimos anteriormente, momento em que fui contra? Por isso que, dessa vez, pela espionagem que fiz, você foi tão contundente, mentiroso e exagerado quanto ao nosso poderio militar e resposta em relação ao desenvolvimento de uma máquina de viagens aos mundos paralelos?

— Exato, você tinha razão o tempo todo. Não dá para convencer os seres humanos dizendo somente a verdade.

— Apenas duas coisas convencem os seres humanos, meu caro professor: o medo e a ganância, todo o resto é desculpa, inclusive a verdade.

— De fato.

— Certo, depois leio com calma o que há nesse pen drive. Vamos direto para o próximo passo, pois, pelas nossas experiências, o destino natural sempre tende a acontecer.

— Como assim?

— Você já ouviu falar de Frane Selak, um croata e professor de música?

— Não, nunca.

— Depois volto a falar dele. Há alguns anos, tomou corpo no meio científico uma discussão sobre os métodos efetivos de mudar o futuro de um outro mundo. Em parte, por causa de nosso constante insucesso em evitar que os humanos chegassem perto de criar uma máquina do tempo. O pensamento dos céticos é que, como nossas experiências pareciam demonstrar, não importava o que fizéssemos, os seres humanos sempre avançam de um outro modo, para, no fim, chegar no mesmo objetivo que tentávamos minar. Eles defendiam que só uma intervenção agressiva desencadearia verdadeiramente um efeito borboleta, pois consideravam que, quando fazíamos intervenções sutis, de algum modo, o próprio universo aparava suas arestas, e o futuro corria como previsto com diferenças irrelevantes. Hoje, com o desenvolvimento da física quântica e teoria das cordas, já não temos dúvidas, e tampouco meios sutis, de evitar que os humanos acabem desenvolvendo essa tecnologia. Contudo, existiam evidências também contrárias, pois, com efeito, comparando a Terra com outros mundos paralelos parecidos, depois de nossas intervenções sutis, que atingiram evoluções completamente distintas, como na outra Terra onde o nazismo triunfou. Para acabar com a contenda de uma vez, tentaram realizar um experimento controlado aqui neste mundo. A ideia era mudar a sorte de um humano comum usando meio sutis, e é aí que entra o nosso Frane Selak.

— Que loucura, Prometeu. Continue, estou curioso!

— A questão era a seguinte: Frane Selak ganhou a loteria croata em 2003, então foi proposto aos opositores, os que defendiam as intervenções sutis, que sem o uso de fraudes e sem alterar o passado recente, isto é, cinco anos, se conseguisse criar um efeito borboleta que evitasse que o croata ganhasse na loteria. Simples, não? Talvez. Mas os opositores decidiram pegar pesado de qualquer maneira, e voltaram muitos anos, utilizando nossa máquina do tempo, para maximizar o efeito borboleta.

Dei uma risada.

— Que formidável experimento! Desculpe-me, Prometeu, continue!

— Bom, em 1962, enquanto Selak viajava de trem para Dubrovnik, manipularam alguns operários para que eles fizessem sutis fissuras nos trilhos. Resultado: o trem descarrilhou, dezessete pessoas morreram, mas não Selak. Em 2003, mesmo com o futuro afetado, ele ganhou a loteria.

— Inexplicável!

— É só o começo. Voltaram novamente para o passado. Ano de 1963. Fizeram sutis intervenções no sistema de travamento de uma das portas de um avião. Em pleno ar, embora a baixa altitude, a porta se desprendeu e jogou Selak e mais dezenove pessoas para fora do avião. Todos morreram, exceto, milagrosamente, justo o croata, que caiu sobre um monte de fenos e sobreviveu. Em 2003, "de novo", ele ganhou a loteria.

— Aí desistiram!

— De modo algum. Em 1966, mexeram com os freios de um ônibus que bateu e submergiu em um rio. Selak sobreviveu e ganhou a loteria. Em 1970, alteraram uma bomba de gasolina, que explodiu e pôs seu carro em chamas. Selak sobreviveu e ganhou a loteria. Em 1973, em vez da bomba de gasolina, mexeram diretamente com o motor do carro. Selak teve algumas queimaduras, mas sobreviveu, e, mais tarde, ganhou a loteria. Em 1995, Selak foi atropelado por um ônibus, sobreviveu e ganhou a loteria. Em 1996, um caminhão desgovernado o obrigou a atirar-se de carro em um barranco, o croata ainda saltou do carro, prendeu-se a uma árvore, enquanto seu veículo explodiu noventa metros abaixo dele. Em 2003, invariavelmente, ele ganhou um milhão de dólares na loteria da Croácia.

— Nossa, que história! E depois, Prometeu?

— Depois, o quê? Àquela altura do campeonato, ninguém mais acreditava nas intervenções sutis. Ah, quanto ao Frane Selak, virou uma celebridade, ao menos isso se pode dizer quanto ao resultado da intervenção sutil. Ele saiu no Der Spiegel de 16 de junho de 2003, no diário escocês *The Scotsman* no dia 18 de junho de 2003, no BBC em 14 de maio de 2014 e no *The Telegraph* em 14 de maio de 2010, que o chamou de "homem mais sortudo da história".

— Excelente!

— Enfim, agora me passe seu computador, preciso escrever um importante documento para o seu presidente, oferecendo ajuda e recursos. Em no máximo uma semana, quero trazer mais dez neandertais, por meio da sobreposição consciencial, para trabalharmos na nossa viagem ao asteroide Apophis! Daqui a um ano, meu caro professor Keating, você entenderá o real significado de uma intervenção agressiva.

CAPÍTULO OITENTA E SEIS

AMBIENTALISMO NEANDERTAL

Um dia depois.

> *Boa noite, prezados telespectadores. Hoje, como vocês aí de casa devem saber, é um grande dia para nós. Nosso convidado, que dará hoje uma entrevista absolutamente inédita, depois de ter passado pelas situações mais incríveis e espetaculares que o imaginário pode construir, em um mundo estranho, tão distante e tão perto ao mesmo tempo, paralelo, mas não coincidente, parecido, mas diferente. Falo do mundo dos neandertais, e peço aplausos de todos vocês ao único ser humano de toda a história da Terra a ter visitado um outro mundo!*

Eu, Keating, vestido garbosamente entrei em cena, sob aplausos e assovios, sentindo-me um astro de futebol. Procurava demonstrar segurança, na verdade, estava muito seguro mesmo, por meio de minha expressão e postura. Aquele entusiasmo da audiência não me surpreendeu, afinal, eu estava relacionado a grandes notícias recentes: o evento incluindo os cientistas de diversas partes do mundo, o desastre com diversos aviões, a cura da Aids, a descoberta dos mundos paralelos e minha visita a eles. Para mim, que já conhecia tudo aquilo há longa data, compreendia que, para os demais, tudo era tão espetacular e inédito que preenchia as pessoas de curiosidade e fascínio. Mal sabiam as pessoas que em outra linha cronológica os humanos já tinham até enviado milhares de soldados para o outro planeta. Não sei nem bem o que estou fazendo, é um teatro de tolos para tolos. No entanto, que diferença faz? Todos estarão mortos em breve mesmo. Exceto eu, senhor do destino, obviamente. De qualquer maneira, penso, a moribunda e decrépita raça humana da Terra merece, ao menos uma vez, ouvir um pouco do futuro único sobrevivente deste planeta.

— É um prazer estar aqui com você, muito obrigado.

— Nós que agradecemos. Por favor, sente-se — disse o entrevistador, e deu um gole no copo de água. — Professor Keating, a pergunta que não quer calar: existem realmente mundos paralelos?

— Positivamente existem, estive em um por seis maravilhosos meses.

— Desculpem o mal jeito, por mais que eu tenha me preparado é um assunto tão incrível que fica difícil priorizar as perguntas por ordem de importância. Mas, vamos lá, os neandertais são muito diferentes de nós?

— Em praticamente tudo, sobretudo no físico. Mas eu diria que a grande diferença, do ponto de vista psicológico, é o pragmatismo e a objetividade em tudo o que fazem, e isso se estende inclusive a áreas como direito e política.

— Dois assuntos que abordarei mais para frente, mas como é o lugar, como é o planeta, o país onde você esteve?

— O planeta em si é muito similar ao nosso. Diria que, excluindo a interferência humana, ou hominídea, para ser mais exato, é idêntico. Agora, lá só existe um país, que eles chamam de Paraíso, onde vivem praticamente todos os cidadãos do planeta. Os condenados são expulsos do país e enviados à Redenção, que fica onde se fosse aqui o sul da África.

— Nossa! Mas é um lugar moderno, avançado? Pergunto isso porque sempre que ouço a palavra "neandertal" me vem à mente um esquisitão primata.

— Sim, se pudesse tirar uma foto e lhe mostrar, você diria que é uma montagem da Terra daqui a, sei lá, quinhentos ou seiscentos anos. É tudo muito moderno, limpo, incluindo os rios e o ar.

— Mas os hábitos deles são parecidos com os nossos?

— Olhe, é difícil ver uma coisa parecida, embora haja, mas o fato mais curioso é que tudo gira em torno de um conceito único, a preservação da existência, no sentido mais amplo possível. Se for pensar com profundidade em tudo que lá é diferente daqui, logo perceberá que o objetivo é direta ou indiretamente a preservação da existência.

— Mas o que realmente deveríamos entender por "preservação da existência"?

— É um conceito amplo, como disse, mas que vai, por ordem de prioridade, deste modo: a preservação do balanço do multiverso, a preservação do universo deles, seguida pela do planeta, os próprios neandertais, depois os animais, a natureza como um todo, os materiais não orgânicos. Tudo deve ser preservado respeitando essa ordem, mas não diminuindo exageradamente a importância das últimas.

— É um conceito, se parar para pensar, Keating, que deixa os neandertais em risco, caso se colocassem em contraposição eles e o planeta deles.

— Sem dúvida, e é assim que se deve ser. Afinal, os neandertais não vivem sem um planeta, mas um planeta vive sem os neandertais. Como criticar uma ideia tão óbvia?

— Mas imagine que a sobrevivência da espécie estivesse condicionada à destruição daquele planeta. A rigor, isso não seria crítico, pois há uma infinidade de outros planetas onde poderiam habitar.

— Com base em que você acredita que alguém, ou você mesmo, é mais importante que um planeta? E, mais ainda, de que direito você se vale para arbitrar quanto à saúde e à existência de um planeta?

— Mas, professor... Bom, não sei qual é sua religião, mas, a princípio, nós somos pessoas inteligentes, um planeta não é. O que quero dizer é: Deus nos fez à sua imagem e semelhança para que desfrutássemos este planeta, e não há nada que diga o contrário, os demais mundos e até mesmo os universos.

— Entendo. Então, sua religião, pelo visto, a cristã, que é só mais uma entre atualmente algumas dezenas que ainda existem, e que é só mais uma entre as milhares que já existiram, é, por uma incrível coincidência, justamente a correta e, se já não bastasse, confere a você o direito de destruir o universo inteiro, baseado na louca ideia de que a sua existência é fundamental.

— Bem...

— Uma vez, vi um vídeo na internet que expõe esse problema a partir de uma perspectiva interessante. Infelizmente, nesse vídeo cujas palavras citarei, não aparece o nome do expositor, para os devidos créditos, mas, enfim, diz assim:

> *Quem és tu?*
>
> *Tu és apenas um único indivíduo, entre seis bilhões e quatrocentos milhões de outros indivíduos...*
>
> *... que compõem uma única espécie, que está entre três milhões de outras espécies já classificadas...*
>
> *... que vive em um único mero planetinha, que gira em torno de uma única mera estrelinha, que é apenas uma estrela entre cem bilhões de outras estrelas...*
>
> *... que formam todas elas apenas uma única e simples galáxia, que está completamente perdida entre duzentos bilhões de outras galáxias...*
>
> *... tudo isso em apenas um único universo, dentre todos os universos possíveis, e que um dia vai desaparecer.*
>
> *Quem és tu? Quem eu sou?*
>
> *Quem sou eu para achar que o único modo de fazer as coisas é como eu faço?*
>
> *Quem eu sou para achar que a única cor que pega, adequada, é a que eu tenho?*
>
> *Quem sou eu para achar que o único lugar bom para nascer é onde eu nasci?*
>
> *Quem eu sou para achar que o sotaque correto é o que eu uso?*
>
> *Quem sou eu para achar que a única religião certa é a que eu pratico?*
>
> *Quem eu sou? Quem és tu?*
>
> *Tu és o estagiário do assistente do secretário do prego suplente do reino dos troços.*

Por isso que na minha vida, todas as vezes que alguém chegou para mim e disse assim: "sabe com quem que você está falando?", eu respondi: "você tem tempo?".

— Realmente, colocando sob essa perspectiva...

— Calma, não se preocupe, só estou dizendo que somos muito pouco para achar que podemos arbitrar quanto ao universo inteiro.

— Claro, professor. Mas como, na prática, eles lidam com a questão ambiental?

— Fazendo tudo o que for possível, ainda que à custa da própria espécie, e falo em dinheiro, mas também em vidas, para que a natureza coexista em equilíbrio com os neandertais.

— Bom, pode-se dizer que estamos evoluindo nesse sentido também.

— Hum, houve avanços, mas o problema é que a questão nunca foi ampla e radicalmente aplicada. Mas os neandertais passaram por isso também, e viram, pouco a pouco, seu planeta ser destruído e a natureza morrer, enquanto o clima esquentava cada vez mais. Finalmente, houve um grande debate entre os líderes das mais diferentes linhas de pensamento da época, mas a virada de mesa se deu quando uma de suas filósofas de sétimo grau, chamada Atenas, que nossos ancestrais gregos tiveram a imensa felicidade de conhecer, fez seu discurso. E assim disse Atenas:

> Ouvi daqui discursos aos montes. De líderes comunitários, de ambientalistas, de ativistas, de capitalistas, de comunistas, de religiosos, de libertários, de políticos, de niilistas, positivistas, utilitaristas... cada um teve sua chance de falar, mas, lamento informar, ninguém, repito, ninguém aqui me convenceu.
>
> Sabe, é engraçado...
>
> O ambientalista diz que quer ter uma água limpa para beber. Parece-me justo. Mas não larga o celular um único minuto de seu dia. Na verdade, está usando neste momento enquanto eu falo. Acaso não sabe ele que para fabricar um celular se criam resíduos, poluição e dejetos, que mais tarde irão sujar sua água limpa? Ele quer água limpa, mas também quer o celular. Oh, hipócrita!
>
> O líder comunitário diz que quer aquela fábrica bem longe de sua casa, pois ela suja seus rios. Parece-me justo. Mas fique ele sem seu "emprego" de líder comunitário para ver se não dará graças aos céus porque tem uma fábrica com vagas de empregos abertas tão perto de sua casa. Ele quer seus rios limpos, mas também quer emprego na fábrica. Oh, hipócrita!
>
> O capitalista diz que se tiverem muitas regras ambientais ficarão desestimulados a investir, que isso gerará desemprego. Parece-me

justo. Mas por que então ele não investe em empresas de tratamentos de lixo, poluição e esgoto, e assim lucra mais ainda, e gera mais empregos ainda? Oh, hipócrita!

O comunista diz que se estatizarmos todas as empresas do mundo poderemos, pela força do estado, impor respeito ambiental. Mas, se o estado se corromper e começar a poluir, quem poderá processar o estado? O próprio estado. Quem será o réu? O estado. O juiz? O estado. O advogado? O estado. Acaso se pode julgar com justiça quando se acusa e se defende a si mesmo? Oh, hipócrita!

O niilista diz, citando o terráqueo russo chamado Turgueniev, "que a natureza está para nos servir". Oras, então iremos nos servir dela até que não exista mais nada? E o que faremos em seguida? Qual a lógica de se alimentar de todo o rebanho sem deixar ao menos alguns casais para sobreviver para que, mais adiante, nos alimente novamente? Optaremos pela aniquilação sem volta em detrimento da moderação perene? Oh, hipócrita.

O religioso diz que os céus proverão todas as suas necessidades, e que é para o criador, e não para as pessoas, que ele vive. Parece-me justo. Mas se é o frigorífico que abate a carne que consome, o agricultor que colhe suas verduras, o pescador que lhe provê os peixes, os canais de televisão que lhe proveem o entretenimento e a empreita que lhe faz um abrigo, mas que tremenda ingratidão com os membros da sociedade dizer que ela é irrelevante, e que seu deus está acima de tudo, quando na verdade é esta mesma sociedade que tanto critica, e não o seu deus, que lhe provê tudo o que deseja. Oh, hipócrita!

Será que vocês não entendem? Será que é tão difícil de enxergar?

Todos vocês são importantes e todos vocês coexistem em bom balanço. O capitalista supre os desejos materiais dos ativistas. Mas a religião é quem acolhe quando o capitalista quebra. O niilista quer se servir da natureza, mas é o ativista que sustém a natureza que ele quer devorar. O utilitarista adora falar que o importante é o maior bem para o maior número de pessoas possíveis, mas se confunde quando o bem no curto prazo é um mal no longo prazo, no final das contas, é tudo arbitragem. Os positivistas, com base em Auguste Comte, insistem na objetividade do observável, aconselhando a procrastinação de nossas ações, como se a falta de uma prova científica de impossível indeferimento minimizasse uma probabilidade que, se ocorrer, quando observável, será tarde demais.

Se, de um modo ou de outro, todos vocês, ao menos em parte, têm razão, não seria essa uma dica que, pela razão pura, não chegaremos a um consenso?

Agora, eis minha sugestão: se todos nós somos importantes e se todas as nossas ideias são válidas, não há outra opção, senão acolhermos todas as ideias. O religioso irá aquecer o coração do capitalista. O capitalista irá suprir as necessidades do ativista. O ativista irá lutar pelos rios que o capitalista polui. Seria isso um caos? De modo algum.

Você, ambientalista, organize ONGs, crie sites, some pessoas e sabote as empresas que não respeitam o meio ambiente e apoie as que respeitam. Não é curioso que, na Terra, em um país chamado Austrália, um produto chamado Aussie, que significa australiano, não seja vendido justamente na Austrália? Isso ocorre precisamente porque os australianos sabotam as empresas que usam animais nos desenvolvimentos de, como no exemplo, cosméticos.

Você, capitalista, se quiser sobreviver, terá que respeitar o meio ambiente, contratar empresas que cuidem de seu esgoto, senão irá à falência. Não porque uma lei irá multá-lo, mas porque a sociedade irá sabotá-lo.

Você, libertário, difunda e aprofunde suas ideias. Não há leis, não há regulamentação, não há nada que o impedirá de empreender, de abrir novos mercados, de atuar em novos segmentos, de incentivar que invistam em reciclagem. Não há nenhuma burocracia que o impeça de abrir sua empresa, você não precisa de licença. Ninguém lhe pedirá qualquer registro para que você atue no mercado da sustentabilidade, deixaremos você trabalhar. Não criaremos leis que o tributem, pois não queremos que o negócio ambiental se torne inviável. Não regulamentaremos seus segmentos, porque queremos que toda e qualquer pessoa seja livre para tentar ser um reciclador também, e a própria concorrência irá tornar o mercado mais eficiente, barato e competitivo. Nenhuma licitação criará monopólios. Tudo o que peço: ânimo!

Mas tudo isso será o bastante, meus caros?

A resposta: não. Por um motivo muito simples, cada um de vocês gera, durante suas vidas, toneladas de lixo e poluentes. E não me refiro tão somente ao lixo debaixo de sua pia, à poluição de suas fezes esgoto adentro. Mas que recorde que toda vez que você come carne, é porque houve um boi que peidou durante anos destruindo nossa camada de ozônio. Toda vez que você usa um terno, é porque houve dezenas de litros de resíduos de tinturaria rio abaixo.

Toda vez que ergue uma casa, lembre-se de que as vigas de aço que a sustentam são feitas de minério de ferro, que, para serem retiradas, destroem tudo ao entorno, e, para serem beneficiadas, poluem tudo do céu ao mar.

O que tento dizer é: não é a empresa que polui. O que polui é o suprimento das nossas necessidades individuais. Essas necessidades exigem a fabricação de produtos que poluem para serem produzidos. Esses produtos exigem matérias-primas que poluem para serem extraídas. Em resumo: o ciclo de nossa existência, por ser permeada por necessidades além do fundamental, mas por produtos, necessariamente polui.

Proibir o consumo de produtos nos levará à depressão e à pobreza. Proibir a invenção de tecnologias nos levará ao recesso. Permitir irrestritamente o consumo e o progresso nos levará à destruição de nosso habitat.

Parece não haver solução? Mas há. O fato, somos pesados demais para este planeta. Consumimos demais, temos necessidades demais, portanto, poluímos demais. Solução, temos que ser menos. Exatamente isso: menos pessoas. Muitos, ainda que poluindo pouco, produzem uma catástrofe. Poucos, ainda que poluindo muito, tornam-se irrelevantes, pois dá tempo de a natureza se recompor.

Em termos práticos, todo o planeta Lar deverá ser considerado Parque Nacional, exceto nosso pequeno país, nosso Paraíso. Para qualquer construção, fabricação, beneficiamento, desmatamento, extração ou qualquer outra coisa, se feita fora deste país, um metro adiante de nossas fronteiras, será imputada pena capital, pois quem destrói este planeta não merece existir nele.

Considerando que os limites de nossa fronteira não limitam totalmente nossa produção de lixo e poluentes, pois ainda assim poderemos ser muitos, só que apertados, devemos nós mesmos ser limitados em número de pessoas. Nosso crescimento populacional deve ser contido. A soma de todos os habitantes do Paraíso deve produzir, diretamente ou não, uma quantidade de poluentes que não coloque a própria natureza envolta em risco.

Com controle populacional, nunca produziremos mais poluição do que nosso planeta pode suportar.

— Nossa! É uma ideia radical. Não deixa de ser interessante notar que, colocando assim, funcionaria de qualquer maneira. Não importa quanto, na média, as pessoas poluam, se, na soma, for menos do que a natureza pode comportar. Controlando o crescimento demográfico, controla-se também o crescimento do impacto ambiental, pois se produz menos. Interessante. É claro, algumas pessoas podem argumentar que o direito de terem quantos filhos quiserem deveria ser inalienável. Mas até imagino que nosso caro aqui responderia que o direito de o planeta sobreviver, por consequência, o futuro da humanidade, é mais importante que o de um cidadão ter dez ou quinze filhos. Pelo sorriso dele é bem nesse sentido que seria mesmo a resposta. Queria conversar mais, mas é uma pena, pois acabou o nosso tempo. Outros assuntos também interessantes ficarão para a próxima entrevista. Foi um enorme prazer, professor Keating.

— Obrigado, o prazer foi todo meu.

— Aplaudam, pessoas, pois este homem, verdadeiramente, merece!

CAPÍTULO OITENTA E SETE

A ALIANÇA

FINALMENTE, PROMETEU, QUE TRABALHOU EM MINHA CASA DURANTE DOIS dias, terminou o documento endereçado ao presidente americano, esmiuçando as condições para a ajuda neandertal quanto ao problema do asteroide Apophis.

Ficou ao meu cargo mandar entregar o documento a Oliver Choss, que externava certa ansiedade por um posicionamento de Prometeu, o que, na realidade, veio em bom tempo.

Para mostrar boa vontade, não sem uma boa dose de perspicácia, Prometeu entregou junto uma interessante tecnologia, que chamava de ultraliga, a rigor, nada mais do que um metal especial enriquecido a partir de nanotecnologia, extremamente forte, resistente e leve, em uma palavra: o segredo dos neandertais para construírem arranha-céus tão altos e intrépidos. O detalhe número um: a mesma tecnologia poderia ser utilizada para a fabricação de armamentos de grande porte, com enorme ganho em leveza, como tanques e jatos. O que agradou a Oliver Choss, exceto pelo detalhe número dois: a base para o enriquecimento molecular era utilização de alguns minérios conhecidos como terras-raras, como cerite e gadolinite. Acontece que a China detém oitenta e sete por cento do comércio mundial desses materiais, e, nesse período, estavam em complicadas relações comerciais e diplomáticas com o gigante asiático. Em poucas palavras: os neandertais deram aos americanos uma tecnologia que só poderia começar a ser desenvolvida e testada daqui a um bom tempo, ou seja, era como dar o mapa do tesouro para chegar a um baú de ouro que está a duzentos quilômetros abaixo da superfície: você sabe que está lá, agradece o recebimento do mapa, mas não há nada que possa fazer.

A questão mais complicada da proposta era que o governo americano deveria disponibilizar dez homens para que os neandertais fizessem a sobreposição consciencial e um grande hangar, dentro da Nasa, para que trabalhassem por um período estimado de um ano. Os requisitos são que os homens fossem jovens ou adultos, mas plenamente saudáveis. Quanto ao hangar, queriam privacidade e sigilos absolutos. Não seria permitida a transição ou intromissão direta ou indireta de nenhum humano, tampouco qualquer sistema de vigilância. Mais ainda, os cientistas e engenheiros da Nasa ficariam, temporariamente, subservientes aos dez neandertais, além de Prometeu.

Tantas restrições incomodaram Oliver Choss, mas a ambição dele por estar à frente do primeiro país a ter relações com um outro mundo, uma infinidade de outras tecnologias que os neandertais poderiam fornecer, além de ser o primeiro presidente a abrir definitivamente as fronteiras do universo, cegavam-no ante qualquer argumento ou oposição.

Todas as demandas foram plenamente atingidas. Ao contrário do que imaginou, a resistência na Nasa foi mínima; para aqueles homens, seria a oportunidade única de, finalmente, trabalhar com pessoas com uma tecnologia completamente distinta e mais avançada. Apesar da solicitação de privacidade, as pessoas se convenceram de que aquilo era muito mais algum aspecto cultural dos neandertais. Com o tempo, sendo bem acolhidos, ficariam mais confortáveis e, por consequência, compartilhariam as informações quanto ao plano.

Em relação aos dez homens saudáveis a serem disponibilizados, outra surpresa: foi justamente a questão mais simples. Escolheram dez pessoas, dentro dos pré-requisitos, que estivessem no corredor da morte. Instalaram chips neles, para garantir, ao menos, a localização, e os ofereceram aos neandertais.

Em suma: tanto os humanos quanto os neandertais estavam plenamente satisfeitos. Como resposta à boa vontade humana, Prometeu garantiu que, uma vez ao mês, entregaria nas mãos dos líderes americanos uma tecnologia inédita, o que encheu os olhos de muitos, principalmente os relacionados a defesa e tecnologia. Uma nova era se descortinava no porvir. Tolos.

CAPÍTULO OITENTA E OITO

O LANÇAMENTO

MAIS UM ANO SE PASSOU E OS ACONTECIMENTOS CORRIAM CONFORME os planos. Eu me tornei verdadeiramente um porta-voz dos neandertais. Prometeu resistia a conversar diretamente com Oliver Choss. "É uma pessoa tão embebida em ignorância e cinismo que cinco minutos com ele me fariam despejar pela boca o almoço e o jantar dos últimos vinte dias. Sei que me entende, professor", confidenciava.

Uma interessante tecnologia era entregue, por mim, a Oliver Choss, o que cada vez agradava menos ao presidente. Ele insistia e reclamava se, afinal, nós não poderíamos fornecer alguma coisa mais útil, pois as tecnologias eram sempre com aplicações muito limitadas, mormente na indústria, e eram de pouca serventia às ambições cada vez mais inflamadas do líder americano. Ele ficou tão acostumado a receber as coisas de bandeja dos neandertais que chegou até a cortar sensivelmente as verbas nas áreas de pesquisa e desenvolvimento. "Com um aliado destes, quem precisa de pesquisas?", dizia aos secretários que se rebelavam.

Na internet, Prometeu e eu éramos reverenciados como semideuses, pessoas que traziam esperanças, boas-novas e soluções ao mundo moderno. Todos estavam felizes e contentes. Os mais radicais diziam que só uma implantação em larga escala das ideias neandertais, o movimento chamado neanderismo, solucionaria, de uma vez por todas, os problemas atuais.

Todos os meses, a entrega de uma nova tecnologia, das minhas mãos às mãos de Oliver Choss, tornou-se uma cerimônia, com ampla cobertura jornalística da grande e pequena mídia. Todos os meses, era como se o homem pisasse pela primeira vez na Lua uma vez mais.

Prometeu escolheu com muito cuidado as tecnologias que repassaria. Deveriam ser importantes o bastante para ter apoio das massas, mas não cruciais o suficiente para que levassem os seres humanos a desenvolver, inesperadamente, um colisor como o que a Parallels desenvolveu na outra versão da história, bem como máquinas do tempo ou de sobreposição consciencial.

Qualquer tecnologia que ajudasse nesses sentidos, ainda que indiretamente, era descartada.

Não dei mais entrevistas, pois a cada dia que se passava me sentia mais enfadado e enojado com o convívio com os seres humanos. A minha esperança era que, verdadeiramente, conseguíssemos, quero dizer, os neandertais, em um ano, encerrar esse martírio, devido à bravura e ao profissionalismo daquelas pessoas.

Quanto a mim, foi um ano de bajulação pela internet, pela mídia e pelos líderes do governo, os mesmos desgraçados que me chamaram, na outra história, de antipatriótico e anti-humano. Como pode uma mudança tão sutil nos acontecimentos acabar em uma diferença de tratamento tão crucial assim das pessoas em relação a mim?

Na outra versão que defendi, com base na verdade, afirmando que o asteroide não era uma ameaça, mas que os humanos não deveriam tentar guerrear com os neandertais, pois eram pacíficos, perdi completamente meus direitos e fiquei cinco anos encarcerado. Desta vez, com base na mentira, disse que o asteroide era uma ameaça e os neandertais, uma potência militar sem paralelos; sou agora considerado um porta-voz do progresso. Não é uma ironia que dizendo a verdade fui condenado e dizendo a mentira fui dado como herói? Humanos...

Mas isso não quer dizer que eu não tinha lá meus opositores, embora quase inaudíveis. Por exemplo, um tal de Richson Sherade, de quem nem sequer recordo na outra versão da história, dessa vez, despontou como um dos grandes opositores à aliança entre os humanos e os neandertais. Dizia esse neozelandês que, na melhor das hipóteses, os neandertais não eram confiáveis e que deveriam, portanto, ser pesadamente monitorados, o que não estava acontecendo. Quanto a mim, ele dizia que eu tinha me vendido por um lugar ao Sol, em uma praia primitiva no planeta dos primos dos humanos. Nunca me defendi das acusações daquela sombra de mosca que rodopia em volta da bosta de um cachorro. Mas, se eu pudesse fazê-lo, sem colocar em risco a missão, diria na cara dele: "Daqui a pouco tempo, quando estiveres usando o banheiro, será surpreendido pela força neandertal, quando um asteroide fizer com que seja sepultado em meio às próprias fezes que defeca".

Mas me contive, o martírio estava chegando ao fim. Finalmente, a bordo de um foguete, e com suas tão bem protegidas cápsulas, aqueles simulacros da escuridão, ventríloquos humanos dos mais experientes engenheiros e cientistas neandertais, estavam em direção ao asteroide Apophis. Agora, sim, o bicho vai pegar.

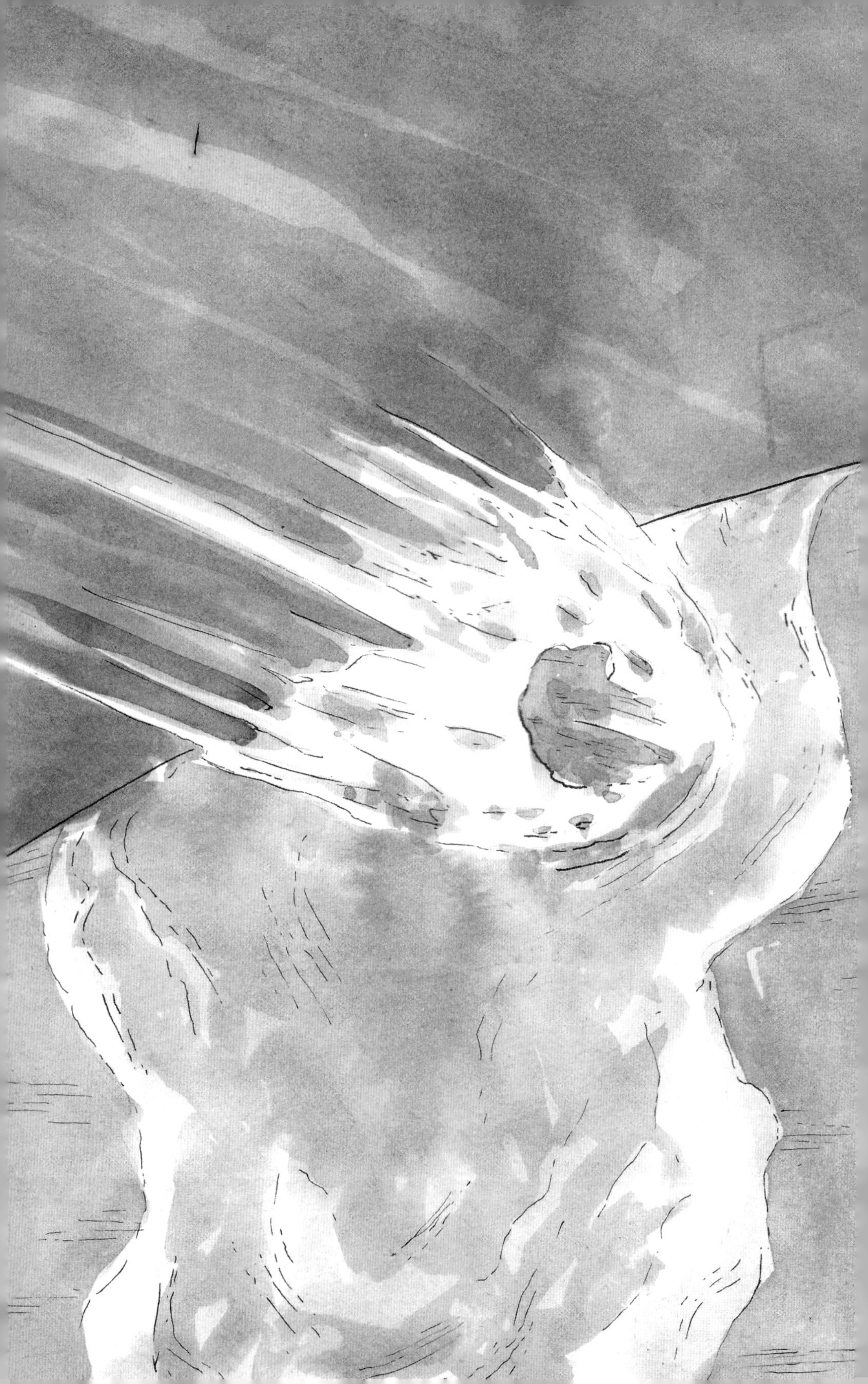

CAPÍTULO OITENTA E NOVE

EXTINÇÃO

NUNCA ME INTEIREI DOS DETALHES SOBRE O QUE OS CIENTISTAS NEANDERtais fizeram no asteroide. Pelo que sei, eles instalaram aquelas cápsulas, exceto uma, dentro da Apophis.

Aqueles objetos nada mais eram do que bombas com base na tecnologia combinada de fusão e fissão nuclear. A fusão, pelo seu poderio explosivo. A fissão, pela sua carga radioativa.

Tudo muito bem calculado, eles sabiam que, pelas vias naturais, como a Nasa já acreditava há muitos anos, o asteroide não se chocaria com a Terra em 2036. No entanto, eles lançaram uma das cápsulas e em seguida a detonaram, com o objetivo de dar velocidade e direção específicas ao asteroide, reduzindo de anos para dias a colisão do asteroide com a Terra, que, segundo a Nasa, ocorreria apenas muitas décadas mais tarde.

Somente a detonação, sozinha, foi suficiente para que matasse todos os cientistas neandertais, ou melhor, os simulacros deles, pois, na realidade, eles tão somente acordaram, com o sentimento de dever cumprido, nas instalações do polo norte neandertal.

As ações dos neandertais eram acompanhadas com grande expectativa pelas diversas agências espaciais na Terra e, ao que as primeiras leituras declararam, tinha ocorrido um sério acidente que vitimou todos os astronautas. Mais tarde, em uma segunda leitura, concluíram que o incidente teria não só matado os neandertais, mas também desviado e acelerado o asteroide que, agora, sim, estava em perigosa rota de colisão com a Terra, em curtíssimo prazo.

Obviamente, eu não me encontrava mais lá para contar a história. Enquanto todos os olhos estavam aflitos pelo desencadeamento das ações dos astronautas, Prometeu me auxiliou, em um pequeno hospital, a retornar ao simulacro que estava quando visitei aquele mundo por seis meses.

Antes de a sedação ter pleno efeito, Prometeu disse que ficaria, mas que eu não deveria me preocupar. Sua morte apenas o levaria de volta ao corpo dele, no planeta Lar, coisa que eu já sabia, mas que ele fez questão de dizer.

Quando acordei em meu bom e velho simulacro, na minha boa e velha casa neandertal, acompanhado pelo meu bom e velho robô Camarada, liguei a televisão e passei a acompanhar ansiosamente as notícias sobre a Terra, que, dali a uma semana, provavelmente seria seriamente danificada, colocando indubitavelmente a raça humana em extinção.

Passaram-se três semanas, e o asteroide descendeu até o substrato do Oceano Atlântico, que ascendeu enormes tsunamis nas costas europeias e americanas. Poucos minutos depois, uma enorme explosão desencadeou maiores, mais incríveis e incontroláveis tsunamis que varreram países inteiros. Os danos às fossas oceânicas foram tão profundos que jorravam em quantidades absurdas oceanos de lavas do núcleo terrestre, que em pouco tempo consumiram quase toda a vida marítima, bem como contaminaram quase todas as fontes de água humana. Na medida em que o ciclo da água persistia, chuvas constantes, ácidas e carregadas de enxofre caíam sobre as cabeças dos homens e mulheres que sobreviveram aos tsunamis. Pessoas que andavam pelas ruas, a saquear supermercados, com o objetivo de estocar suprimentos, eram simplesmente desintegradas pelas chuvas que limpavam ferozmente o mundo inteiro. Não bastasse tudo isso, foi a vez dos efeitos da fissão nuclear. Uma imensa e densa nuvem pretíssima, do tamanho da Argentina, era carregada pelos ventos, assombrando o mundo inteiro, pela sua intratável toxicidade.

Depois de um ano, os habitantes humanos na Terra foram reduzidos a zero. Oficialmente, os neandertais declararam que, naquele planeta, os seres humanos deveriam ser considerados extintos.

Uma infinidade de documentários expunha a maestria com a qual os movimentos neandertais dizimaram a humanidade. Aqueles que não morreram imediatamente com a explosão do asteroide morreram com os tsunamis. Os que não morreram com os tsunamis morreram com as chuvas ácidas. Os que não morreram com as chuvas ácidas morreram consumindo as águas contaminadas. Os que não morreram de nenhuma dessas outras maneiras sofreram pela radiação até a morte. Após muitos meses, os pouquíssimos sobreviventes, aproximadamente dez mil pessoas dispersas pelo planeta inteiro, morreram ou de fome, ou de frio, ou de doenças, ou da chuva ácida que duraria pelo menos dois anos, ou da radioatividade que transitaria pela Terra por pelo menos três anos. A humanidade estava finalmente acabada.

No planeta Lar, antes que qualquer líder se opusesse à violência com a qual os humanos sofreram, aparentemente desnecessária, Prometeu veiculou em todos os canais de internet, grande e pequena mídia, o que teria sido dos neandertais, do Paraíso, do planeta Lar, se não fossem aqueles atos; por isso o pen drive era tão importante.

Os vídeos com as batalhas, em especial a de Cherestra, causaram comoção e repúdio aos humanos instantaneamente. Deve ser, no mínimo, avassalador, assistir a um vídeo onde você mesmo, ou sua própria esposa, quem sabe filho ou mãe, talvez você com sua família inteira, deitados em uma estrada, sejam alvo de um cruel e indefensável bombardeio humano.

É difícil imaginar como as enfermeiras e pacientes do hospital de Cherestra, que, no futuro que não mais aconteceu, foram estupradas inúmeras vezes pelo brigadeiro Grievous e seus amigos, sentiram-se ao assistir a tudo aquilo, pelas câmeras de vigilância do hospital que enviavam as gravações on-line para o polo norte, quando Prometeu fez o download de tudo para o dispositivo de armazenamento, entregando-me antes de voltar no tempo, e desfazer aquelas atrocidades.

Os habitantes de Kamestra, que na outra versão tiveram de ser evacuados, perderam suas casas, suas histórias e seus empregos, e viram sua cidade sob um caos, completamente dominada por animais selvagens e embrutecidos.

Os moradores de Bakestra e Timestra que viram suas casas e sua cidade serem sitiadas, usurpadas, pilhadas e destruídas pela inflexível marcha humana pelo poder.

Os pescadores que tiveram seus barcos tomados pelos militares comandados pelo Major Dick Carnegie.

Os cientistas de Gasgaradestra que foram atados e jogados em um quarto escuro, enquanto um pelotão tomava o controle de seus satélites.

Os policiais do polo norte neandertal que foram encurralados e assassinados, sem clemência.

Os comandos via rádio do major Rockfeller, que foram interceptados pelos neandertais, ordenando o bombardeamento e a destruição de Christougenestra.

As mensagens, também copiadas, da Parallels, ordenando que matassem qualquer ser vivo na capital daquele país.

O imenso volume de atrocidades que poderiam ser cometidas contra os neandertais, se não fossem os meus movimentos, os de Prometeu, Odisseu, os astronautas que embarcaram na Apophis e muitos outros que ajudaram direta ou indiretamente, e que foram, portanto, evitados, serviu de base contra a desconstrução de qualquer raciocínio que levasse algum neandertal a desmerecer os atos praticados.

Na capital, com imenso orgulho, fiquei muito feliz e deslumbrado com um imenso monumento dedicado "aos mortos que não morreram, aos lutadores que não lutaram", erguido com as estátuas de Prometeu, Odisseu e a minha. Prometeu, o incrível cientista. Odisseu, o mais nobre estrategista. E eu, o ser humano que negou sua própria espécie pela prevalência da razão e da filosofia, ante o cinismo, a destruição e a hipocrisia da humanidade.

Eu, o último sobrevivente dos humanos da Terra no universo.

CAPÍTULO NOVENTA

UM QUASE NEANDERTAL

DOIS ANOS JÁ TINHAM SE PASSADO DA EXTINÇÃO HUMANA NA TERRA. E EU, por outro lado, já havia assimilado completamente a cultura e *modus vivendi* neandertal. Até arrumei um emprego, apesar da remuneração extra que recebia pela alienação dos meus órgãos para futuros transplantes, de professor, adivinhem, de física! Claro, tive que adaptar uma enorme parte dos meus conhecimentos àqueles conceitos, axiomas e postulados tão diferentes e mais avançados, mas, ao menos, consegui uma vaga para dar aulas para criancinhas neandertais, tão lindas, bem-educadas e simpáticas. No começo, claro, foi difícil, para alguém com doutorado e que dava aulas em Harvard, agora, conseguir, no máximo, au las para crianças e pré-adolescentes. No entanto, em pouco tempo, sentia-me tão felizardo por ter alguma coisa para ensinar, ainda que para pequenos brejeiros, aos neandertais, que, para mim, para minha felicidade, bastava.

Ainda assim, consegui um outro extra, para dar palestras e cursos sobre os humanos da Terra antiga. Arqueólogos e antropólogos do país inteiro vinham me ver somente para falar sobre a maior parte de toda minha vida, curiosos e sedentos por informações e peculiaridades sobre uma raça tão primitiva, que um dia imperou na Terra.

Fiz algumas amizades, comprei um gato e um cachorro. Despedi-me, com alguma dor, do Camarada, meu amado robô. Considerava-me maduro o suficiente para cuidar de minhas próprias coisas. No entanto, confesso, uma lágrima escorreu em meu rosto.

Cheguei até a ter um caso, coisa de três ou quatro meses, com uma neandertal, que, apesar de saber que eu usava o corpo de um neandertal, tinha em mente que, no fundo, eu era um humano. Modéstia à parte, uma mulher linda, alta e escultural, de cabelos longos e pretos, lembrava uma índia do Brasil, "uma verdadeira Moema", como descreveria aquele orador e poeta luso-brasileiro, Frei José de Santa Rita Durão. No fim das contas, não deu certo, ela me achava ciumento. Ela não disse "excessivamente ciumento", "muito ciumento", "um pouco ciumento", apenas, pura e simplesmente, "ciumento". Até entendo, em uma sociedade onde a filosofia e a razão determinam a maior das ações públicas e privadas, qual a lógica em se ter ciúme? Qual o benefício? Só alguém muito ingênuo pode agir com ciúmes; afinal, qual o objetivo? Não previne o que detestaria que acontecesse, a traição, e ainda catalisa o que não se deseja que aconteça, isto é, o fim do relacionamento. No entanto, a vida é assim, esse ainda era um resíduo de minha humanidade. Minha Moema saiu de casa triste e aborrecida me chamando de primata, isto é, de humano. Não me ofendeu muito, mas não deixa de ser curioso que aqui, no mundo dos neandertais, chamar de humano é tão ofensivo para eles, quanto chamar de "macaco" era ofensivo ao negro, na Terra.

Vez ou outra Prometeu me visitava, dizia estar trabalhando no registro de todos os eventos que precederam a extinção da humanidade, que tudo aquilo iria para a história neandertal, que era muito importante. Somado a isso, estava chefiando a construção de um colisor, a exemplo do que a Parallels desenvolveu. Mais uma vez, os neandertais se valeriam da tecnologia que os humanos desenvolveram para uso próprio. Prometeu ainda falava que tinha grandes planos para mim, e que em breve me traria notícias.

Certo dia, ele disse que iria a julgamento, pela mais alta corte judiciária de Paraíso, isto é, pelo conselho de filósofos de sétimo grau. Quando perguntei a ele qual era a acusação, ele se disse réu confesso pelo crime de mentir. Não entendi nada e exigi que ele me permitisse acompanhá-lo no tribunal.

CAPÍTULO NOVENTA E UM

JULGAMENTO

CHEGAMOS AO IMENSO TRIBUNAL, ONDE PROMETEU SERIA, A PRINCÍPIO, JULgado pelo crime de mentir. O lugar era absolutamente maravilhoso, aconchegante, bem-iluminado e tudo era construído em fina madeira, possivelmente jacarandá.

No lugar, em formato arredondado, ficava, em andar superior, e ao longo da enorme parede, uma infinidade de belas cadeiras, uma ao lado da outra, com altos encostos e vastos acolchoamentos.

No centro, ficava o réu, ou réus, à esquerda, ficava o filósofo de apoio atenuante, à direita, o filósofo de apoio agravante. É interessante notar que em Paraíso não existiam advogados, pois ninguém com interesse financeiro nos resultados era considerado válido para proteger seus interesses em um tribunal.

Em uma contenda, vamos supor, um furto, a pessoa chamava a polícia privada, cujo custo da ostensividade já era previamente combinado e rateado pela comunidade, para buscar o bem material e o ofensor. Caso não tivesse sucesso, você teria de contratar uma empresa privada de investigação, que montaria a documentação para um processo, que não precisava ser antecipadamente pago, mas depois de findado o caso, pois, no Paraíso, todo caso inclui uma multa pecuniária do meliante à vítima, e a empresa de investigação ganharia parte dessa rescisão. Em outras palavras, quando alguém é condenado pelo furto de uma bicicleta, não só iria preso e era obrigado a devolver o produto, como, ainda, pagaria todas as despesas processuais, além de custear o dano de reflexão à vítima. Lembrando que dano de reflexão é algo como o dano moral, na Terra, isto é, o tempo que a pessoa gastará refletindo sobre o que vivenciou, refletindo junto a um psicólogo ou psiquiatra, em suma, o tempo de digestão daquele dano, que deveria, referindo-se ao tempo, a princípio, ser gasto pela vítima com as questões da própria vida, com entretenimento, cuidando de seus familiares. Esse tempo reflexivo tem um custo maior quanto maior for o dano, os impactos à *psique* e o tempo do próprio processo até a condenação, enquanto a vítima vive o martírio da inalcançada justiça até então. Caso o réu não tenha meios de arcar com a dívida, ele é obrigado a realizar o contrato de alienação de órgãos para transplante. Se já tiver feito o contrato, se não tiver meios de parcelar à dívida, trabalhará para a vítima e assim irá abatendo a dívida, o que é viável em casos de pequenas infrações. Mas, caso se negue a qualquer acordo, ele será sedado, seus órgãos serão vendidos de qualquer maneira e seus restos servirão de adubo para agricultores. De uma maneira ou de outra, a dívida será paga.

Quanto aos filósofos que participam do processo, em substituição a advogados, isto é, o filósofo de apoio atenuante e o filósofo de apoio agravante, eram dois pensadores, de possivelmente diferentes linhas filosóficas, que buscavam, com base na reflexão, minimizar ou maximizar, obliterar ou legitimar, a intenção da vítima, lembrando que no Paraíso os crimes são enquadrados pela intenção, e não pelos resultados. Roubar não é crime, mas intentar roubar, sim. Como os filósofos eram funcionários do tribunal, não tinham interesse, senão moral, em relação à punição ao réu, o que diminui, em grande parte, por não haver interesse financeiro, a tão contumaz truculência e hipocrisia dos profissionais de direito.

Finalmente, atrás do réu, e de frente ao conselho de filósofos de sétimo grau, que ficavam naquelas belas cadeiras ao longo da parede do tribunal, sentava-se a plateia, geralmente preenchida de estudantes, familiares e filósofos.

Enfim, finalmente Prometeu foi chamado, momento em que acabei reparando nas plaquinhas que ficavam sobre a mesa em frente a cada um dos filósofos de sétimo grau. Grandes figuras como Odisseu, Atenas, Hades, Atlas, Apolo, Héracles, Zeus, Hefesto, Dioniso, Morfeu, Osíris, Isis, Odin e muito outros, de diversas outras mitologias, que nunca foram realmente mitologias: eram grandes filósofos que, em outros tempos, voltaram muitos anos no tempo da Terra e participaram de centenas de interações com os humanos de diferentes lugares, catapultando o desenvolvimento intelectual, científico e filosófico dos ancestrais da antiguidade, e por aí vai.

— Declaramos, então, instalados os trabalhos a serem realizados nesta oportunidade. Sendo eu, Hades, relator do processo, juiz e filósofo de sétimo grau, bem como parte legítima do conselho de filósofos que aqui me acompanha. Informando da seção de julgamento de Esterton Ralabar Croc, renomeado como Prometeu. Segundo consta nos autos, pelos fatos que se estenderam no período temporal sobreposto, no planeta Terra, quando, valendo-se da mentira ou equivalentes, enganou notórios personagens, como o presidente dos Estados Unidos da época, o senhor Oliver Choss. Não há o que se falar em provas ou investigação quanto à intenção, pois temos aqui um caso de réu confesso, cabendo a nós, portanto, somente a determinação da dosimetria da pena e aplicabilidade da lei. Esse é o processo, portanto, que será submetido a julgamento, na presente oportunidade, e Prometeu será julgado.

— Antes de iniciarmos, solicito a palavra, filósofo Hades, relator do processo.

— Concedida, filósofa Isis.

— Obrigada. São apenas três pontos que queria que levassem em conta. O primeiro ponto: não há o que se falar na aplicação do artigo segundo de nossa Constituição Federal, que se refere à mentira ou equivalentes, considerando que os atos praticados, ainda que confessos, não ocorreram em nosso país, nem no nosso planeta, e tampouco em nosso universo. O segundo ponto: como podemos condenar alguém que cometeu qualquer ato em uma versão da história que, até que se prove o contrário, não aconteceu mais? Não deveríamos considerar que ações cometidas em histórias sobrepostas são ações sobrepostas? E, finalmente, em terceiro: Prometeu livrou nosso planeta do ódio e da humilhação que aconteceria vinda dos humanos contra todos nós; sendo assim, de que direito nos valemos para imputá-lo qualquer crime e, se houve crime, não deveríamos já o considerar plenamente compensado?

— Todos compreendemos o que disse, Isis, e acredito que a maioria de nós está constrangida com este julgamento, não só porque o próprio réu é um dos nossos. Mas quero lembrar que em nenhum momento ele foi acusado por nenhum habitante de nosso planeta por ter mentido. Pelo contrário, inúmeras pessoas tentaram demovê-lo da ideia de se denunciar por ter mentido aos humanos. Agora, quanto à aplicabilidade da lei, a ciência sabe que um tempo sobrescrito não significa que os eventos deixaram de acontecer; de fato aconteceram, como o próprio humano Douglas Keating, que está aqui na audiência, tem vívida memória. Somos nós que não nos recordamos. Mas se eventos que acontecerem na outra versão histórica afetam os desta versão, e os aceitamos como fatos, inclusive construindo um movimento com base nos atos heroicos de pessoas que agiram naquela versão, não resta nenhuma opção senão considerá-los como fatos tão sinceros, dignos e relevantes quanto quaisquer outros. Em relação ao logradouro da ação, não importa onde Prometeu a cometeu, pois, se ele mentiu aos humanos quando estava na Terra, não teria mentido também aos mesmos humanos, se estivessem neste planeta? Lembrando que a intenção de mentir, anterior ao fato de ter mentido, significa que, sob as mesmas condições e características, também o teria feito. Certo? Agora, alguém gostaria de acrescentar mais alguma coisa? Muito bem... Vamos começar com o filósofo de apoio atenuante. Aproxime-se do microfone e comece.

— Bom dia e obrigado pela oportunidade. Relator Hades, demais membros e filósofos do conselho. Solicito a anulação deste processo.

— Oras, filósofo, não cabe nulidade em caso de réu confesso!

— Entendo, relator e filósofo Hades, mas, se há alguém, a título de extrema exceção, que deveria ter o benefício de imunidade de amplo espectro aos crimes cometidos durante o período sobrescrito, este homem é Prometeu. Na verdade, eis um herói de toda nossa sociedade, deste universo, aliás, ouso dizer que de todos os universos.

Neste momento, toda a plateia se levantou, assoviou, aplaudiu e gritou o nome de Prometeu. Hades, extremamente irritado, pediu ordem.

— Filósofo, não há o que se falar em nulidade do processo, e não existe imunidade, foro privilegiado ou qualquer coisa desse tipo em Paraíso. Todos são julgados como qualquer um, independente de idade, sexo, instrução ou méritos.

— Sendo assim, senhor relator, declaro que me nego a participar de qualquer processo envolvendo qualquer ato praticado por Prometeu no período elencado.

— Mas é só o que me faltava! Você sabe que poderá e será punido por essa falta grave ao processo?

— Nenhuma punição me impedirá de manter a cabeça erguida. Muito obrigado. Com licença.

— É brincadeira! Solicito a aproximação de qualquer filósofo presente na plateia, para trabalhar, em regime eventual, como filósofo de apoio atenuante. — Mas ninguém se mexeu, nem mesmo ensaiou qualquer reação. — Será que não tem nenhum filósofo por aqui, não?

— Peço a palavra, relator Hades.

— Pois não, Prometeu.

— Peço que encaminhe o processo sem a existência de qualquer filósofo de apoio atenuante.

— Você declara abrir mão a esse direito?

— Positivamente.

— Muito bem, que a declaração do réu conste nos autos. A palavra é sua, filósofo de apoio agravante.

— Bom dia a todos os filósofos e amigos. Lamento, mas também não participarei disso. Nego-me a agir em desfavor do herói universal, o réu, Prometeu.

— Ai... ai... ai... está difícil hoje — desabafou Hades.

— Peço a palavra, relator Hades.

— Pode falar, filósofo Vivasvat.

— Acredito que a maioria qualificada deste conselho também abre mão de um filósofo de apoio agravante.

— Sei... Levantem as mãos os filósofos do conselho que concordam com o filósofo Vivasvat.

Noventa e nove mãos se ergueram, exceto, obviamente, a de Hades.

— Hum, o conselho de filósofos declara abrir mão do filósofo de apoio agravante. Muito bem... Assim sendo, finalmente, tem algo a dizer em seu favor, Prometeu?

— Sim, eu não cometi nenhuma vez o crime de mentir no planeta Terra.

— Oras, Prometeu, mas você já é confesso quanto aos crimes cometidos!

— Exatamente, eu menti. Agora, não há o que se falar em aplicabilidade. Acabei de mentir ao dizer que não disse nenhuma mentira no planeta Terra, com todos os conselheiros e plateia como testemunhas. Agora, sim, cometi um crime neste planeta, neste país e nesta versão da história.

— Isso aqui está cada vez melhor. — O relator Hades riu. — Acredito que, portanto, não há mais o que ser debatido. Levantem as mãos os membros que não concordam com a pena de envio de Prometeu à Redenção.

Os filósofos sabiam que não havia mais nada a fazer, Prometeu queria, porque queria, se redimir de seus crimes, que insistia que não deveriam ser considerados como de legítima defesa de terceiros, isto é, a espécie neandertal inteira. Considerando que esse era o desejo do herói, em vez de levantarem às mãos em oposição à punição, exceto Hades, todos se levantaram de suas cadeiras e aplaudiram efusivamente Prometeu, seguidos por toda a plateia, incluindo a mim mesmo. Não foram poucos, eu estou na lista também, dos que em pé, a aplaudir, choraram pelo herói. Prometeu era tão sincero, fiel, filosófico e digno que, como um Sócrates, por respeitar tão profundamente sua filosofia, não se conteve em somente a usar para salvar toda a sua amada pátria, mas também para, sendo esse o caso, condenar, a partir dela, ainda que seja a si mesmo.

No caminho para o navio que o levaria para Redenção, partindo de Cherestra, milhões de pessoas foram às ruas, em um ato vívido e simbólico de luto, pois se despediriam, agora, de um de seus entes mais preciosos.

Por onde a caravana passava, faixas declarando amor e respeito ao filósofo, pessoas aplaudindo, telões projetando o seu rosto triunfante, estátuas de Prometeu que tinham sido erguidas em todo o trajeto, policiais cumprimentando-o, mulheres que choravam, crianças que sorriam para ele, idosos que saíam de casa para ver, talvez pela última vez, aquela figura.

Para minha mais absoluta felicidade, foi permitido que eu acompanhasse Prometeu durante todo o trajeto até o embarque de meu mais sublime amigo, mas, antes de partir, durante a despedida, ele disse que eu procurasse Odisseu, para minha última missão, e completou:

— Sua missão, agora, será repovoar o seu planeta, a Terra. Faremos, a partir de seus genes, uma mulher para você, tão humana quanto você, pois precisará de companhia, e veremos que isso é bom. Você será lembrado por milhares, talvez milhões de anos, como o primeiro humano da Terra. Conte a sua história aos seus filhos, em linguagem simples e prosaica. Só que, se mais tarde os bisnetos dos netos de seus filhos se corromperem, enviaremos um tsunami, que será como um dilúvio, mas salvaremos aqueles que forem dignos. Faremos tudo para dar um jeito na humanidade, mas, se falharem conosco, jogaremos pragas, exigiremos sacrifícios, encheremos de provações e dirão que escrevemos certo por linhas tortas. Mas, se nada disso funcionar, enviaremos um de nossos filhos, para que morra por toda a humanidade, para que limpe seu passado de miséria, e nosso filho será chamado pelos humanos de Salvador. A humanidade chamará cada neandertal de deus, e seremos mil deuses para mil tribos diferentes. Se nem mesmo assim a humanidade tomar jeito, ficará à própria sorte. E, em verdade vos digo, tudo isso tão somente para começarmos o ciclo novamente. Agora vá, sede fecundo e multiplique-se!

Pandorga
NACIONAL

INFORMAÇÕES SOBRE NOSSAS
PUBLICAÇÕES E ÚLTIMOS LANÇAMENTOS

FACEBOOK.COM/EDITORAPANDORGA

TWITTER.COM/EDITORAPANDORGA

WWW.EDITORAPANDORGA.COM.BR

Este livro foi composto em Chaparral Pro
(textos), Unica One e Univers (títulos).